Always publishing

COLLANA

Always romance

-64-

Titolo originale: *In Harmony*

Traduzione dall'inglese di Anna Vivaldi

Passi dell'"Amleto" tratti da Amleto tradotto da Eugenio Montale - Ottobre 2010 - Mondadori

ISBN 9791280078513

www.alwayspublishingeditore.com

Photo © Studio Firma/Stocksy United

Stampato nel novembre 2021 con sistema Rotobook da Geca (MI).

EMMA SCOTT

Non dubitare mai del mio amore

Playlist

Violet, Hole

Best Friend, Sofi Tukker

Legendary, Welshly Arms

I Feel Like I'm Drowning, Two Feet

Till It Happens to You, Lady Gaga

Imagination, Shawn Mendes

World Gone Mad, Bastille

Ophelia, Tori Amos

&Burn, Billie Eilish

Feeling Good, Nina Simone

Nota dell'autrice

C'è una città nell'Indiana che si chiama New Harmony, ma non è lì che si svolge questa storia. La Harmony del mio romanzo è puramente fittizia, così come la città di Braxton. Ma, durante una visita, ho trovato New Harmony talmente stimolante e bella che mi è rimasta nel cuore e non sono riuscita a darle un altro nome o a spostarla in uno Stato diverso. Abitanti di New Harmony in Indiana, considerate la mia Harmony, con tutti i suoi difetti, un affettuoso omaggio alla vostra città.

A ogni donna che ha sussurrato, urlato, strillato, o detto a una persona amica le parole "anch'io"; e a ogni donna che non ha ancora pronunciato quelle parole, ma che un giorno lo farà, e verrà ascoltata. Questo libro è per voi.

A Susan, per tutto. Che esista sempre un noi.

ATTO PRIMO

"Parole, parole, parole".

Amleto

Prologo

Willow

«Raccontami una storia.»

La nonna sorrise con il volto pieno di rughe e mi allontanò una ciocca di ricci biondi dalla fronte. «Un'altra? Tre libri non ti sono bastati?»

«Non una storia dei libri. Una delle tue.»

«È tardi…»

Al piano di sotto, i miei discutevano a voce alta del lavoro di papà. Di nuovo. La nonna tornò a sedersi sul bordo del letto. Il copriletto era uno di quelli che aveva confezionato lei, con un motivo a fiori rosa e rossi. I miei colori preferiti.

«Come non accontentarti?» Mi sfiorò con un dito la fossetta sulla guancia sinistra. «Sarà una storia breve, però».

Raggiante, sprofondai ancora di più nel cuscino.

«C'era una volta una Piccola Luce. Era nata sullo stoppino di una lunga candela bianca ed era vissuta tra altre mille fiammelle. Il suo mondo era avvolto nell'oro, pieno di calore e di bellezza. La Luce ondeggiava e sfarfallava, si esercitava ad allungarsi sempre più in alto. Ed era felice…»

«Finché?»

Le storie della nonna avevano sempre un "finché". Il problema che sconvolgeva tutto, ma che aiutava i personaggi a capire ciò di cui avevano bisogno e che più desideravano.

«Finché,» proseguì la nonna, «non soffiò un forte vento che spense tutte le altre candele. Sola e al buio, la Piccola Luce restò aggrappata al suo stoppino e sopravvisse.»

«Non so se questa storia mi piace» dichiarai, e mi tirai le coperte fino al mento. «Non mi piace stare da sola al buio.»

«Anche la Piccola Luce era spaventata, ma imparò di nuovo a crescere e a brillare.»

«Da sola? Rimase da sola al buio per sempre?»

«Non per sempre. Ma abbastanza a lungo.»

«Abbastanza a lungo per cosa?»

«Per scoprire che, per quanto fosse sempre vissuta in mezzo a tante luci, lei possedeva una luce propria.»

«Non capisco. Era più felice con le altre luci.»

«Sì... Ma in mezzo a loro, non era in grado di vedere se stessa né di capire quanto potesse risplendere. Ha dovuto ritrovarsi al buio per scoprire quanto fosse luminosa.»

Aggrottai la fronte, solo un barlume di comprensione sfiorò la mia coscienza di bambina di otto anni.

La nonna mi accarezzò la guancia. La sua mano era forte. Non aveva ancora iniziato ad appassire per effetto del cancro che l'avrebbe portata via un anno più tardi.

«Un giorno, Willow, anche tu potresti ritrovarti al buio. Spero che quel giorno non arrivi mai. Se dovesse arrivare, sappi che all'inizio sarà spaventoso. Ma alla fine scoprirai la tua luce. La tua forza. E risplenderai».

Avevo chiesto diverse volte alla nonna di raccontarmi la storia della Piccola Luce. Mi aveva detto che si trattava di un racconto popolare irlandese della sua infanzia. Anni più tardi, avevo provato a cercarlo in biblioteca. Pagina dopo pagina, avevo sfogliato tutti i libri sulle leggende e le tradizioni celtiche, ma non ero riuscita a trovare il racconto della Piccola Luce da nessuna parte.

In compenso, il buio trovò me.

Due settimane dopo il mio diciassettesimo compleanno.

Una fotografia scattata col cellulare che non avrei mai dovuto inviare. Una festa a casa mia. Un ballo con un ragazzo. Un drink drogato di nascosto.

Il buio era diventato profondo e soffocante quando il ragazzo, Xavier Wilkinson, aveva trasformato il mio letto in una prigione. La bocca senza sosta sulla mia, a togliermi il fiato. Una mano intorno alla gola. Il suo corpo che mi schiacciava. Mi soffocava. Mi annientava.

Sola e al buio, la Piccola Luce restò aggrappata al suo stoppino e sopravvisse.

Anch'io mi ero aggrappata con tutte le mie forze. E, il mattino seguente, nella mia mente erano rimasti solo dei ricordi frammentati, ma la mia anima sapeva tutto. Avevo aperto gli occhi e, nonostante fossi stata investita dall'accecante luce del sole, mi ero ritrovata al buio. Era stato come sentirsi sola in mezzo a una stanza affollata. Una straniera in una città sconosciuta. Per sempre isolata e alla deriva, lontana da tutto ciò che ero e che avevo sperato di diventare.

Non avevo visto la luce. Né il giorno dopo. Né una settimana dopo.

E le settimane divennero mesi. Forse non l'avrei rivista mai più.

«Ci trasferiamo» dichiarò mio padre mangiando il suo controfiletto al sangue. Il purè aveva assunto una colorazione rosa.

«Ci trasferiamo?» ripetei mentre allontanavo il mio piatto.

«Sì, nell'Indiana», precisò mia madre.

La punta di rabbia nella sua voce mi fece capire che detestava l'idea di lasciare New York. Anch'io avrei dovuto essere incavolata. Una ragazza normale sarebbe stata furiosa. Non ci si *trasferisce* a dicembre, durante l'ultimo anno delle superiori, per ritrovarsi a lasciare gli amici che hai impiegato dodici anni a coltivarti e tutto ciò che hai sempre conosciuto.

Ma io non ero una ragazza normale.

«Perché proprio là?» indagai. Perché non in India, o a Timbuctu, o sulla cazzo di Luna? Per me sarebbe stato lo stesso.

I miei genitori si scambiarono un'occhiata prima che mamma rispondesse: «Tuo padre ha ottenuto un nuovo incarico.»

«Il signor Wilkinson vuole che diriga le attività della Wexx nel Midwest. Vogliono che risolva i problemi con i loro franchisee più insolventi. Che riorganizzi il tutto e dia una svecchiata. È una promozione parecchio remunerativa...»

La sua spiegazione cominciò a dissolversi nel nulla non appena quel nome mi trafisse con un fendente immaginario e mi straziò lo stomaco. Un fiume di parole – più di quante ne avessi pronunciate in un intero mese – iniziò a sgorgare in un flusso di rabbia irrazionale.

«Ah, davvero? Il signor *Wilkinson* ha deciso che dovresti prendere e lasciare la città? Così come niente fosse? Sotto Natale?»

Mia madre si coprì gli occhi con una mano ingioiellata. «Willow...»

«E, ovviamente, tu hai accettato» continuai. «Senza fare obiezioni.» Imitai il saluto militare e aggiunsi: «Signorsì, signor Wilkinson».

«È il mio capo» replicò papà con la voce dura, la prima avvisaglia che la sua miccia corta si era accesa. «È la ragione per cui hai del cibo nel piatto e un tetto sopra la testa. Non dovrebbe avere importanza dove si trovi quel tetto.» Guardò mia madre. «Dovresti essere grata.»

«Grata» lo sbeffeggiai.

«Da quando provi tutto quest'odio per il signor Wilkinson?» mi chiese papà. «Cosa ti avrà mai fatto?»

Lui niente, pensai. *Suo figlio*, invece...

«Che ne dici del fatto che non gli importi nulla che io venga trasferita nel bel mezzo dell'anno scolastico?» buttai lì.

«Che differenza fa?» domandò mia madre, agitando il cucchiaio in aria, come se sperasse di ottenere per magia la riposta. «Da agosto, sei completamente cambiata. Non parli più con i tuoi amici. Hai smesso di truccarti, non t'importa più dei capelli o dei vestiti...»

Alzai gli occhi al cielo, ma dentro mi contorsi in una smorfia di dolore. Truccarmi e preoccuparmi dei vestiti erano due attività che implicavano guardarsi allo specchio, e io non lo facevo più molto spesso. Anche se probabilmente i miei capelli biondi troppo lunghi – quasi fino alla vita – rappresentavano un perfetto scudo per evitare di incrociare lo sguardo altrui. Come in questa occasione.

Girai la testa e lasciai che i capelli mi ricadessero davanti, un muro tra me e mia madre.

Lei sbuffò sonoramente con il suo tipico atteggiamento melodrammatico. «Ma cosa c'è che non va in te? Sono stufa di ripeterti sempre la stessa domanda e non avere una risposta. Sei sempre stata una studentessa modello. Puntavi alle università più prestigiose d'America, ma ora ho l'impressione che non t'importi più di nulla.»

La ignorai. «Dove, in Indiana?» chiesi a mio padre.

«Indianapolis» rispose lui. «Lavorerò in centro, ma c'è una piccola cittadina, Harmony, appena qualche chilometro più a sud. Tua madre ha ragione. Sei cambiata, e l'unica ipotesi che ci sia venuta in mente è che tu sia finita in una brutta compagnia. Lasciare Manhattan per una piccola città ci sembra la soluzione migliore, ed ecco perché ho accettato questa opportunità.»

Stronzate.

Ci stavamo per trasferire perché il signor Wilkinson l'aveva ordinato a mio padre. La questione non aveva niente a che fare con me. I miei genitori mi amavano come si può amare un'opera d'arte: un oggetto da tenere in casa e ammirare nella speranza che un giorno possa valere qualcosa. Dalla sera della festa – una festa che avevo organizzato a loro insaputa – ero considerata solo un pugno nell'occhio.

La verità è che, senza questo lavoro, mio padre si sarebbe ritrovato nei pasticci. Era alla Wexx Oil & Gas da trent'anni. Ormai si era fin troppo integrato per ricominciare da capo in una nuova azienda. A casa, mio padre era inflessibile ed esigente, sfogava su di noi la mancanza di controllo che aveva al lavoro. Perché alla Wexx, quando Ross Wilkinson ordinava di scattare, mio padre scattava. Stavolta, fino in Indiana.

«E tu, Willow Anne Holloway,» decretò papà, agitando la forchetta in aria come un tiranno con lo scettro, «troverai qualche attività extracurricolare. E la decisione non è negoziabile. Le tue domande per il college sono una vergogna.»

Non risposi.

Aveva ragione, ma semplicemente non m'importava nulla.

«Sarà un bel cambiamento radicale» dichiarò. «Al posto di questa villetta a schiera, avremo un'enorme casa con alcuni ettari di terra. Un sacco di spazio. Più di quanto tu possa immaginare. E aria fresca di campagna al posto dello smog della città...»

Continuò a parlare, ma io non gli prestai attenzione. Le parole erano diventate insignificanti per me. Dovevo tenere quelle più importanti ben incastrate tra i denti. Il tempo per raccontare ciò che mi era successo con Xavier Wilkinson era ampiamente scaduto. Era già troppo tardi nel momento in cui avevo lavato le lenzuola e bruciato i vestiti. Se avessi rivelato adesso la verità, mi sarei ritrovata in una violenta tempesta che avrebbe raso al suolo la carriera di mio padre e distrutto la vita di mia madre. Sempre che mi avessero creduto.

«Si trasferiranno nell'Indiana anche i Wilkinson?» indagai.

«Certo che no» replicò papà. «La direzione generale rimarrà qui. Io gestirò la divisione del Midwest. E dato che Xavier è ancora ad Amherst...»

«Posso andare?»

Senza attendere la risposta, presi il mio piatto con il cibo che avevo a malapena toccato per portarlo in cucina. Lo buttai nel lavello, poi mi affrettai ad attraversare il soggiorno. Era addobbato per le feste, con tanto di luccicante albero di Natale finto e decorato con gusto. Quando era viva, la nonna insisteva sempre perché comprassimo un albero vero così da riempire la stanza di calore e di profumo di natura e lo decoravamo con ghirlande di popcorn e ninnoli di argilla che avevo creato alle elementari. Ma lei se ne era andata, e la nostra villetta a schiera somigliava sempre meno a una casa e sempre di più a un grande magazzino con gli addobbi natalizi.

Corsi al piano di sopra, il nome Xavier Wilkinson che mi inseguiva.

Cercai di non pensare a lui. Nella mia testa non aveva neppure un nome. Non se ne meritava uno. I nomi si danno agli esseri umani.

X. Ecco cos'era. Una X. La X indicava un punto. Anche se avessi potuto ritrarmi, lui sarebbe stato ancora su di me: un metro e sessantacinque, folte e lunghe ciocche bionde ondulate, occhi azzurri, una fossetta sulla guancia sinistra che mia nonna adorava, e una grande X nera tracciata su di me. La X indicava un punto, su di me, sul materasso, come sulla mappa di un tesoro. Ciò che era stato saccheggiato. Depredato. Stu…

(Non dobbiamo pensare a quella parola)

Chiusi a chiave la porta, tolsi le coperte dal letto e le buttai sul pavimento. Non avevo più dormito sul mio letto dalla sera della festa. Anche lì c'era una X nera. E non avevo dormivo granché nemmeno sul pavimento. Terribili incubi mi assalivano regolarmente, e mi svegliavo paralizzata, incapace di respirare, con l'immaginaria pressione di una bocca sulla mia, delle mani alla gola, e di un corpo che mi schiacciava giù, che mi opprimeva, fino a farmi provare la sensazione di essere sepolta viva. Avvolta sul pavimento di legno in un piumone grigio a tinta unita – X aveva rovinato il bel copriletto della nonna – giacevo su un fianco, ferma a fissare la pila di libri per terra, sulle mensole, sul davanzale. Quando avevo bisogno di scappare, mi rifugiavo dentro alle loro pagine. In esse, per un po', potevo essere qualcun altro. Vivere una vita diversa da questa.

Magari trasferirsi non sarà così male, dopotutto, pensai mentre sfioravo col dito il dorso dei libri. *Come iniziare una nuova storia.*

Nell'allungare la mano per toccare i libri, la manica era salita appena. La sollevai un altro po' ed esaminai le piccole X nere che percorrevano con una linea curva la piega del gomito fino al polso. Come degli insetti. Presi il pennarello nero che tenevo nascosto sotto il cuscino e ne aggiunsi delle altre.

La X indicava un punto.

La mia speranza che Harmony potesse offrirmi qualcosa di meglio morì. Fintantoché fossi stata io la protagonista, la mia terribile storia sarebbe rimasta la stessa. Finché.

1

Isaac

Mi svegliai scosso dai brividi, stretto nella coperta che non era abbastanza pesante. Una luce fredda ricadeva sul letto, senza regalare il minimo tepore.

Maledetta roulotte. Era come vivere in un guscio d'uovo rotto.

Scalciai via le coperte e mi diressi con passo felpato verso la zona giorno. Papà era svenuto sul divano, invece che nella sua stanza dietro la cucina. Una bottiglia da 750 ml di Old Crow – vuota – svettava tra le lattine di birra sul tavolino traballante e macchiato, accanto a un posacenere straripante di mozziconi ancora fumanti.

Un giorno o l'altro avrei ottenuto il tepore che tanto bramavo da un incendio provocato dalle sigarette di papà.

Mentre mi dirigevo verso il termoconvettore, lo sentii russare forte. Dovevamo fare attenzione con il termostato – mi ero assicurato che rimanesse impostato sui diciotto gradi – ma la casa mobile aveva un isolamento di merda e nessuna base di sostegno al di sotto. Passai la mano davanti alla ventola. Il riscaldamento era acceso e funzionante, intento a sperperare i nostri soldi con tutto il calore che emetteva. Un gelido vento di gennaio fischiava sotto di noi. Riuscivo a percepirlo attraverso il pavimento.

Fuori dalla finestra frontale, la discarica di rottami giaceva sotto a un manto di neve. In fondo, si distingueva la nostra stazione di servizio Wexx, oggi chiusa. Non che avessimo dei clienti. Era tutto silenzioso e immobile là fuori. Il mucchio di vecchie macchine arrugginite era diventato un cumulo bianco, immacolato sopra i grovigli di metallo. Un cimitero.

Per me, tutta Harmony era un cimitero, un posto che ti seppelliva. Ma i turisti la adoravano. In estate, venivano da ogni parte del mondo per sperimentare un salto indietro nel tempo e tornare negli Stati Uniti degli anni Cinquanta. Il centro di Harmony era costituito da sei isolati di edifici in stile vittoriano, facciate di negozi variopinte, e un locale che serviva gelati e hamburger, con tanto di jukebox e poster di Elvis e Jerry Lee Lewis alle pareti. Un unico semaforo era appeso su Main Street, e avevamo un negozio "tutto a novantanove centesimi" che vendeva souvenir della Guerra Civile. In passato, sui campi ondulati tra Harmony e il più vicino avamposto della civiltà, Braxton, si era svolta una qualche grossa battaglia. I turisti venivano per conoscere la storia e bersi un frappè, poi se ne andavano. Fuggivano.

Guardai papà. Nei suoi cinquantatré anni di vita si era allontanato da Harmony forse due volte. Una per recarsi all'ospedale di Indianapolis quando nacqui io, e l'altra per tornare nello stesso ospedale quando, undici anni fa, morì mia madre.

Era come le auto che smantellavamo e la stazione di rifornimento in cui a volte lavorava: invecchiato prima del tempo, malridotto e impregnato dell'odore della sua benzina preferita. Lui non se ne sarebbe mai andato da Harmony, ma io, sicuro come la morte, sì.

Un giorno.

Posai il palmo della mano sul vetro freddo della finestra. Gelidi spifferi di vento si infilavano nelle crepe del davanzale. Avevo risparmiato tutta l'estate per comprare delle finestre migliori, facendo lavoretti per Martin Ford al teatro comunale di Harmony quando non mi dovevo occupare della stazione di rifornimento. Arrivati a ottobre, papà mi aveva promesso che sarebbe andato al negozio di ferramenta per acquistare dei nuovi vetri. Gli avevo dato i soldi e lui li aveva spesi per prendersi una sbornia.

Ecco cosa si otteneva a dargli fiducia.

Papà si mosse, grugnì e sbatté le palpebre. «Isaac?»

«Sì, sono io. Vuoi fare colazione?» Mi soffiai sulle dita gelate e mi spostai nel cucinotto.

«Salsicce» rispose lui, e si accese una Winston già fumata a metà.

«Niente salsicce» chiarii mentre preparavo due tazze di cereali. «Andrò al negozio tornando da scuola. Prima dello spettacolo di stasera.»

«Puoi scommetterci il culo che ci andrai.»

Si sollevò dal divano con un grugnito e si trascinò verso il tavolino pieghevole che fungeva da tavolo da pranzo. Sedetti di fronte a lui e cercai di ignorarlo mentre ingurgitava cereali tra un tiro di sigaretta e l'altro. Papà era ricurvo sulla tazza, il peso della propria vita che lo schiacciava. Era oppresso da anni di fatiche e povertà, inverni rigidi, tristezza e alcol. Le guance non rasate erano cadenti come le borse sotto agli occhi lucidi. I capelli sporchi gli ricadevano come paglia grigia sulla fronte. Abbassai lo sguardo, determinato a finire la mia colazione in dieci bocconi, o anche meno, e a schizzare via da quel cavolo di posto.

«Cosa c'è stasera? Uno spettacolo?» chiese papà.

«Sì.»

«Cos'è, stavolta?»

«*Edipo re*» risposi, come se non andasse in scena già da due settimane e non lo avessi provato per un mese.

Grugnì di nuovo. «Tragedia greca. Non sono così stupido.»

«Lo so» ribattei; stavo iniziando a irritarmi. Non aveva ancora bevuto niente, perciò la sua cattiveria era ancora assopita. Gli scaturiva prevalentemente nelle ore notturne dal Jekyll che era in lui, e io cercavo il più possibile di stargli alla larga finché non collassava.

«E tu che parte interpreti?»

Sospirai. «Quella di Edipo, papà.»

Sbuffò, si ficcò una cucchiaiata di cereali in bocca e si sbrodolò il latte sul mento. «Quel Martin Ford ha preso proprio una sbandata per te.» Mi diede un colpo con il cucchiaio. «Sta' attento. Finirai per diventare un finocchio, se continui con questa stupidata della recitazione. Sempre che non sia già successo.»

Strinsi i denti e i pugni, ma non replicai. Non era la prima volta che insinuava che Martin – il direttore del teatro comunale di Harmony – mi apprezzasse per ragioni diverse dal mio talento. In verità, Martin e sua moglie, Brenda, li consideravo più come dei genitori, a differenza di quanto potesse immaginare papà. Ma questo non glielo confessai. Non si parlava a un asino ragliante con la pretesa di intrattenere una vera conversazione. «Lo spettacolo chiude domani sera.» Mi azzardai ad alzare lo sguardo. Non ero così stupido da chiedergli di venire, ma quella fottuta parte di me che voleva ancora credere di avere un padre vero non si arrendeva mai. «L'ultima replica.»

«Ah sì?» rispose papà. «Ma quanti ancora ce ne saranno dopo? Ti dedichi a questa merda da anni. Ti ha rammollito il cervello, ecco cosa. Non ho intenzione di lasciare la mia attività a una checca.»

Le sue parole mi rimbalzarono addosso. Nel telefono avevo una dozzina di numeri di ragazze che chiamavo a rotazione, e l'idea che lui mi lasciasse in eredità l'Autodemolizioni Pierce o la stazione di servizio della Wexx era ridicola. Non aveva praticamente più clienti, a parte l'occasionale viaggiatore smarrito che non sapeva che otto chilometri più avanti, a Braxton, ci fosse la scintillante stazione di un grosso marchio. Vivevamo con l'assegno d'invalidità di papà e con la mia paga del teatro. O meglio, lui viveva e io esistevo.

Vivevo solo quando ero sul palco.

Le sue parole ero in grado di sopportarle. Erano i suoi pugni a cui dovevo prestare attenzione.

Più di una volta, dopo una delle ramanzine di papà che ci lasciava entrambi sanguinanti, avevo spinto il mio vecchio pick-up blu della Dodge al massimo delle sue prestazioni sulle strade tortuose fuori da Harmony, con l'intenzione di andarmene dall'Indiana una volta per tutte. Ma poi finivo sempre per immaginare papà bloccato qui, da solo, a mangiare cereali freddi per colazione, per pranzo e per cena fino al momento in cui un brutto inverno gli avrebbe provocato una polmonite. O magari si sarebbe tuffato in un secchio di pollo fritto e avrebbe continuato a mangiare fino ad avere un attacco di cuore. Disteso morto e a marcire sul nostro merdoso divano senza che nessuno venisse a controllare per settimane, se non mesi.

Così, ogni volta finivo per invertire il senso di marcia del mio dannato furgone.

È così che ci si comportava per la famiglia. Anche se l'unica famiglia che avevi era rappresentata da un ubriacone stronzo a cui non fregava un accidente di te.

«Dammene ancora» ordinò papà quando mi alzai per riporre la mia tazza nel lavello.

Gli versai una seconda porzione di cereali, poi andai a prepararmi per la scuola.

Nella mia stanzetta – composta da letto, cassettiera e un armadio delle dimensioni di una bara – infilai il miglior paio di jeans che avevo, scarponi, una camicia di flanella sopra la maglietta e la giacca di pelle nera. Tirai fuori da sotto una pila di copioni il berretto di lana e i guanti senza dita che Brenda Ford aveva cucito a maglia per me, e presi un pacchetto di Winston da un nascondiglio segreto di cui papà non sapeva nulla, altrimenti lo avrebbe depredato. Me lo ficcai nella tasca interna della giacca.

Papà fissava con sguardo assente il calendario da parete che ci aveva lasciato un rappresentante dopo il fallito tentativo di venderci un'assicurazione sulla casa. «Oggi è l'otto?»

«Sì» risposi mentre mi infilavo lo zaino sulle spalle.

Si girò verso di me; un barlume di rimpianto e dolore fluttuò nelle profondità iniettate di sangue dei suoi occhi lucidi.

«Sono diciannove, oggi?»

«Sì» risposi.

«Isaac?»

Rimasi pietrificato, la mano sulla porta. I secondi si dilatarono.

Buon compleanno, figliolo.

«Non dimenticarti di prendere le salsicce.»

Chiusi gli occhi. «D'accordo.»

Uscii.

Il mio Dodge blu del 1971, parcheggiato accanto alla casa mobile, era congelato. Riuscii a metterlo in moto e lo lasciai in folle perché si scaldasse mentre raschiavo via il ghiaccio dal parabrezza. L'orologio sul cruscotto mi segnalava che ero già in ritardo per la scuola. Sbuffai nell'aria nuvole di imprecazioni. Entrare in una classe piena di studenti era in fondo alla lista delle mie attività preferite.

Percorsi la strada ghiacciata che collegava il deposito di rottami con la periferia più veloce che potei, dopodiché attraversai la strada principale e la città fino alla scuola superiore George Mason.

M'infilai in un posto nel parcheggio ed entrai rapidamente nell'edificio, soffiandomi sulle dita. Il tepore all'interno alleviò un po' della mia irritazione. Una volta andato via da questo schifo di posto, mi sarei trasferito da qualche parte dove non nevicava mai. Hollywood andava bene, ma volevo recitare sul palco più che nei film. Magari avrei sfondato a New York, e allora avrebbe potuto nevicare quanto voleva; avrei tenuto il riscaldamento acceso tutto il tempo senza preoccuparmi delle spese.

Attraversai a grandi passi il corridoio ed entrai nella classe d'inglese del primo quadrimestre tenuta dal signor Paulson. Per fortuna il professore era un po' sbadato: si stava ancora sistemando alla cattedra, così gli strisciai accanto, lo sguardo dritto per ignorare i compagni di classe, concentrato sul banco in terza fila in cui sedevo sempre.

Al mio posto c'era una ragazza.

Una ragazza bella da togliere il fiato, con addosso un cappotto costoso e una cascata di onde bionde che le ricadevano sulla schiena. Ed era seduta al mio dannato posto.

Mi fermai in piedi accanto a lei e le lanciai un'occhiataccia. Di solito questo era sufficiente perché la gente si togliesse dalle palle. Ma questa ragazza...

Mi guardò con i suoi occhi color topazio e un sorrisetto spavaldo sulla faccia che nascondeva la tristezza e l'afflizione che aleggiava su di lei. Il suo sguardo balenò sul banco vuoto accanto al suo, e sollevò un sopracciglio.

«Va tutto bene, signor Pearce?» si accertò il signor Paulson dall'altra parte della classe.

Sostenni lo sguardo della ragazza. E lei fece altrettanto.

Sbuffai e scivolai sulla sedia vuota alla sua sinistra, poi allungai le gambe nel corridoio in mezzo ai banchi. Due sedie più in là, Doug Keely, il capitano della squadra di football, fischiò per attirare l'attenzione di Justin Baker. Justin, giocatore di baseball, si guardò intorno. Doug sollevò il mento e le sopracciglia in direzione della nuova ragazza, e scandì con le labbra la parola *gnocca.*

Justin scandì, a sua volta, *pazzesca.*

«Bene, ragazzi.» Il signor Paulson era in piedi di fronte ai banchi. Erano passate da pochi minuti le otto e aveva già la polvere di gesso sui pantaloni eleganti. «Spero che abbiate passato delle vacanze rilassanti. Abbiamo una nuova alunna alla George Mason. Vi prego di dare un caloroso benvenuto degno dei Mason Mavericks a Willow Holloway, che si è traferita qui da New York.»

New York.

Tutta la classe produsse un fruscio nel voltarsi per dare un'occhiata a Willow. Alcune mani si sollevarono in un frettoloso saluto. Qualche "ciao" sussurrato qua e là. Soltanto Angie McKenzie – redattrice dell'annuario nonché regina dei secchioni – le rivolse un sorriso genuino, che però la nuova arrivata non ricambiò.

Lei tirò fuori un rauco "ciao" che mi provocò un brivido lungo la schiena. Il nome Willow le si addiceva alla perfezione — bella, aggraziata e malinconica come un salice piangente. Non all'esterno, ma all'interno. Martin Ford mi aveva insegnato a capire le persone dal modo in cui vivevano il proprio corpo invece che dalle loro parole o azioni. Questa ragazza era profonda. I suoi occhi mi avevano svelato il loro arcano quando ci eravamo fissati, prima.

Ma certo che era triste, pensai. *Aveva dovuto abbandonare New York per la fottuta Harmony in Indiana.*

«Bona» sussurrò Doug a Justin Baker, scandendo la parola in due sillabe, e il compagno sogghignò.

Che teste di rapa.

Ma non avevano tutti i torti. Durante tutta la lezione, il mio sguardo continuò a scivolare su Willow Holloway, la quale sembrava ben consapevole di quanto fossimo all'opposto. La sua non era una bellezza impeccabile – era leggermente scompigliata, con lunghi e folti capelli un po' selvaggi. Ma gli stivali e i jeans che indossava gridavano soldi da tutte le parti. L'ovale del viso era liscio come porcellana, come se non avesse passato un solo giorno della sua vita a lavorare sotto il sole rovente o il vento pungente. E, a giudicare dal suo aspetto quella mattina, probabilmente era di un buon paio d'anni più piccola di me.

Troppo piccola, pensai, nonostante i miei occhi si fossero posati sul rigonfiamento del suo seno sotto il maglione di cashmere e non vollero più spostarsi, per non parlare di quella massa di capelli arruffati che le mie dita fremevano di toccare.

Chi sarebbe la testa di rapa adesso?

Cambiai posizione sulla sedia e rammentai a me stesso che potevo avere tutte le femmine maggiorenni che volevo: mi sarebbe bastato inviare un messaggio o fare una telefonata. Eppure, per il resto della lezione, il mio stupido corpo continuò a concentrarsi sulla presenza di Willow al mio fianco.

Quando suonò la campanella, indugiai al mio posto per osservarla mentre si alzava. Radunò i propri libri con languida sicurezza, come se frequentasse la George Mason da anni e non da pochi minuti.

Si girò verso di me con un sorriso freddo. «Domani potrai riprenderti il tuo posto.»

Incrociai il suo sguardo senza esitare, in silenzio.

Lei si strinse nelle spalle e se ne andò, spostando con una rapida mossa quell'incredibile quantità di morbidi capelli dalla spalla. La chioma frusciò da una parte all'altra per poi sistemarsi a mo' di tenda quasi fino alla vita.

Lascia perdere, pensai. *Troppo giovane, troppo ricca, troppo… tutto ciò che tu non sei.*

Ero povero da fare schifo da tutta la vita. Avevo imparato ad accettarlo per la maggior parte del tempo. Ma certe volte, come quella mattina, il solo pensiero mi sembrava come un calcio nei denti.

2

Willow

«Vi prego di dare un caloroso benvenuto degno dei Mason Mavericks a Willow Holloway, che si è trasferita qui da New York.»

Rivolsi un sorriso blando ai miei nuovi compagni di classe; ai giocatori col giubbino della squadra, che nascondevano un inequivocabile secondo fine dietro ai loro sorrisi amichevoli; alla ragazza con i capelli scuri e ricci e le lentiggini sulla pelle chiara, che mi sarebbe senza dubbio saltata addosso al suono della campanella; al tipo prepotente, un ribelle senza motivo, a cui avevo fregato il posto…

Fu facile ignorare tutti, tranne lui…

Porca miseria, non avevo mai visto un tipo più bello in tutta la mia vita. Circa un metro e novanta, spalle larghe, con muscoli slanciati e una faccia da star del cinema. I suoi lineamenti erano incredibilmente perfetti: zigomi alti, mascella scolpita, sopracciglia spesse, labbra carnose. Occhi grigio verde, come il mare d'inverno al largo di Nantucket.

Tutto di lui era freddo e tempestoso, con un accenno di pericolosità. La sua giacca di pelle nera odorava leggermente di fumo di sigaretta e non mi sarei stupita se avesse avuto un coltello a serramanico infilato in uno scarpone. Anche il modo in cui mi guardava mi pareva pericoloso. Il mio corpo reagì all'istante, ovunque, come se il suo sguardo indagatore potesse penetrare in profondità, ben oltre la mia pelle. Mi guardava come se riuscisse a *vedermi*.

Stai reagendo in modo eccessivo, ragazza. Parecchio eccessivo.

Mi misi a fissare la finestra e lo squallido panorama che offriva, composto da un cielo grigio e neve sporca.

Era tutto così sbagliato.

Il primo giorno di scuola doveva essere alla fine dell'estate, quando il caldo non si era ancora del tutto arreso alle fredde brezze autunnali.

Non nel pieno dell'inverno con la neve a imbiancare il terreno e a una manciata di mesi dal diploma.

Sarebbe stato uno schifo, se mi fosse ancora fregato qualcosa di stringere nuove amicizie. Ero intrappolata nel mio perpetuo inverno interiore. Sigillata in un cubo di ghiaccio, come una di quelle mummie che fanno vedere su Discovery Channel. Sembrano sempre così vive, ma dentro... il nulla.

Un tempo la scuola mi piaceva. Non vedevo l'ora che ricominciasse. I miei amici potevano essere lunatici o un po' teatrali, ma erano i *miei* amici. Il carico di studio era sempre smisurato ed estremamente noioso, ma ci tenevo molto ai voti. Durante i mesi successivi alla festa, avevo assistito con odio al progressivo abbassamento della mia media, e al conseguente sfumare della prospettiva di frequentare il college. Detestavo il fatto di far preoccupare i miei genitori, anche se si trattava di una preoccupazione marginale per loro.

Osservai la classe, al sicuro nella mia bara di ghiaccio. *Avrei voluto* essere cordiale. Ma esserlo portava ad avere degli amici. Gli amici comportavano telefonate e messaggi e serate passate a parlare sotto le coperte. Situazioni calde e pericolose che rischiavano di far sciogliere le barriere di ghiaccio e sgorgare terribili segreti in un torrente infinito di lacrime.

Lascia perdere.

Se a questi compagni fossi piaciuta, o se invece mi avessero odiato o ignorato – l'opzione che avrei preferito – per me non avrebbe fatto alcuna differenza.

Lo stesso valeva per il James Dean accanto a me. Poteva anche riprendersi il suo banco domani. Non avevo bisogno di lui e dei suoi tormentati occhi verdi che scavavano sotto la mia pelle.

Avevo ragione sulla ragazza bruna. Dopo l'ora di inglese l'avevo evitata, ma più tardi mi vide uscire dalla classe di economia. Mi si affiancò, sicura di sé, coi suoi stivali, i leggings e una morbida felpa nera con su scritto: *La mia testa dice PALESTRA, ma il mio corpo dice TACOS.*

«Ciao. Angie McKenzie, redattrice dell'annuario» annunciò. Mi aspettai quasi che mi passasse un biglietto da visita, o mi sbattesse in faccia il tesserino come fanno gli agenti dell'FBI in televisione. «Sei di New York? Cosa ti ha portato da queste parti?»

«Il lavoro di mio padre» replicai.

«Wow, pessimo tempismo, eh? Nel bel mezzo dell'ultimo anno scolastico...»

Alzai le spalle. «Sopravvivrò.»

Mi rivolse un sorriso scaltro. «Ma guardati, con quel faccino d'angelo e i capelli da principessa Disney... È tutta una copertura perché sotto sotto sei una tipa tosta, vero?»

Nonostante tutti i miei sforzi, mi sfuggì un sorriso. Angie era una di quelle ragazze strane e che risultano subito simpatiche, accidenti a lei. La mia migliore amica, Michaela (*ex migliore amica*, riflettei), era proprio così. Assunsi il controllo del mio sorriso. «Sì, esatto» risposi. «I capelli sono una copertura.»

«Fai pubblicità alla Pantene, vero?» ribatté Angie. «Sono così invidiosa. Nash, il mio fidanzato da, be', una vita? Ecco, lui continua a insistere perché me li faccia crescere, ma non sarebbero affatto come i tuoi.» Agitò la massa di ricci scuri con le mani. «Ce la fate a dire *crespo*, bambini miei? Dai, lo so che ci riuscite!»

Mi sfuggì una risata. «Sei strana. In senso buono, intendo» aggiunsi. Potevo anche vivere in una stasi criogenica autoimposta, ma ci tenevo a non ferire i suoi sentimenti.

Si mise a ridere anche lei, e gli orecchini a cerchio rosa che aveva alle orecchie sobbalzarono. «Ragazza, essere strana è la mia missione di vita.»

Eravamo arrivate al mio armadietto in fondo al corridoio al secondo piano. Delle porte a vetri conducevano fuori a una piccola rampa di scale in mattoni con ringhiere di metallo. Il bel ragazzo del corso d'inglese si trovava là, con un cappello lavorato a maglia calato sulla testa e dei guanti senza dita, che non sembravano isolarlo a sufficienza dal freddo. Era appoggiato alla ringhiera, del tutto a proprio agio, a fumare una sigaretta. Il fumo rendeva più fitto il pennacchio di vapore provocato dal suo fiato che veniva catturato dal vento e portato via.

«Lui chi è?» domandai.

«Isaac Pearce» rispose Angie. «È proprio figo, vero? Ma scordatelo. Frequenta solo le ragazze più grandi. E con frequentare intendo che ci fa solo del sesso epico e distaccato. Credo.»

Fui attraversata da un'immaginaria vampata di calore, come la smania che doveva provare una persona amputata nei confronti dell'arto mancante. Mi appoggiai alla fila di armadietti, mi sistemai la borsa, poi i capelli, e poi di nuovo la borsa.

«Ah, sì? Gli piacciono quelle più grandi?»

Angie annuì. «Anche se è difficile immaginarselo mentre ne chiama una per chiederle di uscire. Tipo al telefono. Usando le parole.»

«Che intendi?»

«Che non parla» spiegò.

Battei le palpebre. «È muto?»

Angie alzò gli occhi al cielo. «Intendo dire che è in *grado* di parlare, ma non lo fa spesso. A parte sul palco, quando recita...»

Lasciò la frase in sospeso, e io guardai Isaac Pearce, appoggiato al muro fuori dalla porta a vetri, a sfidare il freddo e a fumare una sigaretta in bella vista, senza curarsi del fatto che qualche insegnante poteva vederlo.

«È un attore? Sembra...»

Le parole vennero meno anche a me, nessuna mi sembrava adeguata. *Fico. Ragazzaccio. Gigolo. Seduceva le ragazze e poi le abbandonava. Una tipa diversa ogni sera...*

«Un duro» conclusi.

«Per forza. Suo padre lo massacra di botte.»

I miei occhi rimbalzarono su Isaac, nel tentativo di capire se nel suo sguardo si scorgesse qualche segno evidente di abuso, o se le sue ferite peggiori, come le mie, fossero nascoste dentro di lui.

«Il padre lo picchia?»

«Così dicono. Ma nessuno ha più visto in giro suo padre, perciò la voce che gira adesso è che Isaac lo abbia ucciso e poi nascosto il corpo nella loro autodemolizione.»

La guardai perplessa. «Cosa? Ma dai...»

Angie si strinse nelle spalle e arricciò il naso cosparso di lentiggini. «È solo una stupida voce, comunque non lo biasimerei. Vivono da soli e ai margini della città, in quella squallida casa mobile circondata da un cimitero di macchine.» Rabbrividì.

Subito i miei occhi cercarono di individuare i segni della povertà di Isaac, e li trovarono subito nei suoi scarponi logori e nei jeans sbiaditi. Povero, ma orgoglioso. Non c'era niente in lui che implorasse pietà.

«D'accordo, ma non ha *ucciso* suo padre» conclusi.

Angie sventolò le mani. «Charles Pearce spunterà fuori, prima o poi. Le voci smetteranno di circolare per qualche settimana e poi ripartiranno. È così da quando la madre di Isaac è morta, circa dieci anni fa. Veniva sempre a scuola ricoperto di lividi. Ma di recente non succede più.

Insomma, guarda che stazza. Adesso è abbastanza forte da difendersi. Perché non dovrebbe?»

Non sapevo cosa rispondere. Non volevo pensare a quanto dovesse essere terribile non solo essere malmenato dal proprio padre, ma dover rispondere ai colpi. Doversi difendere.

«Sul palcoscenico, Isaac è completamente diverso» commentò Angie. «Un mostro pazzesco e sexy. Interpreta tutti questi ruoli appassionanti che gli impongono di gridare e piangere sul palco. Un paio di anni fa, il teatro comunale mise in scena *Angels in America*, e lui e un altro tipo si *baciarono*. Penserai che sia stata la sua condanna a morte, e invece no. Isaac è intoccabile.»

Intoccabile.

Quella parola mi risuonò in testa come una ninna nanna. C'era un senso di sicurezza racchiuso in quelle cinque sillabe. Rappresentava tutto ciò che volevo essere, ma che non ero.

Nemmeno Isaac lo era, pensai. *Per suo padre non era intoccabile.*

«Dovresti venire all'ultimo spettacolo di stasera o domani» mi suggerì Angie. «Per vederlo recitare.»

«È bravo?»

Sbuffò. «Bravo? È un'esperienza che ti cambia dentro. Io non sono una grande amante del teatro, ma guardare Isaac Pearce sul palco...» Mi rivolse un sorriso malizioso. «Ti avverto solo di portarti un paio di mutandine di ricambio.»

«Magari lo farò» risposi. «*Andare a vederlo*, intendo.»

«Andiamoci stasera» buttò lì in tono allegro. «Recita nell'*Edipo re*, al teatro comunale. Lo so, lo so, le tragedie greche sono barbose, vero? Ma, credimi, con Isaac come protagonista...» Agitò le spalle come se fosse stata percorsa da un piccolo brivido. «Ho visto lo spettacolo già due volte. Quello di chiusura è domani, ma posso rimediare un posto in più. Per te.» Mi diede una gomitata. «Sono o non sono il miglior comitato di benvenuto che ci sia?»

«Non saprei, sei il primo che mi capita.»

Angie pescò una biro dallo zaino, mi afferrò la mano e mi scrisse sul palmo il suo numero di telefono. Trasalii; la penna si posò a pochi centimetri dalle X nascoste sul mio polso.

«Stasera alle otto» decretò. «Mandami un messaggio appena i tuoi ti danno l'okay. Ti aspetterò fuori dal teatro.»

Battei le palpebre per l'improvviso appuntamento mondano che mi era stato praticamente imposto. I miei piani per il venerdì sera di solito implicavano la lettura di un libro, una tazza di tè o una maratona di *Black Mirror* su Netflix. Una serata tranquilla nel palazzo di ghiaccio.

Mi ascoltai rispondere: «Va bene, d'accordo. Ti mando un messaggio».

«Fantastico» esclamò Angie, raggiante. «E vieni a cercarmi per pranzo, sarò con la mia combriccola. Puoi anche risparmiarti la stronzata della Ragazza Nuova Che Mangia Tutta Sola.»

«Grazie.»

«Servizio di benvenuto deluxe, tesoro.»

La campanella suonò. Angie mi lanciò un bacio volante e trottò a lezione. Io mi incamminai più lentamente, lo sguardo che indugiava su Isaac da sopra l'anta aperta del mio armadietto. Lui alzò la testa.

Per un secondo, attraverso la porta a vetri appannata, i suoi occhi incrociarono i miei. Fui di nuovo catturata dalla pericolosa bellezza di questo ragazzo. Era come un elegante coltello. Avrebbe potuto ferire solo a guardarlo, se non si era capaci di maneggiarlo.

E io gli avevo rubato il posto a inglese.

Magari non farlo di nuovo...

Isaac mi rivolse un cenno con il mento, poi buttò a terra la sigaretta e s'avviò lentamente dentro l'edificio. Quando mi passò accanto, lasciò una scia di odore di fumo e di freddo gelido, con un accenno di menta piperita. Non parlò con nessuno e nessuno parlò con lui. Ma, come me, gli studenti lo guardarono.

Lo guardarono tutti. Ipnotizzati.

A New York non avevo mai imparato a guidare, perché semplicemente non ce n'era bisogno. Non avevo nemmeno il foglio rosa. Così, presi lo scuolabus per tornare a casa dalla George Mason. Questo si trascinò pesantemente e barcollò verso la parte est di Harmony, dove la strada cominciava a snodarsi attraverso basse colline pedemontane. Le case erano enormi in questa parte della città, con giardini ampissimi. Più di una proprietà vantava un recinto per cavalli e un fienile. Non avevo mai immaginato si potesse avere così tanto spazio intorno a una casa. C'erano giardini posteriori, giardini frontali, giardini *laterali*. E alberi dappertutto. Con l'inverno erano diventati scheletrici, ma era facile immaginarli verdi e rigogliosi d'estate, o traboccanti di rosso e arancio in autunno. Un'immagine semplice e piacevole. Mi ritrovai a non vedere l'ora di assistere a quello spettacolo.

Mia madre non era altrettanto entusiasta.

«Spero che l'assicurazione sulla casa copra anche le incursioni da parte degli indiani» aveva detto a papà appena arrivati. «E gli sciami di locuste.»

Mio padre aveva finto che stesse scherzando, ma io sapevo che mamma era dannatamente seria. La vita di campagna non le sarebbe mai andata a genio. Era un personaggio mondano nel Connecticut, una ragazza del Wellesley e una presenza fissa nell'Upper West Side di New York. Le davo sei mesi ad Harmony prima che presentasse un ultimatum a papà: o torniamo a New York o dovrai cercarti una casa a Divorziolandia.

Quando quel primo giorno lo scuolabus mi lasciò scendere nella mia nuova via, inalai a fondo l'aria frizzante nei polmoni. Questo era un freddo completamente diverso da quello di New York. Più pulito. Probabilmente era solo la mia immaginazione, ma mi sembrava di poter respirare un po' meglio.

La nostra vecchia casa era spaziosa per gli standard di Manhattan, ma la nuova era *enorme*. Regina Holloway non voleva fienili né recinti per cavalli: aveva insistito perché comprassimo qualcosa di totalmente ristrutturato. Come la matrigna di Winona Ryder in *Beetlejuice*, aveva voluto sopprimere il fascino campestre dalla casa e sostituirlo con una fredda eleganza.

A me sarebbe piaciuta una vecchia casa di campagna con i fiorellini sulla carta da parati ingiallita e una calda ringhiera di legno intorno alle scale. Più si contrapponeva alla nostra casa di città, meglio era. Così non ci sarebbe stato nessun promemoria inconscio o ricordo di quella festa non autorizzata che avevo organizzato e di ciò che era successo nella mia camera.

Aprii la porta di casa ed entrai nel tepore. Avevamo un ingresso imponente con un lampadario che proveniva da una sala da ballo. Attraversai il parquet chiaro e mi tolsi gli stivali imbrattati di neve prima di addentrarmi nel labirinto di divani, poltrone e tappeti arrotolati, ancora avvolti nella plastica.

La casa era vuota e silenziosa. I mobili che avevamo a New York non erano stati sufficienti a riempire tutto quello spazio gigantesco, e mamma era andata a Indianapolis a comprarne altri. Papà era al lavoro, naturalmente, a sgobbare per il signor Wilkinson e per stare al passo con le spese di mamma.

La cucina era quasi del tutto arredata. Preparai del tè alla fragola e lo portai nella mia stanza. Il mio nuovo letto doveva essere consegnato in giornata. Era l'unico acquisto che avevo preteso per il trasferimento. Avevo giustificato la richiesta appellandomi al fatto che ora avessimo più spazio, e papà, compiaciuto che non mi stessi lamentando dell'Indiana, era stato più che felice di accontentarmi.

Sbirciai nella stanza, poi buttai fuori l'aria.

Sì.

Il mio vecchio letto con il materasso marchiato da una X era sparito, consegnato alla discarica o alla stazione di riciclaggio. Al suo posto ce n'era uno matrimoniale a baldacchino con tendine trasparenti.

Dormirò in questo letto, giurai. *Come una ragazza normale.*

Posai il tè sul comodino accanto al letto e mi distesi sul materasso avvolto ancora nella plastica. Piegai le braccia sullo stomaco e chiusi gli occhi.

«Intoccabile» mormorai.

Dopo innumerevoli notti schifose, il sonno mi ghermì in fretta con i suoi artigli e mi trascinò giù, nelle tenebre più oscure. La musica pulsante attutita dalle pareti e dal pavimento. Una bocca calda dal sapore di birra e arachidi sulla mia. Mani strette intorno alla gola. E quel peso. Il peso di Xavier, schiacciante, soffocante, distruttivo...

Schizzai su, un urlo bloccato nel petto, intrappolato nei polmoni tesi e ansimanti. Battei le palpebre finché la mia nuova camera nella mia nuova casa non tornò a fuoco. La luce pomeridiana era svanita. L'orario sulla radiosveglia segnava le 18:18. Feci dei respiri profondi, mi asciugai le lacrime dalle guance e scivolai sul pavimento.

Ormai, non ero al sicuro in nessun letto.

Mi misi seduta, le gambe divaricate come una bambola, a rimuginare su quella vecchia canzone, *Living Dead Girl.* Pensai di avvolgermi nel copriletto, fare un bozzolo nel piumone e passare il resto della sera là dentro, in attesa della luce del mattino. Poi mi ricordai dell'invito di Angie per lo spettacolo di Isaac.

Ancora scossa dall'incubo, l'idea di trascinarmi fuori di casa per socializzare mi sembrava impossibile. Ma, magari, assistere a una rappresentazione teatrale sarebbe stato come leggere: un'esperienza coinvolgente e d'evasione. Avrei potuto immergermi nell'antica epoca greca e allontanarmi per un po' dalla mia patetica tragedia.

Tirai fuori a fatica un braccio dalla coperta e fissai il numero di telefono sul palmo della mia mano.

Stavo davvero per andare allo spettacolo? Perché?

Per diventare amica di Angie.

Per vedere il cosiddetto prodigio della recitazione, Isaac Pearce.

Per uscire di casa.

Per essere normale.

Tirai giù la manica e confrontai l'inchiostro blu della scrittura tondeggiante di Angie con quello nero delle X che avevo scarabocchiato sul polso. Afferrai il telefono e inviai un messaggio ad Angie.

Io: Sono Willow. Stasera ci sono. Ci vediamo alle 19:45?

La risposta giunse quasi istantanea.

Angie: Facciamo alle 19:00 così prendiamo un panino e un frappè da Scoop. Hai qualcuno che ti può accompagnare?

Mi resi conto che non avevo nessuno, e che probabilmente Uber e i taxi non erano così frequenti ad Harmony come a New York.

Io: No, mi passi a prendere?
Angie: Certo, vostra altezza. <3

Le detti il mio indirizzo, poi inviai un messaggio ai miei genitori.

Io: Esco a mangiare con degli amici e poi vado a vedere uno spettacolo a teatro. Sarò a casa verso le undici.

Mia madre volle sapere con chi sarei uscita, si era già fatta l'opinione che Harmony fosse interamente popolata da zotici e sempliciotti. Papà insisté sul coprifuoco alle undici in punto e "non un minuto più tardi".

Ignorai entrambi i loro messaggi e mi preparai. Non erano affari di mia madre con chi uscivo e non avevo chiesto nessun permesso a mio padre.

3

Willow

Angie suonò il clacson dal vialetto alle sette meno dieci. Uscii, infagottata nella mia giacca invernale bianca e il cappello rosa cucito a maglia.

Angie aveva allungato il collo fuori dal finestrino del guidatore della sua Toyota Camry verde per ammirare la casa.

Emise un fischio di ammirazione quando salii in auto. «Chez Holloway ees molt bel» commentò con un terribile accento francese, e si baciò la punta delle dita. «Tuo padre lavora nell'industria petrolifera?»

«Indovinato» risposi. «È un dirigente della Wexx.»

«Oh cavolo, già, quelle pompe di benzina sono ovunque. Persino quel perdigiorno del padre di Isaac ne gestisce una vicino all'autodemolizione. Allora, cosa c'è d'interessante per voi da queste parti?»

Alzai le spalle. «Il capo gli ha chiesto di dirigere le attività del Midwest. E così siamo qui.»

«Sembra che la sua decisione non ti dispiaccia.» Con prudenza ma non timidamente, Angie guidò lungo la tortuosa Emerson Road pulita dallo spazzaneve, che collegava il mio quartiere al centro della città. Cumuli di neve incorniciavano entrambi i lati della strada. «Io avrei dato di matto se avessi dovuto trasferirmi durante l'ultimo anno.»

«Non è che abbia avuto molta scelta. Hai sempre vissuto qui?»

«Nata e cresciuta» confermò Angie. «Ma non ho intenzione di rimanerci. Sto facendo domanda alla Stanford, all'Università di Los Angeles, alla Berkeley – in pratica a qualsiasi università della California che mi vorrà accettare. Voglio il sole e la spiaggia, capisci?» Storse le labbra in risposta al mio silenzio. «E tu? Dove stai facendo domanda?»

«Da nessuna parte» ammisi.

Angie rallentò a uno stop. «Davvero? Non andrai all'università?»

«No.» Mi spostai sul sedile. «Cioè, non ho ancora fatto domanda da nessuna parte. Ma lo farò. Presto.»

«Ragazza, ti conviene darti una mossa. Il tempo vola.»

«Lo so» commentai con i denti serrati.

Questa era la parte peggiore della vita: continuava ad andare avanti anche se avevi disperatamente bisogno che rallentasse un po' e aspettasse mentre cercavi di rimettere insieme i cocci.

«Andrai a Yale, vero? O alla Brown?» indagò Angie quando arrivammo in fondo alla curva e vedemmo le luci del centro di Harmony davanti a noi. «Mi immagino un posto esclusivo e da qualche parte nel New England.»

«Forse.»

«Ehi, tutto bene?» Angie mi guardò con la coda dell'occhio. «Mi rendo conto di non conoscerti molto bene – hashtag eufemismo – ma mi sembri un po'… non lo so, giù. Meno radiosa di oggi.»

«Oh, ho schiacciato un pisolino e mi ha lasciata un po' stordita» buttai lì. «E hai appena *detto* hashtag?»

«Sono figlia dell'era tecnologica.»

«È di questo che ti vuoi occupare per lavoro?» indagai, più che altro per distogliere tutta l'attenzione da me, ma comunque curiosa di sapere. «Qualcosa in ambito tecnologico?»

«Esatto» rispose Angie. «La robotica è la mia passione. Voglio costruire arti artificiali per le persone che hanno subito un'amputazione. Il mio sogno è fare parte di un gruppo che crea arti come la mano di Luke Skywalker, capisci? Realistico all'esterno, Terminator all'interno.»

«Guardi un sacco di film, vero?»

«Fissata della tecnologia: al cento per cento, certificata.»

Abbozzai un lieve sorriso, ma si dissolse appena pensai ad Angie e ai suoi sogni. Era d'animo nobile e gentile, con l'ambizione di studiare alla Stanford e di donare qualcosa di buono al mondo. Avrei tanto voluto avere il suo stesso estro. Un fuoco che mi spingesse verso un futuro con una carriera, degli obiettivi e uno scopo. Degli obiettivi che non fossero superare l'ennesima notte insonne.

Ora sei fuori casa, mi suggerì una voce come quella della nonna. *Stai facendo del tuo meglio. È già qualcosa.*

Quel pensiero mi infuse un po' di conforto e venni ricompensata dalla vista da cartolina del centro di Harmony. Ghirlande con luci natalizie erano ancora appese agli edifici vittoriani, dalle ampie facciate che ospitavano più di un negozio. Passammo davanti a una lavanderia a gettoni, al negozio "tutto a novantanove centesimi", alla Caffetteria Daisy e a un salone di bellezza. L'insegna al neon della Ferramenta Bill riverberava di rosso accanto all'ingresso del cinema con una sola sala. La neve era stata spalata in mucchi ordinati e alcune persone passeggiavano lungo i marciapiedi.

«È bellissimo» mormorai.

«Sì?» Angie allungò il collo oltre il cruscotto mentre aspettavamo che l'unico semaforo della città diventasse verde. «Sì, immagino di sì. Hai visitato altri posti di Harmony? Lo so che è sommersa dalla neve, ma ci sono diverse chicche da vedere, per essere solo un puntino sulla mappa.»

«Tipo?»

«C'è un labirinto di siepi davvero fico appena più a nord.»

«Un labirinto di siepi?»

«Non è alto o troppo intricato perché un turista possa perdersi, ma al centro c'è un piccolo capanno accogliente con un mulino a vento. Puramente decorativo.»

O romantico, mi sussurrò la mia mente.

«A ovest della città c'è un cimitero davvero bello che risale alla Guerra Civile. E c'è un anfiteatro all'aperto dove si tengono gli eventi cittadini e i festival. Se hai bisogno di negozi outlet o fast food, Braxton è dieci minuti a nord. E se cerchi una vera città, Indianapolis la trovi a venti minuti, dopo Braxton.»

Accostò l'auto al marciapiede, di fronte a un edificio con un'insegna su cui si leggeva la scritta "Scoop".

«Ecco il tipico ritrovo per studenti delle superiori in stile John Hughes» annunciò Angie, prima di spegnere il motore. «Ti avverto: è un posto da panini, patatine e gelato, nel caso tu sia una ragazza da insalata e germogli. Io non lo sono, se non si fosse già capito.» Si sculacciò il fianco rotondo con una risata.

La seguii all'interno del locale. Brulicava di quelli che sembravano studenti della George Mason, oltre a qualche famiglia con bambini piccoli.

«Ah sì, vedo che le varie cricche – perché questo sono – hanno occupato i soliti posti.» Con il mento, Angie indicò diversi gruppetti radunati attorno ai tavoli o stipati nei divanetti.

«Ecco la mia tribù» affermò Angie. «Spero non ti dispiaccia se ho invitato anche loro.»

«No, va bene» risposi, e mi sforzai di ricordare i nomi delle persone che Angie mi aveva presentato a pranzo: il suo fidanzato, Nash Argawal – un ragazzo di origini indiane e dal volto dolce – Caroline West, una brunetta minuta, e Jocelyn James, la spilungona bionda, capitana della squadra di pallacanestro.

«Se dovessi classificarci sulla base di *Mean Girls*, siamo I Più Strafichi Che Incontrerai Mai» aggiunse Angie. «Bizzarri e variegati smanettoni della scienza e persone dalla sessualità non dichiarata.» Mi si accostò mentre raggiungevamo il tavolo. «Sulla carta siamo tutti etero, ma una volta Caroline ha baciato Jocelyn a una festa e, per usare le immortali parole della signora Perry, è piaciuto a entrambe.»

Avevo già classificato la combriccola di Angie come gradevole senza troppi fronzoli e Simpatica con la S maiuscola. Erano quel genere di persone con cui era davvero facile legare. Quel genere di persone che, se rivelassi loro certi orribili segreti, non ti marchierebbero mai come una puttana né ti domanderebbero perché diavolo hai inviato una foto in topless a un tipo più grande. O perché hai permesso a quello stesso ragazzo di entrare nella tua camera. E, tanto per cominciare, sarebbero persino inorridite di scoprire che non ricordi nemmeno di averlo invitato.

«Ciao a tutti, vi ricordate di Willow?» annunciò Angie prima di infilarsi nel divanetto accanto a Nash. Caroline scorse verso Jocelyn per farmi spazio. «Ho intenzione di reclamarla come nostra, prima che se la prendano le cheerleader.» Mi guardò esitante. «A meno che tu non voglia essere una cheerleader.»

Con un cenno della testa, mi indicò un tavolo dove un gruppetto di belle ragazze coi capelli lunghi e il lucidalabbra luminosissimo si parlavano da dietro i cellulari. Dei ragazzi con i giubbini della squadra della scuola sedevano al tavolo accanto, gli sguardi fissi sulla partita trasmessa alla TV nell'angolo.

«No, non sono una cheerleader» risposi. *Non più.*

Nella mia vecchia vita, non solo ero stata una cheerleader, ma anche copresidente del comitato del ballo scolastico, tesoriere di classe e membro del gruppo di dibattito. Un travolgente elenco di attività che adesso mi sembravano i ricordi sbiaditi di qualcun altro.

«Non è un problema, se lo sei» mi rassicurò Angie. «Le nostre Barbie non sono poi tutte così di plastica.»

«A dire il vero sono tutte piuttosto carine» confermò Jocelyn mentre salutava con la mano una ragazza dall'altra parte del locale. «Quando cresci insieme alle stesse persone sin dalle elementari, è parecchio difficile comportarti da stronza.»

Nash mi sorrise. «Quando sai che la reginetta del ballo da piccola mangiava la colla, non può avere tutta questa influenza su di te.»

«Ma potrebbero comunque cercare di portarti via da noi» mi avvertì Angie. «Sei ancora nuova di zecca.»

«Portarmi via da cosa?» indagai.

Angie si scambiò un'occhiata con Nash. «Potrei avere degli ulteriori motivi per aver radunato qui la banda. Motivi che non hanno nulla a che fare con la tragedia greca.»

«Vuole che ti occupi con noi dell'annuario» spiegò Nash, che sussultò quando Angie gli diede una gomitata sul fianco.

«Non mi hai dato il tempo di vendergliela bene» protestò lei.

«Lo spettacolo inizia tra quarantacinque minuti» rispose Nash. «Non abbiamo tutto questo tempo.»

Angie alzò gli occhi al cielo e si mise a frugare nella borsa. «Va bene.» Tirò fuori l'annuario dell'anno precedente e lo fece scivolare sul tavolo. «Ne abbiamo già parlato: le domande per l'università sono la priorità in questo momento, e tu hai bisogno di attività extracurricolari, giusto?»

Annuii e aprii il libro di foto patinate. «Mio padre me l'ha imposto, e così sarà.»

«Quindi?» Angie batté le mani. «Per parafrasare *The Breakfast Club*, non siamo *eccezionali* in quello che facciamo?»

«Forse» risposi mentre sfogliavo le pagine.

L'idea di occuparmi dell'annuario suscitava in me un interesse pari a zero. Anche tornare a essere una cheerleader. O ubbidire agli editti di mio padre.

Guardai i volti immortalati nelle foto: studenti che ridevano assieme, che lavoravano a progetti, che partecipavano a gare canore e vincevano coccarde a fiere della scienza. Un intero libro dedicato a ragazzi normali che facevano cose normali.

Sapevo che molti di loro – probabilmente più di quanti potessi immaginare – avevano i propri fantasmi con cui combattere, ma sembravano di gran lunga più bravi di me ad andare avanti. Io, invece, non stavo andando da nessuna parte.

Una cameriera prese le ordinazioni, e io tornai a sfogliare l'annuario mentre gli altri chiacchieravano attorno a me. Arrivai alla pagina delle attività cittadine di Harmony.

E trovai Isaac Pearce sul palco, catturato in un espressivo scatto in bianco e nero. Osservai più da vicino.

«Ehi, signorina Holloway» mi richiamò Angie. «Non staremo diventando un po' troppo curiose riguardo il signor Pearce?»

La ignorai e scorsi le foto di Isaac con le rispettive didascalie: *Angels in America, Il bambino sepolto, Erano tutti miei figli.*

«Recita da tanto tempo?» indagai.

«Dalle elementari» spiegò Angie.

«Ah, ho capito» si inserì Nash, alzando gli occhi al cielo. «Non siamo qui per apprezzare l'arte, ma per reclutare un nuovo membro del fan club di Isaac Pearce.» Guardò la fidanzata. «Spero tu abbia avvertito la nuova iniziata che sta per prendere un granchio.»

«Io non sto prendendo nessun granchio» replicai, una fitta profonda al cuore.

L'idea di stare con un ragazzo mi ripugnava più che mai. Averlo vicino. Ritrovarmi confinata nella sua auto durante un appuntamento. Venire baciata. O toccata. Il suo corpo premuto contro il mio senza conoscere le sue intenzioni. O la sua forza.

Chiusi di colpo l'annuario, e così scacciai via l'immagine di Isaac e i pensieri che avrebbero potuto trascinarmi verso un attacco di panico di livello dieci.

«Di aspetto è carino» stava ammettendo Jocelyn. «Ma è uno scopatore seriale di universitarie. A noi bambine neanche ci guarda.»

«Bambine?» ripetei. «Ma lui ha la nostra età.»

Scossero tutti la testa.

«No?»

«No. Sua madre morì quando aveva otto anni» rivelò Angie. «Lui smise di parlare per, boh, sei mesi o qualcosa del genere, e dovette ripetere l'anno.»

Aggrottai la fronte. «Smise completamente di parlare per sei mesi?»

Angie annuì. «Forse anche di più. Era con noi in terza elementare. Prima che venisse ritirato da scuola, era strano vedere un bambino di, quanto? otto anni? che non spiccicava parola.» Scosse la testa. «Poverino.»

Nella mia testa immaginai un bimbo biondo con misteriosi occhi verdi al quale una tragedia strappava via le parole a suon di pugni. «Cosa lo ha portato a parlare di nuovo?»

«La signorina Grant, l'insegnante di quarta elementare, dirigeva un piccolo spettacolo e lo convinse a prendervi parte.» Angie sollevò in aria le mani. «Il resto è storia.»

Annuii.

Gli aveva fornito le parole di qualcun altro da pronunciare.

«Ma ha perso un anno di scuola» ribadì Nash.

Caroline annuì. «Ha diciotto anni. No, aspetta...» Contò con le dita. «Probabilmente adesso ne ha diciannove, giusto?»

«Dev'essere stata dura» commentai.

Jocelyn scrollò le spalle e immerse una patatina nel ketchup. «Ne è valsa la pena. Il suo talento artistico gli procurerà grande fama.»

«A proposito» intervenne Nash dopo aver controllato l'orologio. «Dovremmo andare. Edipo non si strapperà gli occhi tutto solo.»

Angie lo colpì sul braccio. «Ehi? Potresti dare un'allerta spoiler, magari?»

«Conosco la storia» la rassicurai, incapace di trattenermi dal sorridere. Non riuscivo a non apprezzare Angie, che mi prese a braccetto quando uscimmo sul marciapiede.

In un primo momento trasalii; non ero una grande fan del contatto fisico, ma Angie era puro calore per il mio gelo e non mi opposi, mentre i nostri fiati formavano delle nuvolette per le luccicanti strade invernali.

«Allora, hai valutato la mia offerta?» mi chiese. «L'annuario sta andando incontro a un momento decisivo, e una mano servirebbe davvero.»

«Non lo so» risposi. «Non credo di essere la persona giusta.»

Lei mise il broncio. «Sicura? Perché...»

«Sì, sono sicura» replicai con voce dura. Mi costrinsi a tornare gentile. «Scusa. Ci siamo trasferiti da soli nove giorni. Sto ancora cercando di orientarmi.»

«Oh mio Dio, ma certo» si scusò Angie con un ampio sorriso. «Sono proprio sfacciata da morire...»

«Tu dici?» mormorò tra sé e sé Nash.

Angie voltò la testa e gli rifilò un'occhiataccia, poi si piegò di nuovo verso di me. «Scegli quello che più ti si addice, Holloway» concluse. «Qualunque cosa sia. Ma la mia porta è sempre aperta. Sempre.»

«Grazie.»

Anche le parole di Angie mi scaldarono per tutto il resto della camminata verso il teatro comunale di Harmony.

Scegli quello che più ti si addice, qualunque cosa sia.

4

Willow

Rispetto agli altri palazzi del centro di Harmony, l'edificio che ospitava il teatro comunale era quasi fatiscente in un modo imbarazzante. Le rifiniture delle colonne centenarie all'ingresso erano imbrattate da anni di fumi di scarico. Gli scalini di cemento che conducevano all'entrata erano crepati. All'interno, granelli di polvere danzavano sotto la tenue illuminazione delle eleganti plafoniere dai vetri colorati.

Dopo aver acquistato i biglietti da un piccolo botteghino, Angie e i suoi amici si misero a parlare fra loro, mentre io passeggiavo avanti e indietro nell'atrio e osservavo attentamente l'esposizione di fotografie in banco e nero. Alcune rappresentavano degli scatti storici dell'edificio. Secondo le didascalie, il teatro era in funzione dal 1891, quando Harmony era composta solo da una manciata di edifici sparsi, separati da ampie strade sterrate. Calessi trainati da cavalli e donne con abiti importanti e cappelli piumati attraversavano i larghi spazi di terra.

Su una lunga parete erano appese le foto degli spettacoli passati, una sequenza in time-lapse di stili, costumi e rappresentazioni dal 1900 a oggi. Arrivata agli scatti degli ultimi cinque anni, sia il mio passo che lo sguardo rallentarono. In quasi tutti era immortalato Isaac Pearce. Non sempre interpretava il ruolo di protagonista, ma era comunque una presenza costante.

Ed era diverso in ogni foto, pensai.

Persino nelle prime produzioni, quando la giovinezza era evidente nei suoi lineamenti più dolci e rotondi, riusciva ad assumere impercettibili cambi di espressione o a modificare il portamento – tutti trucchi che, per ogni ruolo, lo trasformavano in un giovane uomo diverso.

«Stacca gli occhi da quelle foto» commentò Angie, e mi tirò per la manica. «È ora di godersi quello vero.»

Entrammo nella sala del teatro, con le sue due sezioni di sedili imbottiti. Un tempo il velluto doveva essere stato di un rosso brillante, ma ora era sbiadito in un esausto rosso granata. Anche il sipario di velluto rosso sul proscenio aveva visto giorni migliori. Delle applique proiettavano colonne di luce sulle pareti fino alla volta a crociera del soffitto.

L'*Edipo re* andava in scena da due settimane in questa minuscola città, eppure, da una mia stima, i cinquecento posti del teatro erano pieni per tre quarti.

«Non lo hanno già visto tutti ad Harmony?» domandai ad Angie, mentre ci accomodavamo.

«Più di una volta» rispose Angie. «Domani è la serata di chiusura ed è tutto esaurito. La gente viene ad assistere da ogni dove. Fin da Braxton e Indianapolis.»

«Persino dal Kentucky» aggiunse Jocelyn all'altro mio fianco. «Il teatro va alla grande nel Midwest.»

«In Ohio e nell'Iowa le università hanno delle prestigiose facoltà di arti drammatiche» spiegò Nash. «Il nostro piccolo teatro attira persino qualche VIP.»

Angie mimò il gesto di lustrarsi le nocche sulla felpa. «Siamo una specie di celebrità.»

«Se questo posto è così speciale, non potrebbero dargli una sistemata?» domandai, poi sobbalzai quando una molla nel sedile mi si conficcò nel sedere.

Angie alzò le spalle. «Martin Ford – il proprietario – lo ha rilevato dieci anni fa dal proprietario precedente, che ha prosciugato tutte le finanze. È andato quasi in bancarotta. Ora Ford si sta impegnando al massimo per tenerlo a galla.»

«Non possono chiedere un prestito o roba del genere? Una qualche sovvenzione?»

«Sono sicura che il signor Ford stia tentando tutto il possibile» commentò Jocelyn.

Caroline annuì. «Lui adora questo posto. Non è solo il proprietario, dirige anche tutti gli spettacoli.»

«Per procurarsi la maggior parte degli attori attinge dalla nostra cittadinanza» illustrò Angie. «Vuole che sia tutto ben integrato.» Indicò il programma che tenevo in mano. «Recita anche lui.»

Abbassai lo sguardo per leggere l'elenco del cast e trovai il nome di Martin Ford associato alla parte di *Tiresia, un profeta cieco.*

«Quindi è lui che continua ad assegnare a Isaac tutti i ruoli?»

«Fa ben di più» precisò Angie. «Sceglie le rappresentazioni che mettono maggiormente in risalto il talento di Isaac. Isaac è il suo pupillo.»

«Credo che la parola più giusta sia "gallina dalle uova d'oro"» commentò Nash, mentre si arrotolava distrattamente e con affetto i ricci di Angie intorno al dito.

«Quelle sono cinque parole.» Angie si inclinò verso di me. «Nash è geloso perché la toga non gli sta altrettanto bene.» Le luci si abbassarono. «Quando si parla del diavolo.»

Diventò tutto buio e, quando le luci si riaccesero, il sipario si era sollevato e aveva rivelato un palco nero e vuoto. Grossi cubi bianchi e colonne delimitavano lo spazio. Sullo sfondo bianco una rappresentazione di Tebe con grezze pennellate nere. Un allestimento minimalista per lasciare che fossero le parole a catturare l'attenzione degli spettatori.

Un sacerdote entrò in scena, circondato da una folla di uomini e di donne in toga bianca che si muovevano come se fossero spaventati o confusi o disperati.

Poi, a grandi passi, Isaac Pearce fece il suo ingresso sul palco, e un leggero brusio si levò dal pubblico; uno slancio di crepitante impazienza.

Eccolo là.

Il suo bel volto era parzialmente coperto da una finta barba, che da diciannovenne americano del ventunesimo secolo lo trasformava in un re potente e onnisciente. Nella mia vita non avevo mai avuto un'esperienza mistica, ma, in quel momento, avrei giurato che la luce che scendeva su di lui provenisse dagli dèi greci. Era divino. Ultraterreno.

Intoccabile.

Sollevò le braccia e parlò, con voce tonante chiese – anzi, *pretese* – la nostra attenzione:

«Figli e figlie del vecchio Cadmo,
dalla città si leva pesante un carico di lamenti, inni e fumi;
non ho ritenuto giusto dover apprendere ciò dai messaggeri, ma sono venuto di persona...
Io, Edipo, che tutti gli uomini chiamano il Grande.»

Rimasi a fissarlo a bocca aperta.

Edipo il Grande.

«Porcaccia puttana» mormorai.

Con la coda dell'occhio scorsi Angie ridacchiare, ma il suo sguardo rimase inchiodato al palco. «Te l'avevo detto...»

Non pronunciammo una singola parola in più finché non calò il sipario. Nonostante la molla del sedile piantata nel sedere, mi mossi a malapena. Neanche l'allarme antincendio avrebbe distolto un briciolo della mia attenzione da quanto stava accadendo sul palco.

Come qualsiasi studente delle superiori, avevo letto l'*Edipo Re* con il Bignami accanto e sbadigliando, perché a chi importava qualcosa di un tizio che era andato a letto con la madre?

Quella sera, m'importava eccome.

Di tutto.

Vissi la sua vicenda a pieno. Con Isaac al centro del palco, ero lì, a Tebe, ad assistere agli avvenimenti, incapace di distogliere lo sguardo. Trattenni il fiato quando Edipo si gettò in pasto al suo terribile destino e cercò di sbrogliare il mistero noto a tutte le persone sedute nel teatro. Un segreto che *io* volevo disperatamente conoscere.

Identità. Scopo. Ego.

La verità, mi sussurrò una voce nel buio senza fine. *Cosa resta di me?*

Quando Edipo apprese che il viaggiatore che aveva assassinato anni prima era suo padre, e che la donna che aveva sposato era la madre, l'angoscia fu cruda e potente. Quasi distruttiva. Il suo tormentato rifiuto di credere riverberò nel teatro come se potesse scuoterne le fondamenta e, quando Edipo cadde in ginocchio, sembrò poter trascinare giù con sé l'intero edificio.

Quando Giocasta – sua moglie e madre – si impiccò, l'afflizione e il dolore del re risucchiarono il pubblico, così scomodamente coinvolto.

Quando lui le strappò dalla veste le spille d'oro e le usò per cavarsi gli occhi, il sangue finto che gli zampillò da sotto i palmi sembrò reale quanto quello raggelato nelle nostre vene. L'agonia saturò ogni urlo, ogni sillaba, ogni lacrimoso sospiro. E a noi spettatori non restò altra possibilità che sperimentarla in prima persona.

Ero vagamente consapevole della gente che tirava su col naso dai posti attorno, che si passava i fazzoletti ed esalava laceri sospiri. Ma fu solo quando Edipo, liberato del terribile fardello della profezia, venne esiliato dalla propria casa che le lacrime iniziarono a sgorgarmi libere sulle guance. Il re in rovina fu relegato all'oscurità, costretto a vagare da solo.

Il sipario calò e schizzammo tutti in piedi in una roboante standing ovation. L'applauso esplose ancora più forte quando Isaac rivolse un inchino al pubblico. Dietro la barba e le striature di sangue, l'espressione era esausta. Poi sorrise. Il sorriso brillante, mozzafiato e trionfante di una persona che aveva intrapreso un viaggio oscuro e ne era uscito vivo.

Battei ininterrottamente le mani, con le lacrime che sgorgavano incontrollate mentre l'esausto baluginio di una fiammella dentro di me si elevò e si protese verso il palco.

5

Isaac

La calca dopo lo spettacolo era sempre surreale per me. Gli abbracci di congratulazioni e le pacche sulle spalle da parte del cast sembravano ricadere sul corpo di qualcun altro, mentre io osservavo la scena da un angolo, ancora perso e connesso al personaggio di Edipo. Alcuni attori la definivano concentrazione massima, ma per Martin era "il flusso". Un fiume di creatività in cui la recitazione smetteva di essere tale e diventava realtà. Il flusso era la mia droga. Lo bramavo non appena lasciavo il teatro. Come un tossico, avrei ceduto ogni cosa che possedevo pur di vivere in quel luogo in cui le emozioni dolorose intrappolate dentro di me venivano sprigionate. Tutto ciò mi permetteva di rivelarmi e mettermi a nudo, ma allo stesso tempo mi teneva al sicuro sotto la protezione dei costumi di scena e della scenografia.

Lorraine Embry, l'insegnante quarantenne che interpretava Giocasta, mi strinse in un lungo abbraccio. Quando si staccò aveva gli occhi pieni di lacrime.

«Ogni sera» esordì, con il mio viso tra le mani. «Come riesci a dare così tanto ogni sera?»

Scrollai le spalle. «Faccio solo il mio lavoro.»

Ci dirigemmo verso i camerini per cambiarci e toglierci il trucco di scena e, nel mio caso, ripulirmi dal sangue finto. Mentre si infilavano gli abiti di tutti i giorni, i ragazzi si misero a cazzeggiare e a elogiare lo spettacolo, poi si lamentarono del fatto che avessimo solo un'altra replica. Alla fine salutarono e uscirono a incontrare amici e parenti che erano venuti a vederli. Come al solito, provai l'effimera curiosità di sapere se papà fosse tra il pubblico nell'atrio. Come al solito, quella speranza si spense all'istante.

Verrebbe solo se con il biglietto regalassero una bottiglia di Old Crow.

Adesso nel camerino c'eravamo solo io, Martin e Len Hostetler, che interpretava il ruolo di Creonte.

«Ragazzi, vi va una birra?» domandò. Poi scoppiò a ridere. «Merda, Pearce. Continuo a dimenticare che hai solo diciott'anni e non trenta, oh mio re.»

Martin, un uomo snello con una folta chioma ingrigita e grandi occhi azzurri, si illuminò. «A dire il vero, oggi è...»

Gli lanciai un'occhiata di avvertimento attraverso lo specchio e scossi leggermente la testa.

«... un brutto momento» concluse, allora. «Grazie, Len.»

Len gli rivolse il saluto militare. «Che opera metteremo in scena dopo questa, Herr Direktor? Hai già deciso?»

«Sì, ho deciso che sarà l'*Amleto*» rispose Martin, e incrociò il mio sguardo nello specchio.

«Ottima scelta» replicò Len. «La domanda sorge spontanea: cosa ti è venuto prima in mente, l'opera o l'attore che la interpreterà?» Rise e mi diede una pacca sulla spalla. «Scherzo, ragazzo. Sei stato fantastico. Come al solito.» Poi si rivolse a Martin. «Dobbiamo approfittare del talento di questo ragazzo prima che Hollywood o Broadway ce lo portino via, dico bene?»

«È esattamente ciò che penso io» confermò Martin.

«Buona serata, ragazzi.»

La porta si richiuse, e Martin e io rimanemmo da soli.

«Tutto il cast ti avrebbe organizzato una festa di compleanno, se glielo avessi permesso» commentò mentre si allacciava le scarpe.

«C'è già una festa» osservai. «La festa del cast. Domani sera dopo lo spettacolo di chiusura.»

«Non è la stessa...»

«Non importa» lo interruppi. «Compiere diciannove anni ed essere ancora alle superiori è maledettamente patetico.»

Martin assunse un'espressione preoccupata e rimpiansi subito di non aver tenuto chiusa la dannata bocca.

«Non è colpa tua» mi rassicurò, sostenendo il mio sguardo allo specchio. «Eri a pezzi, ragazzo. Ti hanno fatto ripetere un anno per darti modo di riprendere fiato. Non dovresti vergognartene.»

Come al solito, non avevo una risposta decente da dare, così cambiai argomento.

«*Amleto*?» commentai. «Pensavo fossi più orientato su *Lo zoo di vetro.*»

Martin alzò le mani. «Len ha ragione. Devo sfruttare il talento che ho a disposizione, e tu devi stare su palchi più importanti. *Amleto* è il ruolo dei ruoli e ti farà notare professionalmente.»

«Forse.»

«Non forse. Garantito. Ho preso contatti con alcune agenzie di talent scouting. Un paio di pezzi grossi di New York e uno di Los Angeles. Il tipo di Los Angeles si è già impegnato a venire a vederti in primavera.»

Mi appoggiai allo schienale della sedia. «Mi prendi per il culo?»

Mi mise una mano sulla spalla. «Detesto doverti perdere, Isaac, ma con questa rappresentazione ti lancerò fuori da Harmony. Voglio che *Amleto* sia il tuo gran finale.»

Lo fissai. Martin conosceva la situazione tra me e il mio vecchio. Sapeva che stavo risparmiando dei soldi per sloggiare da questa città. Le entrate dell'autodemolizioni e della stazione di servizio erano una merda. Tra il minimo salariale per pulire il teatro come tuttofare non ufficiale di Martin e i trenta dollari a serata per recitarci, ci sarebbero voluti altri diciannove anni per racimolare un gruzzolo sufficiente. Per non parlare del fatto che l'idea di lasciare papà a bere fino allo stordimento in quella merdosa roulotte aveva sempre rovinato i miei piani con un gran senso di colpa.

«Devi pensare a te stesso, Isaac» commentò Martin. «Sei destinato a qualcosa di più grande e migliore di quello che hai adesso. E lo so che è questa la parte a cui non credi, ma tu *meriti* qualcosa di meglio.»

Distolsi lo sguardo dallo specchio e strofinai via le ultime tracce di sangue secco da sotto gli occhi. «Prima devo sostenere dei provini» riflettei, la voce intrappolata nella gola.

Martin mi colpì con una mano tra le scapole. «Sì, è così. Non mandare tutto all'aria.»

Emisi un verso evasivo e mi sottrassi alla mano che mi teneva sulla spalla per infilarmi gli scarponi.

«Te ne vai a casa?» indagò. «O hai un appuntamento bollente con qualcuna delle tue donne?»

Alzai gli occhi al cielo. «Devo lavorare.»

«Non esiste proprio» rispose. «Hai la serata libera.»

«Non mi posso permettere una serata libera.»

«Pensi che mi tratterrei la tua paga? Il giorno del tuo compleanno?»

Martin sollevò la sua grossa borsa di pelle graffiata e la appoggiò sulla toletta. Vi frugò all'interno ed estrasse una busta rossa e spessa. «Buon compleanno, ragazzo.»

Rimasi a fissarla per qualche istante, poi gliela sfilai dalla mano. Aveva il peso di un buono regalo. Probabilmente del negozio di abbigliamento a Braxton. Il cuore mi sprofondò nel petto sotto il peso di tutto ciò che Martin mi aveva offerto quella sera. Non solo il buono regalo.

Amleto, il ruolo di una vita.

I talent scout.

Una vera opportunità per andarmene da qui.

Fui sopraffatto dalla gratitudine, che mi colmò fino a farmi storpiare le poche parole che pronunciai a fatica.

«Non era necessario. Niente di tutto questo. Ma... te ne sono grato.» Mi schiarii la voce e infilai la busta nella tasca posteriore dei jeans. «Davvero. Grazie.»

«È da parte mia e di Brenda» replicò Martin. Il suo sorriso si rimpicciolì. «Come starà il tuo vecchio stasera?»

«Probabilmente mi avrà organizzato una festa a sorpresa.»

Martin incrociò le braccia e strinse gli occhi.

«Lo sai come starà, Marty.» Mi infilai la giacca di pelle. «Lo troverò collassato o in preda all'ira, in vena di litigare.»

«Fa' attenzione. E ricorda, la nostra porta è sempre aperta...»

«Sì, va bene. Di' a Brenda che la ringrazio.»

Lasciò cadere le braccia con un lieve sospiro. «Certo.»

Lo sguardo preoccupato di Martin mi seguì come un vento caldo fino all'abitacolo del mio vecchio Dodge blu. Era gelido come un frigorifero. Nuvole di fiato uscirono dalla mia bocca mentre accendevo il motore e lasciavo in folle l'auto per riscaldarla. Ripensai all'offerta di Martin, e lasciai che quel pensiero mi scaldasse la mente.

I Ford vivevano in una grande casa di mattoni in Front Street. Enormi aceri sul davanti, una recinzione di ferro battuto lungo il marciapiede. La casa era stata costruita nel 1862 ed era stata ristrutturata e rinnovata. Al suo interno c'erano un sacco di sculture eclettiche e dipinti che avevano collezionato nel corso degli anni grazie ad amici artisti e innumerevoli viaggi.

C'ero stato un centinaio di volte, e in alcune occasioni, quando papà era diventato davvero violento, avevo alloggiato nella loro stanza degli ospiti. Durante quelle notti, avevo riflettuto tanto sul trasferirmi in modo permanente da Martin e Brenda. Sapevo che mi avrebbero accolto. Avevo diciannove anni e potevo vivere dove volevo. Papà non avrebbe potuto opporsi. Eppure...

Disteso sul morbido letto della stanza degli ospiti dei Ford, col riscaldamento perfettamente funzionante, circondato da ogni comfort e da solide pareti in mattoni invece che in una scadente lamiera, non ero riuscito a dormire. Continuavo a immaginare mio padre da solo, in quella merdosa roulotte, e ricordavo di quando ero bambino, prima della morte di mamma, e di come lui giocasse a palla con me. O mi lasciasse fingere di radermi allo specchio del bagno la mattina, assieme la lui.

Papà era un povero alcolizzato, ma era la mia famiglia.

Mi sedetti sul sedile anteriore del mio furgone e ripescai la busta rossa dalla tasca dei jeans. La carta era pregiata, probabilmente veniva da quel negozio di cancelleria costosa nel centro commerciale di Braxton. Maschere dorate, di tragedie e commedie, ne decoravano la parte frontale. All'interno c'era una banconota da cinquanta dollari e un buono regalo del negozio di abbigliamento The Outpost – anche questo a Braxton – e un biglietto scritto a mano con la calligrafia ordinata di Martin.

I soldi sono per quello che vuoi. Il buono è per quello che ti serve.
Buon compleanno,
Martin e Brenda

Mi si appannò la vista. «Fanculo, Marty.»

Papà avrà il mio stesso sangue, mi sussurrò la mia mente. *Ma Martin e Brenda erano una famiglia.*

Mi ricomposi, sgasai un altro paio di volte e strofinai via dal vetro la condensa rimasta. Dal punto in cui avevo parcheggiato, sul lato opposto della strada rispetto al teatro, riuscivo a vedere un gruppetto di persone che si era trattenuto a parlare con alcuni membri del cast.

E poi la vidi.

Willow. La ragazza nuova. In piedi sugli scalini, assieme ad Angie McKenzie e alla sua banda. I capelli le spuntavano da sotto il berretto rosa e coprivano il giaccone bianco. Tra le mani protette dai guanti teneva arrotolato il programma dell'*Edipo*.

«L'ha visto» mi ritrovai a commentare ad alta voce.

Come un idiota, toccai il parabrezza. Al sicuro e nascosto nell'oscurità dell'abitacolo, fissai Willow alzare lo sguardo sotto il bagliore dell'atrio. La luce le illuminò il bellissimo viso, un ovale perfetto di pelle liscia e occhi grandi. Poi le amiche la tirarono per un braccio e si incamminarono lungo la strada, nella direzione opposta alla mia.

Non sapevo nulla di quella ragazza, ma aggiunsi ai regali di compleanno di Marty che avevo già in tasca anche il fatto che Willow Holloway avesse assistito allo spettacolo di stasera.

E per la prima volta nella mia vita, mi sentii ricco.

6

Isaac

Lasciai le luci di Harmony nello specchietto retrovisore mentre la strada diventava sempre più sconnessa, buia e spaccata dal ghiaccio. Le case in quella parte della città erano piccole, delimitate da reti metalliche e alberi spogli che si stagliavano nel cielo.

I muscoli delle spalle mi si irrigidirono quando parcheggiai di fronte alla roulotte: all'interno, le luci del soggiorno erano accese. Presi un respiro profondo per calmarmi. *Papà potrebbe essere collassato e non a caccia di discussioni*, mi confortai. Non sarebbe stata la prima volta.

Spensi il motore e infilai nel cassettino portaoggetti la busta con il buono regalo e i contanti. Portare nella roulotte le prove della generosità di Martin Ford equivaleva a cercarsi una valanga di guai.

Girai la chiave nella serratura e feci una smorfia quando la porta cigolò. Infilai la testa dentro, come un domatore di leoni che si prepara a entrare nella gabbia. Papà era sul divano. Seduto e collassato. Il mento poggiato sul petto e la bava che gli colava dalla bocca mentre russava. La TV recitava le notizie. Una seconda bottiglia di Old Crow si era aggiunta alla prima sul tavolino, anche questa vuota. L'aria era densa di fumo di sigarette.

Tirai un sospiro di sollievo. In punta di piedi, spensi il televisore e le luci. Valutai se mettere papà disteso e coprirlo con una coperta, ma avevo imparato a mie spese che era più sicuro lasciarlo in pace com'era. Non mi andava di recitare l'ultimo *Edipo* con il naso rotto.

Il riscaldamento ronzava sommesso, ma il calore iniziale provato appena entrato stava già sparendo. Una volta nella mia stanza, scalciai via gli scarponi e la giacca, e mi infilai a letto ancora vestito.

Ripensai allo spettacolo. Lorraine aveva ragione: sul palco davo così tanto ogni sera: così tanta rabbia e rimpianto. Era catartico, buttare tutto fuori in quel teatro. Lasciare che il dolore di Edipo fosse un condotto per il mio. Davo così tanto perché dopo la morte di mamma avevo tanto da dare. Mi rigirai sul materasso sottile, nel tentativo di non pensare al fatto che lei sarebbe venuta allo spettacolo stasera, così come ogni sera. Magari papà sarebbe venuto insieme a lei, e la sua vena dura e cattiva non si sarebbe putrefatta e incancrenita se mamma fosse stata ancora con *lui*. Staremmo ancora vivendo in una di quelle casette che si vedono venendo qui, come quando ero bambino, invece che in questa roulotte fatiscente. Al posto della sbraitante rabbia alcolica di papà, l'aria sarebbe stata pervasa dal canticchiare di mamma che lavorava in giardino, o dal suo canto a piena voce sopra le canzoni della radio mentre mi accompagnava allo Scoop per un gelato "senza un motivo particolare".

Quando mamma era viva, adoravo Harmony. La sua colonna sonora era la sua dolce voce che cantava come sottofondo della vita. Ma era stata messa a tacere per sempre, e quando era morta, anche una parte di me si era ammutolita.

Mi rigirai e mi lasciai alle spalle quelle stupide fantasticherie mentre sprofondavo ancora di più nelle coperte. Quel che era fatto era fatto. Lei era morta, Harmony era l'inferno, e l'unico modo per fuggire una volta per tutte dall'infelicità e ritrovare la mia voce era togliermi dalle palle.

Martin ha invitato dei talent scout a vedermi.

La recitazione avrebbe potuto condurmi altrove. Non recitavo per gli encomi. I complimenti mi davano la nausea. Ma rammentai gli applausi di quella sera, la standing ovation che era durata un sacco. Il ripetitivo battere delle mani mi rimbombava nella testa, e copriva il vento freddo che fischiava sotto la roulotte.

E appena prima che il sonno mi sopraffacesse, ricordai i capelli dorati di Willow Holloway in piedi all'ingresso del teatro, che fissava l'insegna come se racchiudesse i segreti dell'universo.

Il mattino seguente papà uscì presto dalla roulotte. Lo osservai dalla finestra della cucina percorrere lo spazio fra le lunghe file di auto sfasciate nel nostro piazzale. Era poco più che un'ingombrante massa informe composta da una giacca verde militare e un cappello da cacciatore rosso. Delle nuvole di fumo gli uscivano dalla bocca.

Spesso percorreva quel cimitero che erano i suoi affari, come una persona in lutto che camminava tra le lapidi di un camposanto. Era angosciato per le proprie speranze e i propri sogni. E piangeva mia madre. Avrei quasi potuto commiserarlo, se non avessi saputo dannatamente bene che sarebbe rientrato, incazzato per il fallimento della sua attività lavorativa e per le carte merdose che il destino gli aveva distribuito, e se la sarebbe presa con me.

Passai le dita su una cicatrice che avevo sopra il mento, quasi del tutto nascosta dalla barba leggera, dove papà mi aveva colpito lanciandomi addosso una lampada. Un'altra volta si era portato dietro una spranga di ferro dal piazzale, poi mi aveva ordinato di trovarne altre e di portarle all'isola ecologica. Quando non mi ero mosso abbastanza in fretta per lui, mi aveva rotto un braccio. All'epoca ero nel cast di *Morte di un commesso viaggiatore*.

L'ultima volta che aveva cercato di colpirmi, avevo reagito e l'avevo lasciato con un occhio nero che poi aveva sfoggiato alla Taverna di Nick. A quel punto, a scuola avevano iniziato a girare delle voci. Che ero violento, irascibile, e dal pugno pesante, proprio come il mio vecchio. Ma nessuno mi dava noia, ed era proprio quello che volevo.

Mi allontanai dalla finestra e feci una doccia nel minuscolo bagno della roulotte, congelandomi per gli spifferi di aria fredda che s'infilavano nelle crepe sul davanzale della finestra. Mi asciugai e vestii velocemente, e indossai gli stessi jeans della sera prima. Mi infilai una maglietta pulita, sopra aggiunsi una felpa e infine la giacca.

Papà entrò nel momento in cui stavo uscendo.

«Dove vai?» mi chiese, prima di ostruire la porta col suo corpo.

«Fuori» risposi. «Poi vado a lavorare al teatro. Stasera ho lo spettacolo.»

«Fuori.» Uno sbuffo di fumo gli uscì dal naso mentre mi costringeva a indietreggiare nella roulotte. «Per caso *fuori* comprende passare un dannato minuto alla stazione di servizio?» Con il pollice indicò il piazzale alle sue spalle. «O controllare se in segreteria telefonica ci sono richieste di pezzi? Mentre ti pavoneggi sul palco, i pezzi buoni là fuori si arrugginiscono.»

Strinsi i denti. Non ricevevamo una telefonata per dei pezzi di ricambio da sei mesi. La nostra unica attività era rappresentata da papà che se ne stava seduto al distributore Wexx ogni domenica, e da me che smontavo i pezzi riutilizzabili dall'ammasso di rottami arrugginiti nel piazzale. Nessuno veniva a fare rifornimento, e io avevo già controllato un centinaio di volte quello che avevamo.

«Non li posso smontare se sono ricoperti di ghiaccio» spiegai.

«Stronzate. Abbiamo acri di potenziale profitto che vanno in malora per via del tuo culo pigro.»

La mascella mi scattò. Un pianale carico di roba non sarebbe bastato nemmeno a comprare un pacchetto di sigarette. Con le merdose tariffe correnti, mi ci sarebbero volute settimane per caricare e portare al riciclo abbastanza roba da racimolare una cifra decente.

«Guadagno di più al teatro» obiettai. «Quando la neve si sarà sciolta, potremo ricominciare a riciclare i pezzi.»

E magari tu potresti gestire il distributore come da contratto.

Papà diventò paonazzo, e mi domandai se avesse intenzione di reagire. Mi raddrizzai e inclinai il mento; con il mio metro e novanta lo sovrastavo. Dall'episodio del braccio rotto di tre anni prima, mi ero esercitato con i pesi per assicurarmi che ci pensasse due volte prima di mettersi contro di me.

Ma era sobrio.

Qualsiasi rimasuglio di dignità gli fosse rimasto – e non era molto – quella mattina non stava annegando nell'alcol. A ogni modo, mi superò e mi spinse via, travolgendomi le narici con l'odore di whiskey e fumo stantio.

«Allora levati dalle palle, essere inutile. Non ti voglio neanche guardare.»

Il sentimento è reciproco, pensai, e sbattei la porta mentre uscivo. Ero illeso, ma mi sentivo come se mi avesse colpito lo stesso, proprio in mezzo al petto.

Guidai fino a Braxton. Da The Outpost, il negozio di vestiti, comprai due paia di jeans nuovi, dei calzini e biancheria intima. La signora alla cassa mi informò che mi rimanevano ancora cinquanta dollari del buono regalo.

Gesù, Marty.

Le lasciai i miei acquisti e andai al reparto bambini. Lì trovai una giacca a vento – una buona, non roba da poco – di un blu acceso e in saldo a quarantacinque dollari e novantanove. La sollevai per valutare la taglia, dopodiché la portai alla cassa.

«È per il tuo fratellino?» indagò la commessa mentre azzerava il credito sul buono.

«Sì» risposi.

Sorrise. «Che dolce.»

Nella zona ristoro del centro commerciale, ordinai una fetta di pizza e una Dr. Pepper, poi ripresi la strada per Harmony. Avevo ancora un'ora di tempo prima di dovermi presentare al lavoro a teatro; feci inversione verso la periferia della città e imboccai la strada per i clienti che costeggiava il lato est dell'autodemolizioni. Là in fondo, dove la recinzione fungeva da confine posteriore con una fila di piccole case, parcheggiai e scesi dall'auto.

Un vecchio camioncino arrugginito giaceva capovolto contro la rete metallica, come fosse un pezzo della scenografia di un film d'azione. Dall'interno dell'abitacolo, udii una voce che cantava piano *Feeling Good* di Nina Simone.

Portai due dita alle labbra ed emisi un fischio sommesso.

La voce si interruppe e dal camioncino uscì Benny Hodges. Il suo sorriso fu un lampo candido in contrasto con la sua pelle scura, prima che il suo volto tornasse a ospitare l'annoiata indifferenza di un tredicenne.

«Come va, fratello?» mi salutò mentre si passava le mani sui jeans e mi porgeva il pugno. «Buon compleanno.»

«Grazie.»

«Mamma ti ha preparato una cosa. Aspetta, la vado a prendere.»

Si infilò in un'apertura della rete, con il giaccone troppo piccolo che gli svolazzava dietro mentre correva sull'erba soffocata dalla neve. Entrò in casa e ne uscì con una piccola torta rotonda su un piatto avvolto nella pellicola trasparente. Le forchette gli spuntavano dalla tasca e tintinnavano mentre correva.

Si rinfilò di nuovo attraverso la recinzione e mi porse la torta. Era bianca, glassata con la crema di formaggio, e sopra, in disordinate lettere arancioni, si leggeva la scritta "Buon Compleanno Isaac!".

«Torta alle carote» specificò tutto raggiante. «La tua preferita, vero? E la scritta l'ho fatta io.»

«Grazie, Benny» risposi, con il cuore in mano. «Grazie anche a Yolanda.»

«È al lavoro, ma mi ha raccomandato di riferirti i suoi auguri.» Mi guardò con palese impazienza negli occhi castano scuri. «Ce la pappiamo ora, vero?»

Ridacchiai. «Sì, ce la mangiamo. Ma prima...»

Posai la torta sulla ruota di un camion e sollevai la busta con scritto "The Outpost". Benny la scrutò con sospetto.
«Cos'è?»
«Una giacca.»
«È il tuo compleanno o il mio?»
Gli porsi la busta. «La tua è troppo piccola. Prendila.»
Esitò, l'orgoglio gli bloccava le mani lungo i fianchi.
Sospirai. «Mamma ti mette un tetto sopra la testa?»
«Sì.»
«E il cibo nel piatto?»
Annuì.
«Puoi dirlo forte» rispose. «E ogni quanto prepara qualcosa per me e papà?»
Benny si grattò il mento con un dito. «Una volta a settimana?»
«Come minimo. È così che lei si prende cura di noi.» Gli porsi di nuovo il sacchetto. «E così noi ci prendiamo cura di te. Tieni.»
Lo afferrò.
«I ragazzi a scuola non mi davano più pace...» Si sfilò la vecchia giacca e indossò la nuova. Chiuse la cerniera fino al mento e si lisciò le maniche. Sorrise, e per un istante era un ragazzo come tutti gli altri, non un piccolo uomo costretto a crescere in fretta senza un padre.
«È calda» commentò.
«Bene.»
Ci stringeremo la mano, e poi mi diede un mezzo abbraccio e una mascolina pacca sulla schiena.
«Grazie, fratello» aggiunse con la voce roca, e indugiò un po' più a lungo del necessario. Io non mi opposi.
Avevo conosciuto Benny tre anni prima. O meglio, lo avevo trovato lì fuori, vicino alla recinzione.
Era rannicchiato contro la gomma del camion, tutto singhiozzante per il padre – rimasto ucciso in Afghanistan quando aveva cinque anni. Aveva voglia di piangere da qualche parte lontano da casa. "Dove mamma non può vedermi e preoccuparsi" aveva confessato. Mi aveva raccontato che adesso era compito suo prendersi cura di lei. Così gli avevo risposto che io mi prendevo cura di mio padre allo stesso modo. Da allora eravamo diventati amici.
Benny si staccò e il momento sentimentale svanì nell'aria fredda.

«Com'è andata a scuola questa settimana?» indagai mentre ci fiondavamo sulla torta.

«Normale» rispose. «C'è stato un compito di scienze.»

«E?»

«Eh.»

«Sei troppo sveglio per un "eh". Impegnati di più. Ti tieni lontano dai guai?»

«Sì. E tu?»

Lo guardai sollevando le sopracciglia. «Sempre.»

Rise. «Sì, proprio. Chi è la tua ragazza di questa settimana?»

«Nessuno.»

«Stronzate. Sei il re della botta e via.»

«Tua madre lo sa che ti esprimi in questo modo?»

«No.»

«Stronzate.»

Si strinse nelle spalle. «Non le importa.»

Da quel che sapevo di Yolanda Hodges, le importava eccome. Le importava anche del tipo di esempio che rappresentavo per il figlio. Ma una sera lo avevo lasciato ficcare il naso nel mio telefono e aveva letto un messaggio inappropriato per la sua età da parte di una delle ragazze con cui uscivo ogni tanto, giusto per allentare la tensione.

Naturalmente, Benny mi aveva rivolto un migliaio di domande. All'epoca non gli avevo rifilato delle cazzate, e non avevo intenzione di iniziare adesso.

«Senti» cominciai, mentre cercavo di radunare qualche parola intelligente, la mascella che si muoveva come un ingranaggio arrugginito. «Devi trattare bene tutte le ragazze. In qualsiasi circostanza. In qualsiasi *momento.*»

«Ricevuto.»

«Non vado con chiunque. Queste ragazze con cui...»

«Scopi? Fotti? Trombi?»

Lo guardai dall'alto. Lui sollevò lo sguardo con un ghigno.

«Sì, va bene» cedetti. «Quelle ragazze. Abbiamo un accordo. A loro sta bene che non formiamo una coppia e che non le porti fuori o che non le chiami di continuo. Non sono il loro fidanzato e non si aspettano che io lo sia. A volte alle ragazze piace...»

«Scopare? Fottere? Trombare?»

Ridacchiai. «Sì. È vero. Non c'è niente di male in questo, purché entrambe le parti siano d'accordo, capito?»

Benny alzò lo sguardo verso di me, la fronte aggrottata. «Perché mi stai facendo tutte queste prediche?»

«È importante.»

Ci pensò su un attimo, poi sollevò le spalle. «Va bene.»

Mangiammo la torta, mentre il sole sputava attraverso il grigiore e luccicava sul camioncino arrugginito. Benny iniziò a canticchiare *Feeling Good.*

«Da quand'è che conosci Nina Simone?»

Batte le palpebre. «Chi?»

«Questa canzone.»

«Io non conosco nessuna Nina. L'ho sentita nel video di Jay-Z.»

«Va bene… suppongo.»

«Stasera c'è l'ultimo spettacolo?» mi domandò.

«L'ultimo *Edipo*, sì.»

«Sei triste?»

«Direi di no» risposi.

Non so per quale ragione, mi tornò in mente Willow Holloway, in piedi fuori dal teatro con il programma della serata in mano.

Guardai Benny con la guancia impiastricciata di glassa e gli rivolsi un piccolo sorriso. «È stato un bel compleanno.»

7

Willow

Il lunedì mattina, a lezione di inglese, mi sedetti all'unico posto disponibile: nell'ultima fila accanto a Isaac Pearce. Lui si era già accomodato in quello che avevo occupato la settimana prima, tutto stravaccato, le braccia incrociate, le gambe distese. Guardava dritto davanti a sé mentre io percorrevo il corridoio tra i banchi e cercavo di limitarmi a un rapido colpo d'occhio. Giacca di pelle, jeans, scarponi. I lineamenti duri e spigolosi del volto non più resi ultraterreni dalle luci del palco, ma non per questo meno incredibilmente belli.

Mi infilai nel banco accanto a lui e nascosi lo zaino accanto ai piedi. Il ricordo della straordinaria performance di Isaac era rimasto impresso nella mia mente per tutto il fine settimana. Sedermi accanto a lui per qualcosa di comune come una lezione di inglese mi sembrava strano, tuttavia iniziavo a capire perché Isaac risparmiasse le parole per il palco: se ne stava seduto come se il banco lo potesse a malapena contenere.

Era troppo grande per questa città.

Gli diedi un'occhiata di nascosto e mi accorsi che lui stava facendo altrettanto con me. Il cuore mi schizzò in gola. Sviammo entrambi lo sguardo e io rimasi seduta immobile finché l'elettricità nell'aria non si affievolì.

Porca vacca.

«Ehi» sibilò una voce alla mia sinistra.

Mi guardai attorno e scorsi Angie appoggiata allo schienale della sedia che mi fissava, con il divertimento che brillava nei suoi occhi castani. Indossava una felpa con un rinoceronte e la scritta: *Anche gli unicorni grassottelli hanno bisogno d'amore.*

«Ci conosciamo?» scherzò. «Hai un volto familiare... Siamo uscite insieme venerdì scorso o me lo sono immaginato?»

«Oh, ehi» risposi, e mi sforzai di sorridere. «Come va?»

Lanciò un'occhiata al signor Paulson, che stava ancora frugando in una montagna di fogli sulla cattedra, poi mi fece segno di avvicinarmi. Ci rannicchiammo una accanto all'altra e ci mettemmo a bisbigliare proprio come facevo una volta con Michaela e le altre ragazze a New York. Prima che X le eliminasse dalla mia vita.

Angie indicò Isaac con un cenno del mento. «È come essere seduti accanto a Kit Harrington, vero? O Brad Pitt ai tempi di *Vento di passioni.*»

Mi morsi le labbra per smorzare un sorriso e alzai le spalle. «Penso di poter gestire la situazione.»

«Sei sicura? Neanche ti ricordavi della mia esistenza fino a un secondo fa, e questo in circostanze normali mi avrebbe spezzato il cuore.» Sgranò gli occhi e si avvicinò ancora di più, i bisbigli ridotti a un sibilo. «Ti interessa? Ti ripeto che è una causa persa, ma forse no. Magari gli piaci. Dovresti raccontargli che hai visto lo spettacolo e che hai *pianto.*»

«Shh.» Le diedi un colpetto sulla mano e fui colta da una vampata di caldo per l'imbarazzo. «Non ho pianto.»

Angie sollevò le sopracciglia.

«Merda. Te ne sei accorta?»

«Non essere imbarazzata» mi rassicurò. «Suscita quell'effetto su tutti.» Col mento indicò Doug Keely seduto nella parte opposta dell'aula. «A volte i giocatori della squadra si battono il petto e si scambiano commenti scortesi su di lui, ma Isaac li zittisce subito. Come un leone pronto a scattare. O un giaguaro?» Si picchiettò l'unghia sui denti davanti. «Qual è la specie più sexy della famiglia dei grandi felini?»

«La pantera» sussurrai, dopodiché alzai gli occhi al cielo; eppure era bello spettegolare di un ragazzo con un'amica.

Era normale.

Peccato che il ragazzo in questione in realtà fosse un uomo, e che fosse seduto al banco accanto al mio.

«La pantera, *sì*» declamò Angie a voce decisamente troppo alta. «Comunque, di cosa stavo parlando?»

«Dei giocatori della squadra che rompono le palle a Isaac?» sussurrai.

«Mmm. È uno spettacolo meraviglioso. Non sono una fan della violenza, ma guardarlo agire in *qualunque* modo è sexy. È così... elettrico.» Mi lanciò un'occhiata lasciva. «Ti porta a chiederti come potrebbe essere andare a letto con lui. Capisci?»

Un piccolo brivido mi corse lungo la schiena, prima di trasformarsi in qualcosa di brutto e pesante nel petto, che mi stritolò i polmoni e mi accorciò il fiato.

L'idea di andare a letto con un ragazzo bello come Isaac – o con chiunque, se è per quello – era un dolce desiderio sepolto e marcito sotto la X nera. La tristezza mi investì di colpo: come era possibile che un commento del tutto innocuo e un aspetto così naturale della vita si trasformassero in qualcosa di tanto riprovevole? Mi appoggiai allo schienale della sedia per allontanarmi dalla calda energia di Angie. A quanto pareva, parlare di ragazzi era un'altra questione da mettere sulla lista delle cose che Xavier aveva cancellato dalla mia vita con una X.

Angie interpretò male la mia reazione e smise di sorridere. «Ehi, non fraintendermi. Sono al cento per cento la ragazza di Nash...»

«No, non sono...» balbettai. «Lo so che lo sei. È solo che io...»

«Buongiorno, ragazzi» annunciò il signor Paulson, prima di spostarsi davanti alla cattedra.

Con sollievo rivolsi l'attenzione al professore, nonostante lo sguardo perplesso di Angie alla mia sinistra. A destra, Isaac fissava dritto davanti a sé, il volto impassibile. All'improvviso mi convinsi che avesse sentito ogni singola parola della conversazione con Angie. L'imbarazzo mi sommerse e cercai di liberarmene. Probabilmente era abituato al fatto che le ragazze spettegolavano su di lui e, comunque, io ero troppo giovane per essere degna della sua attenzione.

«Devo fare un paio di annunci» aggiunse il signor Paulson. «I biglietti per la Festa di Primavera saranno messi in vendita la prossima settimana. Il ballo si terrà nella palestra a marzo...» Abbassò lo sguardo sul foglio che teneva in mano. «Il quindici marzo. Inoltre, nel caso qualcuno di voi avesse letto l'*Harmony Tribune* al posto di Twitter, saprà che il teatro comunale ha annunciato che la prossima rappresentazione ad andare in scena sarà l'*Amleto* di Shakespeare.»

Come se ci fosse un *Amleto* scritto da qualcun altro. Di colpo, tutti gli sguardi si spostarono su Isaac, che non si mosse di un millimetro sotto l'improvviso scrutinio della classe.

«So che molti di voi hanno assistito all'incredibile interpretazione del nostro Pearce in *Edipo*» aggiunse il signor Paulson, raggiante come un padre orgoglioso. Il professore indicò se stesso con il pollice. «Questo amante dei classici l'ha visto due volte. Bravo, Isaac. Sono certo di parlare a nome di molti di noi quando dico che non vediamo l'ora di vederti alle prese con l'opera più iconica del Bardo.»

Isaac si limitò a rispondere con un leggero cenno della testa. Aggrottai la fronte e mi domandai se Isaac avesse ancora bisogno di sostenere un provino per ottenere la parte. Poi lo rividi cadere in ginocchio in preda al supplizio, il sangue finto che gli scorreva sulle gote.

Probabilmente no.

«Per rimanere in tema» aggiunse il signor Paulson. «Il teatro comunale terrà delle audizioni il prossimo mercoledì, alle diciannove.»

Sollevai la testa di colpo. Con la coda dell'occhio, notai la testa di Isaac reagire al mio movimento e scattare nella mia direzione. I nostri occhi si incontrarono e per una seconda volta provai una scossa elettrica, stavolta accompagnata da curiosità, prima che lui distogliesse lo sguardo.

«Lascerò le informazioni in bacheca nel caso ci fosse qualche aspirante attore desideroso di cimentarsi nell'impresa» proseguì il signor Paulson. «In effetti, alla fine dell'anno assegnerò un credito extra nell'unità didattica "poesia e teatro" a chiunque ottenga una parte. O si offra volontario per aiutare nell'allestimento.»

Questa informazione non spinse nessuno a correre alla bacheca, e Paulson iniziò la lezione del giorno sul simbolismo in *Delitto e castigo*. Fissai la lavagna con lo sguardo perso nel vuoto, la testa che si riempiva di possibilità.

Audizioni aperte.

Dentro di me, la fiammella di luce che venerdì sera si era protesa fino al palco, pronta a ricevere ciò che Isaac potesse offrire, si accese di nuovo. Per un istante bruciò forte e chiara, poi tornò a nascondersi. Cosa diavolo ne sapevo di recitazione? L'ultima volta che ero salita su un palco era per la mia avvincente interpretazione della scimmia numero tre nella rappresentazione della signora Mellon all'asilo, *Vi presentiamo gli animali della giungla!*

Pessima idea, pensai. *Questo era il teatro vero, con attori veri. E si trattava di Shakespeare. La gente si esercitava anni per poterlo interpretare.*

Al suono della campanella, indugiai vicino alla bacheca del signor Paulson abbastanza a lungo da annotare mentalmente il sito web del teatro comunale di Harmony. Solo che l'occhio di falco di Angie mi notò. Mentre usciva dalla classe, mi prese a braccetto con una confidenza di cui avrei voluto allo stesso tempo bearmi e liberarmi.

«Ehi, signorina Holloway» esordì. «Non avevo idea che fossi una fan del buon Bill Shakespeare.»

«Non lo sono» risposi. «Sono semplicemente... curiosa. E mio padre mi rompe le scatole perché mi dedichi a delle attività extracurricolari.»

«Ah-ah. Oppure devo leggere tra le righe che la vera motivazione è quella di passare del tempo con Isaac Pearce?»

«Isaac *non* m'interessa» dichiarai.

Sfilai il braccio dal suo con un po' troppa veemenza e la caviglia mi si girò nello stivaletto. Non sentii dolore, ma inciampai dritta addosso a qualcuno. Qualcuno di alto, massiccio e solido come un muro di mattoni, e con addosso una giacca di pelle nera. Una mano forte sbucò dal nulla per sorreggermi, e quando mi voltai mi ritrovai davanti a Isaac Pearce che mi guardava dall'alto. *Ovviamente.*

«Ciao» esordii.

«Ehi» rispose.

Allora parlava...

Rimanemmo vicini, troppo vicini. Come una coppia in un ballo lento. Sentii l'odore del suo bagnoschiuma, della pelle della giacca, un accenno di menta piperita, e un lieve sentore di fumo di sigaretta. Era bello da togliere il fiato. Passai velocemente in rassegna i suoi lineamenti, come se temessi di perdermi qualcosa. Quando lo sguardo si posò sul verde dei suoi occhi, venni colta da un altro sussulto. Indietreggiai.

«Ah, sì, cioè... scusa se ti sono... venuta addosso.»

Dio, dovevo darmi una calmata. Non era una statua dal valore inestimabile.

Riuscivo a percepire lo sguardo divertito di Angie alle mie spalle e arrossii.

Gli occhi grigio-verdi di Isaac si addolcirono. Per un istante credetti che avrebbe risposto. Ma la sua espressione tornò seria e se ne andò.

«Okay» commentai, rivolta alla sua schiena. «Bella chiacchierata.»

Mi voltai e notai lo sguardo scalpitante di Angie, le sopracciglia sollevate.

«Che c'è?»

«L'hai toccato. Lui ti ha toccata. Per caso la tua vita è cambiata per sempre?»

Non riuscii a evitare di ridere, e tutta la mia irritazione verso di lei scemò. «Sei proprio una rompiscatole, lo sai?»

Mi rivolse un sorrisetto. «L'ho sentito dire.»

Ci fermammo davanti al mio armadietto e Angie si appoggiò a quello accanto mentre recuperavo l'occorrente per la lezione di economia. Una fila di armadietti più in là, Isaac stava inserendo la combinazione del proprio lucchetto. Tenni lo sguardo basso sulle mie cose nel tentativo di ignorare il desiderio di guardarlo.

Be', dai, era stupendo. Dovevo per forza volerlo guardare. Era normale.

«Allora.» Angie prolungò la parola come se fosse composta da diciassette sillabe. «Te lo proporrò un'ultima volta, poi ti lascerò in pace, lo giuro.» Sbatté le palpebre e mise il broncio come un cucciolo supplicante. «L'annuario?»

Sarebbe stato così facile accettare. L'annuario era sicuro. Qualcosa di cui avrei potuto occuparmi restando in disparte. Documentare la vita degli altri ragazzi sarebbe stato un esperimento scientifico: *Come vivono le persone normali.* Ma il ricordo di Isaac che recitava – la catarsi di emozioni – mi chiamava. L'*Amleto* mi sembrò il primo passo che avrei potuto compiere per togliermi di dosso la X nera di Xavier. O almeno provarci.

Chiusi l'armadietto per guardare Angie e presi fiato.

«Lo so che sei convinta che la mia decisione dipenda da Isaac, ma sosterrò il provino per *Amleto.*»

Ecco. L'avevo detto.

Non si tornava indietro.

«Ah, sì?» Angie premette le labbra tra loro. «Hai mai recitato?»

«Mai» risposi. «È stupido, vero? Non otterrò nessuna parte. Non so cosa mi prenda.»

«Devi essere positiva, Holloway» mi incitò, poi abbassò la voce. «Davvero, se è questo che vuoi, allora vai avanti. Io ti aiuterò.»

«Davvero?»

«Sì.» Alzò gli occhi al cielo. «Insomma, andiamo: sarai un'Ofelia strepitosa.»

«Ofelia» ripetei, e assaporai quel nome sulla lingua come una caramella mentre frugavo nella mente in cerca di ciò che sapevo sull'*Amleto.* Non era molto. «Non è quella che impazzisce e si ammazza?»

«Proprio lei. Un ruolo importante e succulento. Iconico. La regina Kate Winslet lo ha interpretato. E Julia Stiles. Helena Bonham-Carter...»

«Ah sì?» Le mie speranze crebbero e precipitarono di nuovo. «Se si tratta di un ruolo importante, non lo affideranno a una novellina come me.»

Angie emise una piccola pernacchia. «Il regista, Ford, sceglie il talento, non l'esperienza. Per quale motivo credi che l'*Edipo* fosse pieno di commessi e parrucchieri al posto di studenti di recitazione? Per l'audizione devi preparare un grande monologo.» Con fare teatrale, puntò il dito in fondo al corridoio. «Va' in biblioteca.»

«Ehm, cosa?» Risi, contenta che questa ragazza bizzarra e dall'animo gentile si fosse intromessa nella mia vita.

«Va' in biblioteca» ripeté. «Capito? Come "va' in convento", nell'*Amleto*!»

«Ah, sì. Giusto.»

Mi guardò con la fronte aggrottata, dopodiché iniziò a contare con le dita. «Non hai mai recitato. Non conosci l'opera. Pensi che non ti assegneranno una parte. *E* non stai cercando una scusa per passare con Isaac Pearce ogni sera dei prossimi due mesi.» Alzò le mani in aria. «Ragazza, perché cavolo vuoi sostenere il provino, allora?»

Mi strinsi nelle spalle senza guardarla. «Devo agire.»

«Sei un po' in ritardo nel gioco delle domande per l'università.»

«Non è questo...»

«Allora cosa?» L'espressione dolce di Angie divenne preoccupata. Mi poggiò una mano sul braccio. «Ehi, sono qui.»

Quella semplice dichiarazione fu quasi sufficiente a strapparmi fuori la verità. Le lacrime minacciarono di sgorgare, ma, prima che potessi parlare, un tizio enorme coi capelli biondi a spazzola e una giacca a vento blu della George Mason si avvicinò con alcuni compagni. Quando mi fu accanto si fermò e mi squadrò dalla testa ai piedi coi suoi occhi azzurri.

«Ehi, principessa. Sei quella nuova, vero? Ti ho vista in giro. E quello che vedo mi piace.»

Una ragazza normale avrebbe alzato gli occhi al cielo e lo avrebbe mandato a quel paese per quella frase di cattivo gusto.

O magari ne sarebbe stata lusingata, se quella testa di rapa fosse stato il suo tipo. Invece io provai una stretta al petto e l'aria sembrò rarefarsi, diventare più difficile da inspirare a causa di quell'enorme presenza così vicina.

Angie mi si avvicinò. «Willow, ti presento Ted Bowers. Il capitano dopato della squadra di lotta.»

Il viso di Ted si accartocciò dalla rabbia. «Chiudi il becco, sfigata.» Si rivolse di nuovo a me, l'espressione addolcita da un sorriso fin troppo amichevole. Avanzò di un passo. «Dovremmo uscire ogni tanto. Ti potrei mostrare la città.»

Sentii la mia testa annuire mentre ogni particella del mio corpo era disgustata dalle sue palesi intenzioni. Ero diventata muta, a malapena in grado di respirare. Supplicai qualsiasi Dio fosse in ascolto di risparmiarmi un attacco di panico in mezzo al corridoio.

«Hai paura di me, principessa?» mi chiese Ted, prima di guardarsi alle spalle per ridere con i suoi amichetti, dopodiché tornò su di me. «Non mordo. A meno che tu non lo voglia.»

La gola iniziò a stringersi e le luci a ballarmi davanti agli occhi. In lontananza, sentii Angie intimare a Ted di chiudere il becco, e poi d'un tratto Isaac Pearce era lì.

Si infilò tra Ted e me come uno scudo, e sovrastò il lottatore. Il suo odore di sigaretta e bagnoschiuma ebbe l'effetto dei sali di ammonio, e mi riportarono al presente. Presi un respiro profondo e la sensazione di avere la testa leggera si attenuò.

«Ehi, ma guardate, c'è Edipo» commentò Ted. «Cosa vuoi, figlio di puttana? Sentito? Sei un figlio di... puttana?»

«Grande battuta, Ted» replicò Angie. «Molto originale.»

Ted la ignorò, e mantenne gli occhi fissi su Isaac. «Sta lontano dalla principessina, Pearce. È troppo giovane per te.»

Isaac inclinò la testa di lato. Ted era di una buona quindicina di chili più pesante di lui, ma all'improvviso temetti per quella testa di cazzo. Isaac emanava pericolosità da tutti i pori, e mi fece rizzare i peli del braccio.

«Allora?» continuò Ted. «Hai qualcosa in contrario, figlio di puttana?» Ormai Ted si era gasato, e diede un colpetto a uno dei suoi amici, che però non sembrava altrettanto sicuro di sé. «Ehi, com'è che sei ancora alle superiori? Non hai, tipo, trent'anni ormai? O sei in regime di semilibertà?»

Così vicina a Isaac, riuscivo a sentire l'elettricità che sfrigolava attorno a lui. La pantera era pronta a colpire. Angie mi strinse il braccio e la piccola folla di spettatori che si era radunata trattenne il fiato. In attesa.

Ted non aveva ancora finito. La sua risata divenne orribile e cupa. «Non vedo il tuo vecchio da un po', Pearce. Dove hai sepolto il cadavere? Accanto a quello di tua madre?»

Riposa in pace, Ted Bowers, pensai.

Isaac si raddrizzò ma Ted si mosse per primo, e colpì Isaac sul petto con entrambe le mani per spingerlo via.

Nello stesso istante, la porta di una classe lungo il corridoio si spalancò e Isaac, un lampo di pelle nera, sferrò un destro in faccia a Ted. Il rumore delle nocche che colpivano un osso rimbombò nel corridoio, seguito da un sussulto generale. Ted barcollò all'indietro, il naso grondante di sangue. La folla irruppe in *ooh*, risate e mormorii.

«Cos'è tutto questo baccano?» Il signor Tyler, l'insegnante di biologia, avanzò nel corridoio e si fece largo tra la calca in aumento. «Finitela subito, ragazzi.» Diede un'occhiata al naso sanguinante di Ted e girò di scatto la testa verso Isaac. «Diamine. Pearce. Dal preside. *Immediatamente.*»

Isaac non si mosse, ma aspettò con calma che Ted si riprendesse o che magari si vendicasse. Le mani di Isaac non erano più strette a pugno, ma sembrava comunque pronto a colpire di nuovo.

«Sei un uomo morto, Pearce» dichiarò Ted, dopo essersi liberato dalle mani degli amici che lo stavano aiutando. «Ne ho abbastanza delle tue stronzate, del tuo andartene in giro come se fossi il padrone di questo maledetto posto.»

«Basta così, Bowers» intervenne il signor Tyler, a braccia aperte tra i due. «Isaac. *Vai.*»

Senza la minima fretta, Isaac fece schioccare il collo, senza lasciare così il minimo dubbio su chi fosse il padrone dei corridoi della George Mason. Le ragazze fissarono Isaac mentre si infilava lo zaino in spalla e mi guardava un'ultima volta prima di voltarsi e dirigersi nell'ufficio del preside.

«Goditi la sospensione, coglione» gli gridò dietro Ted, nel futile tentativo di avere di nuovo l'ultima parola.

La folla si disperse e fu subito chiaro che i mormorii e i bisbigli non riguardavano il coraggio di Ted nell'affrontare Isaac. Se ne rese conto lo stesso Ted, che si liberò dalla presa degli amici e si asciugò il sangue dal naso con la manica prima di percorrere a grandi passi il corridoio e andarsene.

«Ed ecco a voi, signore e signori,» annunciò Angie, «perché non si devono rompere le palle a Isaac Pearce.»

Mi girai verso di lei. «Verrà sospeso?»

Alzò le spalle. «Non sarebbe la prima volta. Anche se non l'avevo mai visto difendere l'onore di una ragazza. È una novità.»

Angie mi osservò mentre indugiavo con lo sguardo nella direzione in cui era andato Isaac. «Ehi. Davvero, ragazza. Ti piace? Perché...» Ma non terminò la frase, e scosse la testa.

«Non m'interessa in quel senso» risposi. «E anche se fosse...»

«Sì?»

«Niente.»

«Sicura?» Il volto si sciolse in un'espressione preoccupata. «C'è qualcosa di cui vuoi parlare? Continuo ad avere questa sensazione...»

«No. Non c'è niente.»

Niente che avrei potuto spiegarle con la mia voce e le mie parole. Le probabilità di ottenere sul serio una parte nell'*Amleto*, per non parlare di quella di Ofelia, erano praticamente pari a zero. Ma dovevo trasformare quello zero in *qualcosa* prima di finire con lo spegnermi per sempre.

8

Isaac

«Be', Isaac» esordì il signor Dillings, il preside, appoggiato allo schienale della sedia, intento a tamburellarsi il petto con le dita. «In quanto educatore, non è mia abitudine incoraggiare gli studenti a rinunciare a concludere l'anno e a prendere il diploma da privatista... ma del resto non siamo un po' stanchi, qui?»

Lo guardai negli occhi senza battere ciglio. Non era la prima volta che affrontavamo questa conversazione. Quando avevo compiuto diciott'anni durante il terzo anno – ed ero finito in una scazzottata con tre membri della banda di Ted Bowers – Dillings mi aveva proposto di sostenere l'esame da privatista. Avrei potuto ottenere un lavoro a tempo pieno per poter aiutare papà a pagare le bollette e l'umiliazione di essere stato respinto sarebbe scomparsa con me.

Ma sostenere l'esame da privatista non era come diplomarsi. Gridava "abbandono scolastico" ai quattro venti.

A ogni modo, io *volevo* un'istruzione. La morte di mia madre mi aveva gettato fuori dal fiume della vita e mi aveva costretto a divincolarmi e rantolare come un pesce fuor d'acqua. Ero rientrato con la speranza di riottenere un briciolo di vita normale. Invece, il fatto di avere un padre alcolizzato, di essere povero e indietro di un anno si erano sommati finché la recitazione non era diventata la mia unica protezione. Recitare sul palco mi permetteva di esorcizzare i demoni che mi urlavano nel cuore. Interpretare la parte del delinquente a scuola mi evitava di essere fatto a pezzi.

Mia madre voleva che terminassi la scuola.

Rimani a scuola, tesoro, mi ripeteva di continuo. *Questo mondo cercherà di portarti via qualcosa, ma non riuscirà mai a portarti via il cervello e quello che ci metti dentro.*

Avrei voluto mollare un migliaio di volte, ma le sue parole mi avevano spinto ad andare avanti. E volevo essere un buon esempio per Benny. Che messaggio gli avrei trasmesso, se avessi mollato la scuola?

«È giunto il momento, no?» dichiarò il signor Dillings. «Mancano solo sei mesi al diploma. Puoi sempre partecipare alla parata con i maturandi, se ci tieni...» Il preside si interruppe per lasciarmi leggere la verità tra le righe: *Non ti vogliamo più qui.*

«Sì» risposi, e mi alzai in piedi. «Ho chiuso.»

Dillings tirò un sospiro di sollievo e si alzò con me. Si lisciò la giacca del vestito dozzinale. «Penso che sia la soluzione migliore. Sei un giovane uomo con un brillante talento. Non ho dubbi...»

Uscii e chiusi la porta, interrompendo qualsiasi fosse il consiglio di vita che stava per elargirmi.

I corridoi erano vuoti. Nessuno mi notò uscire dalla George Mason, poi lasciare tutta la roba nell'armadietto e attraversare il parcheggio fino al mio Dodge. Accesi il motore ma lasciai in folle, non sapendo in che direzione andare, quale strada prendere.

Papà si sarebbe aspettato che lavorassi nella nostra morente attività, ma lì non c'erano soldi da guadagnare. Dubitavo che Martin si potesse permettere di assumere una persona a tempo pieno al teatro. Probabilmente avrei potuto lavorare in un'officina a Braxton, guadagnare dei bei soldi per incrementare il mio patetico libretto di risparmi...

Guardai di nuovo la scuola.

«Che cazzo me ne frega?!» esclamai, come se pronunciare quelle parole a voce alta potesse consolidarle nel mio cuore. «In quella scuola non c'è nulla che conti.»

Willow Holloway...

Ovviamente, una bella ragazza come quella si presentava tre giorni prima che io venissi cacciato dalla scuola. Non la conoscevo e lei non conosceva me, ma era la prima luce a essersi accesa nella mia vita merdosa, oltre al teatro. Non sarebbe mai accaduto nulla tra noi, ma avevo iniziato a non vedere l'ora di sedermi accanto a lei durante inglese. Il mio sguardo la seguiva ovunque, e si era subito accorto del modo in cui Ted e il suo gruppetto l'avevano spaventata.

Maledetto Ted Bowers. Aveva guardato Willow come un piatto succulento da divorare. Come se avesse il *diritto* di farlo. Volevo tanto cancellargli quel sorrisetto ripugnante dalla faccia ed ero riuscito a trattenermi finché non aveva azzardato quel commento su mia madre. A quel punto avevo perso il controllo.

Mi accesi una sigaretta e schioccai le nocche doloranti. Essere stato sbattuto fuori da scuola mi faceva sentire una merda. Ma avevo colpito Ted Bowers sia per mia madre che per Willow Holloway, e questo rendeva tutto più sopportabile.

Ingranai la prima e uscii dal parcheggio.

Una volta raggiunta la casa mobile, parcheggiai nel piazzale ma non scesi. L'idea di entrare e affrontare papà mi lasciava dannatamente stremato.

Lui continuava a ripetermi fino allo sfinimento di mollare la scuola e lavorare di più, ma il fatto di essere stato cacciato equivaleva a fornirgli una scusa per sfogare quel suo pozzo di rabbia senza fondo.

Invece di entrare, passeggiai sulla neve sporca e mi diressi all'estremità est della proprietà. Una volta raggiunta la ruota del furgone, mi picchiettai un pacchetto nuovo di Winston sul dorso della mano. Una voce bassa mi fece arrestare. Erano appena le nove del mattino, ma Benny era sotto il furgone rovesciato, che rappava sottovoce. Misi via le sigarette e fischiai. Benny si affacciò da sotto il furgone e si sfilò gli auricolari, gli occhi spalancati.

«Yo, Isaac. Che ci fai qui?»

«Ti potrei fare la stessa domanda.» Gli rifilai un'occhiataccia. «Perché non sei a scuola?»

Mi rispose con la stessa occhiataccia. «E tu perché non ci sei?»

Ficcai le dita gelate nelle tasche della giacca. «Ho chiuso. Sosterrò l'esame da privatista invece che finire l'anno.»

Benny uscì da sotto il furgone. «Così molli la scuola.»

«Ho diciannove anni» mi giustificai. «Sono adulto. È la scelta giusta da compiere. Tu, invece, stai marinando e potresti cacciare tua mamma nei guai per assenza ingiustificata.»

Mi guardò storto, ma scorsi il senso di colpa negli occhi. «Non avevo voglia di andarci.» Tirò l'orlo della giacca che gli avevo comprato. «Quando non hai soldi, possono prenderti in giro sia perché indossi roba vecchia che roba nuova.»

«Ah-ah. Ti capita spesso, di marinare?»

«No.»

«È la verità?»

«Sì» rispose, e gli credetti. Era così che funzionava, la strana amicizia tra me e questo ragazzino di tredici anni. Eravamo onesti tra di noi, a prescindere.

Mi sedetti sulla ruota del camion. Benny mi si accomodò accanto.

«Allora, cosa è successo?» mi domandò.

«Ho dato un pugno a un tizio.»

Benny strabuzzò gli occhi scuri fino a esporre la parte bianca. «Davvero? Chi? Perché?»

«Uno stronzo che stava trattando male una ragazza nuova.»

«Ahh, una ragazza?» Mi diede un colpetto sul braccio.

«Sì. Ci sono le ragazze alla George Mason.»

«Chi è? Come si chiama?»

«Non ha importanza. Probabilmente non la rivedrò più. O forse sì...» Mi interruppi quando mi ricordai di come Willow si era raddrizzata sulla sedia all'annuncio di Paulson per le audizioni di *Amleto*, come se qualcuno avesse pronunciato il suo nome.

«E tu la vuoi rivedere» commentò Benny, sogghignante. «Lo vuoi eccoooooome. Lei ti piace.»

Lo spinsi con una gomitata. «Cosa cavolo ti viene in mente?»

«Primo, ti sei fatto cacciare da scuola per lei» rispose. «Secondo, la tua espressione è appena diventata tenera e sdolcinata.»

«Non è vero» protestai.

«Come si chiama?»

«Willow.»

Arricciò il naso. «È il nome da ragazza bianca più bianco che abbia mai sentito.»

Ridacchiai. «È anche super ricca. E piccola.»

E del tutto fuori dalla mia portata.

Il sorriso mi si spense. «Perché cavolo sto parlando di lei con te? Devi riportare il culo a scuola. Domani, e anche il giorno dopo. Sarò più presente per assicurarmi che non sgarrerai.»

Benny alzò gli occhi al cielo. «Va bene, va bene.»

Calò il silenzio.

«Ti mancherà la scuola?» chiese.

«No» lo guardai con la coda dell'occhio. «Sì. Sotto certi aspetti, sì.»

«Davvero?»

Annuii.

Le mie mani fremevano per una Winston. Benny sapeva che fumavo, ma non lo facevo mai davanti a lui.

«Quali aspetti?» indagò. «Perché a me non viene in mente nulla che potrebbe mancarmi.»

«Ti mancherebbe comportarti da ragazzino. Entrare in un club nel doposcuola o fare sport con gli amici. Andare al ballo.»

«Sì, immagino sia così» rispose Benny.

«Non me ne starò con le mani in mano tutto il giorno. Devo lavorare adesso.» Lo tirai per una manica. «E tu devi andare a scuola. Subito. Ti ci porto io.»

«No. Chiamerebbero mamma al lavoro. Non ho la giustificazione.»

«Te ne scriverò una io.» Mi alzai in piedi. «Andiamo. Qui fuori fa freddo.»

Sospirò e scese in modo teatrale dalla ruota. «Ehi, tuo padre s'incazzerà perché hai lasciato la scuola?»

«Probabile.»

«Cercherà di dartele?»

«Forse.»

«Isaac.» Benny smise di camminare e sollevò lo sguardo verso di me, spaventato. «Presto te ne andrai da Harmony.»

Sincerità. Sia sul palco che con Benny, che erano i due talismani a cui mi aggrappavo.

«Sì» risposi. «Me ne andrò.»

Benny deglutì a fatica, si passò le mani sugli occhi, dopodiché annuì. «Bene.»

9

Willow

Quel pomeriggio, Angie mi aiutò a spulciare opere e libri di monologhi per le audizioni. Mentre lei continuava la ricerca, io sfogliai *Amleto* e analizzai le scene di Ofelia. Era scritto in inglese, eppure ebbi bisogno di un traduttore. Cosa diavolo stava *dicendo* Shakespeare? Non riuscivo a capire nulla delle battute di Ofelia.

«Concentrati» mi suggerì Angie, prima di strapparmi l'opera dalle mani. «Non puoi sostenere le audizioni per l'*Amleto* con l'*Amleto*. Non si fa. Trova un altro monologo di Shakespeare per dimostrare che sai come affrontarlo.»

«Non so affatto come *affrontarlo*» sbottai. «Non so cosa diavolo mi sia messa in testa e non capisco nemmeno di cosa parli quest'opera.»

Angie assunse un finto accento spagnolo. «Ahora te lo spiego. No, è troppa roba. Te lo riassumo: Amleto è il principe di Danimarca. Suo padre, il re, è morto, e nonostante siano passati solo due mesi la madre sposa il fratello del padre, Claudio. Ora Claudio è il re e Amleto pensa che sia una pessima situazione.»

«Sembra proprio tipico di Shakespeare.»

«Una notte, tre guardie vedono un fantasma e lo riferiscono ad Amleto. Anche lui lo vede. È suo padre e gli racconta che Claudio lo ha avvelenato versandogli del veleno nell'orecchio. Amleto rimane sconvolto. Ma resiste perché si sta frequentando con Ofelia, la figlia di Polonio, che è il braccio destro di Claudio. Polonio dice a Ofelia che Amleto non ha tutte le rotelle a posto e che deve lasciarlo perdere… Ofelia e Amleto sono innamorati ma… la maledetta *società patriarcale*, hai presente, no? Così lei cede alla pressione del padre e accetta di rompere con lui. Amleto è devastato e inveisce contro tutte le donne sbraitando che sono delle stronze traditrici e che Ofelia dovrebbe rinchiudersi in un monastero e non avere mai dei figli. Poi Amleto affronta la madre mentre Polonio ascolta di nascosto e – ops! – Amleto uccide Polonio… Ofelia, perso il proprio uomo e il padre, inizia a perdere la testa. Impazzisce, si mette a cantare canzoni sconce, e si getta nel fiume. Poi succede un altro po' di roba finché praticamente tutti i personaggi non sono morti, e sipario.» Angie prese fiato, in faccia un sorriso smagliante. «Capito tutto?»

La fissai per un istante, poi iniziai lentamente a battere le mani. «Angie, non so davvero…»

«Lo so» rispose con una risata. «A volte mi stupisco da sola.»

Persino con il riassunto di Angie, però, Shakespeare mi sembrava ancora scritto in una lingua sconosciuta. Ero certa che sarebbe stato un disastro, se avessi provato a sostenere l'audizione con un suo monologo.

Ero sul punto di abbandonare l'impresa per la milionesima volta, quando lessi la trama di un'opera intitolata *The Woolgatherer*. I personaggi principali erano Rose, una giovane timida e reclusa, e Cliff, il camionista solitario che una notte si porta a casa.

Mi bruciarono gli occhi quando lessi il monologo in crescendo di Rose, sul suo ricordo di una notte allo zoo. Si recava spesso lì ad ammirare le eleganti gru in piedi sull'acqua scura e immobile. Una sera, un gruppo di bulletti vi entrò con la musica a tutto volume e parlando in modo chiassoso. Tirarono le pietre agli uccelli per rompere loro le zampe e finirono per ucciderli mentre Rose urlava a squarciagola…

Lo rilessi. Poi di nuovo, con il cuore sofferente.

Avevo il pezzo giusto per il provino.

L'argenteria tintinnava sui piatti durante la cena. Papà aveva la forchetta in una mano e il telefono nell'altra. Mamma si mise a mangiare il soufflé, poi posò la forchetta, prese la bottiglia del vino e si versò il terzo bicchiere. Io mangiai più del solito; non riuscivo a ricordare l'ultima volta che mi ero sentita così affamata, non solo di cibo ma di ciò che mi riservava il futuro. Avevo qualcosa per cui essere impaziente, anche se si trattava solamente di mettermi in ridicolo di fronte al direttore del teatro di Harmony.

Ma voglio provarci. È già qualcosa.

Sorrisi lievemente mentre pensai che la nonna ne sarebbe stata entusiasta. Per la prima volta da quando ero stata marchiata dalla X, non mi sentivo seduta su un blocco di ghiaccio, obbligata a superare la cena per poi passare svogliatamente ai compiti e finire la serata rannicchiata sul pavimento della mia camera e avvolta nel piumone, con la speranza di dormire in modo decente.

«Allora, ho deciso quale sarà l'attività del doposcuola.»

I miei genitori alzarono di scatto la testa con un sincronismo comico.

«Davvero?» Papà masticò lentamente il boccone e deglutì. «È incoraggiante.»

«Ed è un pochino troppo tardi» borbottò mamma. «Le scadenze per i college migliori sono ormai passate. Il massimo che puoi ottenere è l'università statale – che Dio ci aiuti – e puntare all'ammissione in primavera.»

«Cosa c'è di così terribile nell'università statale?» le domandai. «Tra l'altro non sono nemmeno sicura di voler proseguire gli studi.»

Sembrava affranta. «È ovvio che devi proseguire gli studi. Perché non dovresti?»

«Regina» l'ammonì papà. Dopodiché spostò lo sguardo su di me. «Parliamone dopo. Prima, raccontaci quale attività hai scelto. Dibattito? Sei sempre stata piuttosto brava in quello.»

«Farò le audizioni per una rappresentazione al teatro comunale di Harmony.»

Papà mi guardò con più intensità, la mascella che lavorava incessantemente, a indicare che sull'argomento aveva da dissentire così tanto che io non osavo neanche immaginare.

Mamma tirò su col naso come se avesse annusato qualcosa di sgradevole. «Hai intenzione di recitare?»

«Sì.»

Mio padre masticò con lentezza un boccone di fagiolini e mandorle passandolo da un lato all'altro della bocca, dopodiché si pulì con il tovagliolo. «Ehm. Non è esattamente... un'attività universitaria.»

«È quello a cui voglio dedicarmi» tagliai corto.

«*Perché*?» indagò mamma, come se avessi appena annunciato di volermi unire a un circo.

«Ve l'ho appena spiegato» risposi. «È un doposcuola come un altro.»

Papà mi guardò negli occhi con estrema durezza. «Non è per via di quel ragazzo, vero?»

Rimasi pietrificata.

Lo sa. Sa di X. E della festa. E di quello che è successo...

Mamma ci guardò a bocca spalancata. «Che ragazzo? Chi...?»

Papà posò il tovagliolo, il mio silenzio attonito che sembrava confermare la veridicità di tutte le parole che stava per pronunciare.

«Un collega in ufficio ha una figlia che va alla George Mason. Quando ha scoperto che la frequenti anche tu, mi ha messo in guardia su un ragazzo di nome Isaac Pearce.»

Con un sospiro di sollievo allentai la tensione agli arti e per un istante sprofondai sulla sedia. Ma poi fui pervasa da un'onda di indignazione che mi costrinse a stringere il tovagliolo tra le mani sotto il tavolo. Mio padre, che avrebbe avuto difficoltà a nominare anche uno solo dei miei amici di New York, adesso aveva osato pronunciare proprio il nome di Isaac Pearce.

Perché doveva interferire nella mia vita quando ormai era troppo tardi? Perché cazzo qualcuno nel suo ufficio non lo aveva messo in guardia su Xavier Wilkinson?

«Chi è Isaac Pearce?» domandò mamma.

«Uno della scuola» le risposi. «Lo conosco a malapena...»

«Gary Vance, il mio collega, mi ha raccontato che è all'ultimo anno, ma molto più grande degli altri. È rimasto indietro di un anno e pare che abbia problemi con la legge...»

«È indietro con gli studi perché gli è *morta* la madre e ha smesso di parlare per un anno» precisai piccata. «Ne parli come se fosse uno stupido o un degenerato. Ma non è né uno né l'altro.»

Papà strinse le labbra e annuì compiaciuto, come se avessi appena confermato il peggiore dei suoi sospetti. «Gary sostiene che vive con il padre alcolizzato in una roulotte dentro una discarica, e ancor peggio... il padre gestisce un distributore del nostro marchio. Gary dice che quella stazione di servizio è un'indecenza.»

Mamma si portò di scatto la mano alla gola. «Gesù, Willow.»

«Cosa?» Guardai a bocca aperta l'espressione compiaciuta di papà. «Finito con i pregiudizi? Non si è arricchito come noi grazie ai soldi sporchi del petrolio, e allora?»

«Sporchi?» ripeté mamma dopo aver tirato di nuovo su col naso. «Chi è che tira in ballo i pregiudizi adesso?»

«Questioni di lavoro a parte, quel ragazzo ha una brutta reputazione» insisté papà, come se fosse lo storico ufficiale della famiglia Pearce. «A quanto pare, è una sorta di attore. Recita al teatro comunale.»

Usò un tono tale che, se avesse detto "Vende droga ai ragazzini", avrebbe sortito lo stesso effetto.

Mamma si girò di colpo verso di me. «È per questo che vuoi recitare? Per stare con questo ragazzo?»

«È questo il primo pensiero che vi viene in mente?» gridai. «Sapete una cosa? Isaac Pearce non è un delinquente. Si dà il caso che oggi mi abbia difeso da un pugile testa di rapa, e comunque, *comunque*...» Stavo urlando contro i loro sguardi d'intesa adesso. «Non è per lui che voglio sostenere le audizioni. Gesù, datemi un po' di fiducia, cazzo, vi sembra tanto? Volevate che mi dedicassi a qualcosa: be', eccomi qua.»

«Modera il linguaggio» mi ammonì papà, il tono sempre più duro. «E vorrei ricordarti che non hai mai recitato in tutta la tua vita. All'improvviso vuoi salire sul palco davanti a tutta la città?»

«Anche *Isaac Pearce* sosterrà le audizioni?» chiese mamma, pronunciando quel nome come se fosse una parolaccia.

«Sì» risposi mentre mi sforzavo di controllare la rabbia. «Probabilmente otterrà il ruolo principale perché è molto bravo. E, per tornare al punto, io probabilmente *non* la otterrò. Perché, tanto per citare le tue parole, *non ho mai recitato in vita mia*. Perciò fate finta che non vi abbia raccontato niente.»

«Non vogliamo che tu frequenti ragazzi come quello» puntualizzò mamma, sorda a tutte le parole che avevo appena pronunciato. «Siamo venuti qui perché tu potessi ricominciare da zero, ma, ovviamente, tu ti attacchi subito ai peggiori elementi...»

«Oh Gesù», esclamai mentre alzavo gli occhi al cielo. «Ma non ti rendi conto delle assurdità che dici? Esistono stronzi di tutte le specie e forme, mamma. In città e in campagna. Poveri e ricchi, alla stessa stregua.»

Soprattutto tra i figli degli amministratori delegati.

«E non ho intenzione di *attaccarmi* a nessuno. Sto solo cercando di...»

Ritrovare me stessa nell'oscurità.

Tra mamma e papà ci fu uno scambio di occhiate in cui lei lo supplicava in silenzio di mettere fine alla discussione. Papà ripiegò il tovagliolo sul tavolo col suo gesto distintivo che significava "ho appena preso una decisione".

«Non ti proibirò di sostenere l'audizione, se è questo che vuoi. Ma, a prescindere da come andrà,» proseguì, «a teatro e a scuola dovrai mantenere un rapporto esclusivamente professionale con quel Pearce. Agli occhi della legge è un maggiorenne e tu hai diciassette anni. Capisci cosa significa?»

«Non significa nulla» mi sentii ribattere a voce alta. «Gesù, sei peggio dei pettegoli che ci sono a scuola.»

Dentro di me rabbrividii al pensiero di cosa sarebbe potuto succedere quando l'informatore di mio padre gli avesse spifferato che Isaac era stato sospeso per aver dato un pugno a Ted Bowers. I miei genitori non esercitavano alcuna autorità morale su di me, ed era uno dei molti aspetti di cui avevo smesso di preoccuparmi dopo quello che mi aveva fatto X. Ma papà avrebbe potuto rendermi la vita difficile, se per miracolo avessi ottenuto una parte in *Amleto*.

Mitigai la voce. «Non è un problema» buttai lì. «Partecipo all'audizione perché voglio provare qualcosa di nuovo. Non ha niente a che fare con quel tipo.»

«Lo spero proprio» commentò mamma. «Non che questa città pulluli di buone famiglie.»

«Per l'amor di Dio, Regina» sbottò papà. «Hai guardato un attimo fuori dalla finestra? Abiti in una strada piena di belle case come questa.»

«Esiste la New York benestante e la campagna benestante» puntualizzò mamma, prima di portarsi il bicchiere di vino alle labbra. «C'è una bella differenza tra le due, e lo sai bene.»

«Così sei prevenuta nei confronti di tutto lo Stato dell'Indiana» commentai. «E papà è prevenuto nei confronti di un ragazzo povero che vive in una roulotte. Congratulazioni, siete proprio due persone superficiali.» Mi alzai in piedi e presi in mano il piatto. «E mi è passato l'appetito.»

Non mi ero mai rivolta ai miei genitori in quel modo. Mai. Eppure ignorai sia l'espressione sbigottita di mia madre di fronte alla mia maleducazione che l'ordine categorico di mio padre di tornare a sedermi. Mi diressi con passo deciso in cucina e posai il piatto nel lavello.

Dopodiché mi sentii uno schifo.

Sospirai. Se non fosse accaduto ciò che era accaduto, probabilmente adesso sarei anch'io spocchiosa e prevenuta sull'Indiana come mia madre. Senza alcun dubbio. Ero nata e cresciuta a Manhattan. La vecchia me avrebbe guardato dall'alto in basso la George Mason e si sarebbe fatta un'idea di chi la frequentasse ancor prima di averci messo piede dentro.

X aveva cambiato tutto.

Non si può guardare dall'alto in basso qualcuno quando la tua autostima è sottoterra, distrutta in mille pezzi, e ricoperta di urina.

Harmony mi *piaceva*. Mi piacevano Angie e i suoi amici, e il fatto che Isaac mi avesse difeso oggi a scuola e mostrato nuove opportunità con il suo *Edipo*. Dopo mesi di gelida apatia, provare di nuovo interesse per qualcosa o qualcuno era come tenere in mano un oggetto fragilissimo. Dovevo salvaguardarlo per evitare che cadesse a terra e si frantumasse.

Tornai in sala da pranzo. «Mi dispiace di avervi parlato in quel modo. Vi giuro che non sostengo il provino per un ragazzo, ma perché è quello che voglio. Posso andare di sopra a fare i compiti?»

I miei rimasero a fissarmi.

«Compiti?» ripeté mamma. «È la prima volta che ti sentiamo pronunciare quella parola da...»

«Sì» mi concesse mio padre. «Ma se capiterà un'altra scenata come quella di prima non ci sarà nessun provino. Intesi?»

«Intesi.»

Ed era vero. Mio padre non aveva alcun tipo di controllo nel suo lavoro alle dipendenze di Ross Wilkinson, ma in casa era il capo e spadroneggiava con il suo pugno duro, che in passato non mi aveva mai infastidito perché avevo sempre rigato dritto. La cocca di paparino.

La X lasciata da Xavier aveva cancellato anche questo.

Corsi di sopra e, una volta chiusa la porta a chiave, tirai fuori dallo zaino il monologo fotocopiato di *The Woolgatherer*. Lo rilessi più volte e mi abbandonai alle parole di Rose per lasciare che diventassero mie.

Fu facile.

Mi fecero un'iniezione per costringermi a smettere di urlare...

Rose gridava al mondo esterno come io facevo internamente. Senza sosta, tutto il tempo, ogni giorno, dal profondo del mio cuore. Urlare era come vomitare, finché il suono mi esplodeva nelle ossa. Mi appellavo a tutto il coraggio che avevo per guardarmi allo specchio e mi sorprendevo di essere ancora tutta intera. Avevo letto molti libri su personaggi che impazzivano di brutto. Com'era possibile che io riuscissi ancora a sostenere quella stronzata di mettere un piede davanti all'altro?

Continua a bruciare, sussurrò la nonna.

Recuperai il portatile e digitai l'indirizzo del teatro comunale di Harmony. Il sito si caricò e apparve una bella immagine del palazzo di mattoni che si stagliava nel cielo azzurro e limpido. Sotto c'erano le foto dell'ultimo spettacolo, l'*Edipo re*, e ritraevano quasi tutte Isaac Pearce, sanguinante e con la barba. Le sue emozioni dirompenti e messe a nudo straripavano dallo schermo.

In fondo alla pagina trovai il modulo di adesione alle audizioni di *Amleto*. Digitai il mio nome e le informazioni per essere contattata, dopodiché premetti *invio*.

10

Willow

Due settimane più tardi, Angie mi accompagnò ai provini.

«C'è tanta gente» commentai mentre guardavo dal finestrino la folla accalcata davanti al teatro.

«L'*Amleto* è un'opera imponente» spiegò lei. «C'è bisogno di un sacco di guardie, becchini e buffoni di corte.» Mi batté un colpetto sul braccio. «In bocca al lupo.»

«Crepi» risposi, la bocca asciutta. «Ci vediamo da Scoop appena ho finito.»

«Ordinerò una cioccolata anche per te.»

L'atrio del teatro brulicava di aspiranti attori, giovani e adulti. Riconobbi un paio di residenti di Harmony e alcuni studenti universitari che però non conoscevo. Sbirciai di nascosto una coppia di ragazze più grandi che parlavano con la testa inclinata. Delle candidate per il ruolo di Ofelia, probabilmente. Mi guardarono a loro volta e poi mi voltarono le spalle. Una donna bruna di mezza età e i capelli raccolti era seduta al banco dell'accettazione. Mi squadrò attraverso la spessa montatura degli occhiali. «Nome?»

«Willow Holloway» dichiarai con il cuore martellante.

Spuntò il mio nome dalla lista che aveva davanti. «E per quale ruolo concorri?»

«Ofelia. Dove si terranno i provini?»

«Laggiù» rispose, e mi indicò con il pollice l'ingresso della sala del teatro.

«Sono provini collettivi? Sul palco?»

«Esatto.»

«Non verremo chiamati in una stanza uno alla volta? Davanti al regista?»

«Il signor Ford non lavora in questo modo» spiegò, l'espressione placida. «Gli piace lavorare in modo corretto e trasparente. In bocca al lupo. Il prossimo?»

Quando entrai nella sala del teatro, due terzi delle poltrone erano già occupati da potenziali membri del cast di *Amleto*.

Porca vaccaccia.

Per poco non girai i tacchi e me ne andai. Mi rifiutavo di recitare il mio monologo davanti a tutte quelle persone. Non avrei potuto riuscirci nemmeno davanti ad Angie, nonostante mi avesse assillato non so quante volte nelle ultime settimane.

Se non riesci a interpretare un monologo davanti alla gente, come puoi pretendere di recitare in uno spettacolo intero?

«Non ci riesco» mormorai a denti stretti. «Tutto questo è stupido. Non dovrei essere qui.»

Eppure mi costrinsi a sedermi in fondo alla platea, vicino all'uscita. Quella stupida audizione era il mio unico piano, il migliore che mi fosse venuto in mente, per dissipare le ombre e rompere il ghiaccio intorno a me. Rimanere del tutto inerte non aveva funzionato. Dovevo provarci.

E se finirò per sentirmi umiliata, pazienza.

Chiusi gli occhi e cercai di ricordare le parole di apertura del mio monologo, ma non ci riuscii.

Riaprii gli occhi con il cuore che mi martellava nel petto. Il regista, Martin Ford, si stava sedendo sul palco. Lo riconobbi per via della foto sul sito del teatro. Era un uomo allampanato con i capelli scompigliati e gli occhi grandi. Sembrava un tipo amichevole. Alla mano. Mi venne comunque da vomitare.

Mi guardai intorno in cerca di qualcuno che sembrasse nervoso quanto me.

I miei occhi si posarono su Isaac Pearce.

Era in piedi contro la parete nera, da solo, le mani infilate nelle tasche della giacca di pelle. Invece che nervoso, sembrava annoiato, come se fosse in attesa che arrivasse l'autobus. Il suo bel volto scolpito era impassibile. Poi spostò lo sguardo nella mia direzione e mi fissò un po' incredulo, quasi come se dubitasse che fossi veramente lì. Dopodiché batté le palpebre e sviò lo sguardo.

«Ti vedo, Isaac Pearce» mormorai sottovoce. «È ora di elargire la tua saggezza a una novellina.»

Mi alzai in piedi e mi diressi verso il fondo del teatro. Mentre mi avvicinavo, i suoi occhi burrascosi brillarono di sorpresa per poi tornare neutri.

Porca miseria quanto era bello.

Guardare Isaac Pearce produceva lo stesso effetto delle vetrine dei negozi: ti faceva sospirare come di fronte a qualcosa che desideravi disperatamente ma non potevi permetterti. Eppure... l'idea che, per me, stare con lui – come con qualsiasi altro ragazzo – fosse un'eventualità del tutto impossibile, mi rendeva più facile comportarmi in modo audace.

«Ciao» esordii.

«Ehi» rispose lui, senza smettere di guardare dritto davanti a sé.

«Non credo che ci siamo mai presentati ufficialmente. Io sono Willow.»

Mi guardò per un secondo. «Isaac.»

«Bene.» Imitai la sua posa e appoggiai la schiena alla parete. «L'ultima volta che ci siamo visti, stavi prendendo a pugni quell'imbecille di Ted Bowers.»

«Mi pare di sì.»

«È successo due settimane fa.» Abbassai la voce. «Le voci di corridoio sostengono che ti abbiano sbattuto fuori.»

Si mosse contro il muro. «Ho abbandonato io. È stata una mia decisione.»

«Non sei stato sospeso per aver picchiato Ted?»

Mi osservò dall'alto. «Fa differenza?»

«Immagino di no. Comunque, mi dispiace.»

«Di cosa?»

«Ted ha invaso la mia comfort zone e tu lo hai rimesso al proprio posto. Mi sento un po' responsabile.»

Isaac si strinse nelle spalle. «Non è stato niente di che.»

«Per me, sì» obiettai. «Non vedevo l'ora di ringraziarti.»

«Va bene.»

Sbattei le palpebre. «Perciò... grazie.»

«Di nulla.»

Mi sfuggì una risata. «Ti hanno mai detto che parli troppo?»

Girò lentamente la testa verso di me. «No.»

Sbiancai nel momento in cui mi ricordai perché fosse stato rimandato a scuola di un anno.

«Scusa. Pessima battuta. È che sono nervosa da morire.»

«Anch'io.»

Lo guardai con gli occhi stretti. «Sì, proprio. Sembri calmo come... qualcosa di molto calmo.»

Lui arricciò le labbra. «È tutta scena.»

«Oh no» esclamai, e scoppiai a ridere.

Quindi, mio caro signor Pearce, lei ha il senso dell'umorismo.

«Grazie, ne avevo bisogno.» Presi un respiro tremante. «Non mi aspettavo che le audizioni si svolgessero davanti a tutti. Credevo si sarebbero tenute in una stanza privata, e non davanti a un plotone di esecuzione.»

«Martin ama la trasparenza» spiegò.

«Sì, me l'hanno detto. Tu hai già lavorato un sacco con lui, vero?»

Annuì.

Mi morsi il labbro. In circostanze normali, la sua reticenza mi avrebbe allontanato, ma stasera ero talmente nervosa che parlavo a briglia sciolta e non riuscivo a *fermarmi.*

«Ho visto *Edipo* il mese scorso» buttai lì.

«Mm.»

«Probabilmente te lo ripetono di continuo, ma sei stato incredibile.»

Emise un sospiro che mi sembrò irritato, come se da me si aspettasse di meglio. «Grazie.»

«Immagino che te lo senta dire spesso» ribattei. «Un complimento in più o in meno non ti fa né caldo né freddo, eh?»

«Ho risposto *grazie.*»

Non vuole sentirsi lusingato. Sta zitta.

«Che ne dici di questo?» Raddrizzai le spalle. «Vederti recitare è stato come guardare attraverso un portale per un altro mondo. Un posto dove succedono cose straordinarie. Mentre ti osservavo sul palco, sono riuscita a evadere con la mente. Perciò, invece di un complimento generico, voglio ringraziarti per avermi portato altrove per un paio di ore. Mi serviva davvero.» Battei forte le palpebre. «Meglio, così?»

Mi scrutò dall'alto. Sentii il suo sguardo in ogni cellula del mio corpo, come una specie di connessione. Una parte del suo potere, della sua magia o del suo carisma mi entrò dentro. In quel momento di titubanza, mi domandai come sarebbe stato trovarsi sul palco con lui, avvolta in quella sua energia.

Lasciarci trasportare altrove insieme.

Impossibile, pensai, così distolsi lo sguardo e interruppi quel momento. *Lui era un prodigio, mentre io ero solo una principiante.*

La voce profonda di Isaac s'insinuò nei miei pensieri. «Grazie.»

Una sola parola pronunciata lentamente. Niente di più. Eppure mi sembrava dire tutto. Quando alzai lo sguardo, i tratti spigolosi del suo viso si erano addolciti e la tempesta nei suoi occhi grigio verdi si era un po' placata. Lo fissai, di nuovo catturata dal suo sguardo, avvolta nella sua energia.

«Figurati» risposi.

Martin Ford richiamò l'attenzione dei presenti e invitò quelli ancora in piedi a sedersi. Senza proferire parola, Isaac e io ci allontanammo dalla parete di fondo e ci dirigemmo verso le poltrone di velluto rosso sbiadito. Lui si fermò nel corridoio e mi indicò di scorrere all'interno della fila, come se mi stesse tenendo aperta una porta. Mi tolsi la giacca e ci sedemmo accanto, il suo gomito sul bracciolo nel mezzo, la spalla a pochi centimetri dalla mia. A differenza di quando nelle vicinanze c'era Ted Bowers, adesso non provavo affatto la tensione di stare accanto a lui. L'odore di sigaretta misto a bagnoschiuma da uomo mi inebriò, e i miei nervi tesi come corde di violino si rilassarono.

Martin Ford camminò fino a un cerchio di luce gialla sul palco, i capelli grigi leggermente scompigliati e le maniche della camicia arrotolate fino ai gomiti. Aveva un sorriso affabile e rassicurante, ma la voce era tutto un programma.

«Grazie di essere qui. Sono davvero contento di vedere tanta partecipazione. Quando chiamerò il vostro nome, vi pregherei di raggiungere il centro del palco, presentarvi e indicarci il monologo che reciterete. Stasera non riceverete alcun esito. Per il secondo provino verrete contattati via e-mail domani mattina. Se verrete contattati, dovrete presentarvi qui domani sera, alla stessa ora. Non presentarsi equivale a rinunciare allo spettacolo. Allo stesso modo, se non potete partecipare alle prove programmate sul sito, non verrete presi in considerazione per il ruolo.» Detto questo, batté le mani fra loro. «Ma ora basta con queste noiose informazioni tecniche. Iniziamo.»

Mi ero aspettata che le persone venissero chiamate in ordine alfabetico o a seconda dell'esperienza, dando la precedenza ai veterani del mestiere, invece venimmo chiamati in ordine del tutto casuale, con sconosciuti convocati dopo i vecchi attori del cast di *Edipo*. La donna che aveva interpretato Giocasta recitò un affascinante monologo tratto da *Re Lear*. Un uomo, un pezzo da *Sogno di una notte di mezza estate*. Una ragazza universitaria portò il famoso "Che cos'è un nome?" di *Romeo e Giulietta*.

Mi avvicinai a Isaac. «Mi sono persa l'avviso in cui si avvertiva di portare un pezzo di Shakespeare?»

Un minuscolo accenno di sorriso sfiorò le labbra di Isaac, ma, prima che potesse rispondermi, Martin Ford chiamò il suo nome.

L'intero teatro allungò il collo all'indietro e sembrava che un faro lo seguisse per tutto il tragitto verso il palco. Una volta lassù, la luce dei riflettori lo inondò davvero, e i suoi capelli castani brillarono d'oro. Aveva ancora le mani ficcate nelle tasche della giacca e mi domandai se avesse intenzione di recitare così, come un pugile professionista con un braccio legato dietro la schiena per dare a tutti una possibilità.

«Sono Isaac Pearce.» Girò la testa nella mia direzione. «Il mio monologo è tratto da *Un tram che si chiama Desiderio.*»

Esalai un lento sospiro di sollievo.

Niente Shakespeare. Grazie.

Ma il sollievo che provai lasciò il posto a un ansito di sbigottimento quando tirò fuori le mani dalle tasche. D'un tratto l'espressione del suo viso passò da neutra a collerica e dovetti sbattere le palpebre per ricordare ai miei occhi che avevano davanti la stessa persona di prima. Strinse una mano a pugno e con l'altra colpì con veemenza l'aria sopra le teste dei candidati, dopodiché iniziò a parlare.

Lo osservai, affascinata, mentre calpestava il palco come una bestia feroce. Si tolse la giacca e la lanciò a terra, come se lo ostacolasse; rimase soltanto con una canotta bianca, e la vista del suo corpo avvolto in quel minuscolo pezzo di stoffa attillato agitò dentro di me qualcosa che pensavo fosse ormai morto e sepolto.

Le luci accentuavano la linea dei suoi muscoli. Un tatuaggio disegnava un'ombra scura sul bicipite destro e un'altra sull'interno dell'avambraccio sinistro. Pelle, muscoli ed energia, messi a nudo sotto le luci del palco. Isaac si era come trasformato nell'opposto di se stesso: recitava dal profondo della sua anima attraverso ogni atomo del suo corpo, ogni muscolo, ogni tendine. Con voce tonante decretò di essere "il re qui", e chiunque in quella stupida platea, inclusa me, gli credette.

Terminato il monologo, l'ardore sprigionato da ogni suo poro si spense come un rubinetto. Un breve inchino, un grazie mormorato, e recuperò la giacca. Dopodiché scese dal palco e tornò a sedersi accanto a me. Era calmo, eppure il suo corpo sfrigolava appena. Riuscivo a sentire i rimasugli della sua energia che piano piano si diradavano come nebbia. Lo osservai mentre si posava la giacca sulle ginocchia. Fissai il bicipite scoperto a pochi centimetri da me.

Continuò a guardare dritto davanti a sé, poi, finalmente, mi rivolse un'occhiata.

«Che c'è?»

«Scusa» mormorai. «Non riesco a sentirti, il fantasma di Marlon Brando sta piangendo troppo forte.»

Un lieve sorriso affiorò sulle sue labbra. Ci ero riuscita ben due volte. A pensarci bene, l'unica altra volta in cui lo avevo visto sorridere era stato durante gli inchini finali dell'*Edipo*.

«Willow Holloway?»

Rimasi pietrificata.

È uno scherzo, vero? Devo esibirmi dopo di lui?

Mandai giù il groppo d'ansia che avevo in gola e cominciai ad alzarmi in piedi.

«Qualche ultimo consiglio?» gli domandai in un sussurro.

Non mi aspettavo una risposta e così mi apprestai ad abbandonare la poltrona, ma la mano di Isaac mi avvolse il braccio per trattenermi con una stretta salda ma gentile. Fui travolta di nuovo da una scossa elettrica che mi scaldò lo stomaco. Sentivo il suo calore attraverso la manica e, anziché sentirmi imprigionata, avvertii i miei nervi allentarsi per effetto del suo tocco.

«Non pensare alle parole» mi consigliò Isaac. «Se fai confusione o ti dimentichi qualche frase, va' avanti.» Mi lasciò andare il braccio. «Racconta la storia e basta.»

Martin chiamò di nuovo il mio nome, e i presenti iniziarono a cercarmi nella platea. Avevo gli occhi ancora inchiodati in quelli di Isaac.

«Racconto la storia» mormorai. «Grazie.»

Isaac annuì, poi i suoi occhi grigio verdi mi indicarono il palco. *Va'*.

Mi allontanai con riluttanza e percorsi il corridoio fra le poltrone.

Racconta la storia.

Era esattamente quello che non facevo. Mai. Non avrei mai potuto.

Salii i tre gradini che portavano sul palco e mi posizionai sotto i fari. Martin Ford, il direttore di scena e l'aiuto regista – la donna con gli occhiali spessi che avevo incontrato all'accettazione – erano seduti al tavolo di fronte a me. Alle loro spalle le altre persone nel teatro si confondevano in un mare di spettatori senza volto.

Davanti a tutta quella gente che mi guardava, l'agitazione tornò ad aggredirmi e mi dilaniò gli arti; la mia gamba sinistra prese a tremare.

Fanculo, Rose era un personaggio emotivo. Avrei sfruttato la mia paura invece di combatterla.

«Salve, sono Willow Holloway. Porto un monologo tratto da *The Woolgatherer* di William Mastrosimone.»

Abbassai la testa, presi un respiro e quando l'alzai di nuovo mi fermai e finsi di sapere come si recita. Dimenticai tutto dei "ritmi di battuta" e delle "tecniche di respirazione" che avevo letto sul libro di recitazione in biblioteca. Mi sfilai la corazza invisibile che era Willow e seguii esattamente il consiglio di Isaac.

Raccontai la storia.

Esordii informando il pubblico che mi piaceva intrufolarmi allo zoo di notte per osservare le eleganti gru in piedi nell'acqua immobile. Mi calai nella scena, insieme a quegli uccelli e alla loro placida tranquillità. Il cuore mi martellò nel petto nel momento in cui quei ragazzi irruppero con la musica a tutto volume e lanciarono pietre ai volatili. Osservai inorridita le loro zampe che si "piegavano come fili di paglia", e gridai ai ragazzi di smetterla, ma non volevano ascoltarmi. Continuavano a lanciare sassi, e le lacrime mi rigarono le guance quando evocai l'immagine delle piume bianche grondanti di sangue rosso – *(il sangue sulle mie lenzuola bianche)* – e dell'acqua scura che diventava sempre più silenziosa e immobile.

Raccontai di come fossi fuggita per avvertire la guardia ma che non era servito a niente perché ormai era troppo tardi. Le gru erano tutte morte. Raccontai di come avessi gridato, ininterrottamente – *(X mi aveva lanciato addosso il macigno del suo corpo e io mi ero spezzata, ma avevo continuato a gridare dentro di me, senza sosta)* – e di come avessi smesso solo quando mi avevano portato via, per poi infilarmi un ago nel braccio e addormentarmi.

Conclusi la storia aggiungendo che quei bulli non furono mai catturati – la voce mi tremava mentre ricalcava la cadenza timida e melodiosa di Rose – e che in ogni caso non sarebbe servito a restituire la vita a quegli uccelli.

(Non avevo mai raccontato niente a nessuno perché di certo non mi avrebbe permesso di tornare a vivere).

Silenzio. Tornai in me, di nuovo su quel palco. Mi asciugai le lacrime e abbassai la testa per segnalare che il mio monologo era terminato. Quando la rialzai, tutti mi stavano fissando con le bocche spalancate.

«Okay... grazie» conclusi.

Percorsi in fretta il palco, senza preoccuparmi di nient'altro se non della via di fuga più vicina. Mi diressi verso l'uscita di emergenza laterale per prendere una boccata di aria fresca.

Ce l'avevo fatta.

Non m'importava se avessi ottenuto o meno la parte. Ciò che contava davvero era che per la prima volta avevo detto la verità. Camuffata nelle parole di qualcun altro, ma pur sempre la verità.

Appoggiai la schiena contro il muro. Le lacrime mi rigavano le guance e non sapevo se fossero le mie o quelle di Rose.

Probabilmente non aveva importanza.

11

Isaac

Porca puttana.

Willow aveva lasciato il teatro, inseguita da una scia di lunghi capelli. Afferrai il cappotto e il cappello che aveva lasciato accanto a me e mi allontanai dalla poltrona. Mi sentivo le gambe maledettamente molli mentre uscivo dalla sala e costeggiavo il teatro fino al retro. Mi andava una sigaretta e a lei probabilmente serviva la giacca, visto che si congelava là fuori.

Non che m'importasse qualcosa se aveva freddo.

Immaginai Martin che, dopo avermi sentito pronunciare quella battuta, alzava gli occhi al cielo e mi chiedeva di ripeterla in modo più credibile. Trovai Willow nel vicolo tra il teatro e la Taverna di Nick, la schiena poggiata al muro, il petto che si alzava e si abbassava, nuvolette di fumo intorno alla testa. Sgranò gli occhi quando mi vide, e si asciugò la faccia con la manica.

«Che vuoi?» mi chiese, e si abbracciò i gomiti senza guardarmi. Tremava tutta nei jeans e nella felpa rosa chiaro.

«Hai dimenticato questi.» Le passai il cappotto – era di lana pesante e costosa – e il cappellino di maglia rosa.

«Ah. Grazie.»

Mi voltai per andarmene.

«Aspetta un attimo.» Si coprì. «Grazie del consiglio. Ha funzionato. Non mi aspettavo quello che è successo là sopra. O forse sì» aggiunse, più per se stessa che per me. «Magari era esattamente quello che doveva succedere, solo che non ero… non ero pronta.»

«Ho capito» ribattei. «Ti dispiace se fumo?»

Scosse la testa. Mi accesi una sigaretta e la fiamma dell'accendino illuminò il vicolo dove ci trovavamo. L'unica luce in quel punto era quella che proveniva dalla taverna. Tirai una boccata e buttai fuori il fumo mentre mi sforzavo di trovare delle parole da rivolgerle.

«Tutto bene?» le chiesi alla fine.

«Sì. Mi hai solo... colto di sorpresa.»

Annuii. «Sei stata...» *Straordinaria, naturale e maledettamente autentica.* «... brava.»

Feci una smorfia per aver scelto quell'aggettivo inconsistente e patetico. Willow meritava un parere migliore. Però, le uniche due opzioni che avevo erano dirle "Mi hai toccato nel profondo in un modo mai provato e non riuscivo a staccarti gli occhi di dosso" oppure "Sei stata brava". Non c'era una via di mezzo.

«Grazie» replicò. Continuava a tremare, nonostante si fosse abbottonata il cappotto fino al collo. «Devo andare.»

Mi spostai per farla passare e realizzai all'improvviso di essere un perfetto sconosciuto che l'aveva bloccata in un angolo di una stradina buia.

Fece per allontanarsi, ma poi si fermò.

«È per questo che lo fai?»

«Faccio cosa?»

«Serbare tutte le parole per il palco.»

La fissai.

«Perché è una sorta di catarsi, vero?» chiese conferma. «Equivale a raccontare la propria storia senza raccontarla davvero.»

E quale storia c'è dietro quella che hai raccontato stasera? avrei voluto chiederle. Ma qualunque fosse il significato sottinteso dietro l'esibizione di Willow non era certo qualcosa che si potesse buttare lì in una conversazione casuale sul retro di un vecchio teatro. O una storia per me. Eppure, avrei voluto raccontarle anch'io qualcosa della mia verità. Contraccambiare.

Lascia perdere. Nemmeno la tua verità è qualcosa da tirare fuori durante una conversazione casuale sul retro di un teatro.

Mi ficcai la sigaretta tra le labbra per evitare di rispondere con qualcosa di più di un semplice «Immagino di sì.»

«È per questo che non parli molto?»

«Probabile» replicai, prima di aspirare un altro tiro. «O magari non ho niente da dire.»

«Ne dubito» ribatté. «Ma lo comprendo.»

«Ti daranno la parte di Ofelia» aggiunsi.

«Sul serio?» Gli occhi le si illuminarono ed era bella, così radiosa di speranza. Quella radiosità mi investì e mi riempì la testa di nuove prospettive. Se le avessero assegnato la parte di Ofelia, avrei trascorso i prossimi due mesi di prove con lei. Avrei *recitato* insieme a lei. Condiviso il *mio* palco con questa bellezza irraggiungibile.

Ed era una speranza troppo grande per un povero bastardo come me.

«Sì, potresti ottenere la parte» ribadii, con un tono da duro. «Ma recitare un monologo non è come interpretare un'intera opera di Shakespeare. Dovrai venire a ogni maledetta prova. Devi prendere quest'impegno *seriamente.* Perché per te può essere un capriccio o contare quanto dovrebbe, ma per me è maledettamente importante.»

Si raddrizzò un po', il mento in fuori. «Non è un capriccio» obiettò, la voce infastidita. «Anche per me è importante. E non pensi di essere un po' troppo presuntuoso? Come mai sei così sicuro che otterrai una parte?»

I nervi tesi si allentarono e mi misi a ridere con la Winston ancora tra le labbra. L'orribile luce gialla della Taverna di Nick trasformava in oro i capelli di Willow e l'impulso di toccarglieli era talmente forte che dovetti prendere un'altra boccata.

«La otterrò perché non c'è nessuno di cui Martin si fidi di più.»

«Questo non è l'unico motivo» incalzò Willow. «Devi essere molto consapevole di quanto sei bravo.»

Sospirai e buttai a terra il mozzicone, poi lo schiacciai col tallone.

Willow inclinò la testa. «Non vuoi parlare nemmeno di questo?»

«No, perché è noioso. È così e basta. La recitazione è ciò che mi permetterà di andarmene da Harmony. È sufficiente?» Sollevai in aria le mani.

«Oh» esclamò, il volto pallido. «Vuoi andartene?»

Studiai la sua curiosità. «Perché, tu vuoi *restare*?»

Si strinse nelle spalle e sfregò il mento su una di esse. «Non so. Forse. Mi piace più di quel che pensavo. È tranquillo qui. Silenzioso.»

«Ad Harmony non c'è nulla per me.»

«Sì, immagino» rispose. «Hai un talento troppo grande per questa piccola cittadina.»

Contavo proprio su questo. Era tutto quello che avevo.

Calò il silenzio, dopodiché Willow riprese: «Be', okay. Dovrei vedermi con un'amica. Il signor Ford ci spiegherà quale sarà il prossimo step?»

«Invierà per mail la lista dei candidati ammessi al secondo provino» la informai. «Ti toccherà tornare qui domani sera alle sette.»

«Sempre che io passi il turno.»

Le rivolsi un sorrisetto. «A domani sera, Willow.»

«A domani sera, Isaac» rispose. «Sempre che *tu* passi le selezioni.»

Soffocai la risata che mi ribolliva nel petto e osservai Willow mentre attraversava le strisce pedonali. Dopodiché mi staccai dal muro, uscii dalla stradina e mi allontanai dal teatro. Dalla mia vera casa. Era una buona pratica per prepararmi a quando avrei lasciato una volta per tutte Harmony, i ricordi merdosi, il fantasma di mia madre e la rabbia di mio padre. La povertà e il freddo e la costante brama di qualcosa in più che non avevo. Mi sarei lasciato tutto alle spalle, senza guardarmi indietro.

Willow poteva anche restare qui, se voleva. Tanto di guadagnato da parte sua.

Sarei andato via anche da lei.

12

Willow

Il lunedì, mentre mi preparavo per andare a scuola, mi fermai un attimo a rileggere per la centesima volta l'e-mail che mi era arrivata sabato mattina.

<martinford@HCT.com>
Data: 28 gennaio
Re: Amleto, lista cast definitivo

*Congratulazioni e grazie di essere entrata a far parte della produzione dell'*Amleto *di Shakespeare del teatro comunale di Harmony. Ti preghiamo di dare un'occhiata alle date delle prove in fondo alla lista e di avvertire me, o l'aiuto regista Rebecca Mills, o il direttore di scena Frank Darian se ci fossero dei problemi e non intendessi più partecipare.*
Grazie, e non vedo l'ora di riempire il palco di magia insieme a te!

Amleto: Isaac Pearce
Gertrude: Lorraine Embry
Claudio: Len Hostetler
Polonio: Martin Ford
Ofelia: Willow Holloway
Laerte: Justin Baker

La lista dei nomi e dei ruoli proseguiva all'infinito, ma il mio sguardo continuava a rimbalzare su *Ofelia* e sul mio nome scritto accanto.
«Porca vacca.»
Lo shock continuava a sbatacchiarmi da una parte mentre una scintilla di orgoglio mi incendiava dall'altra. Ero contenta del primo provino

e sollevata di non essermi imbarazzata durante il secondo, ma non credevo che avrei ottenuto la parte. E adesso il generoso Martin Ford mi dimostrava la sua fiducia assegnandomi un ruolo piccolo ma cruciale, in quella che era una delle opere più famose di Shakespeare. Un'opera che sarebbe stata rappresentata davanti a un'intera città.

«E a tutta la scuola» mormorai. «Che verrà a vedere Isaac...»

Spostai lo sguardo sul nome di Isaac nella lista. Certo, lui interpretava Amleto. E io interpretavo Ofelia.

Accidenti. Cosa cavolo ti aspettavi?

Era davvero troppo. Isaac era un prodigio che meritava di recitare al fianco di veri talenti. E Martin Ford era un brav'uomo che stava solo cercando di mettere in piedi un bello spettacolo. Io ero una dilettante senza speranza che aveva partecipato alle audizioni soltanto per trovare un po' di sollievo da una situazione incasinata.

La stupidità del mio gesto mi mortificava. Poi il mio sguardo atterrò sul mucchio di coperte ammassato sul pavimento accanto al letto intonso. Avevo trascorso l'ennesima notte quasi in bianco e sognato di continuo un peso indistinto che mi schiacciava, mi toglieva il fiato. Il braccio era ancora tempestato di X tracciate col pennarello nero.

Restare inerte non aveva funzionato. Dovevo provare qualcos'altro.

«Ho ottenuto la parte, no?» riflettei rivolta al copriletto. «Posso farcela.»

Dovevo solo raccontare una storia.

Infilai il telefono nella borsa e uscii di casa.

Durante la lezione d'inglese del signor Paulson mi sedetti al banco di Isaac. Mi dissi che l'avevo fatto per stare di fronte ad Angie. In realtà, odiavo vedere quel posto vuoto. Detestavo quel quotidiano promemoria di come il sistema scolastico avesse fallito con Isaac. Lo aveva letteralmente sbattuto fuori.

«Ho ottenuto la parte» annunciai mentre mi sedevo.

Angie sollevò di scatto la testa e si spostò un groviglio di ricci neri dagli occhi. Sulla sua felpa di oggi c'era scritto: *Io faccio le maratone... su Netflix.*

«Davvero?» indagò. «Ofelia? E me lo dici solo ora?»

«Abbassa la voce» sibilai, e mi guardai intorno nella classe. I compagni erano occupati a parlare tra loro o a dormire sul proprio banco. Il signor

Paulson si stava preparando per la lezione. Nessuno prestava attenzione a noi.

«Quando te lo hanno comunicato?»

«Sabato.» Tirai fuori il cellulare e aprii l'e-mail.

«Sabato?» Angie stava praticamente urlando. «Due giorni sono come due mesi per i miei standard. Hai presente quell'oggetto che hai in mano? Ha questa bella funzione di *messaggistica* che dovresti provare.»

«Non ero sicura di poter affrontare una rivelazione del genere» mi giustificai, e passai il telefono ad Angie. «È folle, vero? Non so nemmeno quello che sto combinando.»

Angie scorse la lista con il dito, un lieve ghigno sulle labbra.

«Guarda guarda, Miss So-tutto-io, reciterai accanto al grande Isaac Pearce.»

«Shhh, non aggiungere altro. Non qui. L'ultima cosa che voglio è che pensino che gli sbavi dietro come una cretina.»

«Perché dovrebbero pensarlo?»

«*Tu* lo hai pensato.»

«Colpevole dell'accusa.» Si batté l'unghia sui denti. «Ma allora perché lo fai? Non voglio insistere, ma onestamente vorrei capire.»

Stavo per eludere la sua domanda con una scusa a caso, ma poi mi strinsi nelle spalle e abbassai lo sguardo. «Ho passato… un momento difficile la scorsa estate e ho bisogno di un cambiamento.»

Il volto rotondo e sincero di Angie si era ammorbidito di preoccupazione. «Un cambiamento da cosa?»

Da quello che ero diventata.

«Da niente, solo un cambiamento. Un nuovo inizio. È da quando ci siamo trasferiti che penso che sia una buona idea provare qualcosa di nuovo.»

Angie annuì lentamente, con gli occhi scuri pieni di calore. Dopodiché mi sorrise radiosa e tornò a scorrere la lista del cast. «Sono orgogliosa di te. E ti prometto che la questione resterà tra noi, ma dai un'occhiata qui.» Mi mostrò lo schermo del telefono e mi indicò il nome di Justin Baker. «Tuo fratello maggiore, Laerte, è seduto proprio laggiù.»

Con un cenno della testa mi indicò un ragazzo biondo in prima fila. Era seduto di profilo e parlava con Jessica Royce, una delle Barbie. Justin era esageratamente bello, con un fisico alto e slanciato da giocatore di baseball e jeans e scarpe costosi. Il tipo di ragazzo che la vecchia me avrebbe notato sin dal primo giorno di scuola, invece che settimane dopo. Quella Willow si sarebbe seduta il più vicino possibile a lui e gli avrebbe chiesto informazioni sui compiti, anche se li aveva appena appuntati sul diario.

Justin si avvicinò a Jessica per bisbigliarle qualcosa e poi si voltarono entrambi a guardarmi. Spostai subito lo sguardo altrove.

«Rilassati» mi esortò Angie. «Perché qualcuno dovrebbe pensare che hai partecipato ai provini solo per stare con Isaac? Secondo la tua logica, lo stesso varrebbe per Justin.» Sogghignò. «Se qualcuno dovesse chiedertelo, tu rispondi che hai partecipato per ottenere il credito extra del signor Paulson.»

Sbiancai di colpo. «Il signor Paulson...»

Che adesso era davanti alla classe con un sorriso smagliante rivolto nella mia direzione.

«Buon lunedì, ragazzi. Ho degli annunci per voi. Intanto sono felice di comunicarvi che il nostro Justin Baker e la nostra Willow Holloway hanno ottenuto una parte nella messa in scena dell'*Amleto.*»

Prese ad applaudire e incoraggiò il resto della classe a imitarlo. Ne scaturì un applauso poco convinto, ma Angie si mise a battere forte le mani ed emise un urletto.

«Sul serio, Angie?» le chiesi a denti stretti.

Il signor Paulson sorrideva radioso. «Verrete entrambi premiati con un credito in più nell'unità didattica "poesia e teatro" di questa primavera.» A quel punto tornò serio. «E se potete, riferite le nostre congratulazioni al signor Pearce, per favore. Lo apprezzerei molto.»

Stava guardando me, e la classe se ne accorse. Avrei voluto scivolare sotto il banco, le guance mi stavano andando a fuoco.

Non te ne importava niente di quello che pensava la gente, ricordi?

Invece mi importava.

Giusto un po'.

Detti la colpa ad Angie per il disgelo della mia indifferenza. Era impossibile non farsi piacere quella ragazza che stranamente mi aveva aiutato a sentirmi normale senza fare nulla in particolare.

Mi alzai in piedi e annuii flebilmente al signor Paulson. Justin si voltò e mi rivolse un sorriso amichevole e un'occhiata indagatrice, le sopracciglia sollevate.

Era davvero attraente: begli occhi, mascella solida...

Tuttavia, nonostante non avesse l'aria da coglione e stronzo di Ted Bowers, qualcosa in lui mi faceva attorcigliare lo stomaco invece che riempirmelo di farfalle.

A pranzo mi sedetti al tavolo dei "Più Strafichi Che Incontrerai Mai" e tutti esultarono per la mia novità.

«Congratulazioni» esultò Jocelyn, seduta accanto a Caroline. Le loro mani erano poggiate sul tavolo, non si toccavano ma erano il più vicine possibile. «È la tua prima volta sul palco?»

«Inizi subito con Shakespeare» aggiunse Caroline quando annuii. «Non sarà una passeggiata.»

«Soprattutto dal momento che sarai sul palco con Isaac» commentò Nash, e fece una smorfia quando Angie lo colpì con una gomitata. «Che c'è? È la verità. L'intero cast dovrà alzare il proprio livello.»

«Ma il signor Ford non mi lascerà fare una figuraccia, vero?» domandai. «Metterà fine al mio tormento se è troppo per me.» Scrutai le loro facce. «Giusto?»

«Non farai una figuraccia, andrai alla grande» mi rassicurò Angie. «Non è vero?»

Gli altri concordarono con entusiasmo, dopodiché fra noi calò il silenzio quando Jessica Royce si avvicinò al nostro tavolo con due delle Barbie. Si spostò dalla spalla una ciocca di setosi capelli bruni.

«Ehi, Willow. Riporta le nostre *più sincere* congratulazioni al signor Pearce per favore» esordì, in un'imitazione quasi letterale del professore. «E congratulazioni anche a te, per aver ottenuto una parte.»

«Grazie» risposi, cercando di copiare l'espressione impassibile di Isaac.

Jessica aveva un sorriso enorme stampato in faccia, ma non era affatto sincero. «Dovete dargliene atto, ragazze» continuò rivolta alle sue amiche. «Certe tipe si limitano a chiedere il numero del ragazzo a cui vanno dietro. Willow invece è su tutto un altro livello.»

Le ragazze fecero una risatina e si allontanarono, con Jessica che mi salutava agitando le dita.

«Credevo avessi specificato che le vostre Mean Girls non fossero così cattive» commentai.

«Noi siamo ormai vecchi e noiosi» intervenne Nash. «Tu sei carne fresca.»

«Continuo a non capire perché la mia presenza nello spettacolo debba per forza avere qualcosa a che fare con Isaac.»

«Invidia» decretò Angie. «L'unica ragione per cui vanno a *vedere* gli spettacoli è lui. Isaac non ha mai degnato nessuna di uno sguardo qui dentro, ma tu ti sei aggiudicata un posto in prima fila allo Show di Isaac.»

Alzai gli occhi al cielo. «Per l'amor del cielo, è solo un ragazzo. Gesù, anche mio padre mi ha fatto la predica.»

Angie aggrottò la fronte. «E lui cosa ne sa?»

«Un tizio con cui lavora ha la figlia che viene a scuola qui e lei gli ha raccontato un sacco di balle sulla vita familiare di Isaac.»

«Fammi indovinare, è Tessa Vance?» Caroline alzò gli occhi al cielo. «Suo padre lavora alla Wexx. L'anno scorso è riuscita a procurarsi il numero di Isaac, così gli ha chiesto di uscire tramite messaggio. Lui l'ha respinta, poi il fratello minore di lei ha fatto uno screenshot dello scambio di messaggi e l'ha postato a sua insaputa su Facebook.»

Impietrii al pensiero di un ragazzino, seppur piccolo, che usava uno screenshot per umiliare una ragazza. La notizia mi colpì dritta al cuore.

«E poi cos'è successo a Tessa?» indagai.

«Umiliazione di massa» rispose Jocelyn.

«Cosa scriveva Isaac nel messaggio? Si è comportato da stronzo?»

«Peggio. Ha risposto *No, grazie.*»

Sbattei le palpebre, la stretta al petto che si allentava. «Tutto qui?»

Angie annuì. «Tutto qui. E quando Tessa gli ha chiesto se poteva darle qualche spiegazione in più, lui non le ha più risposto.»

«Per vendicarsi, Tessa non fa che sputare merda su di lui da allora» aggiunse Caroline.

«È inarrestabile» commentò Nash. «Sempre la prima a mormorare "omicidio" quando il padre di Pearce sparisce per un po' dalla circolazione.»

Arricciai il naso. A quanto pareva le scuole di campagna non erano poi così diverse da quelle di città, quando si trattava di sparare stronzate in giro. Per molti versi, erano persino peggiori. La mia scuola a Manhattan era grande abbastanza per poter nascondere dei segreti. Qua bastava starnutire e metà degli studenti se ne accorgevano.

«Be', comunque sia» aggiunsi, sollevata del fatto che in questa situazione Isaac non si fosse comportato da perfetto stronzo. «Non sono entrata nello spettacolo per seguire Isaac, a meno che lui non voglia darmi dei consigli. Non so quello che sto facendo. E non ho idea di come troverò la forza di andare e tornare dalle prove tutte le sere.»

«I tuoi non possono accompagnarti?»

«È già stata un'impresa convincere mio padre a firmare l'autorizzazione, dato che sono minorenne, e comunque lavora fino a tardi quasi tutte le sere. Mentre mia madre non è mai stata la tipica mamma che scorrazza in giro i figli e prepara delle torte, e di sicuro non lo diventerà ora.»

«Se sono libera, posso accompagnarti io» si offrì Angie, «ma tu devi imparare a guidare, ragazza mia.»

«O scroccare un passaggio ad Isaac» buttò lì Nash, poi sostenne lo sguardo tagliente di Angie. «Che c'è? Sono solo pragmatico.»

«E che ne pensi di Justin Baker?» mi chiese Angie, e indicò col mento il tavolo dove era seduto insieme a Doug Keely, Ted Bowers, e un paio di altri atleti. «Il tuo Laerte.»

«Lui è davvero stupendo.» Jocelyn lo fissò, e si beccò un'occhiataccia da Caroline. «Se ti piace quel tipo di ragazzo. Ma io non sono interessata.»

Sorrisi alla tenerezza delle due ragazze davanti a me con una sorta di nostalgia dolorosa. Mi voltai nella direzione di Justin Baker e lo sorpresi a guardarmi.

Mi rivolse quel suo sorriso amichevole e curioso e io sviai subito lo sguardo.

«Chi sarebbe Laerte?» chiesi ad Angie.

«Il fratello di Ofelia» mi ripeté, alzando gli occhi al cielo. «Ragazza mia, devi mettertici d'impegno con questa opera. Magari, potresti cominciare con il *leggerla*.»

Quel pomeriggio, Angie mi offrì un passaggio in centro dopo la scuola. «Ripetimi quando hai le prove...»

«Il lunedì, il mercoledì e il venerdì sera, e il sabato pomeriggio» le elencai. «Poi, in prossimità dello spettacolo di apertura, si terranno tutte le sere, compresi i weekend.»

«Non c'è problema, posso accompagnarti io fin qui e magari possiamo fermarci da Scoop qualche volta. Ma fino alle sette di sera ti aspettano un sacco di ore da ammazzare.» Appoggiò un braccio sul volante. «Perché non vuoi tornare a casa?»

«Perché non saprei come tornare qua» le spiegai. «Va tutto bene, giuro. I miei genitori sono degli stronzi egocentrici, ma non c'è altro.»

«Va bene» concluse Angie. «Lo sai? Quando ti ho vista entrare in classe la prima volta, con i tuoi capelli da principessa della Disney e i vestiti newyorkesi ho pensato che fossi una stronza egocentrica anche tu. E invece sei una persona a posto, Holloway.»

«Grazie, McKenzie.» Recuperai la mia roba. «Ammazzerò il tempo in biblioteca per circa quattro ore.»

«Vuoi un suggerimento su come passare quel tempo...?»

«Leggerò quella maledetta opera.»

Angie scoppiò a ridere. «Mandami un messaggio se hai bisogno di una mano.»

«Grazie» le dissi, e scesi dall'auto. Poi infilai la testa nell'abitacolo. «Grazie davvero, Angie. Per tante cose.»

Mi sorrise. «Ora non fare la dolce con me, ragazza mia. E voglio un resoconto completo di com'è vedere Isaac Pearce in azione.»

Alzai gli occhi al cielo. «Chissà, potrei persino recitare anch'io.»

Mi mostrò il pugno. «Potere al popolo femminile.»

Chiusi lo sportello e camminai sotto la luce fredda ma brillante del sole. L'inverno sembrava aver allentato la sua morsa e l'aria era pulita e pungente. Saltai su un cumulo di neve sbiadito sul marciapiede e mi diressi verso la biblioteca comunale, a circa un isolato e mezzo dal teatro. Trovai un tavolo vuoto sotto una finestra e mi sedetti con una copia di *Amleto* e il portatile aperto su internet in caso di necessità, come mi capitava di frequente.

La vecchia Willow era una studentessa modello che aveva intenzione di andare al college e frequentare un corso di studi inerente alla letteratura inglese. Ma *Amleto* non lo avevamo mai studiato a scuola e non avevo neanche mai visto un adattamento per il grande schermo.

Andai a cercare le scene con Ofelia e fui sollevata di notare che non comprendevano nulla di eccessivamente romantico. La felice relazione di Amleto e Ofelia era in corso già prima dell'inizio dell'opera. La prima scena insieme vedeva sostanzialmente lei – sotto la pressione del padre – che rompeva con lui.

Amleto tormentava Ofelia e uccideva suo padre.

Lei impazziva e si uccideva.

Fine. Niente romanticismo. Nessuna dichiarazione d'amore.

Nessun tipo di *contatto fisico.*

Tirai un sospiro di sollievo.

Posso archiviare la questione nella cartella "tutto ciò che avrei dovuto controllare prima *di sostenere il provino".*

Potevo anche essere l'attrice più acerba sul palco, ma almeno non avrei provato l'umiliazione di soccombere a un attacco di panico davanti a tutti per un bacio o uno sfioramento. La X nera sul mio corpo sarebbe rimasta nascosta mentre mi sarei servita delle scene di pazzia di Ofelia per esorcizzare qualche altro demone e trovare un po' di pace.

La mia era una speranza ingenua e innocente, che alla fine si sarebbe frantumata in un milione di pezzi.

13

Willow

Dopo una bella cena ben bilanciata a base di patatine fritte, insalata e un frappè al cioccolato da Scoop, percorsi il mezzo isolato verso il teatro comunale di Harmony. L'ingresso principale era stranamente tranquillo, ma una donna che lavorava all'accoglienza mi mandò verso le scale che conducevano al secondo livello sopra il palco.

I gradini traballanti emanavano un odore di polvere e vecchiume. Superai alcuni uffici chiusi e raggiunsi un'ampia sala scura con una parete tappezzata di specchi, alla stregua di una sala da ballo male illuminata. Al centro, delle sedie erano state disposte a cerchio, e attorno vi brulicavano già i componenti del cast di *Amleto*, intenti a ridere e a parlare.

«Eccola.» La donna che interpretava Giocasta in *Edipo* mi salutò con la mano. «La nostra novellina. Benvenuta. Io sono Lorraine Embry, ma puoi chiamarmi regina Gertrude.» Indossava dei grossi gioielli e fluttuanti vestiti di seta. Ebbi l'impressione che le piacesse interpretare ruoli drammatici sia sul palco che nella vita reale.

«Salve, io sono Willow Holloway» mi presentai. «O... Ofelia, no?»

L'uomo che avevo visto nei panni di Creonte si avvicinò — era alto, con le lentiggini, i capelli color ruggine e un sorriso a trentadue denti. Vestito con la tuta da ginnastica, immaginai che fosse un istruttore di basket all'università o il proprietario di un negozio di articoli sportivi.

«Len Hostetler.» Mi avviluppò la mano con la sua e me la strinse. «Cara, il tuo provino è stato qualcosa di magico. *Davvero* magico.»

«Concordo» intervenne Lorraine. «Meravigliosa esibizione. Così intima e pura, un talento naturale.»

«Grazie.»

Se ne stavano lì a complimentarsi come dei genitori orgogliosi. Dal momento che i miei non avevano neppure assistito al mio provino e che ultimamente non avevano avuto motivi per essere orgogliosi di me, il loro entusiasmo fu come un raggio di sole in una giornata fredda. Ma il silenzio iniziò a pesare mentre erano in attesa che parlassi.

«Uhm… ci dobbiamo sedere?»

«Certo, certo» rispose Len. «Herr Direktor sarà qui tra poco.» Si sfregò le enormi mani. «Non è elettrizzante? Non c'è niente di meglio del primo giorno di prove di un nuovo spettacolo, vero? O è la prima volta per te?»

«No, ma è passato un bel po' dall'ultima» buttai lì.

«Un bel po' quanto?» indagò Len.

Sono fottuta.

«Dai tempi dell'asilo.»

«Be'…» Lorraine scoppiò a ridere. «A giudicare dal tuo provino, sei un talento innato. Non vedo l'ora di assistere a quello che combinerai con la povera, dolce Ofelia.»

Allora siamo in due, pensai.

Mentre mi toglievo il cappotto e prendevo posto a sedere nel cerchio, cercai di conservare intorno a me il calore di quel benvenuto e delle lodi inaspettate. L'energia nella stanza fece accelerare il lieve ronzio dell'aspettativa nel mio stomaco. Nonostante la mia disastrosa figura da imbrogliona, mi sentivo bene lì dentro. Quanto meno, era meglio che stare rannicchiata sul pavimento della mia stanza, avvolta nelle coperte, con un libro, un pennarello e il buio a farmi compagnia.

Isaac Pearce era in piedi nell'angolo dove gli specchi si incontravano con la parete vuota, intento a osservare ciò che succedeva nella sala da un luogo appartato. Per effetto del riflesso c'erano due Isaac: due profili belli e contemplativi, e quattro braccia avvolte intorno a un raccoglitore ad anelli rosso.

Allora mi guardò, e sbatté le palpebre come se si fosse appena svegliato. Gli rivolsi un sorriso e un saluto pacato con la mano. Gli angoli della sua bocca contraccambiarono la cortesia sollevandosi all'insù, dopodiché sviò di nuovo lo sguardo e si calò la solita maschera dall'espressione distaccata.

Be', anche per me è un piacere rivederti.

«Ehilà.» Justin Baker mi si parò davanti e mi oscurò la visuale su Isaac, poi mi indicò la sedia vuota accanto alla mia. «Posso?»

«Ah… certo. Siediti pure.»

Mentre Justin si sedeva, fui avvolta da una lieve scia di acqua di colonia. Indossava dei jeans, delle Timberland e una giacca blu della North Face in tinta con la maglietta sotto, che gli conferivano un aspetto elegante, raffinato e rilassato, come se fosse, o un giorno sarebbe diventato, il padrone di qualsiasi posto in cui metteva piede.

La vecchia me sarebbe stata elettrizzata di averlo seduto accanto, mentre la nuova si sentiva più attratta da dei jeans sbiaditi, una giacca di pelle nera e un paio di tempestosi occhi grigio verdi.

Comunque sia, entrambi i due ragazzi erano inarrivabili, confinata com'ero nella bara di ghiaccio in cui mi aveva relegato Xavier. Stappai la biro e disegnai una X nell'interno del polso.

«Tu sei Willow, giusto?» mi domandò. «Io sono Justin. Seguiamo entrambi il corso del professor Paulson.»

«Lo so» mi uscì più antipatico di quanto volessi.

Justin ridacchiò. «Già, sono partito in modo stupido, vero? Hai mai recitato prima?»

«Una volta. Tanto tempo fa. Tu?»

«Ho partecipato a qualche spettacolo. Mi sono distrutto il ginocchio un paio di anni fa, così invece di giocare in seconda base mi sono ritrovato a recitare in *Morte di un commesso viaggiatore.*»

«Fico.» Abbozzai un sorriso.

«Sei stata grande alle audizioni.»

«Grazie. Io... non ho visto il tuo provino.»

Si strinse nelle spalle. «Sono andato bene. Credo di aver ottenuto la parte per via dei miei capelli.»

«In che senso?»

Sogghignò e si afferrò una ciocca di capelli biondi. «Stesso colore dei tuoi... ed ecco che posso interpretare tuo fratello.»

Risi lievemente. «Sono certa che non sia questo il motivo.»

Sollevò le mani davanti a sé e sfoggiò un sorriso sincero. «Lo prendo come un complimento.»

Gli sorrisi anch'io, poi disegnai una riga di X lungo il lato del mio taccuino. I suoi modi affabili mi spaventavano quasi di più che se fosse stato uno stronzo.

Lanciai un'occhiata a Isaac.

Non si era ancora mosso da quell'angolo per venire a sedersi, e il posto all'altro mio fianco era libero. Avrei preferito essere inondata dal lieve sentore di sigaretta e bagnoschiuma di Isaac che dalla costosa colonia di Justin. Ma d'altronde Isaac era marcato da una X anche per altri motivi: mio padre aveva firmato il modulo di consenso alla condizione che non avessi niente a che fare con lui all'infuori del teatro. Papà mi avrebbe ritirato dallo spettacolo se avesse scoperto che socializzavo con "quel delinquente fannullone che vive in una discarica".

Quell'appellativo ingiurioso mi aveva ferita, come se lo avesse rivolto direttamente a me. Quando ero stata sul punto di vomitare dal nervoso, alle audizioni, Isaac mi aveva aiutato. Sarà stato anche uno stronzo, ma solo in superficie, come una corazza con un milione di crepe che da lontano non puoi scorgere, ma che da vicino...

Ce l'hai anche tu una fiammella, vero?, gli domandai in silenzio. *La proteggi a ogni costo. La mia trema al minimo alito di vento. Non permetti a nessuno di avvicinarcisi. Non sei un delinquente, sei solo di guardia. Tutto il tempo. Perché?*

Le X sul mio foglio avevano assunto la forma di un punto interrogativo. Perché mi importava? Non avrebbe dovuto. Chiusi di colpo il taccuino.

Martin Ford entrò con l'aiuto regista, Rebecca Mills, le braccia cariche di raccoglitori rossi identici a quello di Isaac.

«Il copione ufficiale» annunciò Martin, mentre il resto del gruppo prendeva posto. «Dobbiamo essere sulla stessa lunghezza d'onda.»

Misi via la copia dell'*Amleto* presa in prestito in biblioteca e mi posai il pesante raccoglitore sulle gambe. Quando fummo tutti seduti, Martin si posizionò al centro del cerchio e guardò a turno ognuno di noi.

«La mia prima richiesta da regista...»

I veterani completarono la frase all'unisono: «Via. Il. Copione.»

«Esatto» confermò Martin. «Memorizzate. Non potete recitare con il copione in mano. Potreste anche *emozionarvi*, ma quello non è recitare. Sono due cose differenti.» Allargò le braccia, come se quella sala fosse grande quanto la savana africana. «Noi vogliamo guardare oltre ed esplorare il vasto e ricco paesaggio racchiuso nelle parole di Shakespeare, e non rimanerne intrappolati...» Si piegò in avanti, le mani intorno al viso. «... con gli occhi bassi e il naso incollato alla mappa.»

Mi agitai sulla sedia. Aveva tremendamente ragione. Martin Ford era un regista con la R maiuscola e voleva allestire uno spettacolo serio, e... *Oh mio Dio, io avrei rovinato tutto.*

«Che ve ne pare?» ci interpellò. «Vi concedo tre settimane, dopodiché comincerò a elevare i sostituti. Be', cominciamo, allora.»

Martin ci illustrò in poche parole il suo background e ci spiegò brevemente perché avesse scelto *Amleto* – non solo per interpretare Polonio, scherzò – poi chiese a noi di presentarci e di dichiarare qual era il nostro ruolo.

Quando toccò a Lorraine, lei si drizzò sulla sedia.

«Io sono Lorraine Embry e interpreterò il ruolo di Gertrude, la regina di Danimarca, madre di Amleto.»

Mi morsi il labbro e con la coda dell'occhio notai che Justin stava facendo lo stesso. Ci scambiammo una breve occhiata divertita. Percepii lo sguardo gelido di Isaac prima ancora di notarlo; la sua occhiata torva mi cancellò subito il sorriso dalla faccia e mi mise tremendamente in imbarazzo. La studentella beccata a passare i bigliettini al compagno.

«Isaac Pearce. Amleto» annunciò.

Mi fissai i piedi finché non toccò a me. «Willow Holloway. Interpreterò Ofelia» dichiarai, certa che da un momento all'altro si sarebbero tutti resi conto dell'errore e mi avrebbero spiegato che mi trovavo nella stanza sbagliata.

Martin mi sorrise. «Willow è nuova ad Harmony e sono contento di avere nel cast la sua fresca energia.»

Partì un applauso spontaneo che mi sorprese e mi spinse a indietreggiare ancora di più sulla sedia. Lanciai un'occhiata a Isaac, che però si stava stuzzicando un buco nei jeans.

E venne il turno di Justin.

«Justin Baker, sarò Laerte.»

«Il figlio di Polonio» aggiunse Martin tutto raggiante, come un padre orgoglioso, poi si guardò attorno. «Finito? Bene. *Und* ora,» proseguì con accento tedesco, «leggiamo.»

La stanza si riempì dello sfogliare delle pagine del copione. Guardai di nuovo Isaac. I miei stupidi occhi non riuscivano o non volevano stargli lontano. Stavolta, lui incrociò per un secondo il mio sguardo prima di distoglierlo.

La lettura del copione ebbe inizio. C'erano un sacco di persone che prendevano appunti e Isaac era quello più operoso. Mi chiesi se fosse il caso di imitarle, mentre la terza scena del primo atto si avvicinava sempre di più. Le prime battute di Ofelia.

Rebecca, l'aiuto regista con gli occhiali spessi, lesse tutte le didascalie. «Entrano Laerte e Ofelia» ci informò.

Justin, ovvero mio fratello Laerte, iniziò una lunga diatriba contro Amleto. Annotai mentalmente che stava intimando a Ofelia di non andare a letto col principe, di temere il sesso e di stare attenta a non elargire il proprio "tesoro" a un ragazzo che non l'avrebbe sposata comunque.

Poi Martin, nei panni di Polonio, prese la parola, e minacciò la figlia come se fosse una cretina inetta, inerme e ingenua in fatto di uomini.

«*Tu non comprendi con molta chiarezza*» snocciolò Martin. «*I doveri che toccano a te, in quanto figlia mia, e al tuo onore. Che c'è fra voi due? Dimmi la verità.*»

Sapevo di avere gli occhi di Isaac puntati addosso mentre leggevo le mie battute. «*Padre mio, egli mi ha dato, in questi tempi, non pochi segni d'affetto.*»

Isaac mi ha aiutato al provino, pensai. *Mi ha portato la giacca per coprirmi dal freddo...*

«*Affetto?*» Martin emise un verso di sbeffeggiamento. «*Puah! Tu parli come una ragazzina inesperta di simili pericoli. E credi in questi... segni, come li chiami tu?*»

Sollevai lo sguardo su Isaac. «*Mio signore, io non so che pensare.*»

Isaac sostenne il mio sguardo mentre Polonio proseguiva il suo sproloquio sul fatto che Ofelia dovesse obbedirgli, in quanto suo padre, e stare alla larga da Amleto.

Deglutii e tenni lo sguardo basso sul copione, che mi stava sbattendo in faccia la mia stessa vita, nero su bianco.

«*Ubbidirò, mio signore.*»

Quattro ore più tardi, l'opera terminò con quasi tutti i personaggi morti. Una dozzina di raccoglitori rossi si chiusero con un tonfo rassegnato. Ci stiracchiammo tutti e recuperammo i nostri effetti personali. Justin mi si avvicinò mentre aprivo l'applicazione di Uber sul cellulare. Invase abbastanza il mio spazio da spingermi a indietreggiare. Finsi di sistemarmi la borsa e mi allontanai di un passo.

«Cerchi un passaggio?» mi chiese. «Dove abiti? Posso dartelo io.»

«Ah, ehm...»

Per qualche stupida ragione, cercai Isaac con lo sguardo, ma stava parlando con Martin. Justin stava aspettando una risposta. Il peso della sua aspettativa gravava su di me. Mi sentii rivelare a Justin l'indirizzo di casa in quel modo ridicolo che viene insegnato alle ragazze ormai da tempo immemore, quando devono fare o dire qualcosa che le mette a disagio semplicemente per compiacere un uomo.

«Fantastico» esclamò Justin. «Abito anch'io nel quartiere di Emerson Hills. A tre isolati da casa tua.»

«Ottimo» risposi. «Grazie.»

Mi avvicinai a Martin e Isaac. «Scusate se vi interrompo, ma volevo ringraziarti ancora per avermi accolta. Justin mi dà uno strappo a casa.»

Ora sai dove vado e in quale macchina salgo.

Isaac si ficcò le mani in tasca e mi rivolse un'occhiata impassibile mentre Justin ci raggiungeva.

«Fantastico» commentò Martin. «Amore fraterno in azione. Buona serata e buon lavoro a entrambi. Ci vediamo mercoledì.»

«Grazie.» Iniziai ad allontanarmi, poi mi voltai verso Isaac. «Ciao.»

Lui mi salutò con un impercettibile cenno del mento, senza proferire parola.

Come un messaggio con scritto "No, grazie" e nient'altro.

Justin e io ci dirigemmo verso le scale.

«Amore fraterno» esordì Justin. «Martin prende questa roba troppo alla lettera.»

Sorrisi lievemente a labbra chiuse. Avevo il corpo irrigidito e, quando uscimmo nell'aria fredda e pungente della sera, i miei muscoli si contrassero ancora di più, tanto che mi ritrovai con le spalle vicine alle orecchie.

Justin mi accompagnò alla sua Ford F150 nero fiammante, parcheggiata di fronte al teatro, e mi tenne aperto lo sportello del passeggero. Tutta tesa, salii a bordo e fui travolta dall'odore di Justin: colonia, pelle e il profumatore a forma di albero attaccato allo specchietto retrovisore. Teneva il suo pick-up immacolato. Non c'era nulla da temere, ma quando si accomodò al posto di guida, il mio cuore partì al galoppo.

Calma calma calma. Mi allacciai la cintura con le mani tremanti.

«Freddo?» mi domandò. «Il riscaldamento dovrebbe fare effetto abbastanza in fretta.»

Tenne il motore in folle per quella che mi sembrò un'eternità, e poi finalmente partì in direzione di casa. Parlò con tranquillità per tutto il tempo, apparentemente senza notare le mie risposte monosillabiche alle sue domande.

«Siamo arrivati» riuscii a pronunciare quando entrò nella mia strada. «Grazie.»

«Figurati.» Parcheggiò e si mise a scrutare la nostra enorme casa bianca. «Non hai la macchina? Se vuoi posso accompagnarti io dopo le prove.»

«Grazie» ripetei mentre scendevo dall'auto con movimenti sgraziati. «Benissimo.»

Raggiunsi la porta di casa praticamente correndo, come se fossi inseguita da un serial killer; armeggiai con le chiavi nella serratura e trattenni il fiato finché non fui dentro. Nell'ingresso, il calore del riscaldamento mi avvolse e i miei muscoli si allentarono un po'.

Mamma era seduta in salotto, un bicchiere di vino in una mano e una rivista di arredamento nell'altra. La tv a schermo piatto trasmetteva il reality-documentario *House Hunters*. Una giovane coppia era in visita in una casa sul mare e si lamentava praticamente di tutto.

«Come sono andate le prove?» mi domandò.

La fissai. «Hai detto che non avresti potuto accompagnarmi tutte le sere.»

«E tu hai detto che avresti trovato un passaggio.»

«Perché tu mi avevi detto che *non potevi accompagnarmi.*»

Mia madre sospirò e girò pagina. «Willow, dopo una lunga giornata non ho voglia di trascinarmi in giro al freddo alle undici di sera. Se non sai come andare e tornare, non dovresti partecipare allo spettacolo. Non dovresti partecipare comunque. È talmente stupido e inutile ai fini della domanda al college. E comunque mi pare che tu lo abbia trovato, un passaggio.» Mi guardò. «Ti prego, dimmi che non ti ha riaccompagnato quel Pearce dal quale ti ha messo in guardia tuo padre.»

Mi voltai e salii al piano di sopra pestando i piedi, mentre mia madre mi richiamava senza successo. Sbattei la porta della mia stanza. La morsa gelida che mi aveva stritolato mentre ero seduta in macchina con Justin si era attenuata, ma sapevo già che avrei passato una notte piena di incubi. Li sentivo aleggiare, come un'ombra scura ghignante e mormorante.

Indossai il pigiama e mi raggomitolai nel piumone per terra, accanto alla pila di libri, strategicamente posizionati a mo' di protezione di fortuna contenente storie migliori della mia. Avevo la stupida convinzione che mi proteggessero mentre mi accompagnavano nel sonno.

Ma il peso schiacciante e il senso di soffocamento tornarono comunque a farmi visita, quella notte. Quando finalmente riuscii a far entrare l'aria nei polmoni, scoppiai a piangere senza sosta.

14

Isaac

Ma certo, pensai mentre osservavo Willow andarsene via con Justin Baker. *Proprio come è giusto che sia.*

«Isaac.»

Martin mi diede una gomitata. Distolsi lo sguardo dalla figura di Willow che si allontanava, ma era già troppo tardi. Martin si mise a guardarla mentre scendeva le scale, poi tornò a voltarsi verso di me con un flebile sorriso sulle labbra.

«Eh già, Willow Holloway.»

«Che cosa?»

«Sarà una Ofelia fantastica, vero? È nervosa e un po' tesa per ora, ma ha un talento così naturale. Nel quarto atto la lasceremo andare a ruota libera.» I suoi occhi brillarono mentre salutava gli attori. «Sarà grandioso.»

Concordavo, ma il solo pensiero mi faceva attorcigliare lo stomaco. Il talento naturale di Willow scaturiva da qualcosa di profondo e oscuro. L'avevo osservata bene durante il monologo alle audizioni. Avevo riconosciuto l'afflizione nei suoi occhi perché era la stessa che c'era nei miei. La perdita e il dolore la schiacciavano. Nascondeva tutto con dei piccoli sorrisi e una facciata da dura che crollava non appena girava le spalle.

Willow era qui per la stessa ragione per cui mi ci trovavo io: trovare un po' di sollievo. Raccontare la propria storia. Per la prima volta dopo tanto tempo, mi sentivo agitato per l'esibizione, anche se non per la mia.

«Non lo so, Marty» obiettai. «Potrebbe essere troppo per lei. Troppo difficile. Perché è una neofita, intendo» aggiunsi in fretta.

«Invece io penso che possa cavarsela» ribatté Martin, mentre l'ultimo attore lasciava la sala.

«Se lo dici tu» borbottai.

Ma che cosa me ne importava, comunque?

Willow era una distrazione che stava diventando davvero fastidiosa. Durante tutta la lettura preliminare del copione, avevo cercato di rimanere concentrato sull'opera, ma i miei maledetti occhi avevano continuato a cercarla, così radiosa con quel suo morbido maglioncino bianco e i jeans, le luci ambrate della stanza che riempivano di fili d'oro i suoi lunghi capelli mossi. Aveva letto le sue battute con una voce melodiosa venata di acciaio.

Perfetta per Ofelia.

Ofelia era più forte di quello che pensassero quel coglione del fratello e il padre connivente e, a giudicare da come aveva letto le battute, anche Willow ne era consapevole.

Maledizione.

Cercai di non pensare ai suoi capelli – di nuovo – e giurai di mettere la testa a posto. Di concentrarmi sul mio lavoro. I talent scout di Martin sarebbero venuti a vedere *me*. Dovevo mostrare loro il miglior Amleto che avessero mai visto, senza preoccuparmi delle turbe mentali di una ragazza del liceo.

Che al momento era seduta in macchina con un altro ragazzo.

La stanza si era svuotata, così aiutai Martin a impilare le sedie. Il silenzio sfrigolava tra noi e percepivo la sua voglia di intromettersi nelle mie questioni personali. Era più forte di lui.

«Justin Baker sembra un bravo ragazzo.»

Per tutta risposta grugnii, e continuai a mettere a posto le sedie.

«Ma se devo essere onesto è un po' moscio» dichiarò Martin. «Ha un'onestà pulita che è perfetta per Laerte.»

«Okay.»

«Non sei d'accordo?»

Alzai le spalle. «Sei tu il regista, Marty. Non ho un'opinione su di lui, comunque.»

«Sei sicuro?» Martin mi sorrise con fare gentile. «Ho notato come guardavi sia lui che Willow...»

«Ma che cazzo...»

«E ho visto che anche lei ti guardava.»

Raggelai con sei sedie tra le braccia. «Cosa?»

Mi rivolse un sorriso ancora più ampio e si strinse nelle spalle. «Io osservo tutto. È il mio lavoro.»

«E comunque» conclusi mentre avvicinavo la pila di sedie alla parete. «Non vado più a scuola.»

«Conta qualcosa?»

«Sì.»

«Perché?»

«Baker ha la sua età. Io no. E lui ha i soldi. Io no.»

«Allora lei ti interessa?»

Posai un'altra pila di sedie sul pavimento con un tonfo. «Non sono affari tuoi, Marty.»

Lui sospirò e ficcò le mani nelle tasche dei pantaloni di velluto. Aveva stampato in faccia un sorriso gentile che non avevo mai visto sul viso di mio padre.

«Non posso farci niente, Isaac. A un certo punto, sei passato dall'essere solo un attore che apprezzo al diventare un giovane uomo a cui tengo.» Si strinse nelle spalle. «E voglio che tu sia felice.»

Pronunciò la parola "felice" come se fosse qualcosa che semplicemente buttavi lì nel discorso ogni volta che ne avevi voglia.

«Sarò felice quando me ne sarò andato da Harmony» ribattei. «Ma se ci tieni davvero a questo spettacolo, mi vorrai il più disperato possibile. *Amleto* è una tragedia, ricordi?»

«Non sono in pensiero per lo spettacolo» replicò Martin. «Mi preoccupa il fatto che Willow non abbia sempre a disposizione un passaggio per venire alle prove. Suo padre...»

«È a posto col passaggio» sbottai. «Ci penserà Justin Baker.» Sbattei a terra l'ultima pila di sedie. «Ho finito. Domattina devo alzarmi presto per lavorare. Buona notte.»

«Isaac...»

«Buona notte» ribadii, già a metà delle scale.

La preoccupazione paterna di Martin era qualcosa che bramavo e allo stesso tempo mi infastidiva. Presto o tardi sarei andato via da Harmony. Dovevo recidere i rapporti, non rafforzarli.

O crearne di nuovi con ragazze belle e talentose.

Accesi il pick-up e lo lasciai in folle. Si sarebbe fermato in mezzo alla strada se non avessi fatto scaldare bene il motore. Immaginai che Justin Baker avesse un'auto costruita nell'ultimo decennio. Qualcosa di raffinato che non ti piantava in asso o buttava fuori fumo nero ogni volta che si fermava. Con i sedili riscaldati, magari. Probabilmente Willow era abituata ai sedili riscaldati, avvezza com'era ai ragazzi come Justin, che non avevano passato un solo giorno della loro vita a preoccuparsi per i soldi. Sarebbe stata perfettamente a proprio agio nella sua macchina, a lasciarsi scarrozzare fino alla sua grande casa da un tipo fatto della sua stessa pasta.

Bene, pensai. Che vivesse felice e contenta con Justin, perché di certo il suo principe azzurro non potevo essere io.

Ma mentre guidavo il mio mezzo merdoso verso la merdosa periferia della città, un pensiero si stagliò all'orizzonte come una tempesta in avvicinamento: alla fine della tragedia, Laerte e Amleto si uccidono a vicenda sopra la tomba di Ofelia, e nessuno dei due vivrà felice e contento.

Alle prove del venerdì, Marty ci portò sul palco. Mentre lui isolava una scena, il resto di noi doveva dividersi a coppie per provare le battute. Willow e Justin si misero a lavorare insieme. Naturalmente. Avevo giurato di fregarmene, eppure studiai ogni mossa di lei con il mio occhio clinico da attore.

Stava sorridendo di più? I suoi occhi si addolcivano quando guardava Justin? Era più a suo agio vicino a lui?

Ti stai trasformando in uno psicopatico, Pearce.

Marty stava isolando la quinta scena del primo atto, in cui Orazio e Marcello mostravano ad Amleto il fantasma di suo padre, e avvertivano il principe di non seguire l'apparizione, ma lui non dava loro ascolto e la seguiva. Dopodiché il palco diventava tutto di Amleto, che parlava a uno spirito invisibile.

Era una scena che richiedeva un impegno totale per dare l'impressione che Amleto stesse davvero interagendo con una presenza ultraterrena, altrimenti il tutto sarebbe risultato piatto. Provai a concentrarmi, ma la mia attenzione era divisa in due: il mio corpo sul palco e il mio sguardo che vagava per il teatro in cerca di Willow e Justin nascosti nel buio.

«Cinque minuti di pausa per tutti» annunciò Marty. Mi prese da parte mentre gli altri scendevano giù dal palco. Il suo tipico sorriso paterno gli era scomparso dal volto, sostituito dalla maschera da regista: angoli della bocca abbassati, occhi colmi di pensieri e idee.

«Che ti succede?»

Per rispetto professionale, non gli mentivo mai riguardo alla recitazione. «Non sono concentrato.»

«Sei arrabbiato.»

Aggrottai la fronte. «Che? No, non lo sono.»

«Sì, invece. Perciò, invece di forzare la mano, proviamo una scena dove puoi usare la tua rabbia. Saltiamo alla prima del terzo atto.»

«*Essere o non essere?* Di già?»

«Non ancora. Inizieremo da dopo il monologo.»

Finita la pausa, gli attori tornarono dentro e Martin si schermò gli occhi dalle luci con le mani per scrutare il teatro.

«Willow? Eccola là. Willow, puoi venire qui per favore?»

I proiettori al soffitto si spostarono su di lei e la avvolsero in un cono di luce dorata. Indossava jeans, stivali e un lungo maglione grigio. Il mio stupido cuore spiccò un balzo per quanto era bella.

«Proviamo la prima scena del terzo atto» annunciò Martin.

«Okay...» rispose lei, prolungando la parola mentre scartabellava il copione. Spalancò gli occhi e sollevò lo sguardo per scrutare me e Martin. «La scena del convento? Di già?»

«Non seguo l'ordine delle scene quando lavoro» spiegò lui. «Chiamo le scene a seconda dell'energia che si respira qui dentro. Dunque. Amleto ha appena sciorinato il suo monologo più famoso, in cui meditava se togliersi la vita o meno. Polonio ha convinto il re che la pazzia di Amleto deriva dal suo amore per Ofelia, la quale ha fatto leggere al padre una lettera che le ha scritto Amleto. E lei sta mettendo fine alla relazione secondo il volere del padre.»

Willow si morse il labbro. «Ma allora... Ofelia è felice di questo? Lei *vuole* davvero rompere con lui?»

Martin scosse la testa. «Nessun suggerimento per il momento. Voglio solo una tua interpretazione istintiva.» Martin ci guardò entrambi pieno di aspettativa. «Be'? Iniziamo.»

Come al solito, Martin aveva ragione: la rabbia incanalata doveva essere messa al servizio del giusto scopo.

In quella scena in particolare, Amleto si comportava da perfetto stronzo con Ofelia, e io non ero certo a corto di motivazione. Non ero più il povero bastardo con un pick-up merdoso che viveva in una roulotte e si spaccava il culo per essere qui, mentre *lei* saltava tra le braccia di Justin ed emanava agiatezza dai vestiti come fosse profumo.

Io ero un fottuto principe. Mentre lei era soltanto la figlia di un suddito.

«*Ah, ah! Voi siete onesta?*»

Willow indietreggiò alla mia loquacità mortificante e spietata. L'incertezza nei suoi occhi era reale, finché qualcosa in lei non s'infiammò e mi addentò con una battuta con cui avrebbe dovuto risultare docile e impaurita.

Martin ascoltò e osservò, un braccio intorno al petto, il gomito dell'altro appoggiato perpendicolarmente su di esso, l'indice piegato sul labbro. Dopo meno di due minuti, scosse la testa e si frappose tra noi.

«Stop, stop, stop.» Ci rivolse un lieve sorriso. «D'accordo, ritiro tutto, credo che qualche suggerimento sia necessario. Questa scena rivela tutto su Ofelia e Amleto. Alcuni studiosi sostengono che la coppia non abbia mai consumato, altri che fossero senza dubbio amanti.»

A Willow sfuggì un suono di meraviglia dalle labbra, e io mi sentii avvampare.

«Io confido più nella seconda ipotesi» dichiarò Martin. «Se sono davvero amanti, in ballo c'è molto di più. Si tratta di una scelta più ampia che offre maggiori possibilità. Sfruttate questo concetto nella recitazione: quando vi trovate di fronte a dover rispondere con un sì o un no, scegliete sì. Sempre.»

Io e Willow ci scambiammo un'occhiata.

«Amleto amava davvero Ofelia» aggiunse Martin. «Questo lo si sa ancor prima che inizi l'opera, ma quell'amore ha bisogno di vivere in ogni singola parola scritta *sulle* sue pagine. Il tradimento e l'angoscia che attraversano questa scena sono ancora più potenti se si pensa che il loro amore stia morendo qui.» Si voltò verso di me. «Il tuo Amleto è arrabbiato.»

Alzai le spalle. «*Per forza*, Ofelia lo sta scaricando e cospira con Polonio e il re…»

«Sì, sì, questo è vero. Ma tu sei *soltanto* arrabbiato, e la rabbia è una minima parte dello strato di emozioni che emerge da questa scena. Ofelia viene costretta a lasciarlo e Amleto lo sa. Lei è combattuta tra l'amore che prova per lui e i suoi doveri di figlia. Ma l'amore…» Gli occhi di Martin brillavano di quell'entusiasmo che lo rendeva un regista straordinario. «L'amore c'era già prima.»

Martin sorrise e poggiò una mano sulla spalla di entrambi.

«Quest'opera non funziona se non la sentiamo. Perciò, sulla base di questo, invece di venire alle prove sabato, voglio che usciate insieme. Che andiate a pranzo o da qualche altra parte.»

Sgranai gli occhi mentre Willow spostò lo sguardo da me a Martin, di nuovo con l'espressione sorpresa.

«Non vi sto chiedendo niente di oltraggioso» specificò Martin. «Voglio che usciate insieme. Vi conosciate. Stringiate amicizia. Diventiate *reali* l'uno per l'altra come esseri umani. Ho bisogno che vi vediate più spesso fuori che come attori sul palco.»

Io e Willow ci scambiammo di nuovo un'occhiata e notai che un po' della sua rigidità si era allentata. Aveva abbassato le spalle e le sopracciglia.

«Fatelo» insisté Marty, e guardò me. «E la prossima volta che proveremo questa scena, ogni parola acuminata che le rivolgerai colpirà anche te.» Guardò Willow. «Obbedire a tuo padre, invece di restare fedele ad Amleto, sarà la scelta più difficile che tu abbia mai compiuto. Capisci?»

Willow annuì.

Martin era raggiante. «Fantastico. Andiamo avanti.» Batté le mani una volta e scese dal palco. «Scena seconda, atto secondo. Qualcuno svegli Rosencrantz e Guildenstern, per favore...»

Ci lasciò soli al centro del palco.

«È normale questa cosa?» mi chiese mentre si stringeva il copione al petto. «Proporre agli attori di uscire insieme al di fuori del teatro?»

«Non sei obbligata» le risposi. «E io non ti costringerò di certo.»

«Nessuno mi costringe» ribatté. «Se il signor Ford pensa che sia una buona idea, allora... va bene.»

«Okay» ribattei. «Allora... dove ti piacerebbe andare?»

Cazzo, perché era così difficile? Di solito bastava contattare le ragazze via messaggio e specificare ora e posto.

Willow si strinse nelle spalle. «Non lo so. Pranzo da Scoop? O magari un caffè se è troppo...» Passò la punta del piede su una crepa nel palco.

«Troppo cosa?» Lo conoscevo fin troppo bene il resto: *troppo costoso.*

«Troppo... Harmony, per te?» rispose.

Mi strappò un sorriso. «Qualcosa del genere. Hai bisogno di un passaggio?»

«No, posso... ci vediamo direttamente qui» ribatté, e strinse il copione ancora più forte.

«Okay.»
«All'una?»
«Va bene.»
«D'accordo. Allora... ci vediamo sabato?»
«Sì.»
È un appuntamento, avrebbe dichiarato con malizia Benny.
Con il manoscritto ancora stretto al petto, Willow scese dal palco. Passò accanto a Justin in prima fila. Lui fece per alzarsi dalla poltrona, ma lei si limitò a salutarlo di sfuggita con la mano prima di dirigersi verso Lorraine e Len, qualche fila più in là.
Justin si rimise seduto, sollevò lo sguardo e incrociò il mio, posato su di lui. Mi fissò a sua volta, ma dopo poco cedette e si mise a raccogliere la propria roba.
Era una vittoria stupida e insignificante. Dopo le prove, Willow se ne andò via con lui comunque.
Quando anche l'ultimo attore se ne fu andato, Martin chiuse a chiave la porta laterale e attraversò il palco. Si fermò quando mi vide seduto in prima fila, le braccia conserte, gli scarponi poggiati sul bordo del palco.
Sollevò le mani in avanti. «Lo so cosa stai pensando, ma è per il bene dello spettacolo, lo giuro.»
«Certo.»
«Certo, è così.» Raggiunse il bordo del palco e si piegò sui talloni. «Tu puoi anche trasformare il tuo Amleto in uno stronzo che strepita e inveisce contro Ofelia e dare a intendere che la colpa sia della sua pazzia. Il novanta per cento del pubblico non saprebbe distinguere la differenza. Ma due persone sì.»
Indicò se stesso e poi me.
«Io so che in te c'è molto di più. E, sì, ho notato il modo in cui vi adocchiate di nascosto quando l'altro non guarda...» Si sfregò la barba corta con la mano. «Mi piacerebbe veder succedere qualcosa.»
«Gesù, Marty...»
Sollevò di nuovo le mani. «Non è affar mio. La qualità dello spettacolo, però, *sì*. Il fine è che voi due stiate sul palco in un modo che suggerisce "questa non è la prima volta che ci troviamo insieme nello stesso spazio". Al momento, sembrate entrambi due pugili che si preparano all'incontro.» Strinse i pugni e si mise in guardia.
Mio malgrado, mi strappò una risata.

Si mise a ridere anche lui e mi diede un colpetto su uno scarpone. «Andiamo. Usciamo da qui.»

Chiudemmo il teatro e, mentre ci avvicinavamo alle macchine, Martin inciampò in una crepa nel marciapiede. Io lo afferrai con una mano prima che cadesse.

«Accidenti, grazie» disse mentre si stringeva al mio braccio. «Ho perso dieci anni di vita.» Abbassò lo sguardo sulla crepa e scosse la testa. «Non va bene. Tutto questo isolato. C'è bisogno di fare qualche lavoro.»

Proseguimmo, il mio sguardo fisso sul marciapiede. Aveva ragione: era pieno di crepe a forma di fulmini neri.

«Come se la passa il teatro?» gli domandai con un improvviso moto di preoccupazione che mi schiacciava all'altezza dello stomaco. «Dal punto di vista economico.»

«Il teatro,» commentò con un sorriso, «se la *passa* bene. Tu concentrati sulla tua parte.» Si avvicinò alla sua vecchia Lexus. «E divertiti domani all'appuntamento.»

Sospirai. «Marty.»

«Appuntamento *di lavoro.*»

15

Willow

Il sabato, a metà mattinata, presi il telefono e inviai un messaggio ad Angie.

> **Io:** Aiuto!
> **Angie:** I pirati ti hanno rapita e chiedono un riscatto? Perché il sabato io dormo, Holloway.
> **Io:** Devo passare la giornata con Isaac.

Il cellulare si illuminò, il numero di Angie sullo schermo. Schiacciai il tasto della cornetta verde e risposi: «Sì, sono seria».

«Perché? Quando? Come è successo?» La sua voce era un misto di sonno e indignazione. «Wow. Si tratta di un – pausa a effetto – appuntamento?»

«Assolutamente no» replicai, nella speranza che la mia voce ferma camuffasse le farfalle nello stomaco. «Martin Ford ci ha chiesto di uscire e conoscerci meglio. Così da non essere troppo goffi sul palco.»

«Questa è bella» esclamò Angie. «Va bene, e l'S.O.S.?»

«Mi serve un passaggio in città per vedermi con lui.»

«Isaac non ha la macchina? Se non sbaglio, guida un vecchio pick-up blu. Aspetta.» Si interruppe un attimo. «Non ti vergognerai mica a farti vedere in macchina con lui?»

«Per l'amor di Dio, non sono *totalmente* una stronza superficiale.»

«Lo so, ma noi plebei dobbiamo restare uniti contro la borghesia.»

«Hai visto troppe volte *Marie Antoinette.*»

«Non c'è storia. Sophia Coppola è una dea.» Sbadigliò. «Comunque, di cosa stavamo parlando?»

«Del mio inesistente pregiudizio contro il pick-up di Isaac» replicai. «Il vero problema è mio padre. Non mi permette di vedere Isaac all'infuori delle prove. Se gli spiego che passeremo insieme tutto il giorno perché ce l'ha chiesto il regista, non mi crederà mai. Mi ritirerà dallo spettacolo.»

«Mmm, un vero dilemma. Molto bene, Cenerentola. Quand'è che avresti bisogno di me?»

«Devo vedermi con Isaac all'una.»

«La vostra carrozza arriverà un quarto d'ora prima, ma, ragazza, dovrò occuparmi dell'annuario per il resto della giornata. Non potrò scarrozzare il tuo sedere a casa quando avrai finito col tuo non-appuntamento con Isaac.»

«Mi arrangerò in qualche modo. Grazie, Angie.»

Mi sedetti sul davanzale della finestra e scrutai il quartiere. La natura stava cominciando a sbocciare di nuovo. La neve se n'era andata e il sole, che splendeva dorato e luminoso in un cielo terso mai visto a Manhattan, proiettava delle lunghe strisce di luce sul parquet e la pila di coperte ancora a terra.

Avevo passato una nottata agitata, ma niente incubi. Anzi, ogni volta che mi ero svegliata, la mia mente era corsa subito alle prove.

E a Isaac.

Era stato freddo e rude con me. Anzi, *Amleto* era stato rude con *Ofelia*. Ma la scena lo richiedeva e dovevo farmene una ragione. Era per questo che avevo accettato di prendere parte allo spettacolo. Dovevo essere professionale e non prenderla sul personale. Non c'era niente tra noi due: lui recitava una parte. E, inoltre, più realistico era, meglio sarebbe riuscita la rappresentazione.

L'amore c'era già prima.

Poggiai il copione sulle gambe e scrissi quella frase all'inizio del terzo atto: ero semplicemente un'attrice che si appuntava le parole del suo regista, tutto qui. Le X nere erano disposte in fila sul margine, come se si stessero arrampicando sulla pagina per raggiungere quelle parole indifese in alto.

Disegnai un cerchio protettivo intorno a *L'amore c'era già prima* con delle frecce che puntavano all'esterno per tenere lontane le X... Dopodiché chiusi il copione.

Sarai diventata pazza quanto Ofelia, una volta finita questa storia.

Angie suonò il clacson nel vialetto a un quarto all'una. Passai come un fulmine in soggiorno ed evitai i miei genitori, che stavano litigando per delle questioni di lavoro a Indianapolis a cui mio padre voleva che partecipasse anche mia madre.

«Dove te ne vai?» s'informò papà.

«Esco con Angie.» Afferrai il cappotto bianco dal gancio nell'ingresso e, una volta fuori, scorsi mio padre sbirciare dalla finestra della cucina.

No, papà, non è Isaac. Gli gridai: «Torno per l'ora di cena.»

Lui annuì. «Sono contento che ti stia trovando degli amici.»

Corsi nel vialetto e saltai nella macchina di Angie. I suoi ricci ribelli erano tenuti all'indietro da un cerchietto coloratissimo. Sulla sua felpa nera c'era scritto: *Smetterò di vestire di nero quando inventeranno un colore più scuro.*

«Non sei troppo carina e pulita per il tuo non-appuntamento con Mr. Pearce?» esordì mentre osservava i miei jeans chiari e il maglioncino di cashmere rosa. Mi si avvicinò. «Che buon profumo. Ma ti sei messa il lucidalabbra?»

«Sta' zitta. Ho le labbra screpolate.»

Angie sogghignò. «Probabilmente anche lui. Dovresti passargliene un po'.»

«Smettila.» Alzai gli occhi al cielo, ma avevo di nuovo quella stupida sensazione di farfalle nello stomaco. Alzai il volume della musica per evitare di doverne parlare.

Mancava pochissimo all'una quando Angie mi lasciò davanti al teatro.

«Grazie mille, Ange» dissi prima di saltare fuori dall'auto. «Lo apprezzo molto.»

«Un'ultima cosa» mi bloccò.

«Dimmi.»

«Bacialo.»

Fui attraversata da una scarica elettrica. «Che cosa?»

«Con la *lingua.*»

«Sei matta? Perché dovrei?»

«Ofelia e Amleto erano *amanti*, no? Perciò è una questione di ricerca o metodo o come cavolo si chiama.»

Alzai gli occhi al cielo. «Io non interesso a Isaac. E a giudicare dall'umore scazzato che aveva ieri alle prove, fare da baby-sitter tutto il giorno a una novellina è l'ultimo dei suoi desideri.»

Angie si strinse nelle spalle. «Vedremo. Voglio un resoconto completo. *Stasera.* Non lunedì mattina, o morirò di curiosità.»

«Ciao, Angie» conclusi.

«*Con la lingua*» mi urlò, mentre chiudevo lo sportello.

Mi voltai e per poco non inciampai. Dritto davanti a me c'era Isaac, appoggiato al muro di mattoni accanto al botteghino del teatro, la sigaretta in bocca. Il mio cuore andò a sbattere contro lo sterno e scivolò alle ginocchia.

Se esiste un Dio, fa' che Isaac non abbia sentito.

«Ciao» lo salutai mentre mi incamminavo a passo lento verso di lui, come un domatore che si avvicinava a un grande felino.

Una pantera.

Indossava i suoi soliti jeans, gli scarponi e la giacca di pelle sopra una maglietta bianca. I capelli scuri erano ancora umidi per la doccia e i suoi occhi grigio-verdi mi osservavano con un distacco annoiato.

«Ehilà» rispose. Niente di più.

«Ho portato il copione» buttai lì. «Nel caso tu voglia provare le battute o roba del genere.»

Esalò uno sbuffo di fumo, buttò a terra il mozzicone e lo calpestò col piede. «Come vuoi. Pranziamo o prendiamo un caffè?»

«Un caffè va bene.»

«Okay.»

Passeggiammo per un isolato e mezzo fino alla Caffetteria Daisy senza proferire parola. Isaac mi tenne aperta la porta.

«Grazie.»

Nessuna risposta.

Questa storia non gli andava a genio.

Avevo capito. Messaggio ricevuto.

La caffetteria era un locale piccolo e carino con un caldo pavimento di legno e i tavoli per metà occupati dagli avventori, che chiacchieravano davanti a tazze fumanti, scrivevano al computer o leggevano un libro. La voce di Nina Simone fuoriusciva dall'impianto acustico.

«Cosa prendi?» mi domandò Isaac.

«Posso pensarci da sola» mi affrettai a rispondere, e cercai il portafoglio. Isaac mi rifilò un'occhiataccia infervorata, che ricambiai con la mia espressione mordace. «Senti, è palese che tu non voglia essere qui. Quindi non ha senso che sia tu a pagare per me.»

Isaac aprì la bocca, ma la richiuse subito. Girò la testa per guardarsi intorno nel locale. Quando parlò, il suo tono di voce era più pacato.

«C'è un tavolo laggiù» affermò, e indicò un tavolo da due nell'angolo accanto a uno scaffale con su scritto *Libri gratuiti*. «Dimmi cosa vuoi da bere e vai a occuparlo.»

«Un latte macchiato» risposi. «Grazie.»

Isaac annuì e io mi avvicinai al tavolo. Qualche minuto più tardi arrivò anche lui con il mio latte e quello che sembrava un caffè liscio, entrambi in tazza grande e non nel bicchiere da asporto.

Fece per sedersi, ma poi si arrestò. «Vuoi lo zucchero?»

«Due bustine, grazie.»

Occhi femminili seguirono ogni sua mossa mentre raggiungeva il piccolo banco con i bricchi del latte e i bastoncini per mescolare, e un lieve sorriso affiorò sulle mie labbra. Appuntamento o no, non mi faceva schifo stare seduta al tavolo con un tipo figo.

Non era un appuntamento.

Stavamo solo bevendo un caffè.

«Hai visto qualcosa di divertente?» mi domandò quando tornò a sedersi.

«Niente» chiarii mentre prendevo lo zucchero. «Grazie.»

Si mise a sorseggiare il proprio caffè e fra noi calò un silenzio imbarazzante.

«Tu lo bevi amaro, il caffè?» gli domandai, nel faticoso tentativo di far ingranare la conversazione. «Io non potrei mai. È troppo forte per me.» Alzai gli occhi al cielo. «Sono sicura che fosse esattamente questo che aveva in mente il signor Ford quando ci ha esortato a conoscerci meglio. Permettere ad Amleto di scoprire come amava prendere il caffè Ofelia.»

Le sue labbra tremarono e finalmente abbozzò un sorriso; la tensione tra noi si allentò un po'. «Chiamalo pure Martin o Marty» precisò. «Se lo chiami signor Ford non ti risponde.»

«Buono a sapersi» risposi. «Tu hai lavorato con lui in un sacco di spettacoli, giusto?»

«Sono cinque anni, ormai.»

«E qual è stato il tuo lavoro preferito?»

Mi guardò fisso e senza battere ciglio. «*Edipo*. Finora.»

«Curioso. È l'unico che ho visto.» Mi schiarii la voce e sistemai una ciocca di capelli dietro l'orecchio. «Senti, ma allora sarai davvero in grado di non guardare più il copione tra tre settimane? Dovrai memorizzare metà opera.»

«È un sacco di roba» rispose. «Ma ho qualcuno che mi aiuta.»

«Ah, sì?» Era la prima volta che parlava di qualcosa che lo riguardava.

«Sì. Un ragazzino che abita dalle mie parti mi dà una mano con le battute.»

«Sei fortunato.»

«Sì» replicò. «Sono davvero fortunato.» Pronunciò l'ultima parola con una venatura di amarezza, ma non abbastanza da sollecitare ulteriori domande.

La conversazione s'inceppò di nuovo. Dopo alcuni momenti strazianti, mi misi a frugare nella borsa. «Ho portato il copione. Non sono sicura di quello che il signor Ford... ehm, Martin, avesse in mente, ma possiamo ripassare le battute, se vuoi. Non voglio che tu perda una giornata intera.»

Isaac incrociò le braccia e si appoggiò allo schienale della sedia. «Perché continui a giustificarti?»

Mi drizzai. «Non mi sto giustificando.»

«Sì, invece.»

«Be', non sembri così entusiasta di trovarti qui, così...»

«Lo sono» mi interruppe. «Voglio dire, sono *qui.* Ora possiamo ripassare le battute o fare qualsiasi altra cosa tu voglia. Ma smettila di chiederti se per me è una perdita di tempo. Non lo è.»

Incrociai le braccia e mi protesi verso di lui. «Sai, sarebbe un sacco più facile non avere l'impressione che tu sia qui contro la tua volontà, se non ti comportassi come se *tu fossi qui contro la tua volontà.*»

Isaac si morse il labbro. «Non sono molto abituato a conversare.»

«Me ne sono accorta» replicai. «Ma ho bisogno che questo compito, o come vuoi chiamarlo, funzioni. Tu sai già tutto di recitazione, ma io sono spaventata a morte. Ho bisogno di tutto l'aiuto possibile.»

Le gambe frontali della sua sedia tornarono a toccare terra. «Invece no.»

Sgranai gli occhi. «Scusa?»

«Non ti serve tutto questo aiuto. Ti ho visto al provino. Ed essere spaventati è positivo.»

«Come lo sai?»

«È così che capisci se qualcosa è importante.»

Girai la tazza. «Essere spaventati non mi sembra indicativo di qualcosa di importante, ma piuttosto di rischioso.»

«Infatti» rispose. «Mettersi in gioco è un rischio. Strapparsi via il cuore e darlo in pasto al pubblico. E se detestasse quello che stai cercando di comunicare? Se non lo comprendesse? O peggio, se non *gli* importasse? La conferma di tutta la tua vita è legata alla tua arte. Perciò, sì, è maledettamente rischioso. E spaventoso.»

Sollevai gli occhi dalla tazza e lo guardai, mentre assorbivo disperatamente come una spugna la sua piccola perla di saggezza. «Tu non sembri spaventato. Mi sembri calmissimo. Sempre.»

Abbozzò un lieve sorriso. «È tutta scena.»

«Me lo hai già detto. Durante il provino.»

«Me lo ricordo» confermò. Solo che stavolta la sua risposta laconica non bloccava come un muro la nostra conversazione, ma era uno stimolo a continuarla.

«Quella volta hai affermato anche che avrei ottenuto il ruolo di Ofelia» aggiunsi. «E avevi ragione, perché ho seguito il tuo consiglio. Ho raccontato la storia.»

Annuì. «È l'unica cosa da fare.»

Tornai alla mia tazza, convinta che non potesse avere più ragione di così. Percorsi con il dito il bordo del manico. «Be', visto che ci siamo, posso chiederti… se aiuta?»

«Se aiuta cosa?»

«Recitare. Cioè, tu perché lo fai? Per trovare sollievo?»

Annuì. «Sì. Anche se momentaneo. Ma là fuori c'è sempre qualcosa di più. Un'altra storia da raccontare, per così dire.»

«E la tua storia qual è?» Avrei voluto ricacciare indietro quelle parole non appena mi uscirono dalla bocca. Erano così tremendamente invadenti. E non avrei potuto ricambiare con la mia.

«Be'» rispose.

Agitai la mano. «No, lascia perdere.» Afferrai la tazza e mandai giù un lungo sorso per tenere la bocca occupata.

Lui si strinse nelle spalle. «Non è per questo che siamo qui?» Premette le labbra tra loro e poi le rilassò, come se non riuscisse a decidersi se buttare fuori o meno le parole in attesa dietro di esse. Con le sue lunghe dita prese il bastoncino che avevo usato per girare il mio caffè, gli occhi distanti.

Magari era come me. Magari nonostante quella sua spavalderia e l'atteggiamento distaccato e disinteressato, Isaac Pearce cercava solo un po' di normalità. Sedersi davanti a una tazza di caffè e *parlare.*

«Mia madre è morta quando avevo otto anni» cominciò. «Ebbe un ictus. Era così maledettamente giovane per averne uno, ma... Si trattò di un'ostruzione di cui nessuno sapeva nulla. L'ha uccisa sul colpo.»

Un lento brivido di terrore mi s'insinuò sottopelle.

L'aveva vista morire?

Ti prego, dimmi che non l'aveva vista morire.

«Io ero a scuola» aggiunse, come se mi avesse letto nella mente. «Ero andato a scuola che avevo una madre e quando sono tornato non ce l'avevo più.»

«Mi dispiace tanto.»

Mi rivolse un rapido sorriso amaro e prese a girarsi il mio bastoncino tra le dita.

«Sembra una tragedia, ma perdere la mamma così all'improvviso è stato come rimanere senza fiato per un anno intero. Era impossibile elaborare quello che era successo. Non era malata. Un minuto prima c'era, del tutto in salute, e quello dopo non c'era più. La sua morte non aveva alcun senso per me.» Si strinse nelle spalle, un gesto disinvolto che denotava l'amara accettazione di ciò che gli era accaduto.

«Per un intero anno?» gli chiesi conferma.

Isaac mi guardò, il volto indurito. «Te l'avranno raccontato, no?»

Mi appoggiai di nuovo contro lo schienale. «Be'... sì. A scuola.»

Minimizzò con un gesto della mano. «È tutto a posto. Circolano voci strane su di me in giro. Mio padre non sta bene. Probabilmente avrai sentito parlare anche di questo.»

Meritava che fossi onesta con lui, così annuii.

«Nemmeno lui ha vissuto bene la morte di mamma. Lo ha portato a bere. Da quel momento, parlare con lui mi ha procurato sempre e solo pugni e calci.»

Deglutii a fatica e Isaac se ne accorse.

«Scusa. Non so perché ti sto raccontando questa storia di merda. Non ha importanza.»

«Sì, invece» replicai. «Certo che ha importanza.»

Non rispose, ma notai che le mie parole erano state recepite e assorbite.

«Poi hai scoperto la recitazione» proseguii, e non era una domanda. «Ho sentito che ti ha aiutato a parlare di nuovo.» Mi vergognai profondamente per aver dato ascolto alle voci e ai pettegolezzi come se dall'altra parte non ci fossero persone reali.

«Quarta elementare» precisò. «Tornato a scuola, la signorina Grant era l'unica insegnante che non pretendeva che parlassi. Un giorno mi mise davanti le parole di qualcun altro e disse "Questo personaggio ha bisogno di una voce. Se tu potessi prestargli la tua, sarebbe fantastico". Come se mi stesse chiedendo un favore.» Mi scrutò. «E io la assecondai. Non ero io a parlare. Non erano mie le parole che pronunciavo. E questo mi andava bene.»

«Reciti da allora?»

«Sì.»

«E ti ha aiutato.»

Annuì. «È questo l'aspetto strano dell'arte. Se è davvero di qualità, puoi rispecchiarti. Certe volte meno, certe volte di più.»

«E in Amleto ti ci rispecchi?» Sorrisi appena. «Sembra proprio il tipo di domanda che Martin vorrebbe che ci ponessimo.»

Lui non ricambiò il sorriso. «Sì, mi ci rispecchio. Amleto detesta che sua madre abbia sposato Claudio così presto dopo la morte del padre. Agli occhi di Amleto, Claudio è un re impostore, seduto su un trono che non gli spetta. Io ho perso mio padre quando è morta mia madre. Adesso nella nostra roulotte di merda siede un impostore, ubriaco e irriconoscibile, che tracanna veleno ogni giorno.»

Dovetti mordermi l'interno della guancia. Angie mi aveva suggerito che, se avessi lavorato a quest'opera con Isaac, avrei ottenuto un posto in prima fila per assistere al suo incredibile talento. Mentre me ne stavo seduta di fronte a lui in quel piccolo tavolo, mi resi conto che possedeva anche una mente incredibile. C'era poesia nelle sue parole, anche se dubitavo che se ne rendesse conto. Le sue pacate osservazioni sulla propria vita erano mille volte più potenti e sincere di qualunque performance gli avessi visto mettere in scena sul palco.

Mi guardò negli occhi e lo vidi tornare a poco a poco al presente. E alla mia espressione rapita.

«Merda» esclamò. «Mi sa che ho raccontato più di quanto volessi sentire...»

«Non scusarti» sussurrai.

Sgranò impercettibilmente gli occhi, e io fui trascinata sempre più a fondo in quel grigio-verde. Un oceano agitato da una tempesta, profondo chilometri. Gelido e increspato in superficie. Caldo e immobile sotto. Ci fissammo. E in quel breve attimo scattò qualcosa fra noi. Un'intesa reciproca. Si era confidato con me, eppure non mi aveva chiesto nulla in cambio. Ero libera di fluttuare nell'intima vicinanza tra narratore e ascoltatore. Non mi sentivo intrappolata o schiacciata da lui.

Potrei assumere io il ruolo di narratore…

Ma non potevo. La mia storia doveva restare segreta. Era ingiusto, ma come potevo raccontare al mio partner sul palco quello che non ero mai riuscita a confessare neppure ai miei genitori o alla mia migliore amica? Come potevo rischiare di avere un esaurimento nel bel mezzo di quella graziosa caffetteria?

No, il momento giusto per raccontare la verità era passato, ormai. Quello che mi era successo poteva solo manifestarsi attraverso le parole e le azioni di un personaggio inventato più di quattrocento anni fa. Il modo più sicuro per raccontare la mia storia era tagliarla, distillarla e rifletterla attraverso il prisma della pazzia di Ofelia.

«Io sto ancora cercando la connessione con Ofelia» buttai lì, senza guardarlo. «Non l'ho mai fatto prima. Immedesimarmi in un personaggio, intendo.»

«Sì, invece» ribatté Isaac. «Con il pezzo del provino.»

«Ma durava solo tre minuti. Un soffio. L'*Amleto* è molto più complesso.» Lo guardai con il sopracciglio inarcato. «Lo hai detto tu stesso, ai provini. Me lo ricordo bene.» Mi sfiorai il mento. «Quel era quell'espressione che hai usato? Ah, sì. Mi hai chiesto educatamente di non "rovinare tutto".»

Un piccolo sorriso gli affiorò sulle labbra. «È quello che chiedo sempre» replicò, poi appoggiò gli avambracci sul tavolo e si sporse in avanti. «Inizia dalla base. Cos'è che tu e il personaggio avete in comune?»

«Non lo so.» Mi appoggiai allo schienale della sedia, per pensare. «Forse il fatto che mio padre sia uno stronzo dispotico, come Polonio.»

Isaac annuì, l'espressione pensierosa. «È stata un'idea sua quella di trasferirvi nel pieno del tuo ultimo anno di superiori?»

«Sì. Be', no. Lo ha trasferito il suo capo. Nonostante mio padre sia un dirigente, obbedisce senza obiettare. Mia madre adora Manhattan, ma non è bastato a evitarci il trasferimento.»

«Ti manca New York?»

«Non particolarmente.» Deglutii a fatica. Ci stavamo pericolosamente avvicinando al punto marchiato con la X. «Alla fine qui mi piace» continuai. «Harmony è un posto un po' isolato, e credo sia proprio questo che mi serve ora.»

«Perché?» indagò, il tono di voce più gentile che gli avessi mai sentito.

Non posso spiegartelo, Isaac. Né ora né mai.

Scrollai le spalle, come se quel gesto potesse alleggerire il fardello che portavo. «Manhattan è frenetica e attiva, perciò immagino che mi fossi stancata di quel ritmo. Qua il tempo scorre con maggiore lentezza. Probabilmente è per questo che a te non piace.»

Palla respinta. Ottimo. Solo che Isaac non rispose. Si limitò a guardarmi per un lungo istante. E capii. Capii che si era accorto fin troppo bene del mio patetico rimpallo e del maldestro cambio di argomento. Era consapevole che non gli stessi raccontando la storia. Ma ebbi comunque la sensazione che rispettasse il mio silenzio. Si trattava di quel tipo di rispetto che solo una persona che non aveva parlato per un anno intero poteva offrire.

«Sì. Voglio andarmene da Harmony» decretò finalmente lui. «Martin ha contattato dei talent scout che verranno a vedermi alla prima di *Amleto.*»

Poggiai la tazza sul tavolo con forza. «Sul serio? Oh mio Dio. Isaac, ma è fantastico.»

Lui alzò le spalle. «Vedremo. Continuo a pensare che sia un biglietto garantito per andarmene, ma...»

«Lo sarà» replicai entusiasta. «Andranno in visibilio per te.»

«Può darsi.»

«Macché può darsi! Andranno in visibilio eccome.»

Sorrise con un angolo della bocca. Non gli avevo ancora mai visto rivolgere a qualcuno un sorriso pieno o una risata di cuore. Mi chiesi se ne avrei avuto la possibilità prima della sua partenza da Harmony.

Se ne andrà, pensai, come per valutare che effetto mi faceva. Non mi piaceva.

«Il teatro di Harmony non sarà più lo stesso» osservai mentre mi sistemavo una ciocca di capelli dietro l'orecchio. «A Martin mancherai.»

«Se la caverà.»

«Non ti mancherà questo posto? Neanche un po'?»

Isaac mi guardò con fermezza. «No» rispose, e continuò a fissare qualcosa oltre la mia spalla. Mi voltai a guardare.

All'esterno del locale, due delle Barbie e i loro fidanzati passarono davanti alla vetrina. Quando ci videro rallentarono, sbirciarono meglio e se ne andarono.

«Fantastico» mormorai. «Che abbia inizio il pettegolezzo.»

Isaac si incupì.

«Non su di te» lo rassicurai. «Su di me. Jessica Royce e compagnia bella sono convinte che io abbia sostenuto il provino solo per poterti ronzare attorno.»

Le sopracciglia di Isaac schizzarono in alto. «Eh?»

«È un'enorme stronzata» mi giustificai. «Non mi dedico mai a niente che non mi piaccia.»

Non più.

Mi raddrizzai sulla sedia e bevvi l'ultimo sorso freddo del mio latte macchiato. «Comunque, non me ne frega niente di quello che pensano loro. Vuoi uscire da qui?»

Isaac aggrottò le sopracciglia. «Per andare dove?»

«Non lo so. Usciamo a passeggiare. Non ho visitato granché Harmony mentre era innevata. Potresti mostrarmi le attrazioni principali.»

«Harmony non ha attrazioni.»

«Impossibile. Qualsiasi posto è famoso per qualcosa.»

Isaac annuì. «Sì, immagino di sì» concordò. «Conosco un posto.»

16

Isaac

Willow e io uscimmo dalla caffetteria e ci avventurammo nell'aria frizzantina all'esterno. Abbagliato dal sole, mi sorpresi al pensiero di come avessi raccontato a questa ragazza – una perfetta sconosciuta – la storia di mia madre. Per giunta, senza aver provato il minimo impulso di rimangiarmi tutte le parole. Probabilmente confidare i propri segreti rientrava nel compito che ci aveva assegnato Marty, ma questo non spiegava perché le parole mi fossero uscite con estrema facilità dalla bocca. Ancora più facilmente di quando recitavo. Stavolta non stavo recitando. Ero stato me stesso per alcuni preziosissimi minuti e quella sensazione non mi era dispiaciuta. Era stata sopportabile.

Willow mi aveva reso sopportabile essere me stesso.

Mi strinsi nella giacca e la guardai, senza vedere più la ragazza ricca di Manhattan che conduceva una vita perfetta e piena di agi. Lei socchiuse gli occhi, rivolse la faccia al sole e inspirò profondamente l'aria pura.

Si vedeva che aveva un bisogno viscerale di Harmony. Si era lasciata qualcosa alle spalle, quando era partita da New York. Qualcosa che era stato distrutto e le era stato portato via.

Non era stata un'idea sua trasferirsi in questa città, ma una volta qui si era resa conto di aver trovato una via di fuga. Un'occasione per nascondersi. O forse per ricominciare?

Poteva anche non parlarmene esplicitamente, non ce n'era bisogno. Mi aveva già dato tanto, al momento.

«Dove dobbiamo andare?» mi domandò.

«Per di qua» risposi.

Svoltammo l'angolo e ci dirigemmo verso nord, fuori dal centro. Le vetrine e i palazzi lungo la strada cedettero gradualmente il posto ad alti alberi – aceri, querce e cornioli – che stavano tornando a inverdire.

Superammo un piccolo quartiere residenziale, con file e file di case a un solo piano, ciascuna non più grande di settanta o ottanta metri quadri. Orticelli e basse staccionate separavano i lotti. C'erano giochi per bambini sparpagliati sull'erba e sul marciapiede, come se appartenessero a tutti. Gli scacciapensieri suonavano una debole melodia.

«Sono così carine, queste case» esclamò Willow, gli occhi illuminati. «In che quartiere siamo?»

«Li chiamano i Cottage. Ci abita gente un po' eccentrica.»

«È questo il posto che volevi mostrarmi?»

«No.» Le lanciai un'occhiata dall'alto. «Ti piace?»

«Lo adoro» rispose. «È così tranquillo. Silenzioso.»

Superammo una casa con un tornio nel giardino. Un'altra con una piccola scultura di Kokopelli in ferro battuto, con tanto di flauto, raggi di sole e piccoli cavalli.

«Te lo immagini?» chiese. «Avere una casetta come questa? La mattina ti metti fuori con il tuo bel copione, ti bevi un caffè e guardi sorgere il sole.»

Le sue parole mi colpirono dritto al petto e per poco non mi arrestai. Ero passato davanti a quelle case centinaia, anzi, migliaia di volte. In tutti quegli anni, non avevo fatto altro che pensare a come sarebbe stato triste vivere in quell'angolo di mondo.

Mentre superavamo l'ultima fila di casette, le guardai riflesse attraverso lo sguardo di Willow. Il sipario della mia immaginazione si aprì su una scena: io, seduto nel portico con una tazza di caffè, un copione appoggiato sulle gambe, a guardare il sole sorgere al di sopra degli alberi verdi e i raggi filtrare tra le foglie. Morbide braccia intorno al mio collo, una ciocca di capelli biondi sulla mia spalla, dolci labbra a sfiorare la mia guancia e a sussurrarmi il buongiorno…

Mi scrollai di dosso quel sogno a occhi aperti. *Bella fantasia, idiota.*

Altro sipario: io tra vent'anni, ancora ad Harmony, con la mia merdosa vita a perseguitarmi. Metà città aveva paura di me, l'altra metà mi giudicava e mi parlava alle spalle. La violenza di mio padre era più famosa della mia recitazione. Il nome Pearce veniva associato all'insegna malconcia di un'autodemolizioni, non al foyer illuminato di un teatro.

Che si fotta, questo posto.

Stavolta, a Willow non sfuggì l'espressione cupa sul mio volto.

«L'idea non ti entusiasma?»

«No» risposi. «Preferisco andarmene.»

«Tipo dove?» indagò. «Hollywood o Broadway?»

«Dovunque capiterà.»

Aggrottò la fronte. «Davvero non ti importa? Non sarebbe del tutto diverso recitare in un film rispetto al teatro? Non ti mancherebbe l'energia dello spettacolo dal vivo?»

«Sì, credo di sì» ammisi. «Ma ho sempre considerato la recitazione un semplice mezzo per raggiungere un fine. Per evadere.»

«Davvero?» Storse il naso, come se avesse appena sentito odore di marcio. Divenne silenziosa, ma si capiva che voleva rivolgermi altre domande.

«Avanti» buttai lì. «Puoi dirmelo. Sono un egoista. O un ingrato nei confronti di quello che ho.»

Mi lanciò un'occhiata. «Ora che me lo fai notare...»

Mi sfuggì una piccola risata che somigliava al rumore di un motore arrugginito. Invece di sentirmi offeso, mi piacque l'idea che non l'avessi intimidita.

«Lo capisco» mi giustificai. «Ma non considero le mie capacità come un talento o un dono. Sono solo una via di fuga.»

«Ma non ti rendi conto di ciò che doni alle persone che vengono a vederti recitare? È una specie di teletrasporto. Una via di fuga anche per noi che ti guardiamo.»

Smisi di camminare e la guardai. «Sono contento che tu la viva così. E anche tutti gli altri che mi guardano. Ma per me...» Alzai le spalle. «È tutto quello che ho.»

«Ti capisco» si confidò. «Io mi sentivo un po' persa, ma poi mi è capitato l'*Amleto*. Mi ha aiutato a ritrovare la mia strada.» Le sfuggì una risata nervosa. «Sembra un po' mieloso. E probabilmente sciocco.»

«Non è sciocco» obiettai. «Le cose succedono per una ragione.»

«Tu credi?» D'un tratto la sua voce divenne tagliente. Si arrestò, l'espressione incredula e confusa. «*Tutto* succede per una ragione?»

Fui sorpreso della sua rabbia improvvisa. «Non lo so. Martin ripete sempre che...»

«Tua madre era in perfetta salute e ha avuto un ictus. È *morta* forse per una ragione? L'hai detto tu stesso, non ha alcun senso.»

Serrai la mascella, il sangue che ribolliva. Mi colpii il petto con un dito. «*Io* posso descrivere cosa ha significato per me. Non tu. E nessun altro.»

«Esatto» ribatté. «È la *tua* storia. Detesto quando qualcuno sostiene che tutto succede per una ragione. Come se il dolore che si prova *al momento* non contasse niente, ma un giorno potrebbe farlo e allora tutto si sistemerà. Sono stronzate.» Mi guardò, e la sua espressione cambiò di nuovo: aveva gli occhi lucidi, come se mi stesse implorando. «E nel frattempo che si fa?»

«Non lo so» tentennai. «Si prova ad andare avanti. A sopravvivere.»

Sostenne il mio sguardo per un istante, poi annuì. «Scusami, ma...» Si passò la punta delle dita sotto gli occhi umidi. «Quando succedono alcune cose è come quando va via la corrente. O il volume della musica diventa muto.»

Annuii. «Sì, è così.»

«Finché...»

«Finché?»

«Era una cosa che mi raccontava sempre mia nonna. Sosteneva che ogni racconto aveva un suo *finché*. Succedeva sempre qualcosa di brutto che mostrava al personaggio ciò che desiderava di più. Ma quando il *finché* rimetteva tutto a posto? Quando il personaggio otteneva davvero ciò che desiderava di più?»

«Quando si concedeva di ottenerlo» replicai, la mano che fremeva per allontanarle la ciocca di capelli che le aveva coperto la guancia. «O quando andava a prenderselo.»

«È per questo che tu te ne vai da Harmony» aggiunse.

«Sì.»

Annuì, dopodiché sbuffò e la sua voce tornò forte. «Vorrei tanto essere coraggiosa come te.»

«Sostenere un provino per una parte nell'opera più famosa di Shakespeare senza mai aver recitato in vita tua mi sembra una decisione parecchio coraggiosa.»

«O stupida» buttò lì, con una piccola risata. «Sono desolata per quello che ho detto su tua madre.»

«Non esserlo.»

«È troppo tardi, temo.» Willow stava di nuovo sorridendo e i miei occhi furono catturati dalle sue labbra carnose, che brillavano per il lucidalabbra. Mi domandai che sapore avessero...

Willow indicò la strada con un cenno del mento. «*Quella* deve essere l'attrazione che volevi mostrarmi.»

Seguii il suo sguardo puntato sull'anfiteatro di Harmony dall'altra parte della strada.

«Esatto» confermai mentre le staccavo gli occhi di dosso. «Proprio quello.»

Attraversammo la strada silenziosa e passammo sotto un arco squadrato in pietra bianca. Il teatro aveva una forma circolare ed era composto da vari livelli di gradini di cemento che correvano tutto attorno al perimetro, con un palco al centro. Qua e là c'erano blocchi di cemento sparsi, come decorazioni di arte astratta. L'erba verde circondava l'anfiteatro, o meglio, sarebbe stata verde una volta arrivata la primavera. Adesso il sole batteva nelle pozzanghere sul prato marrone e giallo.

«A volte ci vengo di notte» confessai. «A fumare da solo.»

«E immagino per quale motivo» commentò con le braccia allargate. «Perché Martin non ha messo in scena l'*Edipo* qui?»

«È troppo freddo a gennaio.»

«Ah, giusto. E in estate? Ci organizza qualche spettacolo?»

«No. È troppo costoso da affittare.»

«Cavolo» esclamò. «Te lo immagini? "Shakespeare al parco"?»

«Già» risposi, e in quel momento la immaginai senza sforzo costruirsi una vita qui. Un bel cottage e un'estate all'insegna di Shakespeare nel suo giardino sul retro, mentre io correvo più veloce che potevo nella direzione opposta.

«Piacerebbe anche a Marty» aggiunsi. «Sogna di espandere il programma del teatro con gli spettacoli all'aria aperta.»

«E perché non lo fa?» insisté mentre si arrampicava su uno dei blocchi di cemento. Si mise seduta e fece dondolare i piedi fuori.

«Non ci sono fondi» spiegai. Mi appoggiai al blocco, le spalle al livello dei suoi fianchi. «Non è sceso nei dettagli, ma pare che il precedente direttore del teatro non abbia gestito bene le finanze.»

«Sono messe tanto male?» chiese. E la sincera preoccupazione nella sua voce mi fece infiammare il cuore.

«Non saprei. Ma è un'altra ragione per cui devo andarmene. Qua non posso fare soldi, ma là fuori...» Con un gesto della mano indicai ovunque all'infuori di Harmony. «Ho una possibilità. Potrei dargli una mano.»

«Non dimenticherai da dove sei venuto» puntualizzò lei, la voce più dolce.

Mi strinsi nelle spalle, ma sorrisi tra me e me e tirai fuori il pacchetto di Winston. «Ti dispiace se fumo?»

«Sì e no.»

La guardai con la fronte aggrottata. Il sole, alle sue spalle, trasformava i suoi lunghi capelli mossi in un'aureola dorata.

Somigliava dannatamente a Lady Godiva.

Mi schiarii la voce. «Sì e no?»

«Sì, mi dispiace perché non ti fa bene. E no, non mi dispiace perché il fumo non mi dà fastidio.»

Per poco non misi via il pacchetto.

Non cominciare con la stronzata del migliorare se stessi, Pearce. Te ne stai per andare.

Tirai fuori una sigaretta dal pacchetto, me la infilai tra le labbra e l'accesi con il mio Zippo argentato. Nell'aspirare il primo tiro, notai una piccola X nera sui suoi jeans, all'altezza del ginocchio. «Che cos'è?»

«Niente» replicò, con un po' troppa fretta. «Quando mi annoio, scarabocchio. Paulson era proprio soporifero ieri.»

Annuii. Non ero esperto di vestiti, ma di sicuro i suoi jeans non venivano dalla cesta delle occasioni di The Outpost. Per un paio di pantaloni di marca ti chiedevano una novantina di dollari. Di certo non ti invogliavano a scarabocchiarci sopra col pennarello nero.

Dovevo lasciar perdere.

Presi un altro tiro e osservai l'anfiteatro. Mi piaceva venire qui di notte, quando le pietre bianche riflettevano la luce lunare.

Era il mio Stonehenge personale.

Alla luce del giorno, lo spazio riecheggiava di tutte le attività di Harmony: la fiera estiva, le occasionali cerimonie nuziali e quella della consegna dei diplomi, alla quale non ero stato invitato.

«Ho sentito dire che la consegna dei diplomi della George Mason si terrà qui» commentò Willow, come se mi avesse letto nella mente. «Tu ci andrai?»

«No.»

«E ti dispiace?»

«No.»

«E per quanto riguarda tutti gli altri eventi e le esperienze della scuola? Le partite di football...» Batté il piede contro il blocco di cemento. «I balli.»

Scrollai le spalle. «Ho diciannove anni. Ne ho abbastanza delle superiori.» Sollevai lo sguardo verso di lei. «Mi pare di ricordare che ci sia il ballo di primavera a breve. Ci andrai?»

Oh merda. Sembrava che la stessi invitando. Non andavo neanche più a scuola; non potevo certo invitarla. O sì?

«No, non ci andrò» scandì lentamente.

«Potrebbero esserci le prove quella sera» buttai lì, poi gettai a terra il mozzicone. «È per questo che te l'ho chiesto.»

«Vero. E comunque non mi ha invitato nessuno.»

«Justin non te l'ha ancora chiesto?» Finsi nonchalance, lo sguardo perso nell'anfiteatro, come se quella fosse una domanda innocente. Che esibizione da Oscar.

«Cosa? No. Justin e io siamo solo amici.»

«Ah, mi sembrava che...» Scossi la testa. «Non importa.»

«Che mi piacesse?»

Tornai a guardarla. «Che a lui piacessi tu.»

«Ah» esclamò, le sopracciglia aggrottate. «Oddio, spero di no. È abbastanza carino. Cioè, mi accompagna a casa dopo le prove, ma...»

Mi ritrovai a desiderare come un matto di sentire il resto della risposta, ed ero ben disposto a suggerire diversi modi su come continuarla.

È stupido come un mattone.

Non lo ammette, ma non sa leggere.

Scoreggia quando ride.

«Ma è come un fratello per me» concluse. «Immagino perché interpreti Laerte.»

«Sì» buttai lì. E il mio ego si batté il cinque da solo.

«Non... sono in vena di mettermi con qualcuno, al momento» continuò Willow, con voce nervosa. «O almeno per un bel po'.»

Udii un sussurro nel vento: *o mai più*. La pesantezza dei suoi occhi mi suggerì che aveva perso qualcosa e quasi rinunciato a cercarla.

Non ci aveva rinunciato, pensai, e un'intensa ammirazione esplose in me. *Era per questo che si era buttata nello spettacolo. Per ritrovare quello che aveva perso.*

In quel momento, giurai di cercare di mettere da parte tutte le stronzate egoistiche e la gelosia nei confronti di Justin. Il ballo di primavera era comunque fuori questione ormai. Anche volendo, e non volevo, non avrei potuto invitarla. Il mio compito era aiutarla, come meglio potevo, a trovare in *Amleto* quello che stava cercando. A costo di intaccare la mia foga di andarmene da Harmony.

Willow si schermò gli occhi dal sole e mi guardò. «E a te?»

«A me cosa?»

«Ti piace qualcuno?» mi chiese, la voce di mezzo tono più acuta del normale. Rise. «È proprio una domanda da ragazzi delle superiori.»

«No» risposi. «Se tutto va secondo i piani, me ne andrò da Harmony, ricordi? Sarebbe stupido iniziare una storia adesso.»

«Certo. Ha senso.»

Calò il silenzio.

«Sì, quindi probabilmente non andrò al ballo» aggiunse Willow. «Non sono più brava in quel tipo di situazioni.»

«Che tipo di situazioni?»

Scosse la testa. «Non importa. Dovrei rientrare.»

Willow iniziò a spingersi giù dal blocco. Le porsi una mano per aiutarla. Esitò per una frazione di secondo e poi l'afferrò. Allungai anche l'altra e strinse anche quella. Saltò giù e ci ritrovammo faccia a faccia. Abbastanza vicini da riuscire a vedere che i suoi occhi azzurri avevano delle striature ancora più chiare, color topazio. Abbastanza vicini da sentire la dolcezza del suo fiato, che sapeva di caffè con un accenno di zucchero. Abbastanza vicini da poter ballare, se lo avessimo voluto.

«Grazie» mi disse, con gli occhi fissi nei miei.

«Di nulla» risposi.

Continuavo a tenerle le mani e lei non cercò di staccarsi.

«Be', allora...» sussurrò, ancora immobile.

«Già.»

Abbassai lo sguardo sulle nostre mani. Non toccavo qualcosa di così morbido e piacevole da una vita. La manica del giaccone le si sollevò e notai un segno nero all'interno dell'avambraccio, vicino al polso. Quando le girai la mano, Willow trasalì. Una X, grande circa quanto una monetina, spiccava nitida sulla pelle chiara.

Tirò indietro la mano. «Devo davvero rientrare.»

L'istinto mi gridava di afferrarle di nuovo la mano, di chiederle il significato di quella X. Di leccarmi il pollice e cancellargliela dalla pelle. Non sapevo che significato avesse, ma la sua vista mi faceva rivoltare lo stomaco.

«Willow...»

«Scarabocchio quando sono annoiata. Te l'ho spiegato.» La sua voce era ferma, ma il sorriso vacillò. «Andiamo.»

Camminammo per il breve tragitto fino al centro senza pronunciare una sola parola. Arrivati davanti al teatro, Willow si sistemò la borsa in spalla e si guardò attorno. «Grazie per oggi. Penso che Martin sarà felice dei nostri progressi.»

«Lo penso anch'io.»

Gesù, lo sarebbe stato davvero.

«Allora, ci vediamo lunedì?» mi chiese.

«Sai come tornare a casa?»

«Oh, uh...» Non mi aveva ancora guardato negli occhi. «Stavo pensando di tornare a piedi.»

«Fino a Emerson Hills?» sbottai. «Sono quasi tre chilometri e si sta facendo buio.»

Sollevò le sopracciglia. «Non mi è permesso camminare al buio?»

«Ti è permesso» risposi. «Ma preferirei che evitassi.»

La sua espressione si addolcì. «Oh. Va bene. Allora vengo con te se non è un problema.»

«Non lo è.»

Mentre ci avvicinavamo al mio furgone nel parcheggio del teatro, ogni ammaccatura e ogni graffio sulla carrozzeria gridava per attirare l'attenzione. Una volta a bordo, Willow si sedette con lo sguardo fisso fuori dal finestrino. Stringeva forte la borsa, le maniche del cappotto tirate giù ben oltre i polsi.

Rimanemmo in silenzio lungo il tragitto fino a Emerson Hills, dove il paesaggio pianeggiante dell'Indiana veniva interrotto da qualche morbida collina. Superammo un piccolo belvedere affacciato sul centro di Harmony. Le case di questa zona erano enormi. Sembrava non fosse consentito costruire cottage o collocare case mobili. I giardini sul retro ospitavano stalle e alberi al posto di cataste di metallo arrugginito e deformato.

Willow mi indicò una strada. «Qui va bene» spiegò, con un lieve cenno della mano.

«Qual è la tua?» domandai mentre accostavo al marciapiede di fronte a una casa di mattoni marroni e pietre grigie.

«Perfetto qui, grazie» aggiunse. Afferrò la borsa e fece per aprire lo sportello, poi si fermò, la mano stretta attorno alla maniglia. «Grazie davvero. Non solo per il passaggio, ma per avermi mostrato l'anfiteatro e per la chiacchierata. Penso che sia stato d'aiuto.»

«Figurati.»

«È stato d'aiuto anche per te? Voglio dire, per quello che Martin ci ha chiesto?»

«Sì» risposi. «Lo è stato.»

Cercai in fretta e furia qualcos'altro di cui parlare, qualsiasi cosa che la trattenesse in macchina per un altro minuto...

«Va bene, allora» concluse lei, poi strinse la borsa. «Ci vediamo lunedì sera.»

«Sì. Ci vediamo.»

Scese dal pick-up e chiuse lo sportello, poi mi salutò con la mano dal marciapiede. Senza muoversi.

Stava aspettando che me ne andassi.

Generalmente, nulla mi avrebbe spinto ad allontanarmi dal marciapiede prima di saperla al sicuro dentro casa. Ma per quella volta feci un'eccezione e invertii la direzione per tornare alla periferia ovest della città, alla mia merdosa roulotte. Dallo specchietto retrovisore, scorsi Willow armeggiare con la borsa. Magari stava solo frugando alla ricerca delle chiavi di casa, ma ne dubitavo. E quando arrivai a svoltare l'angolo della strada, capii che la casa marrone e grigia di fronte alla quale l'avevo lasciata non era la sua.

17

Willow

Come al solito, alla lezione di inglese del lunedì mattina il signor Paulson era alla cattedra a frugare tra le sue carte. Angie era seduta al proprio banco, con i suoi jeans larghi, le Dr. Martens e una t-shirt nera con su scritto: *Sono una figa, ma piango un sacco.*

Quando mi notò, tirò fuori il cellulare, lo agitò nella mano e se lo portò all'orecchio con un'espressione perplessa.

«Pronto? Pronto? Funziona questo aggeggio?» Abbassò la mano e mi rifilò un'occhiata tagliente. «Era una domanda retorica, nel caso te lo stessi chiedendo. E sai come so che funziona? Perché le mie amiche *vere*, Caroline e Jocelyn, questo fine settimana mi hanno chiamato.»

«Scusami» sbuffai mentre mi infilavo nel banco. «Non me la sentivo di parlarne, okay? Non sempre mi va di parlare al telefono. Anzi, difficilmente mi va.»

«Capito. A molte persone non piace più parlare al telefono. È per questo che esistono i *messaggi.*» Si girò sulla sedia e si protese col braccio verso di me. «Hai detto che mi avresti chiamata quando ti ho accompagnata in centro. Per questo mi aspettavo che *mi avresti chiamata.* Ma così non è stato. Perciò ho dovuto chiamarti io. Ma non hai risposto. E così ho passato il fine settimana a pensare che Isaac Pearce ti avesse ammazzato e buttato il cadavere in un canale.»

«Non hai pensato questo» replicai, alzando gli occhi al cielo.

«Ti importa qualcosa di quello che ho pensato? Io credo di *no*». Si girò un secondo a guardare la cattedra, dopodiché si voltò di nuovo. «Senti, non so come funziona a New York, ma qui gli amici non spariscono ogni volta che ne hanno voglia.» Mise le mani avanti e mi mostrò i palmi. «Non sono una stalker, né tua madre né la baby-sitter. Ma avresti potuto mandarmi un messaggio. E non aggiungo altro.»

Tornò a guardare davanti a sé e questo fu tutto ciò che mi disse durante l'intera lezione.

E allora?, pensai, cercando di assumere l'atteggiamento di quella a cui non fregava assolutamente niente. Avevo smesso di investire energie nell'amicizia da tanto tempo ormai. I miei amici di New York mi avevano rivolto esattamente le stesse parole di Angie. Me le avevano ripetute centinaia di volte, finché uno alla volta si erano allontanati. Michaela, la mia migliore amica, era stata quella che aveva resistito più a lungo. Aveva avuto il sospetto che fosse successo qualcosa quell'estate, ma io mi ero rifiutata di parlarle a prescindere, nel timore che potesse venire fuori qualcosa sull'accaduto. Per il Ringraziamento, aveva già smesso di chiamarmi. Il suo ultimo messaggio risaliva alla settimana prima delle vacanze di Natale:

Michaela: Ti prego, parlami.

Non le avevo risposto. Quando ci eravamo trasferiti in Indiana, io e i miei genitori avevamo cambiato i nostri numeri di telefono e così avevo tagliato i ponti con tutti quelli che conoscevo prima. Mi ero cancellata con una X dalle loro vite. La schiena di Angie mi ferì più di quel che avrei pensato. Suonò la campanella e lei si precipitò fuori dalla classe senza nemmeno rivolgermi un'occhiata. Raccolsi la mia roba e la seguii agli armadietti. «Hai ragione» esordii. «Mi dispiace. Davvero. Tu ti sei comportata da vera amica con me e io mi sono semplicemente... dimenticata cosa volesse dire.»

Mi guardò in modo strano, poi tornò a frugare nell'armadietto in cerca dei libri per la lezione successiva. «Non avevi amici a New York? Mi risulta difficile da credere.»

«Avevo degli amici» confermai. «Ma poi a un certo punto non li ho avuti più. Ed è stato così per un bel po'. Finché non sei arrivata tu.»

Angie chiuse l'armadietto e si voltò verso di me, con il quaderno stretto al petto. «Perché è successo questo?»

Non riuscivo a guardarla in faccia. «Probabilmente doveva andare così».

Angie si afflosciò con un sospiro. «Lo sai, se c'è qualcosa di cui desideri parlarmi... sono qui. Va bene? Quando vuoi.» I suoi occhi scuri incrociarono i miei. «O... quando sarai pronta.»

Volevo spiegarle che non avevo niente di cui parlare. Ma quello che mi uscì dalla bocca con un filo di voce fu: «Grazie, Angie».

Lei annuì rapidamente, i lunghi ricci neri che le rimbalzavano sulle spalle. «Bene. E se abbiamo finito con le vecchie questioni, possiamo tornare alle nuove? E cioè il sensazionale non-appuntamento con Isaac Pearce?»

Un piccolo sorriso si palesò sulle mie labbra senza il mio permesso mentre ci avviavamo insieme nel corridoio. «È stato molto piacevole» confessai. «Isaac non è come credono le persone.» Angie mi lanciò un'occhiata allusiva e io le diedi una gomitata. «So cosa stai pensando, ma parlo sul serio. La gente lo dipinge come un criminale o un fissato con la recitazione, ma è un essere umano a tutti gli effetti. È molto intelligente e i suoi ragionamenti sono di un altro livello rispetto alla media...»

«Pare che vi siate trovati bene allora. Ma perché sembri così triste quando parli di lui?»

«Stava filando tutto liscio, quando due delle Barbie ci hanno visto prendere un caffè insieme. Temo che una di loro fosse Tessa Vance e che possa diffondere delle voci su di noi. Se mio padre scoprisse che ero con lui, mi ritirerà dallo spettacolo.»

«Mi sembra una preoccupazione legittima» rispose Angie. «Ma siamo *tristi* perché...?»

«Perché non posso parlarne con Isaac. Scoprirebbe che sono a conoscenza dei pettegolezzi su di lui e Tessa. E peggio ancora, si è offerto di riaccompagnarmi a casa dopo la giornata insieme, e arrivati nella mia via, gli ho chiesto di parcheggiare a mezzo isolato di distanza da casa per paura che mia madre lo vedesse. E *so* che ha capito che quella lì non era casa mia. L'ho fatto sentire di schifo per tutte le ragioni sbagliate, ma temo che lo ferirebbe di più sapere la verità. E cioè che mio padre mi proibisce di frequentarlo al di fuori del teatro.»

Angie aprì la bocca per parlare ma poi mi diede una gomitata e si avvicinò. «Tessa Vance è proprio laggiù» mi comunicò a denti stretti. «La tipa con i capelli castano-rossicci.»

Seguii la traiettoria del suo guardo verso le Barbie, in piedi vicino alla fontanella dell'acqua, e riconobbi subito le due ragazze di sabato.

«Merda, è lei.»

«E, merda, ci hanno beccate a guardarle» replicò Angie.

Tessa mi rivolse il sorriso più falso della storia e si mise palesemente a parlottare con le amiche, che si voltarono tutte a guardarmi con occhi granati e pieni di divertimento e sdegno.

«E sono fottuta» aggiunsi.

«Andiamo.» Angie mi prese a braccetto e mi scortò nel corridoio. «Non girarti.»

«Sono completamente fottuta. Non me ne frega niente di quello che pensano, ma se lei racconta qualcosa a suo padre...»

«E allora?» mi interruppe Angie. «Tu racconta al *tuo* che Tessa è una stronza bugiarda...» girò la testa all'indietro e urlò: «... *che non sa farsi gli affari suoi*».

La mia risata degenerò in un grugnito. «Come dovrei comportarmi? Ho bisogno di questo spettacolo.»

«Ne hai *bisogno*?»

«Mi ci sono... affezionata. Sia al regista che agli attori.»

«E a Isaac.»

«Sì, e allora? Comunque se ne andrà da Harmony tra qualche mese, perciò siamo solo amici. Possiamo solo e soltanto essere amici.»

Angie alzò gli occhi al cielo. «Le ultime parole famose.»

Col trascorrere delle ore, mi convinsi sempre di più che Tessa avrebbe spifferato tutto al padre. Quella stupida paranoia si autoalimentò, accresciuta dalla paura che mio padre mi ritirasse dallo spettacolo. Ad Angie avevo detto la verità. Avevo bisogno dell'*Amleto*. Non avevo ancora trovato ciò che cercavo in Ofelia, ma sentivo che era vicino, all'orizzonte, come le prime luci dell'alba in un nuovo giorno. Un sole di ottimismo che sorgeva nonostante l'oscurità sempre presente che mi circondava.

E Isaac? Ritrovarsi accanto un'altra Ofelia avrebbe potuto compromettere la sua performance. Non volevo essere responsabile dell'interruzione del flusso o di qualsiasi processo di creazione mettesse in atto. Ci sarebbero stati degli agenti a vederlo recitare. Aveva già abbastanza di che preoccuparsi. L'ultima cosa di cui aveva bisogno erano le conseguenze dei ridicoli pregiudizi di mio padre.

Quando suonò la campanella, presi l'occorrente per i compiti a casa dall'armadietto e lo richiusi. Trasalii con un gridolino quando mi accorsi che Justin Baker era in piedi accanto a me, appoggiato con nonchalance alla fila di armadietti.

«Ehilà» mi salutò. «Mi sei mancata sabato, ma stasera vieni alle prove, vero?»

«Sì, certo» risposi.

Appena mi sarò ripresa dal mini infarto che mi hai appena provocato.

«Bene.» Si mise a studiare il corridoio e gli studenti che gironzolavano in tutte le direzioni: un principe pigro che sorvegliava il proprio regno. «Senti, ci sarà un ballo tra qualche settimana. La Festa di Primavera, hai presente?»

«Sì» replicai lentamente. «Ne ho sentito parlare.»

«Bene» ripeté Justin. «Credi che Martin ci esonererà dalle prove per permetterci di partecipare?»

«Io... non lo so.»

Indietreggiai e scrutai il bel viso di Justin. Capelli biondi, occhi azzurri e sorriso gentile. Non c'era niente di minaccioso in lui, ma del resto non c'era niente di minaccioso nemmeno in Xavier.

Oltre le spalle di Justin notai Tessa, Jessica e un paio di altre ragazze che mi stavano osservando.

«E allora? Ti andrebbe?»

«Mi andrebbe cosa?»

Rise, perplesso. «Di venire con me al ballo.»

Non era nemmeno una domanda.

«Venire al ballo...?»

Un ballo. Corpi che si sfiorano al buio. Musica pulsante.

Una mano sul mio fianco. Delle labbra al mio orecchio: "Posso portarti qualcosa da bere?"

Scacciai via i vecchi ricordi. Provavo un desiderio disperato di essere normale e vivere esperienze normali. Volevo partecipare al ballo. Volevo andare a comprare un bel vestito e avvertire la fitta di impazienza allo stomaco non appena il mio partner fosse arrivato sulla soglia di casa, con un fiore in una scatolina di plastica.

Ma in quella breve fantasia immaginai che mamma avrebbe aperto la porta e cinguettato su come stesse bene con lo smoking il mio compagno, e mio padre gli avrebbe stretto la mano prima di invitarlo a entrare in casa. Io sarei scesa dalle scale e avrei capito che c'era Isaac ad attendermi, tutto sorridente...

Battei le palpebre e tornai a focalizzarmi sul sorrisetto pieno d'aspettativa di Justin.

«Ehm, veramente io... non sto cercando nessuno... con cui avere una storia seria. Non che tu mi stia chiedendo di fare sul serio. Cioè...»

Il sorriso di Justin divenne sempre più grande e si appoggiò ancora di più all'armadietto, come se fosse abituato a interagire con ragazze balbettanti davanti al suo cospetto.

«Ottimo» replicò. «Possiamo andare al ballo come amici, e... vedere cosa succede.»

Quando notai il fugace luccichio nei suoi occhi mi si strinse lo stomaco, e il soffitto tutto a un tratto mi sembrò a un centimetro dalla mia testa.

«Dobbiamo chiedere a Martin...»

«Che combinate, ragazzi?» domandò Angie, prima di scivolare al mio fianco e rivolgere a Justin un'occhiata fredda, che lui ricambiò con un sorriso affabile.

«Niente di che» rispose lui. «Stavamo solo approntando i dettagli per la Festa di Primavera.»

Gli occhi di Angie divamparono e ci indicò a turno con il dito. «*Voi due* andrete al ballo insieme?»

Aprii la bocca per parlare.

«Sì, è così» rispose subito Justin. «Ne parliamo meglio alle prove. Ora devo andare.» Mi salutò con un'alzata di mento. «A stasera.»

«Sì... ciao» replicai io.

«Ciao» ripeté Angie, dopodiché mi trascinò fuori dalla scuola. «Sono *veramente* confusa. Justin?»

L'aria pungente di quel pomeriggio di inizio primavera mi aiutò a riprendermi.

«Be'... sì. Perché no?» ribattei mentre cercavo di ricompormi. «Così Tessa non potrà più raccontare fesserie in giro, giusto? E... quando Justin si presenterà a casa mia, mio padre impazzirà di gioia e si metterà a scodinzolare come un cagnolino. Non dovrò più preoccuparmi delle sue minacce riguardo al ritirarmi dallo spettacolo. Sì. È un piano perfetto.»

Angie sembrava dubbiosa. «Immagino di sì, ma per un attimo, prima, ho creduto che tu fossi in difficoltà con lui...»

Mi fermai. «*Non* lo ero» risposi a voce un po' troppo alta. «E spetta a me dirlo. Sono libera di andare al ballo con chi voglio.»

Tranne che con Isaac.

Mi sforzai di calmarmi. Isaac aveva specificato chiaramente che aveva chiuso con la scuola. Se volevo la normalità, avrei dovuto andare a prendermela. Proprio come mi aveva consigliato anche lui.

«Va bene, va bene» si arrese Angie. «Ma, Willow...»

«Andremo solo come amici. Tutti noi. Tutti insieme. Tu e Nash, e Joc e Caroline, no? Andremo tutti insieme, d'accordo? Ti prego.»

Le sopracciglia di Angie si unirono sulla fronte. «Sì, certo» rispose lentamente. «Se è questo che vuoi.»

«Sì, è questo. Certo che lo è.»

Essere normale.

Era questo che volevo.

Era tutto quello che avevo sempre voluto.

«Willow, cara» mi chiamò Martin dal palco. «Puoi salire qua sopra?»

Le prove non erano ancora iniziate. Il cast gironzolava nella sala e chiacchierava a bassa voce. Isaac era sul palco con Martin. Non appena salii i gradini per raggiungerli, il mio sguardo si posò sulla sua figura alta e slanciata, eppure muscolosa. Se ne stava lì con le braccia conserte, le lunghe gambe avvolte nei jeans, ai piedi i logori scarponi neri, la maglietta bianca tirata intorno ai bicipiti.

Perché notavo questi dettagli di lui? Perché non riuscivo a distogliere lo sguardo?

«Stavo giusto parlando con Isaac della vostra uscita di sabato» esordì Martin. «Non è stata poi tutta questa tortura, no?»

«Sono sopravvissuta» risposi, e azzardai un sorrisetto verso Isaac.

Lui rispose con un lieve e disinteressato cenno del mento, ma l'espressione dei suoi occhi grigio-verdi era intensa mentre mi squadrava. Le sue labbra – sempre serrate – si schiusero leggermente, dopodiché distolse di colpo lo sguardo. «Sì, è andata bene» aggiunse. «Molto bene.»

«Molto bene?» domandò Martin, le sopracciglia sollevate in un'espressione di divertita incredulità. «Avete sentito, gente? In questo giorno memorabile, Isaac Pearce ha dichiarato che qualcosa è andata *molto* bene.»

«Piantala, Marty.»

Martin mi strizzò l'occhio. «Questo mi lascia ben sperare.» Poi aggiunse, a voce più alta: «Ora ripassiamo i dialoghi della seconda scena del terzo atto».

Grazie ai pomeriggi passati in biblioteca con il copione e il Bignami davanti, l'opera non mi sembrava più un insieme di versi incomprensibili. Ormai avevo preso familiarità con tutti gli atti che la componevano. La scena che Martin voleva ripassassimo era una recita nella recita, con Amleto che dirigeva un gruppo di attori per mettere in scena l'assassinio di suo padre. Durante la rappresentazione, Amleto torturava Ofelia con battute salaci e sarcastiche. Due file di sedie vennero posizionate sul lato destro del palco, rivolte verso sinistra e ruotate appena, in modo che gli attori non fossero seduti di profilo rispetto agli spettatori. Il re e la regina erano seduti in prima fila. Io ero dietro di loro, e accanto a me c'era una sedia vuota. Isaac attese dietro le quinte il segnale per entrare.

Questa scena la sapevo a memoria, e anche Isaac. Era la prima volta che recitavamo senza il copione e non sapevo come muovere le mani.

«Tocca a te, Amleto» enunciò Martin. Aveva assunto la sua solita posa: un braccio piegato all'altezza del petto e il gomito dell'altro appoggiato sopra, le dita sulla bocca.

Isaac emerse dall'ombra delle quinte, gli occhi spalancati e un sorriso largo e stridente, che nella vita reale non sfoggiava mai.

Martin lo imbeccò con la battuta di Gertrude: «*Vieni, caro Amleto, siediti vicino a me*».

Lo sguardo folle di Isaac ricadde su di me e si addolcì. «*No, madre mia. Qui c'è merce più attraente.*»

Mi si avvicinò in fretta e si inginocchiò ai miei piedi. Aveva assunto un'espressione da finto innocente, ma gli occhi erano tempestosi e malvagi.

«*Mia signora, posso coricarmi sul vostro grembo?*»

Sobbalzai e mi raddrizzai sulla sedia, lo sguardo avanti, le mani giunte. «*No, questo no, mio signore.*»

«*Voglio dire: con la testa sul vostro grembo*» si corresse, prima di dare seguito alle sue parole e appoggiare la guancia sulla mia coscia.

Venni attraversata da un brivido che si sprigionò dal punto in cui il suo corpo sfiorava il mio, poi scivolò un po' lungo lo stinco e un po' tra le mie gambe per accomodarsi infine proprio là, con una sensazione di calore. Il mio primo contatto fisico con l'altro sesso dall'episodio con X. Il mio corpo, al posto di irrigidirsi o chiudersi a riccio, sembrò apprezzare la sensazione del peso della testa di Isaac sulla coscia, la barbetta scura che risaltava sui miei jeans bianchi.

Arrossii quando sussurrai: «*Sì, mio signore*».

Isaac si voltò per posare il mento sulla mia coscia. La scena richiedeva che mostrasse un presunto sdegno celato sotto un falso umorismo, ma la sua interpretazione virava al flirt.

«*L'avete intesa a un altro modo, eh?*»

Dal mio Bignami sapevo che, qui, l'allusione era al sesso.

Il mio rossore aumentò e mi raddrizzai ancora di più sulla sedia. «*Non ho pensato a nulla, mio signore*» ribattei, con la mente fissa sul pensiero dei suoi folti capelli castani e sulla voglia che avevo di affondarvi le dita.

«*Bella idea, mettersi tra le gambe delle ragazze.*»

Dio, mi sentii avvampare di nuovo, proprio in *mezzo* alle gambe, come se me lo avesse ordinato la sua voce.

«*C-che dite mai, mio signore?*» balbettai.

«*Oh, nulla, nulla!*» rispose lui.

Cercai di ricordare che Amleto stava giocando coi sentimenti di Ofelia, ma la battuta successiva mi uscì con una risatina provocante. «*Siete di buon umore.*»

Isaac sorrise deliberatamente. «*Chi, io?*»

«Sì, di buon umore» intervenne Marty, che infranse quel momento come una martellata. «Un po' troppo di buon umore, mi sembra. Adesso vi do qualche piccolo suggerimento.»

Isaac indugiò qualche altro secondo, poi sollevò la testa dalla mia gamba e si mise seduto sulla sedia vuota accanto a me. Io posai la mano nel punto che aveva appena lasciato scoperto, per assaporare ancora un po' il suo calore.

Martin si sfregò il mento. «Sono contento dei vostri progressi. Riesco a percepire la differenza nel vostro modo di rapportarvi, la familiarità.» Si voltò verso Isaac. «Ma tu sei troppo gentile.»

Isaac emise un verso stizzito. «Io sono troppo gentile?»

«C'è una prima volta per tutto» buttai lì.

Mi diede una spallata con fare scherzoso, senza guardarmi, ma sfoggiando il suo sorriso alla Edipo durante gli inchini finali e che aprì una crepa nel mio blocco di ghiaccio. Un fascio di luce nel buio. Capii che mi aveva perdonato per non avergli mostrato dove abitavo, e detestai ancora di più di non aver potuto essere sincera.

Non volevo nasconderlo al mondo.

Con lui stavo bene.

«La volta scorsa, Isaac, eri troppo arrabbiato» spiegò Marty. «Stavolta troppo gentile. Torna a essere arrabbiato, ma aggiungici i sentimenti che provate l'uno per l'altra, in base a quello che avete costruito sabato.»

Isaac annuì. «D'accordo, va bene.»

Martin si voltò verso di me. «Willow, mi piace il tuo nervosismo. Ofelia è una donna onesta e Amleto si comporta in modo piuttosto inappropriato per essere un principe. La tua rigidità e il turbamento iniziale erano perfetti. Ma poi... come posso dirtelo senza essere indelicato? Sembravi eccitata.»

Sgranai gli occhi e una scarica elettrica mi percorse la schiena.

Martin guardò Isaac. «Anche tu sembravi preso in quel senso, ora che ci penso. Al momento, quello che ne è venuto fuori sembrava una scena di *Romeo e Giulietta.*»

Non riuscendo a guardare Isaac, i miei occhi cercarono rifugio in platea. Trovarono Justin seduto in prima fila con Rosencrantz e Guildenstern – due colleghi attori con cui aveva stretto amicizia – che mi osservava perplesso.

«Se dovessimo descrivere le emozioni di questa scena secondo la metafora di un castello,» aggiunse Martin, che riuscì a catturare di nuovo la mia attenzione, «le fondamenta sono l'amore. Le rovine di suddetto amore sono al piano terra. Al primo piano c'è la follia. E in soffitta, una dose salutare di tensione sessuale. D'accordo?»

Martin lanciò un'occhiata al suo orologio. «Cavolo. Il sindacato degli attori esige una pausa.» Batté le mani. «Bene. Avete cinque minuti.»

Isaac e io rimanemmo da soli sul palco, il fitto silenzio calato tra di noi parlava più di mille parole.

I sentimenti che provate l'uno per l'altra...

Sembravi preso in quel senso...

Sembrava una scena di Romeo e Giulietta...

«Be'» buttai lì alla fine. «Martin è un regista davvero... esuberante, eh?»

Isaac si grattò la nuca. «Sì, ha delle idee stravaganti.»

«A me piacciono le sue idee» aggiunsi. «Cioè, lui. Mi piace lui.»

Isaac mi guardò negli occhi. «Sì, anche a me.»

Quell'istante mi fulminò, con i suoi occhi grigio-verdi così intensi nei miei e le luci gialle del palco che ci scaldavano. Poi Martin batté le mani per attirare la nostra attenzione e io trasalii di brutto.

«A Martin piace anche battere le mani» continuò Isaac. «Parecchio.»
Risi. «L'ho notato.»

«Solo un amichevole promemoria sulla memorizzazione. Sono passate due settimane» annunciò Martin. «Come sta andando il graduale abbandono del copione?»

Tra il mormorio generale, ci fu chi annuì e chi emise un lamento. Len Hostetler si agguantò la gola con entrambe le mani e finse di morire strozzato, poi sfoderò un ampio sorriso e tirò su il pollice. «Alla grande, Marty.»

Justin alzò la mano. «Ho una domanda. Io e Willow andremo alla Festa di Primavera il prossimo venerdì sera. Sarebbe possibile saltare le prove?»

Provai una fitta gelida all'altezza della bocca dello stomaco, che subito si diffuse nel resto del corpo. Guardai Isaac e lui guardò me. Per mezzo secondo, il fastidio nei suoi occhi fu evidente. Una barchetta fluttuava tra le onde grigio-verdi dei suoi occhi, e lentamente prese ad affondare. La sua espressione divenne impassibile e i suoi occhi si spostarono altrove.

«Devi per forza concederglielo, Herr Direktor» intervenne Len, la voce tonante.

«Sì» aggiunse Lorraine. «Il ballo di primavera è al primo posto delle esperienze che si vivono alle superiori.»

«Per questa volta farò un'eccezione» si pronunciò Martin, con la fronte un po' aggrottata. «Ma posso concedervi solo una serata. Qualcun altro? Abbassa la mano, Len.»

Si misero tutti a ridere e Justin sembrava compiaciuto. Il peso del senso di colpa e l'imbarazzo erano così schiaccianti che non riuscivo a guardare Isaac.

Perché mi sentivo in colpa?

Presto lui se ne sarebbe andato. Lui stesso aveva specificato di aver chiuso con la scuola...

«Okay» concluse Martin con un battito di mani. «Torniamo al lavoro. Willow? Isaac?»

Riprovammo la scena, stavolta senza flirtare. Nessuna gentilezza. Isaac recitò le sue battute con sdegno malcelato. Un principe ferito che si prendeva gioco della compagna che l'aveva tradito. La sua testa sulla mia gamba sembrava una pietra pesantissima.

Adesso non stavamo interpretando un ruolo. Eravamo semplicemente noi stessi.

Era bastato un sabato pomeriggio per stabilire una connessione. Isaac mi aveva confidato delle informazioni private. Lo avevo lasciato avvicinarsi alla mia storia più di chiunque altro. Il tempo che avevamo trascorso insieme aveva gettato le fondamenta della scena. Il fatto che io andassi al ballo con Justin rappresentava il tradimento. Il dolore di Amleto era quello di Isaac. Il rimpianto di Ofelia era il mio.

Quando finimmo di recitare la scena, Martin batté di nuovo le mani, ma stavolta per applaudirci.

«Perfetta» enunciò. «Questa era perfetta. Aggiunge molta più dimensione alla scena. Bel lavoro. Andiamo avanti...»

Finite le prove, mi affrettai a recuperare la mia roba e a uscire. Poi ricordai che Justin doveva riportarmi a casa. Infatti, mi stava aspettando all'ingresso del teatro, tutto compiaciuto e trionfante. Lo odiai un po' per questo.

Aprii la borsa e cercai di ficcarci dentro troppo in fretta il copione, che cadde a terra. Tre anelli del raccoglitore si aprirono e le pagine si sparpagliarono sul pavimento, così mi inginocchiai a raccoglierle. Una figura si accovacciò al mio fianco e subito percepii l'odore di carburante, dopobarba e sigaretta.

«Mi sembrava che avessi detto di non avere voglia di andarci» esordì, la mandibola tesa.

Tu hai detto di aver chiuso con la scuola, avrei voluto gridare.

«Ho cambiato idea» risposi, il mento sollevato all'infuori. «Mi è consentito, no?»

Emise una risata breve e dura. «Sì, certo.»

Fece per passarmi le pagine del copione, poi rimase pietrificato, le sopracciglia sollevate di fronte alla striscia di piccole X sui margini, come un'infestazione di insetti.

«Le prove sono così noiose?»

«No. Sono solo scarabocchi.»

«Credevo che scarabocchiassi quando sei anno...»

«Ti prego, dammeli.»

Le linee dure e spigolose della sua espressione si ammorbidirono quando mi passò i fogli. Quasi con riluttanza. Come se non volesse ridarmi indietro tutte quelle X nere.

«Buonanotte, Willow» mi salutò con tono pacato mentre si alzava in piedi.

«Buonanotte, Isaac» risposi, ma se ne era già andato.

18

Isaac

«Come cazzo te ne esci, Marty?» sbottai quando se ne furono andati tutti. «Preso? Sembravo preso, porca puttana?»

Martin si limitò a guardarmi placidamente. «Non ho intenzione di cambiare il mio modo di dirigere lo spettacolo» enunciò. «Io mi limito a descrivere ciò che vedo, ma speravo...»

«Lascia perdere le speranze. Dirigi il tuo spettacolo come ti pare, ma piantala di giocare al gioco delle coppie qui dentro.»

Il suo sguardo si indurì e incrociò le braccia al petto. «Io descrivo solo ciò che vedo» ripeté. «E, se permetti, lo sfrutterò sempre per migliorare le scene.» Avanzò di un passo. «Su questo dovrai rassegnarti, ma c'è qualcosa su cui non dovresti rassegnarti con *lei.*»

«È troppo tardi, Marty» spiegai mentre sbollivo la rabbia. «Me ne andrò da Harmony. Che i tuoi talent scout mi offrano un contratto oppure no.»

«Spero che troverai quello che stai cercando, quando te ne sarai andato. Ma spero anche che tu non ti perda quello che hai davanti a te.» Mi batté una pacca sulla spalla. «Non è mai *troppo tardi.* Quelle due parole sono le più micidiali che l'umanità abbia creato per abbattere la propria speranza.»

Aprii la porta della roulotte e trovai papà svenuto sul divano, una sigaretta ancora accesa nel posacenere sul tavolino. Aveva usato a mo' di sottobicchiere una pila di bollette non pagate e macchiate di birra e whisky e dei resti della cena da asporto. Se la disperazione avesse un odore, saprebbe di birra stantia, grasso e di portacenere stracolmo di mozziconi.

«Non è troppo tardi per togliermi dalle palle» borbottai.

Ma invece di preparare le valigie e andarmene da Marty, spensi la sigaretta ancora fumante e le luci.

La mattina seguente, mi versai il latte nella ciotola coi cereali e li mangiai in piedi nel cucinotto. Papà alla fine si svegliò, si drizzò e mi osservò con occhi assonnati mentre si grattava la barba sul mento. «Vai al lavoro?»

«Ho il giorno libero.»

Si mise seduto sul divano. «Ti prendi la giornata libera?»

Mi irrigidii, ogni muscolo e nervo del mio corpo schizzò sull'attenti. Aveva voglia di litigare e non si era nemmeno ancora alzato dal divano.

«Non mi *prendo* la giornata libera, papà» specificai con calma. «Il martedì non lavoro.»

La carrozzeria di Braxton dove ero impiegato avrebbe voluto che lavorassi a tempo pieno, ma io dovevo alternare il lavoro lì con quello al teatro. Questo, papà non era necessario che lo sapesse.

Mangiai in fretta e furia i cereali.

«Che combinerai tutto il giorno? Andrai alle prove per quello stupido spettacolo per pavoneggiarti in calzamaglia mentre sputi fuori una marea di stronzate che nessuno capisce?»

«Sì, papà, è esattamente quello che farò» ribattei.

Mi fissò per un istante e io ricambiai il suo sguardo.

«Non fare il furbo con me» pronunciò a voce bassa, come il rombo di un tuono in lontananza prima del temporale.

Continuò a fissarmi per qualche altro secondo, poi grugnì. Prese l'accendino e cominciò a rovistare sul tavolino in cerca del pacchetto di sigarette. Con la frustrazione che montava, continuò la sua ricerca, rovesciando bottiglie vuote e lattine di birra. Alla fine imprecò tra i denti e mandò con le gambe all'aria il tavolino. Mozziconi, cenere, bottiglie e lattine rovinarono a terra.

«Cristo, papà.»

Poggiai la tazza in cucina e presi il cestino della spazzatura da sotto il lavello. Mi inginocchiai e cominciai a ripulire quel macello.

Ancora seduto sul divano, papà si protese verso una lattina vuota e la lanciò nel cestino. Poi afferrò il collo di una bottiglia e me la sbatté su un lato della faccia.

«*Tu non lo fai il furbo con me*» strillò mentre brandiva la bottiglia.

Lo fissai, il cuore che era andato a sbattere contro la gabbia toracica. Il respiro divenne affannato e sentii il lato destro della mia faccia gonfiarsi.

A ogni battito, lo sentivo pulsare con fitte di dolore sullo zigomo e sotto l'occhio. Il sangue mi gocciolava sulla guancia.

Con un urlo furioso, gli strappai di mano la bottiglia, lo presi per i polsi e glieli piantai sul petto. Lo spinsi indietro sullo schienale del divano e lo schiacciai con tutto il mio peso, la faccia a pochi centimetri dalla sua. Il sangue che mi gocciolava dalla guancia gli macchiò la camicia a quadri.

«Non azzardarti mai più» gli urlai a denti stretti. «*Mai più, cazzo.*»

In passato mi avrebbe colpito con potenza col suo pugno di acciaio perché avevo sempre la guardia abbasata.

Ma adesso ero più robusto di lui, perciò non osò opporsi e un lampo di paura gli attraversò lo sguardo.

Gli diedi un ultimo strattone e mi alzai. Lo guardai dall'alto per qualche minuto e cercai di ricordare l'ultima volta che non mi aveva guardato con disprezzo. L'ultima volta che lui, mia madre e io eravamo stati insieme, felici. Mi ero impresso nella mente una foto di noi tre, ma adesso ricordavo solo me e mia madre. L'uomo che era stato mio padre era svanito da quell'immagine.

Andai in bagno. Alle mie spalle, papà annaspava e cercava di riprendere fiato mentre imprecava sottovoce. Sbattei la porta per chiuderla e guardai il mio riflesso nello specchio.

«Gesù Cristo.»

Lo zigomo destro era gonfio e tumefatto, mentre dal taglio di un centimetro usciva ancora sangue. Una grossa chiazza rossa macchiava la mia t-shirt bianca. Presi l'asciugamano dal lavandino e tamponai la ferita con acqua fredda per ripulire la guancia. Con tutta probabilità sarebbero serviti dei punti, ma non volevo dover pagare le spese mediche. Doveva esserci una scorta di cerotti a farfalla da qualche parte. Ci vollero tre tentativi per aprirne uno abbastanza in fretta prima che il sangue rendesse la pelle troppo scivolosa. Ne aggiunsi un secondo accanto al primo e coprii il tutto con un cerotto normale.

La faccia mi pulsava ovunque, adesso, e sarebbe rimasta gonfia per un altro paio di giorni. Un altro paio di prove in cui i compagni di teatro mi avrebbero guardato con pietà, senza chiedermi cosa fosse successo, perché sapevano già. Marty, invece, mi avrebbe preso da parte e mi avrebbe ripetuto che la sua porta era sempre aperta. La sua offerta era lì pronta ad aspettare di essere colta.

Mentre osservavo il mio riflesso, mi chiesi perché accidenti non l'avessi ancora accettata.

Quando uscii dal bagno, capii il motivo. Mio padre era seduto sul divano, le mani sulle gambe, gli occhi che fissavano il vuoto. Tristi e persi. Chiazze secche del mio sangue gli imbrattavano la camicia verde a quadri.

Alzò la testa e i suoi occhi scattarono subito sulla mia ferita. Scorsi il rimorso e il dolore attraversargli il volto prima che distogliesse lo sguardo in fretta.

Infilai il copione di *Amleto* nello zaino, presi le chiavi della macchina, le Winston e la giacca. Tornai al tavolino davanti al divano e afferrai il telecomando, lui trasalì convinto che stessi per colpirlo. Quel gesto mi fece più male della ferita sulla faccia.

«Vuoi vedere il telegiornale?»

Annuì, così accesi la televisione e uscii.

Camminai fino all'estremità est della discarica di auto, diretto al furgone ribaltato vicino alla recinzione di metallo. Nel mentre, accesi una sigaretta e aspirai con avidità. Lasciai uscire il fumo lentamente, desideroso di calmare i nervi. Mi fermai quando sentii Benny canticchiare.

«Accidenti, Benny.»

Si udì un colpo e un'imprecazione. Benny uscì fuori con una mano a sfregarsi la testa.

«Porca miseria, mi hai fatto venire un infarto.»

«Perché non sei a scuola?»

Si strinse timidamente nelle spalle, lo sguardo a terra. «Non lo so» rispose. «Non voglio andarci.» Sollevò gli occhi dalle scarpe e li spalancò. «Che ti è successo?»

«Lo sai cosa mi è successo» risposi. «Invece voglio sapere cosa succede a te. Non puoi *non* andare a scuola.»

«Perché no?» ribatté. «Tu non ci vai a scuola.»

«Io sono rimasto a scuola finché non mi hanno sbattuto fuori e ora sosterrò un esame per terminare gli studi. Tu sei in terza media. Se non ci vai, il tuo futuro sarà uno schifo.»

«Va bene, va bene» replicò, senza troppa convinzione. Non riuscivo a persuaderlo e non sapevo come riuscirci, né con le azioni né con le parole. Non sapevo cosa dirgli. Non ero il suo papà. Ero solo il suo vicino con il padre ubriaco.

E all'improvviso mi sentii stanchissimo. Esausto fino al midollo.

«Hai voglia di aiutarmi con le battute?»

«Non mi porterai a scuola?»

«Non posso accompagnarti ogni giorno della mia vita, Benny, e comunque non serve a niente se non ti convinci che è importante. Hai presente lo spettacolo che sto preparando? Quello è importante per me. Perciò, sì, il tuo aiuto mi sarà utile.»

«Sì, certo.»

Gli passai il copione e si sedette sulla ruota del camion. «Da dove partiamo?»

«C'è il segno.»

Aprì il raccoglitore alla pagina con l'orecchia. «Essere o non essere?»

«Esatto» confermai prima di aspirare un'ultima boccata di fumo. Dopodiché buttai il mozzicone a terra e lo schiacciai. «Non reciterò, ma ripeterò solo le battute.»

«Sono pronto» confermò Benny.

Mi spostai nello spiazzo al centro della discarica e chiusi gli occhi.

"*Essere o non essere. È questo il problema.*
Se sia meglio per l'anima soffrire
oltraggi di fortuna, sassi e dardi,
o prender l'armi contro questi guai
e opporvisi e distruggerli.»

Sprofondai nelle spalle. «*Morire, dormire*» pronunciai con un filo di voce. «*Morire, dormire, sognar forse.*»

«Hai saltato un sacco di roba.»

«Lo so.»

«Che vuol dire?» indagò Benny, la voce sommessa.

«Amleto si sta chiedendo se vale la pena. Andare avanti o no.»

«E vale la pena?»

Non lo sapevo. A volte proprio non lo sapevo.

«Qual è la prossima battuta?» gli domandai.

«*E qui è l'incaglio*» lesse Benny, poi arricciò il naso e ridacchiò.

Andai avanti con il monologo, e Benny mi interrompeva di tanto in tanto per correggermi. Arrivai alla fine, al momento in cui entrava in scena Ofelia, e lì mi ammutolii. La testa mi si riempì di pensieri su di lei.

La immaginai avanzare sul palco – cioè questo schifo di discarica – così bella e fragile, ma anche forte e resiliente.

Benny pensò che mi fossi dimenticato le battute. «*Possa tu, Ninfa, nelle preghiere ricordare i miei peccati.*» Storse di nuovo il naso. «Che significa?»

«Significa,» spiegai, «che, anche se lei non può sentirlo, Amleto le sta chiedendo di ricordarlo in tutte le sue preghiere. È come se le stesse dicendo addio.»

«Se ne sta andando?» mi domandò.

«Sì» replicai, e quella parola mi uscì dalla bocca come un macigno. «E lui non può portarla con sé.»

Mi avvicinai a Benny, presi il copione dalle sue mani e lo richiusi.

«Benjamin, se tu fossi mio amico, andresti a scuola. Lo faresti per me e per tua madre. Devi prenderti cura di te stesso, perché nessuno lo farà per te. Tua madre si impegna al massimo, ma la tua vita è nelle tue mani, alla fine.»

«Dove te ne vai?» mi chiese Benny mentre ricacciava indietro le lacrime.

«Starò da alcuni amici per un po' e, dopo l'ultima di *Amleto*, me ne andrò da Harmony.»

«Ci rivedremo?» La sua voce tremava, adesso.

«Ma certo. Mi vedrai in giro. E prima di andarmene verrò a salutarti.»

Benny tirò su col naso e se lo pulì con la manica della maglia. «È uno schifo, amico» ammise. «Ma sono contento per te. Mi mancherai.»

Allungai il braccio e agitai la mano sui suoi capelli corti. «Forza. Ti porto a scuola.»

Lasciai Benny alla scuola media Elizabeth Mason, poi tornai alla roulotte, la testa ancora affollata di pensieri su Willow e sulla pagina del suo copione ricoperta di piccole X nere.

Non le avrei domandato nulla.

Non mi doveva niente.

Ma le avrei offerto il meglio di me nello spettacolo. L'avrei aiutata ad arrivare alla fine, a raccontare la sua storia e a trovare quel sollievo di cui mi aveva parlato. E una volta finito tutto, me ne sarei andato.

Quando rientrai, papà era nella sua stanza con la porta chiusa. Andai direttamente nel buco che era la mia e ficcai ciò che possedevo in un borsone. Non era molto. Entrava tutto in un bagaglio piccolo.

Mi soffermai un attimo fuori dalla porta di mio padre. Sollevai la mano per bussare, ma poi la riabbassai. Alla fine strappai una pagina dal copione e sul retro scrissi:

Pagherò le bollette e ti manderò i soldi. Tu non dovrai preoccuparti di niente.
Isaac

Poggiai il biglietto sul tavolino, che adesso ospitava solo il portacenere e un pacchetto di Winston. Giusto per essere sicuro, posizionai il foglio accanto alle sigarette, così lo avrebbe letto per forza.

Dopodiché me ne andai.

Guidai fino al quartiere oltre l'anfiteatro. Lì le strade erano circondate da ampie case accoglienti, la maggior parte risalenti all'epoca della Guerra Civile. Bussai alla porta della casa di mattoni rossi dei Ford, quella con la recinsione in ferro battuto. Ad aprire la porta venne Brenda, i capelli e il grembiule sporchi di tinta, un sorriso a trentadue denti. La sua espressione si riempì in fretta di scioccata preoccupazione non appena notò i miei vestiti macchiati e la guancia gonfia.

Abbassò lo sguardo sulla borsa che avevo in mano e il bagaglio dietro di me. Il suo volto fu attraversato da una miriade di emozioni: dispiacere, preoccupazione e, infine, sollievo.

«Vieni pure, Isaac» mi accolse, e spalancò la porta per me. «Entra.»

19

Willow

Mercoledì pomeriggio, Angie e io andammo da Roxy, un negozio di abbigliamento da donna al centro commerciale di Braxton.

«La tua missione,» annunciò Angie, «che tu lo accetti o meno, è trovarmi un vestito che non dia l'impressione che mi sia impegnata più di tanto per apparire figa.»

«Potrebbe essere difficile trovare un abito elegante con una frase a effetto stampata davanti» la provocai, e indicai con un cenno del mento la sua maglietta, che era grigia con una scritta nera: *Scusa per il ritardo, non volevo venire.*

«Fosse per me, metterei questo gioiellino» replicò mentre si tirava l'orlo della t-shirt. «Ma devo essere bella per Nash. Se lo merita. Anche se cerco di non concedermi in tutto il mio splendore troppo spesso, in quanto tende a sopraffarlo.»

Sogghignai. «Posso immaginare.»

«Qual è il tuo stile?» Reggeva in mano un abito giallo di satin lucido, con una gonna a ruota. «Con i tuoi capelli, ti trasformi facilmente in una principessa, anche se sei più Rapunzel che Belle.»

«Niente abiti da principessa» risposi. «Voglio qualcosa di semplice. Nemmeno io voglio che Justin pensi che mi sia impegnata più di tanto.»

«Forse dovresti offrirgli una possibilità, a quel ragazzo.»

Tirai fuori un lunghissimo abito rosso con la scollatura profonda e lo riposi immediatamente. «Che genere di possibilità, di grazia?»

«*Di grazia?*» ripeté. «Abbiamo una shakespeariana qui.»

«Credo ci sia della pazzia in voi.»

«Questa starebbe bene sulla mia prossima maglia» annunciò. «Sul serio. Justin è super gentile. È carino. O sembra esserlo.»

«Non sono interessata a nessuno» ribattei. «E anche se lo fossi, non sarebbe Justin. Sì, è carino e il suo Laerte non fa schifo, ma non c'è...»

«La scintilla?» mi domandò.

Annuii. «Voglio solo andare al ballo e passare una bella serata, tutto qui. Non voglio che significhi *nulla.*»

«Mi sembra giusto.» Angie tirò fuori un vestito nero semplicissimo. «Oh mio Dio, lo adoro. Sembra un abito da pattinatrice.»

Il body aveva il taglio di una t-shirt, solo più aderente e con la scollatura più profonda. Dalla vita, spuntava una gonna di taffetà che arrivava appena sopra il ginocchio.

«È un po' troppo semplice, visto così» ammise quando incontrò la mia espressione scettica. «Ma quando lo avrò decorato con gli accessori nel mio stile, sarà perfetto.»

«Starai benissimo.» Io tirai fuori un abito a fascia blu. Anche questo aveva una gonna a ruota che arrivava sopra il ginocchio. Il corpetto era un intricato groviglio di perline e lustrini. «Questo non è male.»

«Stai scherzando?» fece Angie. «Sarà fantastico su di te. Vieni. Andiamo a provarli.»

Indossammo i vestiti e passammo davanti allo specchio, tra facce buffe e risate. Una volta scelto l'abito per il ballo, ce ne provammo alcuni assurdamente fru fru, pieni di fiocchi e pizzi, e ci scattammo dei selfie da mandare a Jocelyn e Caroline. E per tutto il tempo, avvertii proprio quella sensazione che stavo cercando. Quel piccolo brivido che veniva dal fare shopping per il ballo con la tua migliore amica. Ma niente di eccessivo. Nessuna scintilla. Continuavo a pensare a Isaac. Mi chiesi se fosse stato sincero quando mi aveva confessato che il ballo non gli interessava.

Mi domandai se gli importasse il fatto che io ci andassi con Justin.

Non contava più niente ormai. Anche se me lo avesse chiesto, non avrei potuto andare con lui. Papà avrebbe rovinato tutto.

Inoltre, non ero sicura di poter gestire del tutto la questione del ballo. Al pensiero del corpo di un ragazzo premuto contro il mio, che si trattasse di Justin o Isaac... era comunque un'invasione del mio spazio. L'eventualità di ritrovarci al buio dentro a una stanza, completamente fuori controllo...

Raggelai e mi rimisi in fretta i vestiti.

«Tutto bene?» mi domandò Angie. «Sei pallida.»

«Tutto bene. Ho solo bisogno di mangiare qualcosa.»

Ci sedemmo nell'area ristoro del centro commerciale con le buste dei vestiti sulle gambe, e ordinammo dei bocconcini di pretzel e una limonata da Wetzel. Ci scattammo qualche selfie. Osservammo la gente. Ridemmo. Ricordai di nuovo cosa si provasse a stare in compagnia di un'amica. Il senso di fiducia e sicurezza. Le avevo tagliate fuori dalla mia vita, cancellate con una X. Ma adesso, con Angie, provavo di nuovo quelle sensazioni e stavo bene. Avevo al mio fianco una vera amica.

«Sei sicura di stare bene?» si accertò Angie. «Mi guardi come se fossi innamorata di me. Che è una cosa bella e frequente.»

«Sì, Angie. Mi hai scoperto. Io ti amo.»

Ci mettemmo a ridere e scherzare, ma era la verità.

Mercoledì sera mi recai alle prove con le vibrazioni positive date dallo shopping con Angie che ancora mi pervadevano, ed entrai nel teatro, che conteneva la metà del cast. Justin e alcuni degli altri attori con ruoli minori furono esonerati dal venire, quella sera. In qualche modo mi sentivo più leggera… finché non scorsi Isaac.

Il lato destro della sua faccia era gonfio e ammaccato. Un cerotto a farfalla bianco copriva un taglio sullo zigomo. Lo copriva in parte: le estremità si intravedevano, scure per il sangue coagulato.

Mi si strinse il cuore. Fino a quel momento, gli abusi subiti per mano del padre avevano rappresentato solo delle voci per me. Durante la nostra uscita del sabato, Isaac vi aveva accennato con un solo e unico commento, che era stato vago e astratto, come se si riferisse a qualcosa successo altrove. Adesso, sotto al suo occhio, c'era una ferita aperta e dolorante e un livido fresco, viola e blu.

Era tutto vero. Questo era ciò che gli succedeva davvero.

E nessuno ne stava parlando.

Immaginavo che gli attori veterani fossero già consapevoli della situazione, ormai. Conoscevano Isaac da molto più tempo di me. Ma il loro silenzio mi faceva rabbia.

A nessuno importava?

Ma del resto, Isaac non ti invitava a rivolgergli delle domande. Se ne stava lì da solo, con la sua giacca di pelle indossata a mo' di armatura. La faccia tumefatta era un muro di pietra con un cancello chiuso a chiave. Probabilmente non *voleva* parlarne con nessuno.

E se invece volesse?

Io marchiavo me stessa con le X, la mia versione personale della *Lettera scarlatta*, solo che nessuno conosceva il loro significato. Magari era il mio modo di implorare che qualcuno indagasse, anche se non avrei mai potuto confidarmi con nessuno. Isaac però aveva indagato. E adesso lui portava le cicatrici di quello che aveva subito sulla faccia, dove non poteva nasconderle.

Mi spostai accanto a lui. «Stai bene?»

«Sì, sto bene.»

Mosse a malapena la bocca, la voce gentile. E grata.

«I Ford mi permettono di stare da loro» aggiunse. «Mi sono trasferito nella camera degli ospiti.»

«Bene» commentai. «Sono contenta.»

«È solo una sistemazione temporanea.»

«Certo.»

Un attimo di silenzio, poi: «Non riesco a dormire. Il letto è morbido, la casa è calda, ogni sera mi offrono un pasto caldo, eppure non riesco a dormire, cazzo. Me ne sto lì, sdraiato nel letto a pensare a mio padre, tutto solo in quella roulotte di merda...»

Annuii. «Capisco come ti senti» ammisi, e altre parole mi uscirono dalla bocca senza permesso. Un pezzettino del mio segreto. «Nemmeno io riesco a dormire.»

Isaac girò lentamente la testa. Il suo sguardo si posò sul mio polso, le X nere nascoste sotto la manica della maglia. Poi mi guardò negli occhi e la sua voce ebbe l'effetto di una mano protesa, che mi chiedeva di fidarsi di lui. «Perché non riesci a dormire?»

Lo guardai a mia volta e mi chiesi come sarebbe stato confidarmi veramente con qualcuno. Disintegrare il blocco di ghiaccio una volta per tutte, e liberare le parole nel mondo.

Mi girai verso Isaac e lui mi imitò, così finimmo per poggiarci entrambi alla parete con la spalla, come se fossimo una coppia sdraiata su un letto. Avvicinò la sua testa, pronto ad ascoltarmi, e io sollevai il mento, con le parole che salivano fino a raggiungere la gola.

Martin batté le mani e interruppe quel momento.

«Prima scena, secondo atto» enunciò. «Ofelia? Figlia mia?»

«Va'» mi concesse Isaac. «Magari, ne parliamo più tardi?»

«Sì» risposi con gentilezza. «Magari.»

Martin radunò altri attori perché lavorassero con Rebecca, l'aiuto regista, e poi mi prese da parte. «Vieni, figlia. Ora tu e io lavoreremo sulla prima scena del secondo atto.»

In quella scena, Ofelia correva da Polonio per raccontargli che Amleto era andato a trovarla e si era comportato come un pazzo. Come se non fossi già abbastanza terrorizzata, invece di confrontarmi con gli altri attori sul palco dovevo vedermela con un veterano, nonché il regista dello spettacolo, senza altra motivazione emotiva oltre a quella che io stessa mi sarei creata.

Sarà un completo disastro...

«Quando sei pronta» mi esortò Martin dal nostro angolino sul palco.

Sentendomi un'idiota, uscii dietro le quinte e presi un respiro profondo, dopodiché tornai di nuovo sul proscenio.

«*Oh padre mio, ho avuto tanta paura!*»

Martin turbinò vicino a me con un perfetto mix di shock e preoccupazione. «*In nome di Dio, di che cosa?*»

«*Mio signore, mentre stavo cucendo nel mio stanzino...*»

Uscii dal personaggio con una risata sguaiata che non si addiceva a una signora. «Scusa, ma stava cucendo nello stanzino?»

«Stanzino è semplicemente una cameretta», mi spiegò Martin con un mite sorriso.

«Lo so, ma sembra così...»

«Arcaico?»

«Sì» ammisi. «Mi immagino Ofelia rinchiusa in uno sgabuzzino praticamente al buio, che cuciva come una donnina diligente. Non la sentivo mia. Amleto era andato a trovarla, e lei stava spiegando al padre quello che era successo? Perché non *mostrare* semplicemente l'accaduto?»

«Senza dialoghi?» Martin mi rivolse un ghigno. «Shakespeare usa *sempre* le parole. Le parole sono un po' il suo punto forte.»

Increspai le labbra in un sorriso.

«Ofelia sta spiegando come Amleto l'abbia spaventata, ma Polonio lo prende come un segno che il giovane sia talmente innamorato di sua figlia che stia perdendo la ragione.»

Le guance mi presero fuoco. «D'accordo, va bene. Non è facile per me, questa scena. Fatico a trovare l'emozione giusta. Le belle parole rendono difficile entrare nel mood, no?»

Uff, il fallimento di un'attrice.

Entrare nel mood di Ofelia era esattamente il mio compito, ma Martin mi sorrise paziente.

«Perché non proviamo a renderlo reale?» mi propose. «Magari se prima recitiamo l'incontro tra Ofelia e Amleto, il successivo dialogo con Polonio potrebbe acquisire più senso per te. Avresti un ricordo concreto dal quale attingere.»

«Se può essere d'aiuto...»

Martin scandagliò il teatro in cerca di Isaac, che era intento a ripassare le battute con Mel Thompson, che interpretava Orazio.

«Isaac» lo chiamò. «Posso prenderti in prestito per un minuto?»

Il cuore prese a martellarmi nel petto quando Isaac salì sul palco. O meglio, questo succedeva ogni volta che mi veniva vicino, mi resi conto all'improvviso.

«Che c'è?» domandò.

«In questa scena, Ofelia sta riferendo al sottoscritto di come Amleto sia piombato nella sua stanza, tutto scompigliato e con un atteggiamento strano, tanto da spaventarla.»

Isaac annuì. «Okay.»

«Willow ha difficoltà nel trovare la motivazione giusta. Quindi perché non recitiamo la scena?» Martin si voltò verso di me. «Willow, io leggo le tue battute. Isaac, tu metti in scena quello che lei riferisce. Questo darà a Willow un'idea della gravità della situazione.»

Isaac mi guardò mentre rispondeva: «Se pensi che possa aiutarti...»

Annuii. «Voglio chiarire la situazione.»

Sembrava riluttante, ma prendemmo comunque posizione sul palco, con me seduta su una sedia che fingevo di cucire.

«Molto bene» osservò Martin. «Amleto irrompe nella tua stanza, pallido e arruffato, le ginocchia, le gambe tremanti, eccetera eccetera.»

Isaac avanzò di un passo e in qualche modo sembrò davvero che fosse piombato di colpo sul palco. Aveva uno sguardo sconvolto stampato sul volto tumefatto, il fiato corto e le mani che si stringevano a pugno.

Mentre Martin leggeva la descrizione di Ofelia sul comportamento di Amleto, Isaac lo metteva in scena.

Si precipitò verso di me, mi afferrò il polso e lo strinse forte, poi mi trascinò lontano dalla sedia. Riuscii a malapena a mantenere l'equilibrio quando mi spinse a un braccio di distanza da lui, senza smettere di stringermi i polsi. L'intensità feroce del suo sguardo si abbatté ripetutamente sul mio viso, come se stesse cercando di memorizzarlo. Il cuore prese a martellare, stavolta con forza e terrore, tanto da farmi venire voglia di divincolarmi e liberarmi dalla sua stretta. Isaac si avvicinò, piegò la testa verso di me e mi sfiorò i capelli con il naso per annusarli. Dopodiché buttò fuori l'aria ed emise un grugnito di rimpianto, infine mi lasciò andare. Mi tirai il polso vicino al petto martellante. Isaac indietreggiò, gli occhi incatenati ai miei, si voltò e uscì dal palco senza smettere di guardarmi da dietro la spalla per tutto il tempo, senza badare a possibili ostacoli sul suo cammino. Si fuse con il sipario, che continuai a fissare, tremante, con le gambe molli.

Martin buttò a terra il copione, e io trasalii. Adesso era Polonio, e mi afferrò per le spalle per cogliere l'attimo, finché ero ancora immersa in quelle emozioni.

«*Vieni, se è così, andiamo dal re. Questa è frenesia d'amore.*» Mi scosse leggermente. «*Non gli avrai per caso rivolto, da ultimo, qualche parola dura?*»

Lo fissai, gli occhi spalancati e immobili, la mente che traduceva quella domanda.

Che cosa gli hai fatto per portarlo a reagire in quel modo?

Le parole mi uscirono con un filo di voce. «*No, padre mio. Ho seguito i vostri ordini.*»

Polonio mi strinse per un altro mezzo secondo. Quando mi lasciò andare, vidi il volto di Martin irrompere in un sorriso esultante. «Ce l'hai fatta» mi comunicò prima di tirarmi a sé per abbracciarmi. «Sei un talento naturale, Willow. Un talento grezzo. Sono così contento che tu abbia scoperto il mio teatro.»

«Grazie» riuscii a elaborare. «Posso andare in bagno?»

Non aspettai il suo permesso e mi precipitai nel bagno delle signore nell'atrio, dove mi rinfrescai la faccia con l'acqua fredda una mezza dozzina di volte.

«Va tutto bene» mormorai per rassicurare la ragazza nello specchio. «Va tutto bene, va tutto bene, va tutto bene.»

Alla fine delle prove, osservai gli attori presenti per capire a chi potessi chiedere uno strappo a casa. Decisi poi che mi sarei comportata da adulta e optato per Uber. Prenotai il passaggio, dopodiché uscii dal teatro, nell'aria fredda. Le giornate stavano diventando sempre più calde, ma la sera la morsa dell'inverno continuava a stringere.

«Ehi.»

Mi voltai e notai Isaac appoggiato al muro, un piede contro i mattoni, una sigaretta tra le labbra. Imponente e con quella ferita sul volto, stretto nella sua giacca di pelle nera sarebbe sembrato un tipo pericoloso a chiunque. Ma non a me.

«Ehi» risposi. «Grazie di avermi aiutato, prima.»

Sviò lo sguardo per un momento, la mascella testa, dopodiché tornò a guardarmi. «Ti ho spaventata.»

Mi sistemai i capelli dietro l'orecchio e mi strinsi nelle spalle. «Sei stato intenso. Non era così che doveva essere?»

«Allora era tutta scena?»

«Si chiama *recitare* per un motivo.»

Sbuffò il fumo dal naso. «Non mi piace spaventarti in quel modo.»

«Perché?»

«Sembrava reale.»

Incrociai le braccia al petto. «Non credi sia quello che pensa la gente quando ti vede recitare? In *Edipo* ho temuto che tu ti fossi cavato gli occhi davvero.»

«Parlo sul serio.»

«Lo so.» Sollevai il mento e finsi arroganza mentre mi spostavo i capelli dalla spalla. «E forse sono altrettanto brava.»

Annuì, senza ridere della mia battuta. «Sono convinto che tu lo sia, ma...»

«Ma cosa?»

Rifletté per un minuto mentre aspirava la sigaretta. «Quando entro davvero nella parte, è perché ci metto dentro un'emozione reale o un ricordo.»

«Lo conosco questo metodo di recitazione, sì» commentai. Continuavo a minimizzare le sue parole per allontanare la conversazione dal punto in cui voleva farla arrivare.

Lui mi lanciò un'occhiata, poi distolse lo sguardo. «Non voglio farmi gli affari tuoi, ma stasera, quando mi sono avvicinato e ti ho afferrata...» Strinse i denti. «La paura che ho visto nei tuoi occhi...»

Ed eccola di nuovo, la mano protesa di Isaac, forte e sicura, che si offriva di sorreggermi mentre attraversavo il grande barato nero.

«Te l'ho tirata fuori, ma era già lì» spiegò. «Vero?»

«Sì» mormorai.

«Chi è stato?»

Deglutii a fatica. «Non ha importanza.»

«Per me sì, cazzo» rispose, la voce roca. «Per me ha importanza, eccome, Willow.»

Sentii i miei piedi avanzare di un passo verso di lui. Sembrava così forte e coraggioso, e intrepido. E io mi sentivo così piccola ed esausta. Volevo smetterla di fingere che non lo fossi nel profondo dell'anima e buttarmi tra le sue braccia. Lasciare che mi abbracciasse un po', anche se sarebbe stato da codardi.

«Devo andare» conclusi. «È tardi.»

Sostenne il mio sguardo ancora un po', poi annuì e spense la sigaretta. «Ti accompagno.»

«Non puoi» risposi. «Non perché non lo voglia. Lo giuro. È per via di mio padre. Lui...»

Isaac mi zittì con un gesto della mano. «Non devi darmi spiegazioni.»

«È per questo che l'altro giorno ti ho chiesto di accostare vicino a un'altra casa.»

«Lo so.» Aveva un sorriso gentile. «Nessun problema. Marty ha insistito perché portassi il mio pick-up in un'officina per un po' di manutenzione. Ho la Nissan di Brenda questa settimana. Posso accompagnarti a casa senza che tuo padre se ne accorga.»

«Detesto questa situazione» mi giustificai. «Detesto che sia un maledetto bigotto, ma non posso permettermi di perdere il ruolo nello spettacolo.»

«Non lo voglio nemmeno io» ribatté Isaac. «Vieni. Stai tremando.»

Mi accompagnò a casa con la Nissan Altima di Brenda. C'erano dei cristalli rosa appesi allo specchietto retrovisore, che tintinnarono contro la manica della giacca di pelle di Isaac quando allungò la mano per sistemarlo. La fragranza di pot-pourri impregnava i sedili di pelle, eppure si riusciva comunque a percepire un sentore di sigaretta. Tutti quegli ornamenti femminili dentro l'auto non facevano altro che rendere Isaac più bello e virile. Era una figura imponente accanto a me, eppure io mi sentivo completamente al sicuro.

Accostò davanti a casa mia, poi si abbassò sul volante per osservarla dal parabrezza. Probabilmente la stava mettendo a confronto con la sua roulotte. Forse pensava che fossi solo un'altra ragazza ricca e viziata che non apprezzava ciò che aveva.

«Sei al sicuro qui?» mi domandò.

Lo fissai, colta alla sprovvista. Confusa. Poi capii cosa mi stesse chiedendo e, Dio, mi si strinse il cuore. Quella sola considerazione mi arrivò dritta alle ossa.

«Willow?» I suoi occhi grigio-verdi erano incollati ai miei, in cerca di qualcosa.

«Sono al sicuro qui» risposi.

Annuì, soddisfatto. «Dovresti andare. Credo che ci stiano spiando.»

Mi girai e vidi una figura affacciata alla finestra del soggiorno, che richiudeva le tende.

«È mio padre» notai. «Come da programma.»

«Spiegagli che ti ha riaccompagnato la moglie del regista.»

«Giusto.» E, prima che potessi ripensarci, mi avvicinai e lo baciai sulla guancia. La barbetta mi punse le labbra, ma la sua pelle era calda e profumava di bagnoschiuma e tabacco. Quando mi scostai, aveva gli occhi sgranati.

«Grazie» dissi.

«Di cosa?»

«Di aver ammesso che per te ha importanza.» All'improvviso mi si formò un groppo in gola e le lacrime mi salirono agli occhi. Aprii lo sportello e scesi dall'auto. L'aria fredda mi riempì i polmoni. Ripresi fiato prima di girarmi di nuovo. «Buonanotte, Isaac. A domani.»

«Ci vediamo, Willow. Buonanotte.»

Chiusi lo sportello e mi affrettai nel vialetto. Papà rimase alla finestra finché Isaac non se ne andò.

«Chi ti ha accompagnato?» mi domandò.

«Ciao anche a te, papà caro» risposi. «Brenda Ford, la moglie del regista.»

«Che fine ha fatto Justin?»

«Stasera era esonerato dalle prove.»

«Tua madre mi ha raccontato che andrai al ballo con lui, e che è di buonissima famiglia.»

«È vero, ed è di buona famiglia. Sono davvero stanca...»

«E ti stai tenendo lontana da quell'Isaac Pearce, vero?» Gli occhi di mio padre si rabbuiarono. «La figlia del mio collega Gary sostiene di averti visto con lui sabato.»

«Be', la figlia di Gary farebbe meglio a badare agli affaracci suoi, no?»

Mio padre si poggiò le mani sui fianchi. «Ribadisco la mia opinione su Isaac. Non voglio che tu frequenti l'unico ragazzo in città con una reputazione come quella.»

Le parole mi salirono in bocca come bile, e avrei voluto sputarle in faccia a mio padre. Urlargli che poteva prendere quella finta preoccupazione nei miei confronti e ficcarsela nel culo. Non era vera preoccupazione per la *mia* reputazione, ma per la sua.

Ma io avevo diciassette anni. Ero minorenne. Se mio padre avesse riferito a Martin che non avevo più il permesso di partecipare allo spettacolo, lui non avrebbe avuto altra scelta che cacciarmi.

«Be'?» chiese papà. «Ti sei vista con Isaac o no?»

«No, padre mio» sbottai. «Ho seguito i vostri ordini.»

20

Willow

Arrivò anche la sera del ballo. I miei genitori, entusiasti dei miei sforzi nel socializzare, prepararono antipasti e bevande gassate per venti persone invece che per sei. Il banco di marmo della nostra cucina era carico di piccoli sandwich, accompagnati da nocciole e ciliegie ricoperte di cioccolato. C'erano persino i cracker col caviale.

«Caviale?» domandai a mia madre.

«Sono proteine, tesoro.» Indossava un grembiule frivolo sopra la gonna di Chanel e la blusa, come se avesse preparato lei tutta quella roba invece che ordinarla.

«Sei seria?»

Sorseggiò un bicchiere di vino rosso. «Credo che le parole che stessi cercando fossero "Grazie, mamma".»

Sospirai, poi borbottai un grazie e salii di sopra per indossare l'abito. Le sarei stata molto più grata se avessi avuto la certezza che avesse organizzato tutto questo per i miei amici, e non per salvare le apparenze.

Diverse ore dopo arrivarono Nash e Angie insieme a Caroline e Jocelyn.

«L'unione fa la forza» sussurrò Angie prima di abbracciarmi. Una volta dentro casa, rimase a bocca aperta. «Il tuo ingresso è più grande della mia camera.»

Come avevo previsto, stava benissimo con l'abito in stile pattinatrice. I ricci le ricadevano morbidi sulle spalle e al collo aveva allacciato un collarino di seta con un fiore rosso.

Nash e Jocelyn indossavano entrambi un completo elegante. Nash aveva il papillon e il gilè rossi, in pendant con il fiore di Angie. Jocelyn invece portava una cravatta e il fazzoletto da taschino azzurri, in abbinamento al fluttuante abito di Caroline.

Il sorriso di mamma si restrinse quando ci raggiunse all'ingresso per salutare i miei amici, e la voce le era salita di un'ottava mentre ci chiedeva di stringerci per scattare una foto. Papà era in piedi in fondo alla stanza, le mani in tasca, e dondolava sui talloni. Il suo sorriso era ancora più forzato di quello di mamma.

«I miei non si sono ancora evoluti» confidai ad Angie.

«Una coppia multietnica e una di lesbiche» mi sussurrò a sua volta con una risatina.

«Stiamo portando al limite la loro tolleranza.»

«Devono darsi una svegliata, cavolo.»

Il campanello suonò di nuovo. «Ecco i rinforzi» annunciai.

Come avevo immaginato, i miei genitori furono entusiasti di conoscere Justin Baker. Arrivò con una limousine che aveva noleggiato e dovetti ammettere che con il completo nero e la cravatta blu dello stesso colore del mio abito era davvero uno spettacolo. Ma la sua bellezza era come quella di un'auto luccicante in un salone. Piacevole da guardare, ma non mi suscitava il desiderio di salirci sopra per fare un giro.

Ma allora perché stavo facendo tutto questo?

Mamma andò a adularlo e papà gli strinse la mano come se stessero sigillando un affare di lavoro. Il contrasto tra come trattarono Justin e i miei amici era lampante come un'insegna al neon con scritto: *Si accettano solo persone etero.*

«Scusa» mormorai a Caroline.

Lei mi sorrise e mi abbracciò. «Non è la prima volta. E non sarà l'ultima.»

Justin mi venne incontro con una rosa blu dentro a una scatolina di plastica. «Sei bellissima» si complimentò.

«Grazie.»

Per una come me, che aveva passato momenti difficili davanti allo specchio senza sentirsi a proprio agio con quello che vedeva, pensavo di aver compiuto dei progressi.

Mia madre aveva insistito perché andassi dal parrucchiere, dove mi avevano raccolto i capelli in uno spettacolare chignon spettinato ma elegante. Dei boccoli mi scendevano qua e là intorno al viso, altri dietro le spalle. Avevo applicato una leggera spolverata di ombretto rosa scintillante sulle palpebre e passato sulle labbra un lucidalabbra rosa più scuro. Mi sentivo carina, ma Justin non era il ragazzo per cui avrei voluto agghindarmi. Non potevo evitarlo. Avrei tanto voluto che a studiarmi in quel frangente fossero dei tempestosi occhi grigio-verdi profondi come il mare e non delle piatte piscine azzurre. Avrei tanto voluto che il braccio che mi veniva offerto odorasse di carburante e sigarette, non di Drakkar Noir e soldi.

Justin mi allacciò il braccialetto con la rosa blu al polso, che avevo passato più di un'ora a sfregare per eliminare le X, ma, quando si avvicinò per darmi un bacio sulla guancia, ebbi la sensazione che queste stessero tornando a galla, come per effetto della pelle d'oca.

Non dovevamo andare al ballo come due semplici amici?

Indietreggiai per recuperare la distanza tra il mio spazio personale e il suo. A giudicare dal sorrisetto compiaciuto che aveva, Justin doveva aver interpretato la mia reazione come se mi fosse mancata la terra sotto i piedi a causa del suo fascino. Mi si formò un groviglio nello stomaco che si estese subito al resto del corpo e cancellò tutti i progressi che avevo compiuto fino ad allora.

Potevo farcela potevo farcela potevo farcela…

Mia madre scattò un milione di foto a noi due, qualche migliaio di gruppo, e poi arrivò il momento di andare. Uscimmo e percorremmo il vialetto. La signora Chambers, la nostra vicina invadente, osservò la processione dal suo portico.

Naturalmente papà si prodigò in apprezzamenti per la limousine affittata da Justin. Non era lunghissima, ma noi sei ci stavamo perfetti e avanzava pure spazio.

«Molto bella» si complimentò mio padre, mentre salivamo a bordo. «Davvero molto bella.»

«La riporterò a casa in tempo per il coprifuoco, signore» gli assicurò Justin mentre gli stringeva la mano.

«Fate con comodo, fate con comodo» gli rispose mio padre. E aggiunse: «Divertitevi» sempre rivolto a Justin.

Lanciai un'occhiata ad Angie mentre ci sistemavamo all'interno e ci accertavamo di non sgualcire l'abito e non urtare con l'acconciatura il tettuccio della limousine.

«È davvero bella» esordì Jocelyn mentre lisciava con la mano il sedile di pelle.

«Ti pagheremo la nostra quota» aggiunse Nash.

«Naaa» rispose Justin. «Ci ho già pensato io.»

«Ma non dovevi» mi inserii. «Sono un sacco di soldi.»

Justin scrollò le spalle e mi sorrise. «Per te ne vale la pena.»

Un'altra ragazza si sarebbe sciolta in un brodo di giuggiole, ma io ci lessi un'allusione. Delle aspettative.

Adesso ero paranoica. Justin stava solo cercando di essere carino.

Il peso dell'aspettativa ricadde tutto sulle mie spalle scoperte e un altro brivido mi percorse la schiena. Justin mise il braccio intorno al mio sedile. Io cercai di rilassarmi, ma continuavo a strofinarmi il polso con il pollice.

Angie si sporse verso di me e mi prese la mano. «Mi sembra di essere un dannato disco rotto, ma è tutto okay?»

«Tutto okay» risposi.

«Davvero? Perché non sembri stare bene. Il mio Nash, invece, direi che sta *benissimo*. Tu invece pare che ti sia appena bevuta cinque pinte di sangue.»

«Sono solo infreddolita.»

«Non hai uno scialle?»

«No, io...»

La mia mandibola funzionava, ma dalla bocca non uscì alcun suono. La limousine si stava approssimando alla rotatoria davanti alla scuola. Il ballo sarebbe terminato alle dieci, ma avevo sentito Justin riferire a Nash che avevamo tempo fino a mezzanotte, nel caso dopo avessimo voluto andare da qualche altra parte.

Nel momento in cui scesi dall'auto, mi resi conto che l'idea di andare al ballo era stata un errore. Se Nash non avesse trascinato Angie da una parte per condividere con lei un momento intimo e romantico, avrei trovato il coraggio di confessarle che dovevo tornare a casa. Non ero pronta. Non potevo restare lì.

«Dai, entriamo» mi esortò Justin. «Dentro sarà più caldo.» Mi poggiò una mano sulla schiena per condurmi con gentilezza.

All'interno, in fondo alla palestra, era stata allestita la postazione del dj da un lato e quella delle bevande dall'altro. Le tribune erano state ripiegate per recuperare più spazio. Il comitato del ballo scolastico aveva ornato il perimetro con ghirlande di fiori di carta, lucine a led e tre archi di palloncini blu, verdi, rosa e gialli.

Mentre il nostro gruppo andava a occupare il tavolo, alcune delle Barbie là vicino si voltarono a guardarci. Registrai Tessa in mezzo al gruppo, ma poi la penombra, la musica, i corpi… tutto si restrinse fino ad assomigliare alla festa che avevo dato io, anche se in diversa scala. Il palcoscenico era più ampio e gli attori diversi, ma la mia testa stava mescolando tutto e giungendo alla stessa conclusione.

Xavier…

Angie mi rivolse il pollice in su. Io annuii vagamente, ma all'improvviso non mi importava più di questo ridicolo stratagemma per ingannare mio padre. Stavo già affondando in un mare nero e gelato di ricordi.

Il dj mise il pezzo storico dei Culture Club *Do You Really Want to Hurt Me*. Angie e Nash corsero in pista a ballare, mentre Caroline e Jocelyn si recarono al tavolo degli stuzzichini, così rimasi da sola al tavolo. Mi guardai intorno nella palestra affollata e buia, con la calca di studenti che ballava sotto le luci alternate. Le Barbie e i loro partner si trovavano al margine della pista. Justin era proprio lì con loro, a parlare con i suoi compagni di baseball.

Barbie. Detestavo quel nome. Giurai che non lo avrei mai più pronunciato. Con un leggero attacco di panico che mi vibrava nelle vene e minacciava di esplodere, l'idea di odiare un'altra ragazza mi sembrava come una sorta di tradimento. Non ero sola. Sapevo che parecchie delle ragazze su quella pista avevano passato qualcosa di simile a quello che avevo passato io. Magari erano state trattate come bambole di plastica: oggetti usa e getta. Qualcosa di cui disfarsi una volta utilizzata. O magari erano state molestate. Fatte sentire meno di quello che valevano. Brutte. Grasse. Sfigate. Puttane. Plastica.

Tessa poteva sparlare di me quanto voleva, ma io non avrei potuto odiarla. Anche lei era stata ferita. Umiliata, quando il fratello aveva condiviso il messaggio di Isaac con scritto "No, grazie".

Isaac. Il mio cuore batté forte e una vampata di calore mi scaldò nel rammentare la sua testa sulle mie gambe, e il suo mento appoggiato alla mia coscia, e il suo sorriso…

«Posso portarti qualcosa da bere?» mi sentii mormorare all'orecchio da Xavier.

Trasalii così violentemente che la borsetta mi cadde a terra e lanciai un urlo.

A Justin Baker venne un colpo. «Ma cosa…? Volevo solo sapere se avessi sete.»

«No, io… sto bene così.»

Dovevo uscire da lì. Mi alzai lentamente e Justin mi prese la mano.

«Bene» continuò. «Andiamo a ballare.»

Mi lasciai trascinare in pista. La calca di gente rideva e scherzava, le facce illuminate dalle luci. Angie e Nash erano là, sorridevano e mi salutavano con la mano. Le loro labbra si muovevano, ma con il rumore della musica non riuscivo a sentire cosa dicessero.

Justin si abbassò e avvicinò la bocca al mio orecchio. «Ti stai divertendo?»

Mi sforzai di annuire. «Molto.»

«Cosa?» gridò lui.

«Ho detto *molto.*» Mi si contorse lo stomaco e il fiato diventò corto. Ricordi sensoriali erano in agguato in ogni dove. Pericolosi e pronti a colpire. Con un cuscino nella mano per soffocarmi.

Il dj mise *Best Friend* di Sofi Tukker e gli studenti andarono in visibilio. L'energia all'interno della palestra aumentò e cambiò anche l'atmosfera. Le coppie ballavano più vicino. Le ragazze strusciavano il sedere sul pacco dei ragazzi. Anche quelli che ballavano in gruppo si strinsero gli uni agli altri, come se quella canzone gli concedesse il permesso di allentare i freni.

Anche Justin accorciò le distanze, il sorriso bramoso. Non appena invase il mio spazio, il peso di tutta la stanza cominciò a gravare su di me. La sua colonia mi invase le narici. Il calore emanato dal suo corpo attraversò la camicia quando mi cinse la vita. Ma invece di scaldarmi, mi rese ancora più consapevole della sensazione di freddo che provavo.

Potevo farcela potevo farcela potevo farcela…

Mi voltai, nella speranza che potessi sentirmi meglio se avessi evitato di guardarlo in faccia. Se avessi ballato e riso e flirtato – anche se solo in pista – proprio come tanti altri dentro quella palestra.

Le mani di Justin atterrarono sui miei fianchi. Il suo alito mi solleticò la spalla e sentii il suo petto premere contro la mia schiena. Mi muovevo a malapena. Dovevo sembrare una specie di cadavere, ma lui non se ne accorse o lasciò correre.

Dentro di me avevo iniziato a gridare.

Presi un respiro profondo, ma l'aria non andò oltre la mia gola. La serata mi stava distruggendo, schiacciandomi contro Justin. Mi salirono le lacrime agli occhi. Era stato stupido pensare di poter sostenere una situazione del genere.

No, ti prego. Volevo solo partecipare a un ballo come una ragazza normale…

Adesso, la penombra della palestra si era trasformata in un mare torbido. Smisi di muovermi: ero pietrificata, abbattuta dall'invisibile forza dei ricordi. Ricordi tetri che non avevano forma né contorni, a parte il peso schiacciante di X che mi toglieva il fiato e mi paralizzava.

Con un urlo strozzato, mi liberai e spintonai Justin per barcollare via da quella palestra. Dovevo andarmene. Scappare. Salvarmi da niente, e da tutto.

Spinsi il maniglione della porta laterale e uscii dalla palestra, poi inciampai e caddi in ginocchio. Il cemento mi abrase la pelle e il dolore mi fece rinvenire come una sberla in faccia.

Il peso schiacciante si alleggerì. Non c'era nessun mostro nell'ombra. C'ero soltanto io, sotto la luce ambrata della porta, seduta per terra con il sangue che gocciolata lungo gli stinchi e i palmi sbucciati. Inspirai profondamente e poi scoppiai in un pianto a dirotto.

Mi portai le ginocchia al petto, strinsi le gambe tra le braccia e piansi finché non mi sentii completamente rivoltata. La porta avrebbe potuto aprirsi in qualsiasi momento e qualcuno avrebbe potuto vedermi, o magari Angie mi aveva seguita. Annaspai e mi alzai in piedi. Il mio bel vestito blu si era sporcato e le ginocchia erano un disastro. *Io* ero un disastro. Avevo lasciato la borsetta dentro la palestra, ma non se ne parlava di rientrare a cercarla in quello stato.

Mi sollevai a fatica da terra, ma dopo un passo inciampai sui tacchi.

«Merda.» Mi tolsi le scarpe e raggiunsi lo spogliatoio delle ragazze di fronte alla palestra. Sebbene l'idea di camminare scalza dentro un bagno non gridasse "dignità", in quel momento non me ne importava nulla. Strappai della carta dal dispenser, la passai sotto l'acqua e mi ripulii le ginocchia. Quando mi raddrizzai per lavarmi i palmi sbucciati, trasalii davanti al riflesso nello specchio. Diverse ciocche di capelli erano sfuggite allo chignon e sembrava che avessi viaggiato a cento chilometri orari con la testa fuori dal finestrino, tanto erano disastrose le condizioni della mia faccia. Il trucco era colato. Gli occhi gonfi e lucidi. Le guance arrossate. «Dio» mormorai.

Quando?, avrei voluto gridare. Quanto sarei tornata me stessa? Quando sarebbe guarito questo disastro di ragazza riflesso nello specchio? Presto? *Mai?*

Mi rinfrescai la faccia con l'acqua fredda e tamponai il tutto. Il mascara era ancora tutto sbaffato sotto gli occhi, ma tentare di nuovo di toglierlo mi sembrava uno sforzo immane. Era fuori questione tornare in palestra e affrontare l'interrogatorio preoccupato di Angie o le confuse aspettative di Justin. Ero troppo stanca per inventarmi qualcosa. E fingere di stare bene era sfiancante.

Casa mia distava tre buoni chilometri. Avrei potuto affidarmi a Uber, ma il cellulare era nella borsetta che avevo lasciato in palestra. Così, con i tacchi in mano e il ginocchio sinistro ancora gocciolante di sangue, mi incamminai.

Arrancai per le strade silenziose della parte nord di Harmony. Avevo già lasciato la scuola da dieci minuti, quando mi resi conto della stupidità del mio piano. Mi facevano male i piedi, graffiati com'erano da sassolini e detriti. Ero sul punto di sedermi sul bordo della strada a riposare, quanto fui travolta dalla luce di un paio di fari.

Un'auto accostò. Anzi, un pick-up.

Il Dodge di Isaac Pearce.

Oh Dio, non così. Non lasciare che mi veda in questo stato.

Presi a camminare più velocemente.

Lui si accostò procedendo piano e abbassò il finestrino del passeggero.

«Ehi, dove stai an...»

Si interruppe quando notò le mie ginocchia sanguinanti e la gonna sporca. Frenò di colpo, spense il motore e saltò giù dal pick-up.

«Che è successo?» Mi afferrò per un braccio. «Willow...?»

Lo fissai, e mille pensieri mi passarono nella testa in un unico istante. La sua mano sul mio braccio non mi provocava brividi gelidi sulla pelle. La sua presenza era come uno scudo e non un pericolo. E il suo viso... Dio, era così bello. Sarebbe stato magnifico in completo e io sarei stata così orgogliosa di arrivare al ballo a bordo del suo pick-up al posto della limousine. Con Isaac la serata sarebbe stata perfetta, perché lui non mi faceva sentire come se stessi annegando nell'acqua ghiacciata...

«Willow, cos'è *successo*?»

«Niente» risposi, e mi liberai con uno strattone. «Sono caduta. Sto bene.»

Isaac scrutò i miei occhi gonfi e il trucco sbaffato. «Sei caduta.»

«Sì, sono caduta» sbottai. «Mentre uscivo dalla palestra. Non è nulla di grave.» Mi allontanai dalla traiettoria del suo sguardo indagatore e ripresi a camminare. Zoppicai quando un sasso mi punse sotto il tallone, ma non avrei dato a vedere quanto fosse doloroso.

«Sei andata al ballo con Justin Baker, no?» mi domandò. «Dove cazzo è adesso?»

Mi fermai e mi girai di scatto a guardarlo. «Che te ne importa?»

«Ti ha fatto del male?»

«No. E comunque non sono affari tuoi.»

«Willow...»

La rabbia mi montò dentro e scoppiò in uno tsunami di lacrime di frustrazione. «Non pronunciare il mio nome in quel modo» gridai. «Tu non c'entri niente con tutto questo. Tu non partecipi ai balli, ricordi? Tu hai chiuso con la scuola. Ma io no. E stavo solo cercando di divertirmi come una ragazza *normale* e io... io...»

«Che cosa?» indagò Isaac, con gentilezza, mentre si avvicinava. «Cos'è successo?»

«Niente» risposi, e mi sforzai di mantenere il controllo. «Non è successo niente. Ho avuto un attacco di claustrofobia o qualcosa del genere. Un attacco di panico. A volte mi succede ed è così... stupido. Tremendamente stupido. E ingiusto.» Mi asciugai le lacrime. «Ma non preoccuparti. Non è nulla di che.»

«Invece lo è.»

«Ah sì? E a chi importa? Se t'importa tanto sapere cosa è successo al ballo avresti dovuto...»

Avresti dovuto dirmelo sabato...

Ricacciai indietro quelle parole prima che potessero sfuggirmi e peggiorare la situazione.

«Hai ragione.» La voce profonda di Isaac era bassa e calma. «Avrei dovuto.»

Il cuore mi martellò nel petto e lo fissai, senza sapere né cosa dire né come sentirmi. Volevo disperatamente recuperare anche solo un briciolo della mia dignità. Mi asciugai il naso con il dorso della mano.

«Be', ormai è troppo tardi.»

Per un istante mi fissò con lo sguardo perso, come se le mie parole gli avessero rievocato qualche ricordo. Poi mi indicò le ginocchia con un cenno del mento. «Stai sanguinando. Vieni, ti riporto a casa. E parcheggerò dove tuo padre non potrà vedermi.»

«No, grazie. Andrò a piedi.»

«Tu *cosa*?»

«A piedi. Andrò a piedi.»

«Cristo, Willow, vuoi salire sul pick-up?»

«Sto bene. E comunque che stavi combinando? Giravi per la città in cerca di damigelle in pericolo?»

«No, io... stavo guidando.» Si passò una mano tra i capelli. «Ma che cazzo importa cosa stavo combinando? Sali in macchina.»

«Non darmi ordini» sbottai, senza smettere di camminare.

«Bene.»

Sentii lo scricchiolio dei suoi scarponi sul ghiaino. La portiera dell'auto si aprì e poi si richiuse con un tonfo. Il motore ruggì e passò a un roco gorgoglio. A quel punto, Isaac si mise a guidare accanto a me alla velocità di dieci chilometri all'ora, lo sguardo fisso sulla strada. Una mano era poggiata sul volante, l'altra allungata sul sedile del passeggero.

«Che stai facendo?» gli chiesi.

«Sto guidando.»

«Mi prendi in giro?»

«No.»

Ribollii di rabbia. «Fantastico. Divertiti allora.»

Proseguii zoppicando per qualche altro metro, finché l'assurdità di quella situazione non diventò intollerabile. Mi fermai e lo guardai in faccia, poi incrociai le braccia al petto.

«Voglio solo assicurarmi che arrivi a casa sana e salva» commentò a voce bassa. «Tutto qui.»

È tutto quello che voleva davvero.

Mi salirono di nuovo le lacrime agli occhi. Le ricacciai indietro e salii a bordo del Dodge.

Fui subito pervasa dall'odore di Isaac, che permeava l'interno dell'abitacolo. Carburante, bagnoschiuma, sigaretta e qualcosa di dolce e legnoso che era *lui*. Quell'odore sconfisse gli ultimi rimasugli del mio attacco di panico e cedette il posto a qualcos'altro.

Mi schiarii la voce. «Grazie del passaggio.»

«Figurati.»

21

Willow

Superammo un paio di isolati in silenzio. Dopodiché sospirai e appoggiai la testa al finestrino.

«Che è successo?» chiese lui alla fine.

«Te l'ho detto» risposi. «Claustrofobia.»

Giungemmo a uno stop. Non c'erano macchine in giro. Non un'anima viva. La serata era buia, silenziosa e fredda. Isaac allungò una mano verso il mio avambraccio sinistro e lo girò. La X cancellata era ancora visibile sotto la fioca luce del lampione all'angolo della strada.

Trattenni il respiro, poi lo buttai fuori. Isaac continuava a fissarmi il braccio, mentre con il pollice tracciava su e giù la X sbiadita.

«Volevo andarci per essere come tutte le altre ragazze» confessai, e nel mentre odiai le lacrime che mi offuscavano la vista e trasformavano la mia voce nel suono acuto di un flauto. «Non mi aspettavo chissà che. Anche un solo ballo decente sarebbe stato sufficiente.»

Isaac non disse niente. Percorse la X con il pollice un'ultima volta, poi tornò a guidare. Poggiai il braccio sulle gambe e toccai il punto che aveva sfiorato lui per assorbirne il calore.

Imboccò Emerson Road. La strada saliva per circa quattrocento metri prima di livellarsi a una quindicina di metri sopra la città. Isaac accostò vicino a un punto panoramico e parcheggiò sotto a una quercia altissima, che spiccava come una sentinella in cima alla collina. Il piccolo centro di Harmony giaceva là sotto, brillante di luci calde, compresa quella grande e dorata dell'insegna del teatro.

Isaac spense il motore, ma lasciò inserita la chiave. Le luci illuminavano il cruscotto e armeggiò con la manopola della radio in cerca di una stazione.

«Che stai facendo?» gli domandai.

«Non lo so» rispose.

L'elettricità statica sfrigolava. Continuò a girare la manopola per passare da una pubblicità alle note di una chitarra che aprivano *Imagination* di Shawn Mendes.

Isaac mi guardò, i suoi occhi verdi più dolci e più profondi di quanto avessi mai visto. «Che te ne pare di questa?»

«È carina.»

Scese dall'auto e ci girò intorno per venirmi ad aprire la portiera. Mi offrì la sua mano e io l'afferrai. Era ruvida e callosa per via del lavoro, ma calda e forte. Quel semplice tocco mi fece desiderare di essere circondata dalle sue braccia. Di sentire il suo corpo stretto al mio.

Non credevo che avrei provato di nuovo quella sensazione.

Mi aiutò a scendere e feci una smorfia e incespicai quando i miei piedi toccarono il terreno. Isaac mi sorresse, poi si allungò dentro la macchina per alzare il volume della radio. Mi prese di nuovo per mano e camminammo sull'erba che cresceva intorno alla quercia per raggiungere il bordo del belvedere.

Mi avvolse un braccio intorno alla vita e si portò la mia mano al petto, all'altezza del cuore.

«Va bene per te?» mi domandò.

Annuii e feci scivolare il braccio intorno al suo collo. Il suo profumo, così potente in macchina, mi avviluppò con dolcezza. Mi protesi verso di lui e appoggia la testa sul suo petto, sul bianco della sua maglia di cotone sotto la giacca di pelle. Inspirai mentre ondeggiavamo lentamente al ritmo della musica, con il testo della canzone che parlava per noi.

Dopo qualche istante, sollevai la testa per guardarlo negli occhi. «Questa non è tutta scena, vero? Sei davvero tu?»

Isaac aprì la bocca, indeciso se protestare o negare. Poi annuì. «Non era programmato, ma… sì. Sono io.» Sollevò la mano per accarezzarmi la guancia e asciugarmi le lacrime con il pollice. «Stai bene?»

«Sì.» Appoggiai di nuovo la testa al suo petto. «In questo momento è tutto perfetto.»

Lui non rispose, ma lo sentii annuire. Posò la guancia sopra la mia testa. Era esattamente quello di cui avevo bisogno.

Magari era quello di cui aveva bisogno anche lui.

Il pezzo alla radio terminò e fu rimpiazzato dalla pubblicità di un concessionario di auto usate. Restammo abbracciati così, con tutta Harmony ai nostri piedi. La vera Harmony, con il teatro dove ci eravamo conosciuti e l'anfiteatro dove Isaac mi aveva toccato le mani per la prima volta. Non il quartiere alle nostre spalle, dove i miei genitori abitavano in una fredda casa bianca.

«Devo tornare indietro» mormorai alla fine. «Staranno cominciando a cercarmi. Più resterò in giro, più la situazione peggiorerà.» Mi guardai le ginocchia sanguinanti. «Si prospetta già un disastro.»

«Grande quanto?»

Mi tastai il gonfiore sotto gli occhi. «Non come questo. Starò bene, lo prometto.»

Con riluttanza si staccò dalla protezione del nostro abbraccio e mi aiutò a salire sul pick-up. Tornammo verso la mia strada e gli chiesi di rallentare e di fermarsi a qualche casa di distanza dalla mia. La limousine di Justin era parcheggiata proprio lì davanti.

«Merda» esclamai. «Justin è lì. Forse anche i miei amici.»

«Detesto doverti lasciare entrare là dentro da sola.»

«Ma devi» risposi.

«Loro sanno?» mi domandò a voce bassa. Con gentilezza, mi prese di nuovo il braccio e girò il polso per rivelare la X. «Sanno cosa significa?»

«No» risposi. «Nessuno lo sa.»

Mi resi conto che non era del tutto vero. Xavier avrebbe capito cosa significava. Ciascuna di quelle X apparteneva a lui. Era stato lui a marchiarmi, probabilmente per sempre.

«Devo andare» aggiunsi. «Grazie del passaggio, e anche per il ballo di prima e… per esserci stato.»

Scivolai fuori dalla macchina prima che potesse succedere qualcos'altro e, zoppicante, mi avviai verso casa con le scarpe in una mano. Nel vialetto, mi voltai.

Isaac non si era ancora mosso da dove era parcheggiato. Gli rivolsi un piccolo saluto con la mano ed entrai.

Justin era in soggiorno con i miei genitori. Si girarono tutti a guardarmi quando varcai la soglia e gli uomini schizzarono in piedi. Mia madre si portò la mano sulla bocca spalancata, l'altra era stretta attorno a un bicchiere di vino.

«Che ti è successo?»

«Dove sei stata?»

«Ci hai fatto spaventare a morte.»

«Sono qui. Sto bene» li rassicurai. Guardai Justin. «Scusa se me ne sono andata. Ho avuto un… attacco di panico e sono uscita di corsa a prendere una boccata d'aria…»

«Hai avuto un attacco di panico?» mi domandò mamma dal divano. «E da quand'è che hai gli attacchi di panico?»

Dalla scorsa estate…

«Non lo so, è solo… successo. Sono corsa fuori e sono caduta. La porta della palestra era bloccata dall'esterno ed ero tutta un disastro e imbarazzata, così ho deciso di tornare a casa a piedi. Non avevo il cellulare, altrimenti vi avrei chiamati.» Un pensiero mi fece sussultare. «Dov'è il mio telefono?»

«Te l'ha preso Justin,» mi comunicò papà, «insieme alla borsa.»

Mi passò il telefono e sbiancai.

All'improvviso mi sentivo nuda, proprio come quando avevo inviato quelle foto a Xavier. Una mia proprietà personale, i miei pensieri e il loro contenuto erano di nuovo fuori dal mio controllo. Papà aveva controllato il mio telefono stasera, *sapevo* che lo aveva fatto. Non mi era consentito nascondere il codice per bloccarlo ai miei genitori – era stato uno dei presupposti necessari da quando ero diventata "incontrollabile" l'estate scorsa.

Passai mentalmente in rassegna ogni messaggio che mi ero scambiata con Angie. Non riuscivo a ricordare se avessimo mai parlato di Isaac.

«Ridammelo.» Allungai la mano, ma papà lo sollevò in alto.

«Prima ci spieghi dove sei stata. Eri con Isaac Pearce?»

«Quello non promette niente di buono» aggiunse Justin.

Mi voltai per fulminarlo con lo sguardo. «Sta' zitto.»

Lui sollevò entrambe le mani. «Sono qui da più tempo di te, Willow. Sto solo cercando di metterti in guardia. Mi sono spaventato a morte.»

«Non ero con Isaac» chiarii. «Ve l'ho già spiegato, sono tornata a casa a piedi. Ho dovuto percorrere tre chilometri ed ero scalza. Fate due calcoli.»

«Perché andare a piedi?» mi domandò mamma. «In quello stato? Guarda che vergogna.»

«Regina» l'ammonì papà.

«Ma è vero. Sembra una prostituta.» Dal modo in cui la bocca di mia madre farfugliò quella parola, immaginai che fosse già alla seconda bottiglia di vino. «Cosa penseranno i vicini?»

«Dammi il mio telefono» intimai a papà. «Devo avvertire Angie che sto bene.»

«Li ho riaccompagnati io a casa» s'intromise Justin. «Anche loro erano preoccupati.»

«E non me ne stupisco» aggiunse papà, prima di passarmi il cellulare.

Mi allontanai da loro e sprofondai su una poltrona, poi scorsi in fretta i messaggi. Sapevo per certo che ciascuno di essi era stato letto da mio padre. Forse anche da Justin.

«Si comporta in modo diverso dalla scorsa estate» sentii dire a mio papà. «È difficile da gestire.»

Mi tremavano le mani mentre scorrevo in cerca del nome di Isaac nella chat. M'imbattei nell'S.O.S. che avevo inviato ad Angie per l'uscita di sabato con Isaac e in tutta fretta eliminai l'intera conversazione.

Non lo ha letto, altrimenti adesso sarei già morta.

«Non c'è bisogno di scusarsi» replicò Justin a papà. Abbassarono le voci. Sentii pronunciare il nome di Isaac un paio di volte dalla bocca di Justin e avrei voluto mettermi a gridare.

Ecco il nobile Laerte e Polonio che discutevano come comportarsi con la povera e fragile Ofelia, intenti a decidere ciò che era meglio per lei, come se dalla scorsa estate fosse diventata un'incapace.

Mia madre era una spettatrice, concentrata a sorseggiare il suo vino.

Inviai un messaggio a Angie.

> **Io:** Sto bene. Sono a casa. Ti chiamo dopo. Promesso.

La risposta fu istantanea.

> **Angie:** Oh mio Dio. Dove sei stata? Volevo scriverti, ma sapevo che il telefono ce l'aveva Justin.

Ci fu una pausa.

> **Angie:** Sei davvero tu? Scrivimi qualcosa che potrebbe sapere solo Willow.

Sorrisi tra i lucciconi.

Io: Angie McKenzie è l'amica migliore che si possa sperare di avere.
Angie: Ma questo lo sanno tutti. Riprovaci.

Le mie dita volarono sulla tastiera.

Io: Al centro commerciale, hai affermato che sembravo più Rapunzel che Belle.
Angie: E avevo ragione. Chiamami quando ti lasciano uscire dalla torre.
Io: Certo. Ti voglio bene.
Angie: Ti voglio bene anch'io.

«Justin se ne sta andando» annunciò papà a voce alta. «Data la piega disastrosa che ha preso questa serata, potresti almeno accompagnare il tuo ospite alla porta e augurargli buonanotte? O magari ringraziarlo per la sua premura?»

Mi alzai in piedi e ubbidiente lo accompagnai alla porta. Papà se ne stava in fondo all'ingresso, le braccia conserte, a osservare la situazione come un allenatore che dubitava che la sua atleta di punta tornasse nella sua forma migliore.

Justin mi sorrise benevolmente. «Tutto bene?»

Quasi trasalii. Le stesse parole avevano avuto un significato completamente diverso pronunciate da Isaac. Isaac me lo aveva chiesto perché gli importava davvero. Justin me lo aveva chiesto per poi passare ai suoi sentimenti.

«Ero davvero preoccupato per te. Tutti noi lo eravamo. Dopo aver lasciato i tuoi amici, ho provato a cercarti.»

Non ero stata via così a lungo da credere che fosse vero, ma ero troppo stanca, troppo esausta per discutere.

«Mi dispiace.»

Lui mi sorrise. «Sei perdonata.» Si piegò per darmi un bacio sulla guancia, ma io mi scansai.

«Okay» commentò, il sorriso adesso teso. «Buonanotte, allora.» Guardò oltre le mie spalle e salutò mio padre con la mano. «Buonanotte, signore.»

Avevo voglia di vomitare.

«Buonanotte, Justin. E grazie.»

«Si figuri.»

Non potei richiudere la porta abbastanza in fretta.

Mio padre era lì con le braccia conserte. Lo sguardo adesso era quello di un allenatore arrabbiato la cui atleta aveva rovinato la grande partita finale.

«È così che lo tratti? Ha speso tutti quei soldi per la limousine e...»

«Non ce n'era bisogno» lo interruppi, lo sguardo fisso sui miei piedi nudi. «Lo avevo avvertito. Gli avevo spiegato che saremmo andati al ballo da amici.»

«Perché? Che cos'ha che non va? Stasera avevo delle grandi aspettative. Per la prima volta dalla scorsa estate, ti comportavi in modo più normale. Certo, i tuoi amici non sono come mi aspettavo, ma è comunque un passo avanti rispetto a non averne. Ma tu ti sei comportata con Justin come con Xavier...»

Lo sguardo mi schizzò in alto e lo fissai. «Cosa?»

«Anche Xavier è un bravo ragazzo e pensavo che fosse interessato a te...»

«*Interessato* a me?»

Sbiancai di nuovo, stavolta al ricordo del sorriso benevolo di Xavier, che diventata sempre più ampio, come quello dello Stregatto. *Posso portarti qualcosa da bere?*

«È il figlio del mio capo» aggiunse papà. «Sarebbe stato intelligente da parte tua mettere un po' più di sforzo nel vostro rapporto.»

«Papà» ribattei, la voce tremante per il freddo. «Sono stanca e voglio andare a letto.»

Feci per avviarmi verso le scale, ma lui mi afferrò per un braccio.

«Se scoprirò che stasera eri con Isaac Pearce invece che con Justin, chiamerò immediatamente Martin Ford e lo informerò che non parteciperai più allo spettacolo. Hai capito?»

«Sì» risposi, poi abbassai lo sguardo sul punto del braccio in cui mi stringeva. Delle piccole X nere si stavano sparpagliando sotto la sua mano e brulicavano sulla mia pelle come formiche. «Ho capito perfettamente.»

22

Willow

Passai un fine settimana insonne, perlopiù rannicchiata sul pavimento della mia stanza. Chiamai Angie e le raccontai quello che era successo – che Isaac mi aveva dato un passaggio a casa, ma non del nostro ballo al belvedere.

Il lunedì mattina ero in trance davanti all'armadietto della scuola. Per poco non mi prese un colpo quando Justin mi picchiettò sulla spalla con il dito. Sul suo volto era sparito quel suo sorriso affabile che piaceva tanto ai genitori. Al suo posto era comparsa la maschera della collera, tipica del ragazzo popolare che aveva ricevuto un bidone.

«Cos'è successo veramente l'altra sera?» chiese.

Indietreggiai di un passo. «Non lo abbiamo già chiarito venerdì? Te l'ho spiegato. Ho avuto un attacco di claustrofobia o qualcosa del genere. La palestra era troppo affollata. Non avevo con me il cellulare.»

«O te ne sei andata per incontrarti con Isaac? Ho notato come lo guardi alle prove.»

Sbattei con forza l'anta dell'armadietto. «Questi non sono affari tuoi.»

«Sta' alla larga da lui.»

«Sì, fratello.»

«Parlo sul serio. È pericoloso. Ho sentito dire che l'altra sera suo padre era alla Taverna di Nick che sproloquiava e delirava. I proprietari hanno dovuto chiamare la polizia perché lo riportassero a casa.»

«Ah, suo padre è *vivo*?» chiesi con ironia. «Pensavo che Isaac lo avesse ucciso.»

Justin scosse la testa. «Okay, se è questo che vuoi... io ho chiuso con te.» Fece per allontanarsi, poi si voltò di nuovo. «Sai, da quando sei arrivata e ti ho vista frequentare quella manica di sfigati, ho avuto compassione per te. Cazzo, che incredibile spreco di soldi.»

«Ci siamo offerti di dividere la spesa. Ricordi? Quanto ti dobbiamo?»

Come credevi che ti avrei ripagato, esattamente?

Mi fissò, dopodiché se ne andò emettendo un verso disgustato e raggiunse l'ex gruppo di ragazze noto come le Barbie. Tutte quante piegarono la testa verso di lui, poi la buttarono di colpo all'indietro ed eruppero in una fragorosa risata. Con gli occhi sgranati, guardarono oltre la sua spalla, verso di me, piene di finta pietà.

Fantastico. Per l'ora di pranzo sarei stata la pazza che aveva dato di matto al ballo.

Non ritenevo che Justin fosse così cattivo da spingersi oltre a questo, ma chi poteva saperlo? Mi affrettai a raggiungere l'aula per la lezione d'inglese con il desiderio di saltare a piè pari la giornata e andare alle prove, dove per un po' potevo essere qualcun altro.

«Come va?» mi chiese Angie, mentre mi sedevo al banco. «Sembri stanca.» Sulla sua maglietta bianca c'era scritto, in caratteri neri: *Se non hai niente di carino da dire... abbiamo un sacco di cose in comune.*

«Alla grande» risposi. «Considerando che il ragazzo che papà vorrebbe che frequentassi è un totale coglione e quello che vorrei frequentare io è assolutamente proibito.»

Angie spalancò la bocca. «Davvero? Isaac? Vorresti *frequentare* lui?»

«Shh. Non lo so. Forse. È così stupido, perché lui se ne andrà da Harmony tra un paio di mesi. Ma io non riesco a smettere di pensare a lui. Quando sto con lui non mi sento in trappola.»

«In trappola per quale motivo?»

Mi tirai bene in basso la manica della camicia verde scuro. Sotto, un nuovo esercito di piccole X nere mi marciava sul braccio. «Nessuno in particolare» risposi. «È solo che non mi piace sentirmi pressata dai ragazzi. E con lui non mi capita. Per niente.»

«Porca puttana» esclamò. «Pensi che lui sia interessato a te? Deve esserlo, no? Visto che ti ha aiutata nel momento del bisogno, ti ha dato un passaggio...»

E ha ballato con me.

Avevo ripercorso ogni dettaglio del nostro incontro mentre ero rannicchiata sul pavimento e avvolta in una coperta, in attesa del sonno che non sarebbe arrivato.

«Mi dispiace aver rovinato la vostra serata» aggiunsi.

«Non fa...»

«Lo so, lo so. Me lo hai già detto al telefono che non fa niente. Ma ho bisogno di scusarmi con te di persona. Sto cercando di diventare un'amica migliore.»

«Tu vai benissimo così, Holloway.»

Abbassò lo sguardo sui miei appunti, dove centinaia di piccole X brulicavano lungo i margini. Aggrottò le sopracciglia e picchiettò sul foglio con la punta del dito. «Che cosa sono?»

«Niente. Solo degli scarabocchi» risposi. «Ehi, hai già cominciato a pensare alla poesia? Quella che il signor Paulson ci ha assegnato la scorsa settimana?»

«Sì» replicò lentamente lei. «Ho buttato giù questo, dimmi cosa ne pensi. *Le rose sono rosse, le viole sono blu, quando hai voglia di parlare, fai un fischio a chi sai tu.*» Il suo sorriso smagliante si incupì di tristezza. «D'accordo?»

Annuii e mormorai: «Okay».

Durante il pranzo, lo schermo si illuminò con la notifica di un messaggio in arrivo. Il mittente era Isaac, e il cuore prese a martellarmi e sentii le farfalle nello stomaco.

Isaac: Ehi, ho una domanda sulle prove di stasera. Puoi parlare?

Astuto, pensai.

Io: Il campo è libero.
Isaac: Volevo essere sicuro che tu stessi bene. Ti avrei scritto prima.
Io: Sto bene. Grazie.

Ci fu una pausa, dopodiché Isaac riprese a scrivere.

Isaac: Oggi vuoi ripetere le battute dopo la scuola?

Mi chiesi se quella non fosse una domanda in codice. Non aveva importanza. Io volevo solo vederlo.

A breve se ne sarebbe andato. Dovevo essere furba. Non cercare di strisciare fuori dall'oscurità innamorandomi di qualcuno che non poteva stare con me.

Le mie dita volarono sulla tastiera.

Io: Sarebbe fantastico. Dove?
Isaac: Stesso posto dell'altra volta?
Io: Ho capito. Alle 15:00?
Isaac: Ci vediamo allora.

Ricevevo un messaggio da un ragazzo che mi piaceva, e dovevo cancellare l'intera conversazione.

«Ho bisogno di due piccoli favori» confessai ad Angie dopo scuola. «Devo vedermi con Isaac all'anfiteatro per ripassare le battute.»

«*Ripassare le battute* è un'espressione in codice per *fare sesso* e nessuno me l'ha spiegato?»

Un brivido mi corse lungo la schiena, ma era caldo, non freddo.

«È un'espressione in codice per *ripassare le battute.* Mi puoi coprire?»

«Coprirti come? Piazzo un manichino con la parrucca bionda sul sedile del passeggero della macchina e lo scorrazzo per la città?»

«Ora che mi ci fai pensare...» Sogghignai. «Basta che tu risponda a chi te lo chiede che stiamo studiando insieme.»

«Oh mio Dio.» Mi strinse la guancia tra due dita. «Ma guarda quel sorriso. Sei innamorata.»

«Eh? Per nulla.»

«Mmm. E io non sono la migliore amica che tutti vorrebbero.»

«Lasciami essere un pochino più felice in questo ultimo periodo, okay?» sbuffai. «Lui partirà tra un paio di mesi e voglio almeno rendere speciale questa esperienza col teatro.»

«Okay, Holloway» acconsentì Angie. «Ti copro io. Ma, ragazza, questa città è piccola e Isaac Pearce è grosso. Si fa notare facilmente, e se ti beccano con lui...»

«Starò attenta», le concessi, poi la baciai sulla guancia. «Sei la migliore.»

«La voce che circola è questa. E il secondo favore?»

«Mi serve un passaggio fino all'anfiteatro, tipo, adesso.»

Sospirò per cinque secondi ininterrotti, con gli occhi al cielo. «Povera me, povera me, il mio regno per un passaggio alla mia amica.» Mi cinse le spalle con un braccio. «Vieni, principessa, mettiamoci in marcia.»

Arrivai all'anfiteatro per prima. Mi arrampicai sul blocco di cemento e mi sedetti, in attesa, intenta a ricordare la sensazione delle mani di Isaac quando mi aveva aiutato a scendere. Speravo che lo avrebbe fatto anche oggi.

«Ehi.» Isaac era in piedi sul lato nord dell'anfiteatro. Indossava un paio di jeans che sembravano nuovi, una t-shirt bianca e una felpa col cappuccio tirato su. Uno zaino pendeva dalla sua spalla.

«Ciao.» Il mio cuore spiccò un balzo conigliesco, come succedeva ogni volta che ero in sua presenza.

Nessuno dei due parlò, mentre lui si avvicinava. Ormai sapevo che a Isaac serviva un po' di tempo per scaldarsi. Se ne stava lì in piedi e silenzioso. Non salì accanto a me, né mise giù lo zaino.

«Vuoi ripassare le battute?» gli chiesi alla fine.

«Non qui» Indicò quello spazio aperto con un'occhiata. «Potrebbe vederci chiunque venga qui a passeggiare. Conosco un posto migliore.»

«Va bene.» Iniziai a scendere dal blocco di cemento. Isaac mi offrì di nuovo la sua mano. Poi anche l'altra. Io le afferrai e saltai giù davanti a lui, proprio come era accaduto qualche settimana prima.

Mi teneva entrambi i polsi e con i pollici mi accarezzava la pelle delicata in quel punto. Mi chiesi se riuscisse a sentire il mio battito accelerato; il cuore mi martellava all'impazzata.

Mi guardò da sotto il cappuccio. I suoi occhi grigio-verdi erano placidi e caldi. Non aveva più il cerotto sullo zigomo, e il taglio era ancora scuro per via del sangue rappreso. Gran parte del gonfiore era sparito.

«Sei riuscito a dormire meglio?» gli domandai con dolcezza.

Scosse la testa. «Non ancora. Tu?» Continuava a tenermi i polsi.

«Non ancora.»

Con delicatezza, mi sollevò appena la manica e scoprì le X nere sul mio avambraccio. Trattenni il fiato, in attesa del brivido freddo e del riflesso istintivo di ritrarre la mano. Invece, lasciai che Isaac le studiasse, dopodiché mi guardò negli occhi, adesso oscurati dalla preoccupazione, e aggrottò le sopracciglia.

«Niente domande» lo pregai con dolcezza. «Non ancora, okay?»

«Okay.» Tutto qui. Mi riabbassò la manica e mi lasciò andare le mani. «Dovremmo andare.»

Risalimmo i gradini di pietra e imboccammo una stradina silenziosa che scendeva dietro l'anfiteatro. Il sole primaverile brillava nel cielo e filtrava tra gli alberi su entrambi i lati della strada. Mentre camminavamo in silenzio uno accanto all'altra superammo un piccolo parco giochi, con i dorsi delle nostre mani che si sfioravano di tanto in tanto. Le abitazioni diventavano sempre più rade. Le strade sempre più tranquille, finché il brusio degli insetti non sovrastò tutto.

«Che ne pensi?» mi chiese.

Ci trovavamo di fronte a un labirinto di siepi.

«L'adoro» risposi, ancor prima di mettervi piede dentro.

Le piante erano alte circa un metro e mezzo, i corridoi si diramavano in due direzioni e coprivano una superficie di circa una trentina di metri. Al centro, si riusciva a vedere il tetto di una piccola casupola con un mulino.

«D'estate, questo posto è pieno di turisti» mi informò. «Ma adesso dovremmo stare tranquilli.»

«D'accordo. Sei riuscito a imparare tutte le battute a memoria?»

Alzò le spalle. «Per un novanta per cento.»

«Non male, considerato che sono più o meno il novanta per cento dell'opera.»

«Cos'è successo quando ti ho riaccompagnata a casa dopo il ballo?»

«Oh... ehm, niente di scioccante» risposi. «Justin ha recitato la parte del bravo ragazzo con papà. Parlottavano tra loro davanti a me come se non fossi capace di prendere delle decisioni da sola. Hai presente quando si dice l'arte che imita la vita?»

«Quando compi diciott'anni?» indagò.

«A luglio.»

Isaac annuì. «Stasera devo chiedere a Marty di provare la scena in cui Amleto uccide Laerte?»

«No,» ribattei, «perché subito dopo Amleto viene ucciso da Laerte.»

«A dire il vero è Laerte che lo ferisce a morte per primo. Solo che Amleto muore più lentamente.»

«Non veloce quanto Ofelia. Io vi batto tutti.»

Silenzio.

«Si capisce che si sta parlando di una tragedia di Shakespeare, nel momento in cui si inizia a discutere di quale personaggio muoia più velocemente.» Abbozzò un piccolo sorriso, ma scomparì quando i suoi occhi incontrarono i miei. Sentii quel momento dilatarsi fra di noi. Non gli sarebbe costato niente piagare la testa e darmi un bacio.

Voglio che mi baci.

Il solo pensiero mi provocò dei brividi sulla pelle e allo stesso tempo mi aggrovigliò lo stomaco. E se mi avesse baciata davvero? Sarei rimasta pietrificata? Il panico mi avrebbe sopraffatto e messo al tappeto? Il ricordo sbiadito della bocca di Xavier sarebbe riaffiorato non appena Isaac avesse sfiorato le mie labbra?

Girai la testa e mi spostai una ciocca di capelli dagli occhi. «Sono pronta per esplorare questo labirinto.»

«Sì, certo» rispose, sollevato e pentito allo stesso tempo. «Andiamo.»

Ci ritrovammo di fronte ai due ingressi del labirinto, che conducevano in due direzioni opposte.

«Non è difficile,» mi confidò, «e comunque si vede sempre la parte centrale, così non ci si perde.»

Perdermi in un labirinto con te non è l'esperienza peggiore che potrebbe capitarmi oggi. «D'accordo» affermai. «Facciamo a gara a chi arriva prima al centro?»

«Vinco io» rispose Isaac. «Vivo qui da tutta la vita.»

«Ah, hai paura?»

Scoppiò a ridere. Una risata breve, ma comunque sincera. «Va bene, vediamo di cosa sei capace. Pronti. Via...»

Cominciai a correre lungo il corridoio che avevo davanti prima ancora che desse il via.

«Imbrogliona» mi gridò dietro.

Risi, e sentii il calore del sole in faccia e il profumo della primavera tutto attorno. Il labirinto era composto da piante secche che lentamente stavano tornando verdi. Si sentiva il brusio degli insetti e piccole farfalle bianche volteggiavano davanti a me. Non era un labirinto complesso e mi orientai continuando a puntare la casupola con il mulino al centro. Isaac, con il suo metro e novanta, avrebbe dovuto torreggiare al di sopra delle siepi, ma non riuscivo a scorgerlo da nessuna parte.

«È impossibile che sia stato così veloce» mormorai tra me e me mentre raggiungevo lo spiazzo su cui si ergeva il piccolo mulino. Mi ritrovai davanti una porticina, la vernice rossa tutta spellata. Isaac era seduto su una panca all'interno, una caviglia appoggiata all'altro ginocchio. Sembrava fosse lì da ore.

«Va bene, hai vinto» gli concessi ridendo, ma tornai seria non appena notai il modo in cui mi stava guardando. Isaac si alzò lentamente in piedi e uscì dal mulino, le sopracciglia aggrottate come se stesse provando dolore.

«Che hai?» gli domandai.

Si teneva le mani sui fianchi e si stava visibilmente sforzando. «Niente. Non posso farlo» esordì. «Dovremmo andare.»

«Andare? Ma siamo appena arrivati.»

«Lo so, ma non è per niente giusto, né per te né per me...» Sospirò, poi guardò a terra e scosse la testa. «Tu non hai idea di quanto sei bella.»

«Isaac...» Deglutii, nonostante il cuore che batteva a mille nella mia gola.

«Dovremmo andare via» ripeté. «È così... io me ne vado tra qualche mese. Non posso evitarlo. Devo allontanarmi da questa città per me stesso e anche per guadagnare dei soldi per mio padre e per Martin e per il teatro. Sono al verde, ma forse, se farò colpo sui talent scout...»

Il disperato accenno di speranza nella sua voce roca mi spezzò il cuore.

«Lo so che devi andartene» commentai. «È il tuo sogno. Il mondo ha bisogno del tuo talento.»

Deglutì a fatica. Notai il suo pomo d'Adamo salire e scendere sulla gola, come se avesse mandato giù un groppo seghettato.

«Ha bisogno anche del tuo talento» precisò. «La tua Ofelia...»

«Questo non lo so, ma *io* ho bisogno di lei. Ho bisogno di questo spettacolo e non posso lasciarmelo sfuggire.»

O lasciarmi sfuggire te.

«Lo so» commentò con un filo di voce.

«Questo spettacolo è l'unico modo che ho per... per frequentare te» ammisi, a voce più alta. «Prima che tu te ne vada, abbiamo questo. *Amleto*. Mio padre rovinerà tutto se noi...»

Scosse la testa come per interrompermi, e annuì in modo brusco. «Sì, lo so. È per questo che dovremmo andare.»

Senza aggiungere altro, ci avviammo verso l'uscita del labirinto, l'uno accanto all'altra. Isaac sapeva esattamente quali corridoi imboccare. Non incontrammo neanche un vicolo cieco.

Fine del labirinto.

«Hai difficoltà a tornare a casa?»

«Chiamerò Angie.»

Annuì. «Ci vediamo alle prove?»

«Sì, a dopo allora.»

Annuì di nuovo, poi si voltò e se ne andò. Io mi girai e mi incamminai nella direzione opposta.

Mi addentrai nella città e fui scortata a casa da Angie. Parlai a malapena. Le spiegai che non mi sentivo bene per salvarmi dalla raffica di domande che mi avrebbe rivolto. Era comunque la verità.

In casa non c'era nessuno. Andai in cucina per bere un bicchiere di aranciata e trovai la posta sul banco. In cima alla pila di buste ce n'era una spessa, con un invito. Sulla parte del mittente si leggeva *Wilkinson*.

Con la mano tremante, girai la busta. Era già stata aperta. Estrassi il cartoncino all'interno. Un'elegante calligrafia stampata fluttuò davanti ai miei occhi e mi concentrai sulle parole:

Siete cordialmente invitati a celebrare gli utili più alti in un quadrimestre nella storia della Wexx. Salone delle feste, Hotel Renaissance, il giorno 30 aprile alle ore 20:00, Braxton, Indiana.

Sotto, scritto a mano con la penna nera:

Xavier avrà dei giorni liberi dal college. Se avessimo la certezza che Willow verrà, potrei convincerlo a unirsi a noi. Sono sicuro che sarebbe felice di rivederla. Spero di incontrarvi tutti alla festa!
Ross Wilkinson

Xavier. In Indiana.

Le parole sull'invito fluttuarono di nuovo davanti ai miei occhi, finché tutto ciò che riuscii a vedere furono delle piccole X nere.

23

Isaac

Ci stavo riuscendo. Mi stavo allontanando da Willow, esattamente come mi ero ripromesso. Come mi sentivo?

«Da schifo, cazzo» mormorai.

Ci volevano una ventina di minuti per tornare a piedi dal labirinto a casa dei Ford. Venti minuti sotto il sole che scaldava sempre di più con il passare dei giorni. Quando Willow era emersa dai corridoi del labirinto, la luce l'aveva illuminata tutta. Il freddo pallore della sua pelle della sera scorsa era sparito e sembrava maledettamente radiosa con i raggi del sole tra i capelli e il suo sorriso per me. Tutto per me.

Come ho potuto permettere che succedesse?

Mi tirai su lo spallaccio dello zaino e ribadii il mio giuramento: le avrei offerto l'*Amleto* e nulla di più. Lei mi avrebbe concesso la sua Ofelia e poi me ne sarei andato da Harmony.

E dovevo andarmene. Per forza.

L'altra sera non ero riuscito a dormire, come al solito. Ero sceso di sotto per uno spuntino, ma mi ero bloccato di colpo a metà strada, nel soggiorno. Brenda e Marty erano in cucina e parlavano a voce bassa. Stavo per girare i tacchi e tornare in camera quando udii Martin pronunciare il nome di mio padre. Mi paralizzai, in ascolto.

«... si è presentato alla Taverna di Nick... ha messo su una scenata assurda... maledicendo Isaac... ha urlato a tutti di avere un finocchio come figlio...»

Quella sera papà era stato arrestato e aveva passato la notte nella cella degli ubriachi. L'umiliazione mi aveva dilaniato. Non per l'accusa di omosessualità – a quella ci ero abituato. Adesso papà non era soltanto un ubriacone, ma anche l'omofobo delirante della città. I nostri nomi erano di nuovo sulla bocca di tutti. Avevo sperato che Sam Caswell non fosse lì quella sera. Io e lui avevamo recitato in *Angels in America* due estati prima e lui era uscito talmente rafforzato da quella esperienza che aveva fatto coming out con tutta la famiglia e gli amici. Ora mio padre stava rovinando anche quello.

Dio, dovevo andarmene da Harmony, pensai mentre camminavo e mi accendevo una sigaretta.

Ma Willow... Forse, dopo aver trovato la fortuna come gli eroi dei racconti, sarei potuto tornare.

Quel pensiero mi costrinse ad arrestarmi di colpo sotto il sole pieno. In tutti quegli anni in cui avevo pianificato la mia fuga, l'idea di *tornare* non era mai stata contemplata.

«Merda» borbottai, ed espirai il fumo dal naso. Finalmente stavo per andarmene per sempre ed ecco che all'improvviso incontravo l'unica persona che avrebbe potuto riportarmi indietro. L'universo aveva proprio un senso dell'umorismo malato.

Fanculo, mi sarei concentrato sull'*Amleto*. Avrei messo da parte questi pensieri su Willow per servirmene sul palco. *Amleto* sì che poteva struggersi per lei e rimpiangere la loro separazione. Lui sì che poteva essere arrabbiato col padre di lei e furioso con il fratello. Avrei portato tutta questa merda in scena, dove le parole scritte centinaia di anni fa avrebbero parlato per me.

Quella sera, quando alle sette iniziarono le prove, Willow non c'era.

E nemmeno Justin.

«Le concederemo altri cinque minuti» concluse Martin.

Venti minuti più tardi, di lei non c'era ancora traccia.

Una sensazione spiacevole si radicò nel mio stomaco. Presi il telefono e le mandai un messaggio, ma nel frattempo lei mi scrisse per prima.

> **Willow:** Isaaaaaaaaac sono qua fuori e OH MIO DIO sono veramente ubriacaaaaaaa :D:D:D

«Oh, merda.» Afferrai la giacca di pelle dallo schienale della sedia. «È lei. Torno subito» avvertii Martin. Uscii sul marciapiede davanti al teatro e guardai in tutte le direzioni. Alla fine, a mezzo isolato di distanza, davanti a un negozio di alcolici, la individuai. Era con un gruppetto di tizi – uomini più grandi, non studenti – e rideva sguaiatamente.

La raggiunsi in circa tre secondi. «Willow.»

«Isaac» urlò, il volto raggiante tipico delle persone brille, che sembravano non vederti da dieci anni. «Oh mio Dio, sei *qui*.»

Mi buttò le braccia al collo e sentii una nota amara di whiskey nel suo alito.

«Ehi, ragazzi, lui è Isaac. Non è bello? È *così* bello.» Mi appoggiò il palmo della mano sul viso e mi accarezzò la guancia. «È un genio della recitazione. È *Amleto*. La vedete quella grossa insegna laggiù?» Puntò il dito nella direzione approssimativa dell'ingresso del teatro con la pubblicità dello spettacolo scritta a caratteri neri: *AMLETO, prossimamente*. «È proprio lui.» Mi batté una mano sul petto. «È il nostro Amleto.»

«Willow, che stai combinando?» Scrutai i tre tipi che la guardavano divertiti.

«Grazie al prezioso aiuto di questi gentiluomini, sto comprando della birra» scandì con attenzione e lentezza.

Guardai uno dei tizi e questo alzò le spalle. «Ha dato cinquanta dollari al mio amico per una confezione da sei di Heineken.»

«E pensate che sia giusto comprare birra a una minorenne?» Avvolsi un braccio intorno alla vita di Willow per sorreggerla. «Vieni, andiamo.»

«No.» Si divincolò e inciampò appena. «Non me ne vado da qui senza la mia birra.» La sua espressione arrabbiata si trasformò in gioia quando un altro tipo uscì dal negozio con una busta di plastica nera. Appena si accorse che lo stavo guardando male, si immobilizzò.

«No, no, no.» Willow mi agitò l'indice davanti alla faccia. «Nessuno può darmi ordini.» Prese la busta dal tipo e guardò dentro. «Oh, sì. *Perfetto*.» Gli diede un buffetto sulla spalla come se fossero amici di lunga data. «Tieni il resto, amico mio.»

Quelli si allontanarono, ridendo e scuotendo la testa.

«Gli hai dato cinquanta dollari per della birra che ne vale un quinto?»

«E allora?» replicò lei. «A casa ho bevuto lo scotch invecchiato mille anni di mio padre, che valeva più di cinquanta dollari, te lo posso garantire.»

«Non c'è bisogno che tu me lo garantisca» le risposi, inondato dal suo fiato che sapeva di alcol. «Willow, che è successo? Che sta succedendo?»

Mi rivolse un'occhiata strana. «Non è ovvio? Mi sto sbronzando.» Cominciò a frugare nel sacchetto di plastica, cercando di tirare fuori le bottiglie di birra dalla confezione. «Ne vuoi una? A nessuno piace bere da solo.»

«Non qui, Cristo» sbottai, e le strappai il sacchetto di mano.

La sua allegra faccia da ubriaca assunse istantaneamente un'espressione arrabbiata. «Te l'ho detto, nessuno può darmi ordini. Restituiscimi la birra o mi metto a urlare.»

«Sei già abbastanza ubriaca.»

Con la stessa velocità con cui era diventata arrabbiata, la faccia si increspò in una smorfia. «Ma non capisci, Isaac» commentò, e mi afferrò per la giacca. «Devo scappare da tutto questo.» Agitò la mano sopra la propria testa, come se stesse cercando di scacciare un nuvolone scuro di pensieri e ricordi.

Un nuvolone di cosa? Generato da chi? La guardai in quei suoi occhi grandi e spaventati e rammentai le X nere sul suo braccio. Mi colse una paura tremenda allo stomaco.

Era grave. Qualsiasi fosse il motivo del suo stato, era grave.

«Ti prego» mi implorò. «Portami da qualche parte.»

Guardai il teatro, poi di nuovo lei, distrutta.

«Il cimitero» aggiunse, gli occhi vitrei illuminati. «Portami al cimitero. È parecchio vecchio, vero? Ha centinaia di anni? Voglio andarci. Ti prego.» Assunse un tono di voce risoluto. «È una mia scelta. Mi ubriacherò con o senza di te.»

Merda. Aiutarla a ubriacarsi mi sembrava allo stesso tempo la scelta migliore e quella peggiore da compiere. Ma se aveva intenzione di prendersi una sbornia, era meglio restare con lei.

«D'accordo, andiamo.»

Mi prese a braccetto come se stessimo per andare a fare una passeggiata. Io tirai fuori il cellulare e inviai un messaggio a Marty:

Io: Willow non si sente bene. La riporto a casa. Non torno.

La sua risposta arrivò un minuto più tardi.

Marty: Prenditi cura di lei.

Accompagnai Willow al pick-up e l'aiutai a salire, poi mi sedetti al volante. Aveva già la testa ficcata dentro la busta.

«Devi aspettare che saremo arrivati là» la rimproverai. «Non aprirla. Non farmi arrestare, ti prego.»

Se fosse successo, avrei passato la notte in cella come il mio vecchio. Non sarebbe stato orgoglioso di me?

«Non voglio che ti arrestino» dichiarò con una solennità da ubriaca. «Sarebbe proprio terribile.»

Mio malgrado, ridacchiai. Lei appoggiò la testa al sedile, chiuse gli occhi e prese a sorridere e borbottare tra sé e sé. Aveva i capelli sciolti, che le ricadevano quasi fino alla vita in lunghe onde bionde. Indossava una maglietta nera attillata a maniche lunghe, che accentuava la curva del suo seno e quella elegante del collo. Era la ragazza più bella che avessi mai visto, persino da ubriaca fradicia. Ma *era* ubriaca e la cosa alterava la mia attrazione per lei. Poneva un freno al desiderio fisico che provavo. Il mio compito era prendermi cura di lei, tutto qui.

Ed evitare che mi vomitasse addosso.

«Quanto hai bevuto?» indagai. «Cos'era? Scotch?»

«Mmm.» La testa gli ciondolò verso di me. «Mio padre, a sua insaputa, mi fa genuinamente... cioè, *gentilmente* attingere dalle sue scorte.»

«Come sei arrivata in centro?»

Sbuffò sputacchiando. «Esistono i taxi, persino nella piccola Harmony, sai? Ci sono così tante cose qui che non hai visto.»

«Vivo in questa città da tutta la vita» puntualizzai. «Ho visto tutto.»

«Con i tuoi occhi, sì. Ma c'è molto di più...»

Si sporse in avanti per frugare nella tasca posteriore dei jeans e ne estrasse un rotolino di banconote. «Mia madre genuinamente... *generosamente* mi ha fornito i soldi per questa piccola escursione. Ecco.» Srotolò tre pezzi da venti e me li ficcò nella tasca della giacca. «I soldi della benzina, una cortesia di Madame Holloway per portare in giro sua figlia e mostrarle le attrazioni turistiche.»

«Non voglio i tuoi soldi.» Cercai di ridarglieli, ma lei allontanò la mia mano, così li buttai sul sedile al centro.

Accostai davanti al cimitero. Non aveva un parcheggio e di fronte ai campi c'era solo una camera mortuaria di mattoni squadrata, chiusa da decenni.

Willow cercò di aprire lo sportello ancor prima che avessi finito di parcheggiare. Smontai e corsi ad aiutarla. Mentre le mettevo un braccio introno alla vita per sorreggerla, mi guardò.

«Sei davvero... stupendo.» Il suo farfugliare ubriaco passò da sciocco a serio. I suoi pensieri andavano più a fondo di prima. «Bello,» continuò, «ma non in modo effeminato. No. In modo virile. Nel modo più bello in cui può essere bello un uomo. Questa...?» Mi sfiorò la barbetta sulla guancia, poi tracciò la linea delle mie sopracciglia. «E qui...» Mi accarezzò con delicatezza lo zigomo, consapevole della mia ferita ancora in via di guarigione.

Chiusi gli occhi al suo tocco e fui travolto da un senso di urgenza, come se avessi scolato anch'io un bicchiere di scotch.

Non farmi questo.

«E qui» sussurrò mentre mi passava le dita sulle labbra. «E questi occhi, Isaac.»

Li aprii per lei, così vicina, così bella...

«Lo sai cos'ho pensato la prima volta che li ho visti? Che fossero come un mare in tempesta durante l'inverno nell'isola di Nantucket. Ghiacciato e battuto dal vento, ma profondo. Ma adesso non sono freddi...»

Inclinò la testa verso di me. Stava per baciarmi. E se non fosse stata ubriaca, quello sarebbe stato il momento più perfetto della mia vita.

Allontanai la testa e l'afferrai per le spalle. «No, Willow. Non possiamo.»

«Non possiamo» riecheggiò lei. Il volto offuscato. «Mai parole furono più vere, eh? Voglio una birra.»

«Solo una.»

«Non puoi darmi ordini» sbottò. «Ricordi?»

Mi chinai per tirare fuori due Heineken dalla busta. «D'accordo, ma tu invece puoi andare in coma etilico. Evitiamo che accada.»

Mise il broncio, ma non protestò più.

Indicai la piccola costruzione di mattoni. «Andiamo dietro la camera mortuaria, prima che qualcuno ci noti.»

Imboccammo un piccolo sentiero sterrato che circondava l'edificio. Ogni singola luce su quella stradina emanava ancora un bagliore giallo, probabilmente per tenere lontani gli intrusi.

Sugli alberi intorno al cimitero, che rappresentavano l'unica barriera a delimitarne il perimetro, i grilli frinivano una cacofonia senza fine. Non c'erano né cancelli né recinsioni, né un ingresso o un'uscita veri e propri. Solo un irregolare appezzamento di terra. Un mare nero dove lapidi inclinate spuntavano dalla superficie. Secondo quanto recitava il cartello sul muro della camera mortuaria, alcune tombe risalivano addirittura al 1830.

«È perfetto» esclamò, mentre stappavo due birre con la chiave e gliene passavo una. Prese un lungo sorso, come fosse una pozione di cui aveva disperatamente bisogno.

«Bevi piano» l'avvisai. «Non vorrai...»

Allora si aggrappò a me, una mano che stringeva e agitava la bottiglia, l'altra che mi afferrava la maglietta. Mi tirò a sé. Mi piantò le labbra sulla guancia, nel tentativo di centrare la bocca. Aveva il fiato che sapeva di scotch costoso e birra scadente.

«Ecco come posso farlo» sussurrò tra un bacio frenetico e l'altro, che mi faceva ribollire il sangue e mi lasciava nauseato allo stesso tempo. La volevo più di qualunque cosa al mondo, ma non in questo modo.

«Willow...»

«È così che si fa, vero? Ubriaca e delirante, così puoi avermi, Isaac. In questo modo andrà bene.»

«No...»

«Come prima» aggiunse, mentre mi mordeva il collo e si abbandonava contro la mia spalla. «Ecco come posso farlo. Probabilmente è l'unico modo in cui posso farlo adesso.»

L'ombra di un pensiero mi scivolò sulla schiena come la punta di un coltello freddo.

«Che intendi? Fare cosa?»

«Hai capito bene» insinuò. «Devo farti lo spelling?»

«Sì, grazie. Di che stai parlando, Willow?»

«Di che sto parlando?» ripeté. «Lo sto confessando, no? Sto raccontando la mia storia. Perché? Perché mi piaci, Isaac. Così tanto che è tremendamente triste. Voglio essere una ragazza normale a cui piace un ragazzo, ma questo non potrà mai succedere. Non a me.»

«E perché mai?» le chiesi in un sussurro mentre ogni mio muscolo si tendeva in attesa della risposta.

«Perché, c'era una volta...» La testa di Willow ciondolò un po', gli occhi gonfi oscurati dall'alcol e dal buio. «... la qui presente che organizzò una festa. C'era la musica. E si ballava in modo sensuale e io mi sentivo sensuale. E grande. E lui mi voleva. Era più grande di me e bello e popolare e mi stava rivolgendo delle attenzioni, proprio a *me*. Si chiamava Xavier.»

Si tirò su la manica per rivelare lo sciame di piccole X che ricoprivano ogni centimetro della sua pelle pallida.

«Le X marchiano un punto» continuò. «Ora sono sul mio braccio, ma potrebbero essere dappertutto.» La voce le tremò. «Xavier mi ha toccato dappertutto.»

Si riabbassò la manica e si abbandonò contro il muro, mentre la fissavo con tutto il mio corpo, vibrante di terrorizzante attesa. *Cos'altro* aveva ancora da rivelarmi?

Willow bevve un sorso di birra e si mise a contemplare la bottiglia. «Quella sera ho bevuto birra. Da una tazza. Non ne ho bevuta tanta, ma del resto non ce n'era bisogno. Xavier aveva messo qualcosa all'interno...»

«Cristo...»

«Non so quale sostanza abbia usato. Tutto è diventato nebbioso. I ricordi sono frammentari e disordinati. Adesso ricordo quella sera solo in modo frammentario.» Sollevò lo sguardo verso di me, gli occhi pieni di un dolore sminuzzato. «Ricordo che tutti se ne sono andati a casa, mentre lui è rimasto per darmi una mano a mettere in ordine. È stato così carino. Premuroso. *Posso portarti qualcosa da bere?* mi ha chiesto.»

Strinse forte gli occhi. «Poi ricordo che siamo andati di sopra. In camera mia.»

Trattenni il fiato. Il cuore mi sbatté ripetutamente contro la gabbia toracica.

«Si dice che si debba raccontare sempre la verità» commentò, e aprì gli occhi. «E se sai che è successo qualcosa, ma non ricordi come? Io ricordo il ballo. Che indossavo una gonna corta. Che avevo bevuto. E che sono salita di sopra con lui senza protestare.»

«Dio. Willow...»

«Non ho acconsentito» aggiunse, gli occhi vitrei che sostenevano disperatamente i miei. «Ma non ricordo di essermi opposta. Non con la voce. La voce non usciva. Ma dentro di me...» Scosse la testa. «Dentro di me, ho gridato tutto il tempo.»

Quelle parole rimasero sospese nell'aria, terribili e irremovibili. Deglutii a fatica, un nodo seghettato di dolore e rabbia e inutilità. Mi sforzai di dire o fare qualcosa che rendesse tutto ciò non vero. Avrei voluto svegliarla da questo incubo. Afferrarla e portarla lontano. Salire sul pick-up e cominciare a guidare. *Cazzo, vorrei che non fosse mai successo...*

Il senso di inutilità era una morsa stretta intorno al mio maledetto collo. Mi chiesi come fosse riuscita a sopportarlo. Giorno dopo giorno.

Tutto il giorno. Tutta la notte. Come poteva starsene lì in piedi? Ubriaca e distrutta dal dolore, certo, ma era comunque *lì*.

Scrollò le spalle e si asciugò le lacrime con la manica. «Tutto qui. Non ho acconsentito, ma non ricordo di essermi opposta. Non ad alta voce...»

«Dopo cos'è successo?» domandai a denti stretti.

Ti prego, dimmi che adesso quel bastardo è in prigione. A farsi massacrare di botte ogni santo giorno della sua vita.

Willow alzò di nuovo le spalle, con un senso di tremenda rassegnazione.

«È successo che si è fatta mattina. Avevo mal di testa, il cervello sembrava voler schizzare via dal mio cranio. Ho bruciato la biancheria strappata. Ho strofinato via il sangue dalle lenzuola. Ho fatto una doccia bollente che è durata quarantacinque minuti. Ho cercato di cancellare ogni traccia fingendo che non fosse successo nulla.»

«Non lo hai raccontato a nessuno?» chiesi.

«Raccontarlo...» Scosse la testa. «Era impossibile. Come potevo spiegare alla polizia che Xavier Wilkinson, il figlio dell'amministratore delegato multimilionario di un'azienda, mi ha drogata e... e... violentata?» Un singhiozzo strozzato paralizzò per un istante quella parola, che dopo deglutì a fatica. «Mio padre avrebbe perso il lavoro. Ci avrebbero scagliato contro un esercito di avvocati. Saremmo stati rovinati. Per non parlare del fatto che avrei dovuto riferire cosa indossassi quella sera e quanto era successo. Quanto fossi stata ubriaca e chi mi aveva visto ballare con lui, strusciarmi davanti a tutti proprio come *volevo.*»

«Ma...»

«No, c'è di più» aggiunse. «Avevamo flirtato tutta l'estate. L'avevo conosciuto alla festa del Quattro luglio dagli Hampton. Avevamo iniziato a scambiarci messaggi. E i messaggi si erano trasformati in qualcosa di... *più*. La situazione mi era sfuggita di mano finché io...» Cercò di guardarmi negli occhi, ma non ci riuscì. «Gli inviai una foto. Di me. Senza reggiseno. Lui me l'aveva chiesta e io avevo ubbidito. Adesso lui ce l'ha. La mostrerà a tutti, sempre che non l'abbia già fatto, e io... io...»

All'improvviso si piegò in avanti e vomitò tutto l'alcol che aveva bevuto sul cemento. Corsi da lei e le tenni i capelli all'indietro mentre si liberava. Sapevo che quel rimettere improvviso aveva sicuramente più a che vedere con la sua storia che con i liquori che aveva ingerito.

Una volta finito di liberarsi, mi spinse via e si afflosciò contro il muro, prosciugata ed esausta e rantolante.

Mi misi a camminare avanti e indietro.

Le fiamme mi divampavano dentro, le mani chiuse a pugno e il cuore che martellava nel petto. Il sangue mi pulsava nelle orecchie e mi offuscava la vista di rosso.

«*Cazzo.*» Mi girai come un fulmine, sferrai un pugno al cartello di legno della camera mortuaria e mi sbucciai le nocche. «Lo ucciderò. Dov'è ora? Lo uccido, cazzo.»

Willow scoppiò in una risata amara. «Ah, sì? Lo ucciderai? O lo massacrerai di botte? Servirebbe a qualcosa?»

«Io... devo fare qualcosa...»

«Ti aiuterebbe a sentirti meglio?» Si pulì il mento con il dorso della mano. «Sì, be', buon per te. Ma per me? Quando comincerò a sentirmi meglio? *Mai.* Dovrò portarmi dietro questo ricordo e questo schifo di corpo per sempre. Una malattia cronica senza cura.»

«Non è colpa tua...»

«Lo *so*, ma non capisci? Questo non ha importanza. Non è colpa mia ma *non ha importanza.* Perché è troppo tardi. Troppo tardi. Tu puoi massacrarlo di botte, o prendere a pugni i cartelli fino a spaccarti le ossa. Ma io sarò ancora qui.» Puntò col dito il vomito a terra, gli occhi lucidi di pianto. «Sarò ancora qui, per sempre. Proprio *qui.*»

Quel pensiero la travolse, come se stesse osservando un'orribile tragedia dipanarsi davanti ai suoi occhi.

«Merda...» sussurrò. Le lacrime le rigarono le guance arrossate. Il labbro inferiore le tremò e cominciò ad avere il fiato corto. «Merda. *Merda.*» Lanciò a terra la bottiglia di birra, che si frantumò in mille schegge verdi, poi prese a risalire la collina a passi malfermi e si addentrò nel cimitero.

Io la seguii in silenzio. Non c'erano parole che avesse bisogno di ascoltare. Doveva sfogare un po' la rabbia e lo strazio, e il mio compito era lasciarglielo fare ed esserci per lei dopo.

«Maledetto. Maledetto. *Maledetto.*»

Il tono della sua voce divenne sempre più alto, fino a squarciare il cielo. «Vaffanculo» urlò. «Vaffanculo! *Vaffanculo! VAFFANCULO!*»

L'ultimo grido le implose dentro, insieme al corpo. Le ginocchia le cedettero e riuscii ad afferrarla giusto in tempo, poi la sorressi, ma con cautela. Come avrebbe potuto desiderare che un uomo la toccasse di nuovo?

Ma Willow mi afferrò per il colletto della giacca e si schiacciò contro il mio corpo come se cercasse di *entrarci dentro*. Io l'abbracciai. La strinsi forte. Resi la mia corazza la sua corazza. I suoi capelli biondi straripavano dalle mie mani e li chiusi nei pugni, mentre la tenevo stretta. Cristo, avevo immaginato di toccarle i capelli un migliaio di volte, ma non in questo modo. Mai in questo modo.

L'abbracciai stretta, nel tentativo di assorbire il suo dolore. Anche solo un po'. Me lo sarei sorbito tutto volentieri. Lo sentivo mentre le squarciava le ossa. Anche se la sua mente non ricordava più di qualche immagine distorta, il suo corpo ricordava *tutto* alla perfezione. Era in ogni sua cellula. Nella sua anima. Ogni attimo di quell'abuso era intriso in lei. Impresso in modo indelebile.

E io ero del tutto impotente.

Willow pianse sul mio cuore, singhiozzi violenti e laceranti. Poi i singhiozzi diventarono sussulti. Dopodiché calò in un'immobilità funerea, la sua voce un graffio contro il mio petto: «Voglio andare a casa».

Le accarezzai i capelli. «Ti accompagno.»

«Ma casa dov'è?» Willow si asciugò gli occhi con la manica e si guardò attorno nel cimitero. Le file di vecchie lapidi sbilenche giacevano inclinate da una parte e macchiate dall'azione del tempo. «Dio, sono così stanca.»

Scivolò in basso tra le mie braccia e atterrò sulle mani e le ginocchia. Si distese accanto a una tomba, si rannicchiò sul fianco e piegò il braccio sotto la testa a mo' di cuscino.

«Willow...»

«Non devi rimanere qui per forza» mormorò, poi chiuse gli occhi.

«Ma... proprio qui?»

«Sì» rispose. «La gente morta come me riposa nei cimiteri.»

«Tu non sei morta» obiettai, e mi chinai su di lei. «Tu non sei morta, Willow.»

Io non ti lascerò morire.

«Non del tutto» replicò, torpidamente. «Ma una parte di me è morta e sepolta. E non la riavrò più indietro.»

Quelle parole mi colpirono al cuore mille volte più forte delle sue grida colleriche contro il cielo.

Mi avvicinai e lentamente, con attenzione, mi distesi accanto a lei per abbracciarla da dietro. La strinsi fin dove riuscivo a osare, perché esitavo ancora nel toccarla. Ma lei non si oppose, lasciò che il mio petto premesse contro la sua schiena e le mie ginocchia si incastrassero dietro le sue. I suoi folti capelli mi accarezzavano delicatamente la guancia e la strinsi forte tra le braccia. Il suo corpo si fuse al mio e per un attimo credetti che si fosse addormentata. Poi all'improvviso la sua voce risuonò nella notte tiepida e silenziosa.

«Scusa» sussurrò.

«Cristo, Willow, non c'è niente di cui tu debba scusarti.»

«Scusa se non potrò mai essere la ragazza che vuoi.»

Sei già la ragazza che voglio.

Le parole mi rimasero incastrate nella gola. Avrei voluto buttarle fuori, ma non superarono la barriera dei denti. Un improvviso panico da palcoscenico. Non avevo alcun problema a lasciare che un copione parlasse per me quando mi esibivo davanti a degli sconosciuti. Ma questa ragazza che stringevo tra le braccia mi faceva sentire più vicino che mai alla mia vera essenza.

Willow emise un ultimo sospiro. Alla fine si addormentò, con una pace che eguagliava quella fra le lapidi del cimitero. Solo allora trovai il coraggio di sussurrarglielo.

«Tu sei la ragazza che voglio, Willow.»

Pronunciai quelle parole nei panni di me stesso, di Isaac Pearce. Non era una battuta scritta da qualcun altro. Ero io.

«Tu lo sei. Sei la ragazza giusta. Non voglio nessun'altra.»

Sospirò di nuovo e si accoccolò ancora di più a me. E dormimmo così. I nuovi morti insieme ai vecchi, con il sole che sorgeva e la bruma mattutina ad avvolgerci.

24

Willow

Mi svegliai con un mal di testa tremendo che mi pulsava dietro agli occhi e un saporaccio amaro in bocca. L'odore della terra mi riempì le narici. Schiusi le palpebre in mezzo a un ciuffo d'erba e cercai di ricordare. L'alcool aveva spezzato i miei ricordi della scorsa notte come si tagliava un mazzo di carte, mischiando eventi e parole per poi restituirmeli in flash disordinati. Battei le palpebre e misi a fuoco file e file di lapidi sbilenche, con una nebbia bassa e bianca che si insinuava tra di esse.

Oh mio Dio, ho dormito in un cimitero.

Mi svegliai del tutto, adesso consapevole che Isaac era dietro di me. La sua giacca di pelle era poggiata sul mio corpo insieme al suo braccio nudo, coperto da pelle d'oca per la fredda aria mattutina. Notai il suo tatuaggio: un'unica riga sull'avambraccio, scritta in una calligrafia antica.

Io brucio. Languo. Muoio.

Shakespeare? Forse. Ma quelle parole sembravano appartenere ad *Isaac* in un modo che non comprendevo ancora del tutto, ma che probabilmente un giorno avrei afferrato. Il suo corpo caldo era premuto al mio. La sua presenza – la solida e pesante realtà del suo corpo – non mi mandava in confusione il cervello. Avevo dormito tutta la notte. Mi ero sentita al sicuro.

Allora ricordai.

Gli avevo raccontato tutto.

Si palesò quel ricordo insieme a un'ondata di terrore e umiliazione. Avevo ripetuto a Isaac che era bello almeno seicento volte. Avevo cercato di baciarlo. Offerto il mio corpo perché pensavo che non essere in me per l'alcol fosse l'unico modo per stabilire un contatto fisico con una persona dell'altro sesso.

Gli avevo raccontato la mia storia. Avevo imprecato contro il cielo. Poi avevo vomitato. «Oh mio Dio» mormorai.

Il segreto che aveva schiacciato la mia vita era stato liberato dal suo scrigno, e Isaac Pearce adesso lo conosceva. In tutti i particolari. In ogni nauseante, stridente minuto. In ogni sordido dettaglio. Era stato testimone del dolore straziante che avevo buttato fuori. Non era più uno sbiadito ricordo intrappolato nella mia testa e che riaffiorava in superficie con delle piccole X nere sulla pelle. Era reale. Era uscito fuori.

Xavier Wilkinson mi ha drogata e stuprata.

Avevo pronunciato le parole davanti a Isaac. *Quelle* parole, a voce alta, con la mia voce. E in quel modo ne avevo diminuito un po' il potere che esercitavano su di me. Non tantissimo; una goccia nel vasto oceano, ma era un inizio.

Mi misi lentamente a sedere e la giacca di pelle mi scivolò giù dalle spalle. I jeans erano macchiati di fango e umidità per aver dormito sull'erba tutta la notte. I capelli mi ricaddero attorno alle spalle in un groviglio indomabile.

«Ehi» mi sussurrò Isaac.

Girai la testa di scatto per guardarlo. Tutte le parole che avevo pronunciato aleggiavano ancora pesantemente intorno a noi, e non potevo più rimangiarmele.

E se non volessi rimangiarmele?

Essermi confidata con Isaac non equivaleva ad avergli inviato una foto di me nuda, come con Xavier. Non ce l'aveva continuamente davanti. Non poteva continuare a fantasticarci sopra come se fosse una foto hot. Isaac mi guardava con le sopracciglia aggrottate, l'espressione preoccupata e incerta.

«Ehi», gli feci eco con una smorfia. Avevo la gola asciutta e dolorante per aver gridato come una pazza. Avevo la mente così confusa che riuscii a dire solo: «Abbiamo dormito in un cimitero».

Isaac sorrise e distese la fronte. «Sì.» Lanciò un'occhiata alla nostra tomba. «Spero… che a *Joseph P. Bouchard, caro e leale marito* non sia dispiaciuto.»

«Oh merda, che ore sono?»

Mi tastai la tasca posteriore dei jeans in cerca del cellulare. Lo schermo era tutto crepato, vittima delle mie gesta ubriache. L'orologio segnava le 5:17.

Mi afferrai la testa dolorante fra le mani. «Oh Dio, i miei genitori si sveglieranno tra poco. Scopriranno che non sono rientrata. Sono spacciata. Non posso tornare in questo stato.» Mi sollevai in piedi, traballante. «Non so come comportarmi. Cosa devo fare?»

Isaac si tirò in piedi e piegò la testa avanti e indietro per alleviare il torcicollo. La sua t-shirt bianca era macchiata di fango, i jeans umidi dal fianco alla caviglia.

Mi piegai subito per recuperare la sua giacca e restituirgliela.

«Tieni» mormorai. «Sembri infreddolito.»

Prese la giacca e me la mise sulle spalle. Strinse i due lembi per tenerla chiusa e con gentilezza mi tirò a sé. Il suo sguardo era privo di ogni giudizio nei miei confronti. Non era né disgustato né ripugnato dalla mia storia.

«Isaac» sussurrai, e deglutii a fatica.

«No» mi interruppe lui, prima di cingermi la schiena con le braccia e stringermi forte. «Andrà tutto bene.»

Scossi la testa contro il suo petto. «No, invece. Non va bene per niente da un bel po' di tempo.»

«Magari stanotte è stato un inizio.» Si staccò leggermente per guardarmi negli occhi, la voce più bassa. «Lui dov'è ora?»

«Al college. A vivere la sua vita. Non puoi raccontarlo a nessuno. È troppo tardi» spiegai mentre sentivo il panico crescere. Lo allontanai. «Devo tornare a casa. Devo... Dio, scopriranno che ho dormito fuori.» Agitai le mani per indicare i vestiti sporchi di fango. «Non potrò nascondere questo.»

«Posso portarti dai Ford. Marty ci coprirà.»

«No. Lui no. Non posso confidarmi con lui. Non sarei più in grado di guardarlo negli occhi da qui allo spettacolo.»

Isaac non obiettò su questo, anche se si vedeva che avrebbe voluto. «Che ne pensi di Angie? Lei lo sa?»

Scossi miseramente la testa. «No. E detesto averglielo tenuto nascosto, oltre ad aver lasciato che fosse lei a coprirmi le spalle. Non voglio metterla nei guai. Non voglio...» *Confidarglielo...*

«Angie è tua amica. Willow...» Scosse anche lui la testa e si passò le dita fra i capelli. «E i tuoi genitori? Lascia perdere stanotte. Lascia perdere lo spettacolo. Loro non sanno cos'è successo? Non credi di doverglielo raccontare?»

«No» eruppi categorica, la voce ferma. «Te l'ho spiegato. E lo... lo dirò ad Angie. Ma è tutto. Nessun altro deve saperlo.»

Isaac sembrò sul punto di replicare, ma io scossi la testa. «È una mia scelta. *Mia*. E non sono pronta. E anche se lo fossi, ormai è troppo tardi.»

«Continui a ripeterlo.»

Mi irrigidii. «Perché è la *verità*.»

«Magari no» ribatté con dolcezza. «Una volta Martin mi ha detto che l'idea che sia *troppo tardi* finisce per uccidere la speranza.»

«Non mi crederanno» rimarcai. «Ho aspettato troppo tempo, e poi lui ha quella foto...» Scossi la testa con ancora più decisione. «No. Devo andare a casa di Angie, darmi una ripulita, e cercare di non giocarmi lo spettacolo.»

Tirai fuori il telefono e chiamai Angie.

«Pronto?» rispose lei assonnata.

«Angie, sono io.»

«Willow? Che ore sono?»

Chiusi gli occhi. «Ho bisogno di te.»

I McKenzie abitavano in una casa di modeste dimensioni nella parte sud di Harmony. Angie ci accolse dalla porta sul retro, con indosso i pantaloni oversize del pigiama e una maglietta con su scritto: *Giuro solennemente di non avere buone intenzioni*. Quando notò i miei abiti sporchi di fango, sgranò gli occhi e mi venne incontro a braccia aperte.

«Oh mio Dio» mormorò mentre mi stringeva forte. «Va tutto bene. Qualunque cosa sia successa, andrà tutto bene.» Mi sciolse dall'abbraccio e rivolse un'occhiata sospettosa a Isaac. «Mio padre è via per lavoro, ma mia madre è in casa» sussurrò. «Se scopre che sei qui...»

Isaac si era di nuovo chiuso nel suo silenzio, la solita maschera impassibile calata sul volto.

«Ci daresti solo un minuto?» le chiesi.

Angie si guardò alle spalle, dentro casa. «Un minuto velocissimo.»

Presi Isaac da parte sul portico posteriore di Angie e iniziai a togliermi la sua giacca.

«Tienila» propose lui.

«Non posso» riposi. Le lacrime mi salirono di nuovo agli occhi.

«Willow» mi ammonì. «Non farlo.»

«Lo hai detto anche prima» notai. «Non devo fare cosa? Non ho idea di come dovrei sentirmi adesso.»

«E io di certo non posso spiegartelo. Voglio solo che tu sappia che con me... è tutto a posto. È okay che tu ti sia confidata.» Serrò i denti. «Vorrei uccidere quello stronzo, non mentirò su questo. Vorrei spaccargli il culo e...» Inspirò aria dal naso. «Ma non muoverò un dito senza che tu lo voglia, d'accordo? Te lo prometto.»

Le lacrime traboccarono dagli occhi e presi un respiro profondo. «Grazie» mormorai.

Angie aveva finito la pazienza. Mi afferrò per le braccia e con un tono di voce gentile si rivolse a Isaac. «Me ne occupo io ora.»

Lui esitò, come se non volesse lasciarmi nemmeno per un secondo. «Grazie.» Poi si voltò verso di me. «Scrivimi, più tardi.»

«Senz'altro.»

Io e Angie lo guardammo avviarsi al suo pick-up in mezzo al freddo mattutino, le mani ficcate in tasca, le spalle vicino alle orecchie.

Appena partì, Angie mi girò verso di lei. «Dimmi la verità» esordì, e mi spostò il groviglio di capelli lontano dalla faccia. Non l'avevo mai sentita parlare con un tono di voce così duro e serio. «È lui il motivo per cui sei conciata così?»

Scossi la testa. «No. Lui è il motivo per cui non sono conciata peggio.»

Angie annuì. «Vieni, andiamo di sopra.»

Mi guidò verso la sua stanza al secondo piano. Lungo il corridoio, oltre la parete della camera dei suoi genitori, si sentiva scorrere l'acqua. Un cane, un bellissimo setter irlandese dal manto lungo e fulvo, ci venne incontro sulle scale.

«Barkley, no» intimò Angie, ma lui ci seguì comunque nella cameretta.

«Mamma si sta preparando per andare al lavoro» mi spiegò mentre richiudeva la porta alle nostre spalle. Mi resi conto con una fitta di rimorso che non sapevo nemmeno quale fosse la professione dei suoi. Non glielo avevo mai chiesto.

La stanza di Angie aggredì il mio cervello già dolorante. Era esattamente come me l'ero immaginata: piena di oggetti kitsch. Poster di band alternative sconosciute che non avevo mai sentito nominare. Uno di Emma Watson nei panni di Hermione. Tre librerie separate erano piene zeppe di romanzi, fumetti e file e file di manga. C'erano dei vestiti sparpagliati per terra, tutte magliette con frasi a effetto.

Mi fece sedere sul suo copriletto nero. Barkley si mise a cuccia e osservò la sua padrona mentre camminava avanti e indietro di fronte a noi.

«Non so come comportarmi. Devo inventarmi qualcosa da raccontare a mia madre, okay? Che non stavi bene dopo le prove? E quindi sei finita qui? E...?»

«Non lo so» confessai.

Angie si inginocchiò ai miei piedi e mi prese le mani. «Cos'è successo, Willow? Dimentica tutto il resto. *Cos'è successo?* Raccontami ogni cosa.»

E così raccontai. A differenza della sera prima, quando ero infiammata dalla rabbia, la storia mi uscì fuori tra un sommesso singhiozzo e l'altro. Riferirla a Isaac era stato come lanciare una granata contro un impassibile iceberg di ghiaccio, che aveva sconquassato tutto con un'esplosione spaventosa. Per riferirla ad Angie era bastato lasciar uscire le parole dalla frattura creata dalla deflagrazione.

Angie si sedette sul letto e pianse insieme a me. «Devi riferirlo alla polizia» suggerì. «Devi sporgere denuncia.»

«Non posso. È successo nove mesi fa.»

«Non *importa.*»

«Ho distrutto tutte le prove, e lui ha quella foto.»

«Willow, tu devi...»

«Io non devo proprio niente» precisai. «Io non... Dio, mi... mi sento così sporca.»

«È *lui* quello sporco» sbottò lei. «È un mostro schifoso, ignobile, spregevole, disumano. È lui che dovrebbe vergognarsi. È lui che...» Si interruppe e scosse la testa. Allungò la mano per recuperare una delle sue magliette e asciugarsi gli occhi, poi la passò a me.

Barkley posò il lungo muso sulle mie gambe, e coi suoi lucidi occhi castani mi guardò in quel modo silenzioso con cui i cani ti facevano capire che avevano compreso come ti sentivi.

«Non l'ho mai raccontato a nessuno» confessai. «Mai. Fino a stanotte. Ti prego, dammi il tempo di... elaborare di averlo lasciato uscire fuori. D'accordo?»

«Certo.» Angie mi abbracciò forte di nuovo. «Dio, quanto mi dispiace. Di qualunque cosa tu abbia bisogno, qualsiasi cosa tu voglia, io ci sono.»

Si udì bussare e la voce di una donna eruppe da dietro la porta: «Angie?»

La porta si aprì e fece capolino la versione più vecchia della mia amica. Gli stessi ricci scuri, le stesse rotondità avvolte in un abito morbido.

«Tesoro, sto uscendo. Barkley è da... Oh, scusate, non volevo...» Sua madre assunse un'espressione preoccupata mentre alternava lo sguardo tra me e sua figlia. «Ciao...?»

«Willow, lei è mia madre, Bonnie» intervenne Angie, ancora abbracciata a me. «Mamma, lei è la mia amica, Willow Holloway. Ha avuto una serataccia. Ha bisogno di farsi una doccia e mangiare qualcosa, e poi dobbiamo avvisare i suoi genitori che ha passato la notte qui da me, va bene?»

«Angela» le intimò la madre.

«Non è successo nulla di illegale, lo giuro» la rassicurò lei. «Ha bisogno del nostro aiuto, okay? Ti prego. Puoi fidarti di me. Lo sai.»

Bonnie scansò gentilmente Barkley e mi si sedette accanto, poi mi spostò i lunghi capelli dalla faccia. «Tu hai bevuto.»

Angie si morse il labbro. «Bene, questo è un dettaglio un po' illegale...»

«Angie non c'entra niente, signora McKenzie» spiegai. «Giuro. E mi dispiace essermi presentata qui in questo modo. Angie ha ragione, ho avuto una serataccia, tutto qui.»

«Willow recita in *Amleto* per il teatro comunale» aggiunse Angie. «È un'occasione importante. Ed è bravissima. I suoi genitori la ritireranno dallo spettacolo, se non l'aiutiamo.»

«Non mi piace raccontare bugie» protestò la madre, senza smettere di accarezzarmi i capelli, come se Angie e io fossimo amiche dall'asilo. «Ma farò un'eccezione solo se mi promettete che raccontare che ha passato la notte qui basterà a sistemare la questione. Non voglio dover scoprire che dietro c'è molto di più e che la mia bugia ha peggiorato la situazione. Capito?»

Annuimmo entrambe.

«Va bene. Voglio fidarmi di voi.» Il tono della sua voce implicava che non avrebbe voluto pentirsene in futuro.

«Grazie.» Mi afflosciai contro il suo corpo e lei mi abbracciò. L'abbraccio di una madre, caldo e confortante. «Grazie» sussurrai di nuovo. «Mi dispiace.»

«C'è qualcosa di cui vorresti parlare, tesoro?» mi domandò.

«No» risposi mentre lanciavo un'occhiata a Angie.

Poi mi squillò il telefono, e tutte e tre saltammo sul posto.

«Dio, è mia madre» mi allarmai, la voce tremante. «Racconterà tutto a mio padre. Perderò l'*Amleto.*» Deglutii a fatica. «Perderò l'*Amleto.*»

Bonnie mi sfilò il cellulare di mano e premette il tasto verde di risposta. «Pronto, signora Holloway? Sono Bonnie McKenzie, la madre di Angie McKenzie.» Una pausa, la fronte corrucciata. «Angie. L'amica di Willow.» Pausa. «Sì, buongiorno. Willow è sotto la doccia in questo momento. Ho riposto io perché immaginavo fosse in pensiero per lei.» Pausa. «Sì, ieri sera, mia figlia era a studiare allo Scoop. Le ragazze si sono incontrate dopo le prove di Willow e hanno deciso di venire qui. Sono rimaste sveglie a parlare fino a tardi e hanno perso la nozione del tempo. Credevo che Willow l'avesse avvertita, ma stamani mi ha confessato di essersene dimenticata.»

Angie e io ci scambiammo un'occhiata mentre ascoltavamo con crescente speranza come sua madre mi stava salvando il culo.

«Lo so» continuò Bonnie con una breve risata. «Sono adolescenti! Siamo sempre gli ultimi a essere informati. Ma Willow non si sente tanto bene. Credo sia meglio che non vada a scuola oggi. Posso riaccompagnarla a casa oppure...» Pausa. «Sì, certo» rispose, e mi rivolse un'occhiata solidale. «Può venire a prenderla qui.» Pausa. «Benissimo, le invio un messaggio con l'indirizzo. D'accordo, a più tardi.»

Schiacciò il tasto di fine chiamata e mi passò il telefono. «Direi che hai circa una ventina di minuti per darti una sistemata.»

«Grazie mille» ripetei. «Di nuovo.»

«Mamma, sei una vera eroina» la elogiò Angie.

Bonnie serrò le labbra. «Be', questa è la prima e l'ultima volta, signorine. Anche se penso abbia funzionato. Tua madre – per quanto mi dispiaccia ammetterlo – sembrava molto più irritata che preoccupata.»

«Mi sembra giusto» affermai.

Bonnie si alzò in piedi e si lisciò le pieghe sulla gonna. «Fatti una doccia, lavati i capelli e usa il collutorio che c'è sul lavandino. Angie, hai qualche vestito da prestarle? È parecchio più alta di te, ma magari una delle tue gonne e una felpa potrebbero andarle. Io metterò in lavatrice i tuoi vestiti e potrai venire a riprenderteli più tardi. Ti va la colazione? Stavo per preparare uova e bacon.»

Guardai quella donna. Una vera mamma che si comportava da mamma. Mi sembrava di avere davanti un fantasma o un alieno. Avevo sentito parlare della loro esistenza, ma non ne avevo mai vista una prima di allora.

«Grazie, mamma» intervenne Angie. «Sei la migliore.»

Lei emise un verso rassegnato, dopodiché mi avvolse il mento nel palmo della mano. «La prossima volta che hai una serataccia, chiama *subito* Angie, va bene? E Angie mi metterà al corrente della situazione. Vero, Angie?»

«Sì» le rispose la figlia.

Bonnie mi accarezzò la guancia, poi uscì dalla stanza e chiuse la porta.

Scossi la testa. «Tua madre...»

«Sì, è un angelo custode. Fa la psicologa. Capire la situazione e mantenere il segreto è la sua specialità.»

Una psicologa, riflettei. Mi tornarono subito in mente le parole di Isaac: *Tutto succede per una ragione.*

Mi feci la doccia nel bagno di Angie e mi scrollai di dosso la nottata precedente sotto l'acqua calda e il bagnoschiuma floreale. Il collutorio fece sparire il sapore di vomito e di alcol. Il riflesso nello specchio metteva in risalto i miei occhi gonfi e iniettati di sangue. Ringraziai silenziosamente Bonnie per aver pensato di raccontare a mia madre che non mi sentivo bene. Era impossibile andare a scuola in queste condizioni.

Quando uscii dal bagno, Angie mi prestò una lunga gonna a fiori verdi e rossi e una felpa oversize con su scritto: *MELODIA, il contrario di SELOTENGA.*

Angie mi lanciò un'occhiata. «Un po' sciatto, ma ci accontenteremo.»

Scendemmo al piano di sotto, dove mangiai qualche boccone di uova e bacon seduta sullo sgabello del bancone in cucina. La casa dei McKenzie era moderna come la mia, ma in scala più ridotta, e piena di tutto il calore che da me mancava.

Bonnie dev'essere brava nel suo lavoro, pensai.

Venti minuti più tardi, il cellulare con lo schermo crepato vibrò per l'arrivo di un messaggio.

Era mia madre.

Mamma: Sono qua fuori.

«Scommetto che starà rimpiangendo di aver dovuto guidare fin qui dopo che lei si è offerta di riportarmi a casa» commentai mentre avvicinavo un pezzo di bacon alla bocca di Barkley. «Ora che i sospetti sono svaniti, sarà irritata perché è dovuta venire a prendermi.»

La madre di Angie mi guardò con le sopracciglia alzate. «È a causa sua che hai avuto una serataccia?»

«No.»

«Allora, se fossi in te, la raggiungerei e mi scuserei con lei.» Mi sorrise da dietro la tazza di caffè. «Hai presente, no? Per l'inconveniente?»

Scoppiai a ridere. Alla madre di Angie era bastata una sola telefonata per inquadrare alla perfezione la mia situazione familiare.

Scivolai giù dallo sgabello, e Angie e Bonnie mi accompagnarono alla porta, con Barkley al seguito. Fuori, mia madre attendeva dentro la sua Mercedes argentata. Accarezzai il cane sulle orecchie, poi abbracciai Bonnie, nella speranza di portare a casa con me un po' del suo conforto.

«Grazie davvero» ripetei.

«Puoi ringraziarmi tenendo a mente le mie parole» mi avvisò Bonnie. «Quando vuoi parlare, io sono qui.»

Mi vennero gli occhi lucidi, e quando abbracciai Angie mi sfuggì qualche lacrima.

«Dobbiamo restare unite, va bene?» mi consolò Angie, la voce tremante. «Continueremo il discorso più tardi, okay? Dopo che avrai riposato un po'.»

Annuii, esausta fino al midollo.

Mia madre suonò il clacson, e sospirai. «Tocca a me.»

Percorsi il vialetto con il cellulare in mano, la gonna di Angie che mi frusciava intorno alle gambe. Angie, Bonnie e il loro adorabile cane rimasero sulla porta. Una cartolina che irradiava calore, amicizia e un senso di *casa.*

Mi voltai a salutarle con la mano prima di salire in macchina. Mi spostai i capelli sul lato sinistro del viso, nella speranza che mia madre non notasse i miei occhi gonfi e arrossati.

«Ciao, mamma. Scusa per ieri sera. Siamo state in piedi fino a tardi e ora non mi sento tanto bene.»

«Immagino. Hai una voce orribile» commentò lei, e partì. «Ma non mi piace questa storia, Willow. Non sapere dove fossi ieri notte mi fa apparire come una cattiva madre agli occhi di quella della tua amica.»

«Ma lei è comprensiva. È una psicologa» aggiunsi. «E mi piace. Un sacco.»

«Una psicologa» ripeté con altezzosità. «Magari potrei mandarti da lei per qualche seduta.»

«Magari» mormorai.

Emise di nuovo un verso sprezzante e mi guardò storto. La sua espressione divenne ancora più severa e mi preparai mentalmente a ricevere una domanda. Quella che quasi speravo di sentirmi rivolgere. Percepivo la verità che ribolliva di nuovo in superficie. L'avevo confessata due volte. Avrei potuto raccontarla anche a lei. Le sarebbe bastato chiedere.

Mamma: *Cos'hai, tesoro?*

Io: *Mamma, è per via di Xavier…*

Solo che sbagliò la battuta e mi chiese: «Ma che cavolo ti sei messa addosso?»

25

Isaac

Tu sei la ragazza che voglio.

Il mercoledì pomeriggio, quella confessione continuava a riecheggiarmi nella testa mentre ero al lavoro al teatro. Magari Willow non mi aveva sentito, ma *io* mi ero sentito eccome. E ormai non potevo più tornare indietro. Non potevo rimangiarmelo.

«Merda» imprecai mentre passavo la scopa sul legno consumato del palco.

Avrei semplicemente dovuto tenere la bocca chiusa, a partire da quel sabato alla Caffetteria Daisy. Parlare mi aveva cacciato in questo fottuto casino. Ero stato muto per più di dieci anni, poi arrivava Willow e le spiattellavo tutto. E adesso ero impantanato. In qualche modo, mi era entrata sotto la pelle e aveva penetrato le ossa fino al midollo. La sua felicità era diventata l'aria che respiravo.

Non volevo rimanere.

Non volevo lasciarla.

Soprattutto dopo quello che le era successo.

Dio, Willow...

Smisi di passare la scopa e mi sfregai il pugno sul petto. La storia di Willow era stata una martellata sul cuore, e sentivo un nuovo colpo ogni volta che ci ripensavo. Non faceva altro che monopolizzare i miei pensieri. Mi apparivano le immagini di un tipo senza volto che metteva qualcosa nel suo bicchiere, che la portava in camera, le sfilava i vestiti dal corpo in stato di semi-coscienza, si sdraiava sopra di lei...

Chiusi gli occhi e serrai la mascella fino a sentire male ai denti.

Xavier. Il suo nome era Xavier.

L'odio per quel maledetto bastardo covava in me come una miccia pronta a bruciare nel momento in cui il mio sguardo si fosse posato su di lui. Massacrarlo di botte non sarebbe servito a rimediare a quello che aveva fatto a Willow. Ma lui l'aveva ferita. Nel peggiore dei modi. Qualcosa di istintivo e profondo dentro di me mi ordinava di ferirlo allo stesso modo.

«Non è la tua ragazza, porca puttana» ricordai a me stesso mentre continuavo a pulire per terra. «Lo spettacolo. Concentrati sul maledetto spettacolo.»

Ma ora persino *Amleto*, che mi aveva sempre fornito un barlume di speranza, non aveva più senso.

«*Merda.*» Sbattei la scopa a terra. L'impatto col pavimento del palco risuonò nel teatro in un colpo forte e sordo.

Martin uscì dal suo ufficio e mi raggiunse, le mani in tasca.

«Che succede?» mi chiese con gentilezza.

«Niente.» Mi piegai per recuperare la scopa.

Mi guardava, in attesa, ma io tenni la bocca chiusa. Avevo smesso di parlare troppo.

Martin annuì a se stesso più che a me e trascinò due sedie sul palco.

«Parliamo di Amleto» iniziò, poi si sedette e mi invitò a imitarlo. «Una piccola analisi del personaggio prima che arrivino gli altri. Voglio essere sicuro che tu e io siamo sulla stessa lunghezza d'onda per il resto delle prove.»

Riposi la scopa e mi sedetti, con le braccia incrociate sul petto e le caviglie accavallate.

«Ora che siamo arrivati a questo punto, cosa ne pensi di Amleto?»

«Che parla troppo.»

Marty si appoggiò allo schienale, le labbra premute tra loro, riflessivo. «Puoi spiegarti meglio?»

«Parla troppo, Cristo santo.»

Marty mi guardò.

«Analizza in ogni dettaglio qualsiasi aspetto della situazione» spiegai. «Invece di agire, finisce per non combinare niente.»

«Secondo atto» aggiunse Marty, con un cenno della testa. «*Suvvia, che asino sono!...*» Sogghignò. «Ma poi escogita l'idea di ingaggiare degli attori per rappresentare l'omicidio di suo padre. È comunque qualcosa.»

«Il fantasma di suo padre gli ha ordinato di vendicarsi» precisai. «Invece di andare da Claudio nel primo atto e ficcargli un coltello nelle costole, parla, parla e straparla. Si tortura. Ferisce Ofelia.» Serrai le mani a pugno. «Dovrebbe attuare solo quello che ha giurato all'inizio della tragedia.»

«Ah, ma allora non esisterebbe la storia.»

Mi strinsi nelle spalle. «Alla fine, vengono tutti ammazzati. Nessun personaggio vivrà felice e contento, Marty. Nemmeno uno.»

«È il rischio che si corre con un dramma, no?» spiegò dopo una lunga pausa. «Si è obbligati a seguire le battute e il destino del personaggio che ha scelto il drammaturgo.» Si sporse in avanti. «Ma tu, Isaac, non sei obbligato in quel senso. Sul palco, sì. Nella vita reale, sei libero.»

Stronzate.

Io non mi sentivo libero. Harmony mi obbligava a seguire un ruolo per il quale non avevo mai sostenuto il provino. Il figlio di un alcolizzato violento. Uno sfigato con un'attività commerciale fallita. Uno che ha abbandonato la scuola. Un potenziale criminale. La mia unica possibilità era scappare. Fine della storia. Scenario. Sipario.

Martin fissò la mia espressione seria e sospirò.

«Andiamo. Le prove stanno per cominciare. Willow sarà dei nostri?» mi domandò. «L'altra sera non si è sentita bene.»

«Penso di sì» risposi.

Willow mi aveva scritto un messaggio per informarmi che Angie e la madre le avevano coperto le spalle, ma non aveva aggiunto nessun altro dettaglio. Se nel frattempo suo padre non aveva scoperto che avevamo dormito insieme al cimitero, Willow era ancora nel cast dello spettacolo. Sarei rimasto con lo stomaco annodato finché non l'avessi vista varcare la soglia del teatro.

Passarono le sette, e Willow ancora non si vedeva.

Quando Justin Backer arrivò, mi lanciò un'occhiata di disprezzo. Willow lo aveva messo in imbarazzo quando lo aveva mollato da solo al ballo e si era fatta accompagnare da me. Non gli importava nulla del motivo per cui se n'era andata, o come si era sentita. Per lui era solo una questione di orgoglio.

Laerte avrebbe inflitto il colpo mortale ad Amleto, ma Amleto gli avrebbe restituito il favore uccidendolo. All'improvviso provai un forte desiderio di provare quella scena, così avrei potuto disarmare quel piccolo bastardo pieno di sé e ripagarlo con la stessa moneta.

Cristo, datti una calmata.

Quindici minuti dopo le sette, Willow apparve in fondo al teatro.

Abbassai le palpebre sollevato, poi le riaprii e la guardai. La fissai fino a che non mi si seccarono le pupille. Se avessi chiuso gli occhi avrebbe rischiato di sparire e io volevo congelare quel momento per sempre. Sembrava stare bene ed era tremendamente bella con la gonna nera e il maglioncino grigio. Scrutò il teatro e, quando mi notò, sorrise e mi salutò con la mano.

Starà di nuovo bene.

Più che bene. Persino in quel breve tragitto che aveva compiuto all'interno del teatro si percepiva un piccolo cambiamento nel suo modo di porsi. Come se si fosse liberata di un terribile peso che la schiacciava. Non del tutto. Non sapevo, in realtà, se un giorno se ne sarebbe liberata per sempre. Ma raccontarmi la sua storia, in qualche modo, l'aveva aiutata.

E questo cambiava tutto.

Lo capivo dal suo sorriso e dal modo in cui mi guardava. Non si poteva ascoltare una storia del genere e far finta di niente. Persino da ubriaca fradicia, si era fidata di me. Adesso ero il custode del suo segreto, e tra di noi niente sarebbe stato più come prima.

Neanche questa era la verità, mi resi conto, il cuore martellante nel petto. Niente era più come prima da quel pomeriggio alla Caffetteria Daisy.

«Scusate il ritardo» annunciò Willow. «Si è bucata una gomma.»

«Succede» la confortò Martin. Ci raggiunse Rebecca e i due consultarono gli appunti.

«Siamo pronti per la seconda scena del secondo atto» dichiarò Rebecca.

Willow aggrottò la fronte e cercò il copione nella borsa. «È quella… Scusate, che scena è?»

«Tu non ci sei fisicamente, cara, ma solo nello spirito» la informò Martin. «È quella in cui il tuo caro, vecchio Polonio…» Indicò se stesso. «… spiega al re e alla regina di aver scoperto le origini della pazzia di Amleto. O almeno così crede.»

Martin estrasse un foglio di carta arrotolato dalla tasca posteriore dei pantaloni.

«Gli oggetti di scena saranno più belli,» osservò, «ma per ora ci accontentiamo di questa.»

«Cos'è?» domandò Willow.

«Una lettera d'amore per Ofelia da parte di Amleto.»
Martin le porse il foglio.

Dubita che di fuoco sian le stelle,
e che il sole si muova,
dubita che anche il vero sia bugiardo,
ma del mio amor non dubitare.

«Che bella» esclamò lei, poi mi guardò e sviò subito lo sguardo.

«Certo che lo è» confermò Martin. «L'amore è sempre qualcosa di bello.» Agitò il foglio. «E questa è la riprova che Amleto, quando vuole, sa passare dalle parole ai fatti.»

Martin sorrise raggiante alla mia occhiataccia assassina, poi batté le mani per riportare all'ordine le prove e lasciò me e Willow da soli.

«Adoro come Martin si fa coinvolgere da questa storia» mi confessò. «Immagino che sia questo a renderlo un bravo regista.»

«Credo di sì» risposi.

«Amleto, Orazio, Fortebraccio» chiamò Rebecca. «Venite qui da me, per favore.»

«Devo andare.»

«Certo» ribatté, e detestai l'*incertezza* con cui pronunciò quella parola. «In bocca al lupo.»

«Crepi.» E ci separammo.

Proprio come deve essere, riflettei amaramente.

Un'ora più tardi, Rebecca raggiunse il centro del palco e consultò di nuovo i suoi appunti da dietro gli spessi occhiali neri.

«Servono Gertrude, Claudio, Ofelia, Laerte, Orazio e Amleto. Prima scena, quinto atto.»

Il funerale di Ofelia. Dalla stanza con gli oggetti di scena estrassero una lettiga di legno e Martin invitò Willow a stendercisi sopra con le mani giunte sul cuore. I capelli le giacevano in mille onde dorate attorno alla testa. Quattro attori la trasportarono al centro del palco, dove Gertrude, Claudio e Laerte stavano aspettando. Orazio e io eravamo sulla destra, a osservare lo svolgersi della scena nascosti.

Cominciai a sentirmi coinvolto, il mio pensiero cosciente si annullò e venni trasportato in un cimitero deserto...

Con le lapidi sbilenche come bianchi denti storti…

Willow era eterea, immobile con gli occhi chiusi. La sua pelle lattea brillava sotto la singola luce sul palco. Lorraine, nei panni di Gertrude, finse di posare dei fiori sul corpo di Ofelia.

«*Dolci fiori alla dolce Ofelia: addio.*
Io speravo che tu diventassi la sposa
del mio Amleto; pensavo che con questi
avrei adornato il tuo letto di sposa
e non già che avrei dovuto spargerli sulla tua tomba.»

L'invettiva di Justin nei panni di Laerte fu declamata in tutta la sua pomposità subito dopo la solenne esternazione di dolore di Gertrude. Alla fine, Laerte cadde in ginocchio e maledisse Amleto.

«*Oh, che una pena tre volte maggiore*
cada dieci volte triplicata su quella maledetta testa
che ti ha vilmente privata della ragione!
Non buttatele la terra sopra, finché io
Non l'abbia stretta un'altra volta fra le braccia.»

Dopodiché Justin si alzò in piedi e si buttò sulla tomba. Infilò le braccia sotto il corpo di Willow e se la strinse al petto. Lei si irrigidì tutta. Con gli occhi ancora chiusi, il suo volto si contrasse in una smorfia, come se stesse soffrendo in silenzio e si sforzasse di rimanere immobile. Muta.

Non parlare.

La vista mi si annebbiò. Quando tornò di nuovo a fuoco, ciò che mi apparve davanti fu un tipo sopra Willow, che la toccava. Lei non poteva muoversi. Non poteva fermarlo. Lui la prendeva mentre lei continuava a urlare dentro la sua testa…

Scattai in mezzo al palco ed enunciai le battute in modo incoerente. La didascalia voleva che anche Amleto si gettasse sulla tomba di Ofelia. Io invece mi buttai su Justin.

Con la rabbia che mi faceva ribollire il sangue, lo tirai via da Willow. Lei trasalì e ricadde sulla schiena, gli occhi ancora chiusi.

Justin si girò di scatto: anche lui ribolliva per la voglia di battersi. «*Il diavolo si pigli l'anima tua!*»

Si lanciò su di me, con forza e velocità. La didascalia voleva che mi stringesse le mani intorno al collo, ma Justin non stava recitando. Stringeva forte e mi toglieva il fiato, la sua faccia a pochi centimetri dalla mia.

«*Bel modo di pregare!*» commentai con la voce spezzata, un ghigno sulle labbra mentre gli stringevo i polsi in una morsa. «*E ora levami le dita dalla gola, perché...*»

Lo sguardo di Justin divampò e la mascella si serrò mentre lui continuava a stringermi. I suoi occhi erano pieni d'odio.

Len, nei panni di re Claudio, recitò la sua battuta con genuina apprensione. «*Separateli!*»

Gli altri attori si affannarono per dividerci, poi ci trattennero mentre noi tiravamo per liberarci come due cani rabbiosi.

«*Amleto, Amleto*» gridò Lorraine.

Orazio era vicino al mio orecchio e mi teneva il braccio. «*Calmatevi, mio buon signore.*»

Io ero fumante di rabbia, intento a guardare storto Laerte, la realtà sfocata. «*Su questo argomento sono pronto a misurarmi con lui finché le mie ciglia non smetteranno di battere.*»

«*Su che, figlio mio?*» si lamentò Gertrude.

Willow era distesa, gli occhi ancora chiusi, il volto pallido e bello. La gravità di quello che le era successo l'estate prima si abbatté su di me come un'onda potentissima.

Lui l'aveva drogata. Una morte non-morte che le aveva tolto il sonno, e io non potevo cambiare ciò che era accaduto. Marty si sbagliava. Era troppo tardi ormai. La storia era già stata scritta.

Recuperai l'equilibrio, lo sguardo fisso su Willow e nient'altro, ed enunciai la battuta che mi spettava. «*Amavo Ofelia.*»

Nessuno parlò. Nessuno si mosse.

Willow aprì gli occhi e schiuse le labbra con un piccolo sussulto che riecheggiò sul palco silenzioso. Lentamente si mise seduta, un sorriso tremante sulle labbra.

«Okay, gente» intervenne Marty. «Facciamo una pausa.»

Martin ci invitò a sederci in cerchio. L'intensità del quinto atto era palpabile quanto i segni rossi attorno al mio collo e i lividi sui polsi di

Justin. «La bellezza del teatro è che può sembrare reale» esordì Martin. «E nonostante le ferite di guerra, reputo che le prove di stasera siano state un enorme successo.»

Chiese a me e a Justin di stringerci la mano.

«Scusa per il collo» si giustificò lui, e strinse forte la presa. «Spero che non ti faccia troppo male.»

Io strinsi ancora più forte e il suo sorrisetto tronfio sparì dalla faccia.

«Stai attento, Pearce» mi avvertì dopo essersi avvicinato al mio orecchio. «Sei proprietà dell'azienda in cui lavora il padre di Willow. Assicurati di non infastidirlo, va bene?»

Una volta ristabilito l'equilibrio in sala, Marty si apprestò agli annunci finali.

«La mia generosa scadenza per togliere di mezzo il copione è abbondantemente passata, amici miei» ci informò. «O la va o la spacca. Dalla prossima settimana cominceremo le prove generali. Se non lo avete ancora fatto, memorizzate bene le battute così possiamo provare sul serio, d'accordo? Lo spettacolo sta venendo su bene e state svolgendo un lavoro favoloso. Soprattutto tu, Len.»

Len abbassò la mano e sorrise raggiante d'orgoglio. Tutti si misero a ridere e le prove terminarono con una nota positiva. Gli attori se ne andarono uno alla volta e Willow mi lanciò un'ultima, rapida occhiata prima di uscire con Lorraine, che dopo l'episodio del ballo era diventata la sua nuova accompagnatrice.

Marty e Rebecca si ritirarono nei propri uffici al piano di sopra per organizzare del lavoro preliminare, e io iniziai a mettere in ordine il palco, a impilare le sedie e pulire.

Willow riapparve all'ingresso del teatro. Io rimasi pietrificato per un secondo, poi ripresi a muovermi, senza fiatare. Cazzo, c'erano un sacco di cose che avrei voluto dire.

«Non volevo andarmene senza aver parlato un po'» spiegò. «Dell'altra sera.»

«Non devi sentirti obbligata» la rassicurai.

«Lo so. Ma non capisci? È questo che più apprezzo di te, Isaac. Tu non mi hai mai pressato. Mai. E... be'...» Si sistemò una ciocca di capelli dietro l'orecchio. «Il mio comportamento è stato davvero imbarazzante. Ho blaterato tutto il tempo di quanto fossi bello e poi ti ho vomitato addosso.»

«Naaa, mi hai mancato» specificai.

Un sorriso comparve sulle sue labbra. «Senti, lo so che non è stato facile ascoltare quello che ti ho raccontato. Mi dispiace di aver scelto te per confidarmi, ma... ma nonostante tutto, credo che mi abbia aiutato.»

«Mi fa piacere» replicai.

Che parole insulse.

Tu sei coraggiosa. Forte. Meriti qualcuno migliore di me.

«Comunque, volevo solo ringraziarti per essermi stato accanto. E per...»

«Willow» la interruppi. «Presto me ne andrò da Harmony.»

Lei trasalì per un attimo, le sopracciglia corrugate. «Lo so. È il tuo sogno...»

«È molto più di questo. È tutta la vita che vengo sballottato. La morte di mia madre, mio padre che è diventato uno stronzo alcolizzato. Essere povero e lottare ogni singolo giorno. Devo guadagnare dei soldi. Dei bei soldi. Per mio padre e per il teatro. Devo costruirmi un nome che non sia legato a questo posto.»

«Capisco» rispose lei dopo aver distolto lo sguardo. «Tu devi andartene e io voglio restare. Lo so che sembra assurdo, ma io ho bisogno di questo posto.» Abbassò la voce. «Tuttora non riesco a dormire nel mio letto. Continuo a svegliarmi sudata e senza respiro, in cerca di un pennarello nero...» Agitò le mani. «Mi dispiace, non dovrei...»

«Invece dovresti.» Mi avvicinai a lei di un passo, impaziente di toccarla. «Dovresti parlare di più, Willow. Raccontare ai tuoi genitori cos'è successo.»

Lei scosse la testa. «No, non posso. Non sono pronta e... dovremmo concentrarci sullo spettacolo, no? Quegli agenti verranno a vederti. Devi essere preparatissimo. Non puoi permettermi nessuna distrazione.»

«Giusto» concordai. «Nessuna distrazione.»

La sua espressione era cupa come la mia mentre pronunciavo quelle parole.

«Va bene, allora... io devo andare. Lorraine mi sta aspettando. Grazie ancora per l'altra sera. E per essere uno dei ragazzi buoni.»

Se ne andò, e io aspettai di essere pervaso dal sollievo: la mia vita stava tornando in carreggiata. Niente più balli, niente più mani strette, niente più abbracci.

Proseguii con le pulizie. Trovai un pezzo di carta per terra, vicino alle quinte. La lettera d'amore di Amleto per Ofelia, nella calligrafia disordinata di Martin.

Dubita che di fuoco sian le stelle,
e che il sole si muova,
dubita che anche il vero sia bugiardo,
ma del mio amor non dubitare.

Iniziai ad accartocciarla per buttarla nella spazzatura. Ma alla fine la ripiegai e la infilai nel mio portafoglio vuoto.

26

Willow

Il sabato pomeriggio, Angie e sua madre mi portarono al centro commerciale di Braxton per un'uscita tra donne.

«Sembri aver bisogno di qualcosa che ti tiri su» notò Angie.

Camminavamo a braccetto, entrambe con le buste di Urban Outfitters che ci sbattevano contro le gambe. Tutte le sue magliette con le scritte a effetto erano a lavare, così quella che indossava oggi era completamente neutra, ma se ne era comunque comprata una con su scritto: *Se fossi un uccellino, saprei su chi fare la cacca.*

Bonnie era andata a comprarsi un nuovo set di pentole da Pottery Barn dopo averci chiesto di incontraci nell'area ristoro più tardi.

«Allora, che mi dici di Isaac?» indagò. «Siete ancora semplici amici? Dopo tutto quello che è successo?»

«Sì, non è cambiato niente. Lui se ne andrà il prima possibile e... tutto qui.»

Mi rivolse un'occhiata. «Tutto qui.»

«Abbiamo lo spettacolo, sempre che mio padre non rovini tutto. Alcuni talent scout verranno a vederlo alla serata di apertura. Te l'avevo raccontato?»

«Solo un centinaio di volte» rispose. «Vorrei poter affermare che stai affrontando questa situazione nel modo migliore, invece mi sembri così triste.»

«Non sono triste.»

Amavo Ofelia.

Dio, la voce di Isaac in quel momento. Non avevo mai sentito niente del genere.

Mi aveva destato dalla mia finta morte e, quando avevo aperto gli occhi, l'espressione sul suo viso...

«È stupido» aggiunsi, e agitai la mano. «Lo spettacolo è davvero tanto intenso, sai? Credo che stia offuscando i miei sentimenti. È difficile distinguere la realtà dalla finzione.»

Angie aggrottò la fronte. «È difficile distinguere la realtà dalla finzione in un'opera vecchia un milione di anni e piena di lord, lady e becchini?»

«È la magia dell'arte» puntualizzai mentre rammentavo le parole di Isaac. «Migliore è, e più riesci a identificarti.»

Angie premette le labbra tra loro e annuì. «Immagino. Ma lui è stato molto carino con te l'altra sera e io ho pensato che forse...»

Alzai le spalle e guardai altrove. «Forse è stato un errore confidarmi con lui. Non so perché io abbia scelto Isaac per liberarmi, in effetti. Immagino sia stata colpa dell'alcol.»

«O magari è successo perché ti sentivi al sicuro con lui» commentò lei. «La sbronza è stata solo un incentivo ad aprirti. Ci sarà stata una ragione se hai mandato un messaggio proprio a *lui.*»

Aprii la bocca per negare la sua teoria, per chiarire che il suo nome si trovava per caso tra i miei contatti. Ma la verità era che persino da sbronza sapevo che Isaac era un porto sicuro là fuori.

«E poi?» indagò quando non risposi. «Quando compirai diciott'anni, e lui se ne sarà andato in cerca di fortuna? Come Westley della *Storia fantastica.*» Si fermò e mi afferrò le braccia. «OH MIO DIO, tu *somigli* così tanto a Bottondoro. Esiste un rifacimento teatrale? Dovresti interpretarlo.»

«Concentrati, Angie» sospirai. «Dopo quello che è successo con X, non credo che possa succedere qualcosa tra me e Isaac. Fisicamente, intendo.»

Angie si fermò. «Aspetta un attimo. Devo confessarti una cosa.»

«Cosa?»

«Io... ho tipo raccontato a mia madre quello che è successo con X.»

«Stai scherzando, vero?» sbottai.

«Noi abbiamo quel tipo di rapporto. Non riesco ad avere segreti con lei. Voleva sapere se tu stessi bene e io ho cominciato a piangere.» Mi accarezzò esitante la spalla. «Non lo racconterà a nessuno, te lo prometto.»

«Non è obbligata a denunciarlo, invece? Non glielo impone la legge?»

Angie scosse la testa, i ricci scuri che volarono via dalle spalle. «Non lavora né per la scuola né per lo Stato, e tu non sei una sua paziente. Non ha nessun obbligo, lo giuro.» Mi strinse la mano. «Mi dispiace davvero tanto. Non volevo spifferare quello che mi hai confidato. È stato più forte di me.»

Credevo mi sarei sentita più umiliata o tradita o spaventata, invece mi sentivo quasi sollevata. Come se avessi un'altra persona dalla mia parte.

«Sa bluffare proprio bene» protestai mentre riprendevo a camminare. «Durante il viaggio in macchina mi ha trattato come se fosse tutto normale.»

«È il suo lavoro» puntualizzò Angie. «E tu *sei* normale. È X l'insensibile scherzo della natura.»

«Vorrà che lo riveli a qualcuno, vero?»

«Non ti metterà alcuna pressione, ma non posso prometterti che non ti rivolgerà un sacco di domande.»

«Che è esattamente la stessa cosa.»

Angie mi abbracciò forte. «Mia madre è una persona fantastica. E, a essere onesta, volevo proprio confidarglielo. Mi è sembrato che avere qualcun altro al tuo fianco potesse essere utile.»

La fissai per un momento.

«Che c'è?»

«Niente.»

Nell'area ristoro del centro commerciale, Bonnie era seduta a un tavolo da quattro con una limonata e una porzione di patatine fritte. Ai suoi piedi, c'era una grande busta di Pottery Barn. Stava fissando intensamente il telefono mentre si mordeva il labbro inferiore.

«Ciao, mamma» la salutò Angie, e si piegò per darle un bacio sulla testa. Poi spiò lo schermo del suo cellulare. «Come immaginavo. Mamma è una patita del gioco *Words with Friends.*»

«Prendete pure le patatine» ci offrì distrattamente Bonnie, che poi sospirò. «Tieni.» Mi porse il suo cellulare. «Vuoi provare? Non so cosa farci con quattro A e tre E.»

«Puoi riprodurre il suono di uno sbadiglio» buttò lì Angie prima di agguantare una patatina e immergerne la punta nel ketchup.

Il mio cervello si rifiutò di collaborare quando fui investita dalla realtà della situazione. Tre persone conoscevano il mio segreto, adesso. Avevo la sensazione che Bonnie, Isaac e Angie stessero giocando alla patata bollente, che si passavano di mano in mano. Se fosse caduta, sarebbe esplosa e avrebbe sparpagliato i pezzi dappertutto rovinando ogni cosa.

«Non mi viene in mente niente» ammisi, e le restituii il telefono.

«Stupido gioco» imprecò Bonnie con una risata borbottata, e infilò il cellulare nella borsa. «Allora, avete trovato qualcosa di bello? Volete mangiare?»

Angie mi lanciò un'occhiata, poi annunciò a voce alta: «Lei sa che lo sai, mamma».

L'espressione di Bonnie mutò immediatamente in quella che immaginai fosse una Faccia da Psicologa. Invitante, amichevole ed estremamente calma. Una faccia che ti portava a credere che avesse tutto sotto controllo, anche se per te non era così.

«Speravo di poter avere l'occasione di parlarne con te, Willow» mi confessò. «Anche se magari il centro commerciale non è il luogo più adatto.» Rivolse un'occhiata alla figlia, e poi recuperò la faccia da psicologa. «Non dobbiamo parlarne per forza qui.»

«Io non voglio proprio parlarne» spiegai.

«È giusto» replicò Bonnie. «Posso porti solo una domanda? Tu e tua madre avete un rapporto, Willow? Anche minimo?»

«Conosce già la risposta» le ricordai. «Non è esattamente una persona con cui stabilire un rapporto madre-figlia. Si chiude sempre dentro a una bottiglia di vino.»

«Capisco.»

«E si preoccupa solo delle apparenze. Come deve vestirsi, la casa in cui abitiamo, le macchine che guidiamo.»

I ragazzi che ci piacciono...

«Che io vada o meno nel college giusto...»

«Hai dei programmi per il college?»

«Queste sono due domande» scherzai, con un debole sorriso. «Non più.»

Bonnie annuì. «Ne ho solo un'altra e poi ti prometto che ho finito.»

«Mamma» protestò Angie.

«La piccola X nera che hai sul polso è in qualche modo legata a quello che è successo?»

Abbassai lo sguardo sul tavolo, verso la parte di polso appena prima del pollice.

«Sì.»

Ci fu un attimo di silenzio.

«Va bene, basta domande, mamma» decretò Angie. «Willow finirà per odiarmi per avertelo rivelato.»

Bonnie sorrise, e la faccia da psicologa venne rimpiazzata da quella da Super Mamma. «Angie mi ha raccontato che interpreti Ofelia nell'*Amleto* del teatro comunale. È fantastico. Ti stai divertendo?»

«Sì» confermai. «Mi piace un sacco.»

«Lo *adora*» aggiunse Angie. «L'opera, intendo. Sto solo parlando dello spettacolo, eh! Di cos'altro *dovrei* parlare?»

Le diedi una gomitata.

«Hai mai recitato prima?»

«No, mai» ammisi. «Mi ero solo messa in testa che avrebbe potuto aiutarmi, sa?»

«A esprimere i sentimenti in un modo sicuro?»

Annuii. «Sì, esatto.»

Angie spostava lo sguardo da me a sua madre e viceversa. «Oookay, io vado a prendermi una fetta di pizza. Willow, tu ne vuoi?»

«Al salame piccante, e una Coca Zero.»

«Mamma?»

«Sono a posto, tesoro.»

Quando Angie si fu messa in coda per ordinare da Sbarro, Bonnie si allungò in avanti e mi prese la mano nella sua.

«Questo non è veramente il posto giusto, ma voglio che tu sappia che mi dispiace. Per quello che ti è successo. Si tratta di un crimine terribile, e non è stata colpa tua.»

Annuii. Le strinsi la mano per ricacciare indietro le lacrime. «Mi sta per suggerire che dovrei denunciare?»

«No» mi rassicurò. «Ritengo che l'autore di quel crimine debba andare in prigione, e in un mondo perfetto tu potresti andare alla polizia in questo stesso momento, raccontare la tua storia, e lui verrebbe bombardato di domande tanto quanto te. Ma nella mia esperienza con le vittime di violenza sessuale, certe volte denunciare può essere persino più traumatico dell'ingiustizia subita. Non ti dico questo per scoraggiarti, ma perché credo che, quando ti sentirai pronta, sarai in grado di raccontare la tua storia da sola. Secondo i tuoi tempi, e nei modi che ritieni più giusti per te. Al momento, è questo su cui dovresti concentrarti, va bene? Su quello che è meglio per te.»

Annuii, senza osare fiatare per non piangere. In qualche modo, Bonnie mi aveva dato il permesso di smettere di trattenere il fiato ogni minuto della mia vita. Il permesso di respirare.

«E se vuoi parlarne, sono qui per te.» Mi girò la mano e tracciò la X con il pollice. «Mi piacerebbe davvero non vedere più queste.»

«Anche a me.» Bonnie mi batté una piccola pacca sulla mano e mi lasciò andare. Mi passò un fazzoletto, prese una patatina e sorseggiò la sua limonata. E tutto a un tratto ero tornata a essere una semplice ragazza seduta al tavolo con la madre della sua migliore amica.

«Cosa mi sono persa?» chiese Angie mentre mi metteva di fronte una fetta di pizza e la Coca. «Anzi, lasciamo stare. Segreto professionale.»

«Certo» commentò Bonnie. «Ma torniamo a parlare dello spettacolo. Ho visto l'*Edipo Re* a gennaio. Isaac Pearce ha un talento incredibile.»

«Sì» concordai, e diedi un'altra gomitata a Angie. «Sta' zitta.»

Angie spalancò gli occhi mentre mordeva il trancio di pizza. «Non ho pronunciato una parola.»

«È lui che ti ha accompagnato a casa nostra l'altra mattina?» Bonnie agitò le mani. «Non giriamoci attorno. Sono semplici discorsi fra donne, questi.»

«Sì, mi ha accompagnato lui» confessai. «Gli ho raccontato tutto. E non è stato fantastico, come ha potuto notare. Ci siamo avvicinati molto durante le prove» aggiunsi in fretta. Non avevo ancora raccontato ad Angie del ballo al punto panoramico. Tenevo quel ricordo per me, come un piccolo tesoro.

«E ora provi dei sentimenti per lui?» insisté Bonnie, staccando un pezzo di pizza al salame di Angie. «Quando si condividono delle esperienze personali con qualcuno può capitare. È praticamente impossibile non sentirsi più vicini a quella persona.»

«Credo di sì. Ma non possiamo permetterci che succeda. Lui se ne andrà da Harmony presto. Dei talent scout verranno allo spettacolo di apertura di *Amleto.*»

«Ah. Quindi avete parlato dei vostri sentimenti l'uno per l'altra?»

«*Mamma*» protestò Angie. Iniziò a ruotare gli occhi al cielo, poi smise di farlo all'improvviso. «Aspetta un secondo, veramente mi interesserebbe sapere la risposta.»

«Sì, ne abbiamo parlato.» Mi sforzai di mantenere un sorriso e un tono di voce disinvolto. «È la soluzione migliore. Per mantenere il nostro rapporto su un piano professionale. Inoltre lui è più grande di me e ha più esperienza e io... no.» Mi battei sulla fronte con il palmo. «Dio, non posso credere che io stia parlando di questi argomenti.»

Bonnie sorrise. «A volte parlare è come lanciare un grosso masso giù dalla montagna. Sembra impossibile all'inizio, ma poi diventa sempre più facile.»

«Non c'è molto da aggiungere sulla situazione» ammisi. «A parte che è uno schifo.»

La madre di Angie inclinò la testa. «Questo ragazzo ti piace?»

Annuii e scrollai le spalle. «Ma non è la fine del mondo.»

«Magari è davvero meglio così» aggiunse Angie. «Se è vero che se ne andrà. Non voglio che tu soffra.»

«Siamo in due» buttai lì, fingendo una leggerezza che non provavo.

Né Angie né Bonnie insisterono ulteriormente; forse stavo davvero diventando una brava attrice.

Quella sera, avvolta nelle coperte sul pavimento, mi misi a leggere il mio copione di *Amleto* alla luce del cellulare. Ero in difficoltà con le canzoncine che Ofelia cantava alla fine del quarto atto, quando cadeva in preda alla follia.

«È difficile approcciarmi a questi versi» avevo spiegato a Martin durante le prove.

«Alla radice della pazzia c'è sempre una verità insopportabile» mi aveva risposto. «Lo sanno solo le persone che ci sono passate. Le canzoni di Ofelia rivelano la verità. Pensa a quale potrebbe essere.»

Dalla mia tana di coperte, meditai. Alla radice della pazzia di Ofelia c'era forse il dispiacere nei confronti del padre? Il suo cuore infranto per Amleto? O tutte e due?

«Per non rovinare il rapporto col padre,» mormorai, «rinuncia ad Amleto. Ma poi il rapporto col padre si rompe comunque. Non le resta più niente. E l'idea è insopportabile.»

Per lei era insopportabile non aver seguito il proprio cuore.

Chiusi il copione e ascoltai *Imagination* di Shawn Mendes, la canzone che io e Isaac avevamo ballato al belvedere.

Chiusi gli occhi e mi addormentai sulle sue note. Le coperte erano diventate le braccia di Isaac. Il pavimento il suo petto. Il mio ultimo pensiero fu un altro consiglio di Martin: *quando vi trovate di fronte a dover rispondere con un sì o un no, scegliete sempre sì.*

Scegli sì, pensai mentre mi addormentavo. Isaac mi stava guardando, una domanda aleggiava nei suoi occhi. Io sorrisi.

Sì.

27

Isaac

La domenica pomeriggio andai a pranzo da Benny e Yolanda, poi feci un salto alla roulotte per vedere come stesse papà e lasciargli dei soldi. Lui non c'era, e dentro quel buco regnava il caos. Il tavolino davanti al divano era completamente ricoperto di bottiglie, lattine, mozziconi di sigaretta e contenitori di cibo da asporto. Diedi una rapida ripulita al tutto, lavai alcuni piatti e li misi ad asciugare nel lavello. Dopodiché uscii e mi diressi verso i confini della nostra proprietà, alla stazione di servizio. Dio, sembrava così fatiscente e trasandata. Si percepiva quasi la forza di gravità delle bollette non pagate e dei diritti di concessione che faceva sprofondare il tutto in una voragine e inghiottiva anche mio padre.

Papà era seduto dietro allo sportello della stazione, intento a fissare il vuoto e a fumare una sigaretta. Feci scivolare una piccola busta sotto il vetro – gran parte dello stipendio proveniente dal mio lavoro all'officina di Braxton. Il fumo della sigaretta di papà volteggiò contro il vetro.

«Te ne porto altri la prossima settimana» lo informai.

Lui annuì e prese la busta, poi si alzò dallo sgabello e sparì sul retro.

Conversazione finita.

Dal giorno dell'incidente con la bottiglia di birra mi aveva a malapena rivolto la parola. Ma a me non piaceva questo silenzio, né l'espressione dei suoi occhi. Qualunque spiraglio di luce gli fosse rimasto dentro era sparito. O annegato nell'alcol.

La povertà comportava anche questo, pensai con una rabbia improvvisa mentre tornavo al mio pick-up.

La costante zavorra di ciò che si *voleva* e di ciò di cui si aveva *bisogno* era come una mano gigante che ti schiacciava sempre più in basso. Sapevo cosa pensava la gente ad Harmony: se mio padre si fosse un minimo ripreso, avrebbe potuto stare bene. Lui era il pugile sul ring e loro gli spettatori che non dovevano combattere la sua partita. Se ne stavano comodi in poltrona, a urlare: *Tirati su!* Come se fosse facile dopo essere stato colpito così tante volte. *Dovevo andarmene,* pensai di nuovo. Dovevo occuparmi del mio vecchio. Ero sangue del suo sangue. Era la mia famiglia. E questo era quanto. *E Willow?*

«No, basta con questa stronzata anche oggi» borbottai mentre salivo sul pick-up. Il copione di *Amleto* era sul sedile del passeggero. L'idea era ripassare le battute al labirinto di siepi. Da solo. Imparare tutte le mie parti e rispettare la parola data. Mantenere un rapporto professionale.

Ma quando arrivai al capanno del mulino al centro del labirinto, Willow era lì. Indossava un paio di jeans e una blusa in stile contadino con una stampa a fiorellini. Gli occhi si accesero per la sorpresa quando mi scorse, e mi salutò.

Oh Cristo.

Il suo sorriso era pieno di aspettativa. Ogni sfumatura dei suoi pensieri si rifletteva sul suo bel viso.

Dovevo piantarla.

«Che ci fai qui?» mi chiese.

«Sono venuto a ripassare le battute.»

«Anch'io.»

«Okay.»

«Okay, bene...» Si arrotolò una ciocca di capelli intorno al dito e scrollò le spalle. «Sono arrivata prima io.»

«Ah, tu sei arrivata per prima? Io qui ci vivo da tutta la vita.»

Sollevò le mani come a dire: "E quindi che farai?"

Era così maledettamente carina. Era bella da togliere il fiato, ma a volte era semplicemente troppo carina.

Mi battei il copione sulla gamba. «Potremmo aiutarci a vicenda. Già che siamo qui.»

«Potremmo» rispose. «Rimaniamo professionali, giusto? Inizia tu per primo. Dov'è che hai più difficoltà?»

Questa era una domanda a trabocchetto.

«Ho un monologo infinito alla fine del quarto atto.»

Willow aprì il suo copione, gli occhi azzurri che scorrevano sulla pagina. La curva del collo che scendeva elegante fino alla clavicola, e il rigonfiamento del seno sotto la blusa...

Professionali. Dovevamo rimanere professionali.

Sollevò lo sguardo. «*Quale accusa mi fanno le occasioni...?*»

«Esatto.»

«Io sono pronta quando vuoi.»

Mi alzai in piedi e presi a ripetere il monologo mentre passeggiavo avanti e indietro nei pressi del mulino. Una volta finito di snocciolarlo, Willow inclinò la testa. «Di cosa parla?»

«Amleto sta meditando sulla guerra e sul motivo che spinge gli uomini a rischiare la propria vita per essa. Per cosa valga la pena morire. L'onore. Sta riflettendo sul fatto che Claudio è ancora il re, sua madre è ancora sposata con un assassino e che lui non ha reagito.»

Willow lesse dal copione. «*Se il mio pensiero è degno, sia tinto di sangue!*»

Annuii. «Il tempo delle parole è finito. Ora deve agire e fare quello che è giusto per l'onore della sua famiglia e per il suo nome.»

«Dovrebbe farlo.»

Alzai lo sguardo e notai che mi stava guardando con dolcezza. «Ora tocca a me.»

Mi sedetti sulla panchina e lei mi poggiò il suo copione sulle gambe, poi mi indicò il punto esatto.

«Tutte queste canzoncine alla fine della scena della pazzia» specificò. «Sono così difficili da seguire. *So* di saperle, ma a un certo punto inizio ad avere dei dubbi.»

«Prova così» mi consigliò. «Va' all'inizio del labirinto e mentre cammini canticchiale.»

Lei storse il naso. «E come mi sarebbe d'aiuto? Mi perderò e allo stesso tempo mi impappinerò con le battute.»

«Hai appena detto che le battute le sai. Il tuo cervello ha bisogno di pensare ad altro. Lascia che le parole fluiscano semplicemente all'esterno mentre ti concentri nel trovare la strada giusta nel labirinto.»

«Ma tu come mi aiuterai?» mi domandò. «Gertrude e Claudio pronunciano un sacco di battute nel mezzo.»

Alzai le spalle. «Dovrai urlarle, e io anche. È comunque una buona pratica per farsi sentire anche nelle ultime file.»

Willow tornò all'inizio del labirinto, i lunghi capelli che svolazzavano dietro alle sue spalle. «Sei sicuro che non ci sentirà nessuno?» gridò.

«Shakespeare al parco.»

«Molto divertente.»

Quel pomeriggio era tranquillo, l'aria calda ma non appiccicosa come d'estate.

«Mi senti?» gridò, la voce squillante come una campanella.

«Sì» risposi a voce alta affinché mi sentisse. «Vai.»

Willow cominciò a recitare le battute. Sorrisi nel sentirla imprecare quando incappava in un vicolo cieco del labirinto.

«*Come potrei fra i tanti distinguere il tuo bello? Dal...* Merda!»

Risi in silenzio. «Non era proprio così.»

«Accidenti» borbottò.

«Sbagliato di nuovo» urlai, e stavolta risi di gusto.

«Non sei di aiuto» mi gridò a sua volta.

Le parole di Shakespeare riecheggiarono tra i corridoi del labirinto finché, alla fine, Willow non tornò al mulino. Il sole alle sue spalle le dorava i capelli, mentre mi guardava con le mani sui fianchi e gli occhi incredibilmente celesti.

«Be', spero che tu ti sia divertito, perché io...»

Lasciò cadere l'argomento e il momento giocoso tra di noi si trasformò in qualcosa di più profondo. Quell'attimo si congelò attorno a noi, chiaro e lampante, in attesa che lo cogliessimo.

Il tempo delle parole era finito.

Accorciai la distanza fra di noi con tre falcate, le afferrai il viso con entrambe le mani e la baciai. Lei sussultò sorpresa, ma non s'irrigidì. Dovetti sforzarmi parecchio per essere delicato. Per metterla a proprio agio. Ma alla fine si abbandonò a un piccolo gemito, un suono pregno di un sollievo estatico che mi riempì le orecchie. Schiuse le labbra, premette il corpo contro il mio e la sua lingua si avventurò a poco a poco nella mia bocca.

Cristo, era troppo bello.

Aveva un sapore dolce, la lingua delicata che scivolava sulla mia. Un ringhio mi partì dal petto mentre sprofondavo nell'eccitazione del bacio, la mia lingua in esplorazione della sua bocca. Si sciolse tra le mie braccia e io la strinsi e la baciai ancora più forte. A ogni movimento della mia testa o della mia bocca, lei mi seguiva. Desiderosa. Impaziente.

Affondai ancora di più le mani tra i suoi folti capelli setosi. Li strinsi nei pugni, attento a non tirare. Come il moto ondoso dell'oceano, la sua bocca mi lambiva e si ritirava. Le nostre bocche si muovevano sincronizzate, avanti e indietro: si aprivano e si chiudevano, leccavano e mordevano, avvolgevano ed esploravano. Il desiderio di lei aumentava con il passare degli attimi e diventava sempre più pressante. Alla fine, mi costrinsi a rallentare, a baciarla un'altra volta soltanto e a staccarmi.

Eravamo uno di fronte all'altra, ansimanti, le sue mani che mi stringevano i lembi della giacca. Detestai dover togliere le mani dai suoi capelli, ma le feci scivolare lungo la sua schiena fino all'altezza dei fianchi. Presi un altro respiro profondo con la fronte appoggiata alla sua e mi allontanai dal suo corpo. Aveva gli occhi pieni di lacrime.

«Merda, mi dispiace» mormorai. «È stato troppo?»

«No» rispose, con un lieve sorriso affannato. «Era perfetto. E non credevo che avrei mai provato di nuovo qualcosa di perfetto.»

Si alzò in punta di piedi per darmi un altro bacio, delicato, lento e profondo. Si prese il suo tempo per abbandonarsi alla vittoria contro i suoi demoni. Io ricambiai il bacio e mi godetti la dolce estasi della sua bocca sulla mia. Anche se, alla fine, tutto questo non avrebbe fatto altro che rendere la situazione molto più complicata.

«Che stiamo facendo?» chiese con un filo di voce tra un bacio e l'altro. Mi strinse i capelli fra le dita e io pensai che non avevo provato mai nulla di così tremendamente bello in tutta la vita.

«Non lo so.» Appoggiai le labbra sul suo collo e tracciai un percorso di baci fino alla gola. «Dovevamo rimanere sul professionale.»

Ci baciammo finché l'erezione nei miei jeans non cominciò a essere dolorosa. Premuta contro di me, lei la sentì e trasalì. Mi allontanai.

«Scusa... ha vita propria.»

«Non scusarti» mi tranquillizzò. «Va tutto bene. Davvero.»

Arrossì sulle gote, e aveva le labbra gonfie per i miei baci, il mento arrossato per lo sfregamento della barba.

Doveva essere marchiata, pensai. *Con i baci che voleva ricevere, non con quelle cazzo di X.*

Il mio desiderio nei suoi confronti si mischiò al bisogno di proteggerla e, all'improvviso, andarmene da Harmony mi sembrava come morire.

La sua espressione sognante allora vacillò, come se avesse letto quel conflitto sui lineamenti della mia faccia. «No» proruppe, e mi tirò a sé.

«No?»

«Tu devi andare. È il tuo sogno.» Mi posò le mani sul petto e mi accarezzò da sopra la maglietta. «Continuo a pensare alle parole di Martin quando abbiamo iniziato le prove. Disse che la storia di Amleto e Ofelia esisteva ancor prima dell'opera. Ricordi?».

«Sì» risposi.

«Non so cosa succederà dopo. Lo so che devi andare via da Harmony e io non ti fermerò. Non cercherei mai di farlo. Perciò forse è un po' egoistico da parte mia volerti adesso. O forse... è semplicemente così che deve andare.»

Fece scivolare le mani lungo il mio collo. Il suo tocco era coraggioso e sfrontato, nonostante sentissi il suo cuore battere all'impazzata contro il mio petto.

«Forse potremmo goderci questo periodo» buttò lì. «Prima di debuttare sul palco. Prima che i talent scout ti scoprano e ti portino via da qui. Magari possiamo vivere la nostra storia prima dell'opera. Vivere dove ha inizio l'opera.» Mi guardò con i suoi occhi azzurri, luminosi e fermi. «L'amore c'era già da prima.»

Le spostai una ciocca di capelli dalla faccia. «Sì, esisteva già da prima.»

In quel momento, Willow sorrise e mi tolse il fiato. Nessuna ragazza mi aveva mai guardato in quel modo. Come se fossi prezioso. La baciai ancora e ancora; non desideravo altro che stringerla e proteggerla.

«Dio, Isaac» ansimò, quando ci sforzammo di staccarci. «Tutto questo è folle.»

«È la vita» risposi. «Fuori dalla pagina. Ma come potrà funzionare? Se qualcuno ci vedesse...»

«Useremo dei messaggi in codice nel caso mio padre mi dovesse controllare il telefono.»

«Messaggi in codice?»

«Ti registrerò nella rubrica come... Am, o Ammy? No, troppo ovvio.»

«Il danese» proposi. «O Dane.»

«Dane.» Il volto le si illuminò. «La mia nuova amica Dane. Recita insieme a me. E si dimentica sempre quale scena dobbiamo provare. Se vogliamo incontrarci, non so, alle tre e mezza, basterà inviare un messaggio con su scritto: Terza scena, terzo atto.»

«Perfetto.»

Willow mi rivolse un'occhiata giocosa e divertita. «E se volessimo scriverci qualcosa di dolce, perché sai che le ragazze sono fatte così...»

«Ma dai!»

«Se volessimo farlo...» Si morse il labbro, pensosa.

«Secondo atto, seconda scena. A2, S2.» La tirai a me. «Ricordi?»

Schiuse le labbra e arrossì. «Certo che ricordo. La lettera. Non dubitare...»

«Non dubitare, oh Willow.»

La baciai ancora. In quel momento mi sembrò tutto così semplice, così perfetto, che dimenticai che quelle parole erano state scritte per una tragedia.

ATTO SECONDO

"Debbo essere crudele solo per essere buono;
Così il male comincia e il peggio ha da venire."

Atto III, scena IV

28

Willow

Mi svegliai con un obliquo raggio di sole primaverile sulla faccia. Ero avvolta come al solito nelle coperte sul pavimento, ma avevo dormito tutta la notte senza incubi. Nelle ultime settimane il sonno era molto migliorato. La strada verso il materasso era ancora lunga, ma ci stavo arrivando. Nutrivo delle speranze.

Il cellulare mi notificò un messaggio da parte di "Dane". Sorrisi mentre mi rannicchiavo ancora di più nelle coperte insieme al telefono e chiudevo fuori il resto del mondo.

Dane: Oggi cambio alle prove. Quarto atto, invece che 3.3.

Traduzione: tarderò, ci vediamo alle 4 invece che alle 3:30.

I miei pollici volarono sulla tastiera.

Io: Va bene.
Dane: A2.

Un brivido piacevole mi percorse e mi morsi il labbro mentre sorridevo.

Prima di mettere via il cellulare, risposi:

Io: S2.

Feci la doccia, indossai un bel prendisole rosa chiaro che mi arrivava appena sopra il ginocchio, e scesi di sotto per la colazione. Mia madre era seduta al banco della cucina e sfogliava una rivista. Erano soltanto le sette e un quarto, ma papà era già al lavoro da qualche ora. I Wilkinson lo facevano lavorare sodo, o forse voleva solo stare il meno possibile attorno a mia madre. Non potevo biasimarlo.

«Ti sei svegliata presto» commentai.

«Ho appuntamento alla spa di Braxton alle otto.» Distolse lo sguardo dalla rivista mentre appoggiavo il casco della bici sul bancone e frugavo nella credenza in cerca di un bicchiere.

«Seriamente, Willow, quel caschetto è così stupido. Ma soprattutto andare in bici con quel vestito. Possiamo comprarti una macchina. Ce la possiamo *permettere*, una macchina.»

«Non voglio la macchina.»

«Vedrai che cambierai opinione a dicembre» aggiunse. «Lo sai quanto sono tremendi gli inverni qui.»

Alzai gli occhi al cielo. *Giusto. Perché a New York l'inverno è divertentissimo.*

«Ne abbiamo già parlato un centinaio di volte, mamma. Mi piace andare in bicicletta. Il tragitto per il centro e la scuola è breve, e così tu non devi preoccuparti di dovermi accompagnare.»

Non che si fosse mai preoccupata, comunque.

Per me, la bici era diventata una necessità. I giorni in cui sfruttavo Angie come un taxi, o perché mi coprisse le spalle, erano finiti. Le volevo troppo bene per rischiare di cacciarla di nuovo nei guai. E mentre il mio corpo continuava lentamente a recuperare, stare fuori al sole e fare esercizio fisico mi aiutava ad avvicinarmi sempre di più al mio ideale di normalità.

Mi preoccuperò dell'inverno quando sarà il momento.

Mia madre mise da parte la rivista e controllò la posta sul bancone. «Lo sapevo» brontolò, una busta tra le mani.

«Che succede?» le chiesi mentre mi versavo del succo di frutta.

«La festa della Wexx della prossima settimana a Indianapolis. È cancellata. Ne organizzano un'altra questo fine settimana a Manhattan.»

Raggelai, il bicchiere alla bocca. «Cancellata?»

In queste ultime settimane, l'unica nuvola scura sulla mia felicità con Isaac era stata la festa della Wexx e la partecipazione di Xavier Wilkinson.

Mia madre sospirò. «Non mi stupirebbe se metà della gente rifiutasse l'invito e la Wexx dovesse tornare sui propri passi.»

Di solito, i pregiudizi di mia madre sul Midwest mi facevano venire i brividi, ma oggi la ascoltavo a malapena.

«Quindi» posai con attenzione il bicchiere. «I Wilkinson non verranno qui?»

«Willow, ma mi stai a sentire? Perché dovrebbero venire qui se hanno spostato la festa a Manhattan? Siamo tutti invitati, certo...»

«Io non posso venire. Ho troppi compiti e la prima dello spettacolo si avvicina. Tu e papà andate pure. Divertitevi un po'.»

«Okay» rispose mia madre, prolungando la parola. «Sei incredibilmente accondiscendente. Come lo eri un tempo.»

Mi strinsi nelle spalle.

«In effetti... l'ultima volta che lo sei stata era... la scorsa estate? Intorno al tuo compleanno.» Aggrottò la fronte, pensierosa. «Willow.»

«Sì?»

Le sue sopracciglia delicate si unirono e, con le sue unghie di fresca manicure, prese a tamburellare sul banco come faceva quando le venivano in mente dei pensieri spiacevoli.

Trattenni il fiato. Potevo quasi vederla – finalmente – mettere insieme gli avvenimenti della scorsa estate. Il mio primo incontro con Xavier alla festa del Quattro luglio della Wexx. Io che le raccontavo quanto fossimo andati d'accordo. Lei che ne era stata così entusiasta, perché lui era "il ragazzo giusto" per me. Certo, non sapeva della festa di compleanno che avevo organizzato in segreto qualche settimana dopo, ma sapeva che non avevo più parlato di Xavier da quel giorno. Le passò tutto davanti.

«Willow» esordì, la voce che tremava appena. «Tu capisci che i Wilkinson sono molto importanti per la nostra famiglia? Tuo padre è sempre stato un impiegato modello alla Wexx, e nonostante il trasferimento qui, loro sono stati molto buoni con noi.»

Mi si seccò la gola e non potei fare altro che annuire.

«Premesso questo, c'è qualcosa di cui vorresti parlarmi?»

Fu fastidioso sentire cigolare fuori quelle parole dalla sua bocca. Cosa avrei dovuto farmene? Avrei dovuto confessarle la verità e demolire tutto il suo mondo? Per un'accusa per la quale non c'erano prove, e neanche un ricordo nitido nella mia testa?

Non c'era niente da fare, soprattutto dal momento che Xavier non avrebbe messo piede nel mio Stato di adozione. Mi ero presa una fetta di felicità con Isaac. Non avevo intenzione di farmela rubare da nessuno.

«No, mamma» risposi, e la baciai sulla testa. «Devo scappare, o arriverò tardi a scuola.»

Lei si sistemò i capelli nel punto in cui l'avevo baciata con un sospiro irritato. Però aveva smesso di tamburellare sul banco della cucina. «Buona giornata. Non tornare tardi dopo le prove. Dio mio, sembra che tu ci viva, dentro quel teatro.»

«Lo spettacolo sarà tra due settimane» la informai. «Dobbiamo fare le prove tecniche, e questa settimana ripasseremo tutto, mentre la prossima proveremo gli abiti di scena...»

Ma era già tornata alla sua rivista.

Dopo la scuola, ammazzai il tempo girando in bici per Harmony, in attesa che Isaac finisse di lavorare. Per prima cosa, andai fino al quartiere dei cottage. Rappresentavano un angolo del triangolo formato dai miei tre posti preferiti: i cottage, il teatro e il labirinto di siepi.

Tutto quello che desideravo nel raggio di quattro chilometri.

Mi fermai davanti a uno dei cottage. Era azzurro con le rifiniture bianche. Sul cartello vecchio e sbiadito come la casa piazzato nel giardino anteriore si informava che era in vendita. Il mercato immobiliare in zona non era eccezionale, ma io ero contenta che questa trattativa non si fosse ancora conclusa.

Un giorno, pensai.

Tornai verso il centro e mi fermai in libreria a comprare un fumetto per Benny. Isaac mi aveva accennato che stava andando bene a scuola. Dovevo ancora conoscerlo, ma parlava un sacco e con affetto di lui. Ritenni che meritasse una ricompensa, non solo per la scuola, ma per essere una figura importante per il mio fidanzato.

Fidanzato?

La parola mi si era insinuata dentro e mi provocò un brivido al cuore. E, sebbene probabilmente fosse stupido, la lasciai lì.

Qualche minuto dopo le quattro del pomeriggio, pedalai fino al labirinto e lasciai la bici al cartello informativo davanti all'ingresso. Il Dodge blu di Isaac era già lì, nel punto più lontano del parcheggio. Il sole era luminoso e caldo, e addensava l'aria in previsione dell'umidità estiva. Mi riparai gli occhi con la mano. Oltre il labirinto c'era un prato di erba alta con file di alberi. Qualche volta, all'arrivo di altre persone, avevamo dovuto nasconderci là.

Adesso mi destreggiavo con facilità tra i corridoi, e trovai Isaac seduto dentro al mulino, il copione sulle gambe e la penna in mano. L'estremità della penna era deformata – la masticava per evitare di fumare quando eravamo insieme.

Mi fermai e lo osservai qualche istante per assorbire la sua presenza, il mio corpo che prendeva nota di ogni suo dettaglio. Le sue lunghe gambe nascoste sotto ai jeans, la maglietta nera che metteva in risalto il petto ampio. Il rigonfiamento dei bicipiti e gli avambracci abbronzati, uno con il tatuaggio *Io brucio. Languo. Muoio.*

Mi aveva spiegato che era una citazione da *La bisbetica domata*, e che l'aveva scelta perché gli era sembrato che rappresentasse in pieno la sua vita. Il talento bruciante, il desiderio costante di una vita migliore, e la paura di non ottenerla mai.

Ci sarebbe riuscito.

Ma per adesso era mio.

Il volto di Isaac era contratto e serio sul copione. Ma io sapevo che dietro quello sguardo duro si nascondeva un ragazzo sensibile. Era brillante, romantico e protettivo. Gli avvenimenti della vita lo avevano indurito, ma non si era lasciato distruggere. Era solito mostrare tutta la sua dolcezza solo a me.

Sollevò lo sguardo. Un sorriso sghembo si palesò sulle sue labbra. «Ehi.»

«Ciao.» Fui travolta nel profondo da un forte desiderio. Durante le ultime settimane, si era risvegliato lentamente dentro di me. Il mio corpo si era scongelato sotto il tocco di Isaac, anche se non era mai andato oltre alle carezze sopra i vestiti, le volte che ci eravamo baciati.

O forse era proprio *perché* non era andato oltre a quello. Non mi aveva mai pressato, né verbalmente né fisicamente. Mi aveva solo baciato, ed era stato perfetto. Mi aveva toccato con delicatezza, finché il mio corpo aveva capito la differenza tra le sue mani e quelle del fantasma di X.

Ora volevo di più.

Isaac si alzò in piedi e accorciò la breve distanza fra di noi. Dall'alto del suo metro e novanta, torreggiava su di me, e mi piaceva la sensazione di protezione che mi suscitava lo stargli vicino.

«Ho comprato un pensiero per Benny» esordii, il cuore a mille. «Per aver superato la verifica di scienze.» Gli mostrai il fumetto. «A detta di Angie, Luke Cage è proprio figo.»

«Anche a detta di Benny» specificò Isaac. «Glielo porto domattina.»

«Come sta tuo padre?» Era lunedì, e questo significava che il giorno prima era stato alla roulotte per consegnargli i soldi della settimana.

Il suo sguardo si incupì. «Non bene» rispose. «Credo stia bevendo di più. Ho provato a parlargli di un centro di riabilitazione, ma non ci andrà e io non posso permettermi di mandarlo in un posto più carino. Non ancora.»

«Ci riuscirai.»

Si abbassò per baciarmi dolcemente, ma io intensificai subito il bacio; mi avvicinai al suo corpo ed esplorai la sua bocca con la mia, finché non rimanemmo entrambi senza fiato.

«Okay, sono pronta per mettermi al lavoro» proruppi, e mi spostai per posare a terra la mia borsa. Isaac rimase a fissarmi con un sorriso sorpreso, mentre io fluttuavo leggera su una solida roccia calda che si trovava in mezzo alle mie gambe.

Lo voglio.

La consapevolezza di quella verità mi turbò e fece crepitare ogni singola cellula del mio corpo come per effetto di una scarica elettrica. Agitai le mani tremanti.

«Sono davvero nervosa per la prima. Vorrei lavorare sul mio ultimo monologo del terzo atto.»

«Okay» rispose Isaac. «Quello che vuoi. Anche se dopo un bacio del genere hai rovinato la mia concentrazione.»

Mi uscì una risata squillante. «Passeggerò per il labirinto.»

«Fa' pure.»

Mi spostai all'inizio del labirinto e presi un respiro profondo per calmarmi. Cercai di ignorare le strane sensazioni che provavo sottopelle, ma erano come una calamita che voleva solo Isaac.

Dovevo immedesimarmi in Ofelia in quel preciso momento dell'opera: l'inizio della spirale verso la psicosi e il dolore. Ma in quel frangente, davanti all'ingresso del labirinto, mi ritrovai ad addentrarmi in qualcosa di bello e reale.

«*Oh il nobile spirito che va in rovina!*
Occhio, lingua, spada
di cortigiano, di soldato, di dotto...»

Recitai quei versi mentre passeggiavo tra i corridoi di siepi, verdeggianti e crepitanti di vita. Ma ormai conoscevo alla perfezione il percorso. Così come sapevo a memoria le battute; non dovevo più rifletterci molto. Mi venivano in mente come le parole delle canzoni, bastava solo aggiungerci la mia piccola melodia personale.

Emersi dal labirinto. Isaac mi stava aspettando seduto sulla panca. Il mio tenebroso Dane. Indecifrabile e pericoloso per il resto del mondo eccetto me.

«*Dare un suono stridulo e stonato di campana guasta, quella ineguagliabile figura...*»

Posai lo sguardo sulla sua ineguagliabile figura. Muscoli solidi sotto la pelle liscia. Forza sotto la dolcezza. Vigore sotto le sue carezze gentili. L'attrazione magnetica adesso era inevitabile. Avevo bisogno delle sue mani su di me.

Isaac rimase in silenzio mentre gli andavo incontro e mi posizionavo tra le sue ginocchia. Le sue mani mi scivolarono sui fianchi. Il seno allo stesso livello del suo mento, i capezzoli inturgiditi dal suo fiato. Affondai le dita nei capelli sulle sue tempie e annegai nei suoi occhi, scuri e dilatati, il grigio-verde tempestoso di desiderio.

«*Fiorente di giovinezza.*» Assaporai sulla lingua e tra i denti il sapore del verso successivo. «*Così sconvolta dal delirio.*»

«Willow» mormorò mentre risaliva con le mani dai fianchi e mi sfiorava i seni con i pollici. Mi sfuggì un piccolo gemito dal profondo della gola.

«*Oh, me sciagurata*» enunciai con un filo di voce sulla sua bocca. «*Oh, me sciagurata...*»

Le nostre labbra si sfiorarono e si abbatterono le une contro le altre.

Stavolta c'era qualcosa di diverso. Aveva un sapore diverso, così come era differente la sensazione dei suoi capelli fra le mie dita e dei muscoli solidi sulla sua schiena. Il fiato ci usciva affannato dal naso mentre ci baciavamo, anche l'aria che entrava aveva un odore diverso, ed era come se ogni respiro sprofondasse nel calore pressante in mezzo alle mie gambe.

Attraverso le ciglia, scorsi Isaac aggrottare la fronte, il volto teso per lo sforzo di mantenere il controllo. Una sua mano scivolò sul mio stomaco per poi stringermi un seno. Gemetti e mi abbandonai al suo tocco, sconvolta dal piacere che mi suscitava. Continuammo a baciarci e a stringerci, il desiderio sempre più crescente, finché la sua mano non scivolò tra le mie gambe. Al minimo sfioramento del suo palmo fui travolta da un brivido.

Isaac staccò le labbra dalle mie. «Scusa.»

«No, è tutto okay» risposi, affannata. «È solo tutto... nuovo. Non voglio smettere. Non del tutto.»

«Non c'è fretta. Per niente, Willow.»

«Non voglio prendermela con comodo» precisai, le parole che si annodavano nella lingua, all'improvviso imbarazzata nel riferirgli quello che volevo. «Non voglio *tutto* adesso, ma lo voglio... Cioè, ho bisogno...»

«Hai bisogno di venire.»

Mi sentii arrossire ovunque, spiazzata da quella parola pronunciata ad alta voce.

«Sì» mormorai. Poi, di nuovo più forte. «Sì. Toccami, Isaac.»

Tornò a divorarmi la bocca con un bacio appassionato, la lingua esigente, i denti che mi mordevano. Mi accarezzò il seno, i fianchi, il sedere e dietro le cosce. Acconsentii a ogni suo tocco e mi sfuggì un piccolo gemito quando mi fece salire a cavalcioni sulle sue gambe. Con la mano m'insinuai sotto la sua maglietta, mentre lui continuava a mordicchiarmi il collo.

Le mie mani non erano ancora sazie. Muscoli sodi, pelle calda e la lieve peluria sul petto. Isaac mi lasciò esplorare il suo corpo, e intanto il desiderio si alimentava in me come la più fulgida delle fiamme.

Ruotai le anche e le sue mani scivolarono sulle mie cosce. Con il volto tirato, mi strinse i fianchi mentre mi agitavo sul tessuto ruvido dei suoi jeans, l'erezione che premeva sotto la cerniera.

Una profonda fitta di piacere si stava spandendo dallo stomaco verso il basso. Tutti i miei sensi si concentrarono sul punto dove i nostri corpi si stavano sfregando.

Drizzai la schiena e lo cavalcai: godetti di quella disperazione pura e mi dimenai senza vergogna sopra di lui, ed era tutto perfettamente a posto. Ero al sicuro con Isaac. Non era un mostro indistinto. Era di carne e ossa, sotto di me. Inchiodò gli occhi ai miei e mi spronò con le sue parole.

«Così...»

«Oh Dio» mormorai disperata.

«Va tutto bene» mi confortò a denti stretti. «Voglio che tu vada avanti.»

«Isaac...»

«Ci sei... vieni per me.»

«Mi serve... di più.»

Gli presi la mano dal fianco e la infilai sotto al vestito, tra le mie gambe. Gridai nella sua bocca quando le sue dita mi sfiorarono le mutandine. Il piacere aumentava e si espandeva, mentre accarezzava con delicatezza il punto giusto.

«Dio, piccola.» Il suo fiato caldo sul mio orecchio. «Sei così bagnata.»

Con quelle parole mi mandò su di giri. Il mio corpo voleva proprio questo. *Io* volevo questo. La pressione in mezzo alle cosce si arrese a lui e un'improvvisa e potentissima ondata di piacere mi travolse. Il mio corpo si contrasse tutto. Il respiro mi si fermò nei polmoni, poi eruppe fuori una volta liberata l'estasi, senza alcuna vergogna o rimpianto.

«Oh mio Dio» ansimai, prima di collassare contro la sua spalla. «Cazzo, Isaac...»

«Vieni qui.» Mi tirò verso di sé e io mi fusi con lui.

«Non posso credere di esserci riuscita» confessai, e sollevai la testa. «E tu? Merda, starai pensando che io sia...»

«Io non penso niente» mi tranquillizzò. «Volevo questo per te. Eri così bella, proprio ora...»

«Oh Dio» ripetei, e affondai la faccia nella sua spalla. «Ancora non ci credo.»

«Credici, piccola» mi sussurrò mentre rideva tra i miei capelli. «Sei così sexy, cazzo.»

«Sei mesi fa non riuscivo neppure a guardarmi allo specchio. E ora tu...»

Mi prese il viso tra le mani. «Sei mesi fa io ero un maledetto disperato. E poi sei arrivata tu. Quando sono con te, non sento il bisogno di essere da nessun'altra parte o di essere qualcun altro. Riesco a essere me stesso senza soffrire tremendamente. Questo è un dono, Willow. Un dono di cui non potrò mai ripagarti.» Mi accarezzò il labbro inferiore con il pollice. «Perciò smettila di rivolgerti a me come se mi dovessi qualcosa. Non mi devi niente.»

Serrai la mascella e sbuffai. «Non farmi piangere dopo il mio primo orgasmo» sbottai. «Ma non vuoi che... per quanto ti basterà solo...?»

«Non voglio venire a letto con te» chiarì.

Incrociai le braccia al petto.

«Cioè, *sì*» si corresse ridendo. «Dio, è ovvio che sì. Ma tu hai diciassette anni.»

«E allora?» gli domandai stizzita, anche se mi sentivo il petto leggero, i nervi sempre più calmi.

«Dovremmo aspettare che diventi maggiorenne. O comunque che tu sia pronta, ma almeno maggiorenne.»

«L'età non fa alcuna differenza.»

«Invece sì, per un padre arrabbiato.»

«Uhm, non rammentarmelo.» Gli percorsi il mento con il dito. «Non ti sentirai frustrato ad aspettare?»

Scosse la testa. «Mi sembra di averti aspettato tutta la vita, Willow. Posso aspettare ancora un po'.»

Gli occhi mi si riempirono di lacrime e lo colpii sulla spalla. «Allora lo fai apposta.»

Mi baciò dolcemente. «Non dubitare.»

Scossi la testa. «Mai.»

29

Willow

La mattina seguente, durante la lezione d'inglese del signor Paulson, scivolai nel banco accanto a quello di Angie. Sulla sua maglietta di oggi c'era scritto: *Non leggere questa scritta.* Finse di abbassarsi un paio di occhiali sul naso e studiarmi.

«Sembri diversa oggi» osservò. «Solare e radiosa. In effetti, se dovessi scegliere un aggettivo, direi che sembri... *orgasmica.*»

Le mie guance divamparono e Angie spalancò gli occhi.

«*Noooo*» bisbigliò. «Davvero?»

«Shhh.»

Abbassò la voce fino a un sussurro. «Con Isaac?»

«No, con Chef Boyardee» risposi. «Ma certo, con Isaac. Ma non abbiamo fatto sesso. Abbiamo fatto... altra roba.»

Angie si batté le mani vicino al mento. «Oh tesoro, sono così contenta per te. E l'*altra roba* è sottovalutata. Nash e io ci siamo limitati a quella per un anno prima di passare all'azione, ed è stato fantastico. Una sorta di preliminari prolungati.»

«Angie...» Mi guardai attorno.

Lei alzò le spalle. «C'est la vie, ma chère.»

«Così...» mi morsi il labbro. «Tu e Nash avete aspettato un intero anno?»

«Non tutti i ragazzi sono degli stronzi» rispose. «Anzi, gran parte dei ragazzi non sono *per niente* stronzi.» Premette le labbra tra loro, riflessiva. «Certo, ci sono anche ragazzi che non *pensano* di essere stronzi. Ma questo perché la società ha fallito nell'educarli su cosa comporti essere uno stronzo.» Si drizzò sulla sedia e armeggiò in cerca di una penna. «Questa dovrei scriverla sul mio blog.»

Scossi la testa mentre ridevo. «Un giorno salverai il mondo, Angie.»

«È la verità» aggiunse. Mi lanciò un'occhiata dalla testa ai piedi. «Cristo, Holloway, stai praticamente brillando.»

Perché la mia fiammella si stava riaccendendo.

«Lo giuro, Angie, non credevo che mi sarei di nuovo sentita così.»

«Felice?»

«*Normale*. Come se avessi un futuro uguale a quello delle altre ragazze.»

Il sorriso di Angie si incupì leggermente. «Questo significa che i piani di Isaac sono cambiati?»

Aggrottai la fronte. «No. E non voglio che cambino.»

Mi lanciò un'occhiata.

«Dico davvero. Certo, sarà uno schifo quando se ne andrà, ma deve farlo. Per se stesso. Avrà un enorme successo e non staremo separati a lungo. Io diventerò maggiorenne a luglio e allora potrò stare con lui quanto voglio. I miei genitori potranno prendere tutti i pregiudizi che hanno nei suoi confronti e ficcarseli nel culo.»

«Ma lui detesta Harmony, mentre tu la adori. Questo non sarà un problema?»

«Non lo so, va bene?» confessai, un po' irritata. «Posso semplicemente godermi questo piccolo angolo di felicità, per il momento? Tu sai cosa significhi essere toccata e baciata da un ragazzo. Io pensavo che quell'aspetto della vita mi fosse ormai precluso, e invece no. Credevo che Xavier sarebbe venuto qui tra un paio di settimane, e invece no. Sta andando tutto molto bene, e non ho motivo di pensare che non continuerà così.»

Il signor Paulson salutò la classe e iniziò a borbottare su un compito di poesia per la prossima settimana.

Angie mi si avvicinò per sussurrarmi un'ultima osservazione. «Credo che sia molto lungimirante da parte tua lasciarlo andare. Lo rispetto. È solo che non so se...»

«Se cosa?»

«Se sei pronta a sopportare il dolore che comporterà.»

Quel pomeriggio, mi sedetti sul lettone dei miei genitori mentre mamma infilava i suoi vestiti nel bagaglio di Louis Vuitton. Papà faceva avanti e indietro dalla cabina armadio con le braccia cariche di cravatte e camicie.

«Ricordatevi che lo spettacolo è venerdì» comunicai loro mentre tiravo un filo del copriletto.

«Non esagerare, tesoro» protestò papà. «Staremo via solo una settimana. Torneremo in tempo per la grande apertura.»

«Serata di apertura» lo corressi. «Ma perché dovete stare via così tanto? Credevo che la festa durasse una sola serata.»

«Ross Wilkinson mi ha chiesto di rimanere qualche giorno in più per confrontarci su un grosso progetto.»

«E così tu prendi e salti sull'aereo?»

«Tuo padre è una figura importante e indispensabile per Ross» aggiunse mamma. «Le persone indispensabili prendono e saltano sugli aerei.»

Il tono di mia madre nascondeva un accenno di sarcasmo e mio padre se ne accorse. La tensione fra loro era sempre alle stelle quando si parlava di Ross Wilkinson. Per me, lui era come uno schifoso proprietario di cani che detestava gli animali. Tirava mio padre al collare, lo trascinava in giro, gli dondolava l'osso davanti agli occhi e si approfittava della sua lealtà per sradicarlo da New York. La paga sarà stata anche migliore, eppure non avevo la sensazione che mio padre fosse indispensabile. Mi sembrava che fosse più a sua completa disposizione, e dentro quella camera lo sapevamo tutti.

Mia madre mi agitò un dito davanti alla faccia. «Niente feste. Niente ragazzi.»

Entrambe quelle parole furono come un colpo allo stomaco. «Tranquilla» risposi. «Basta feste.»

Mio padre mi si avvicinò mentre si annodava la cravatta. «Hai parlato con Justin Baker ultimamente? Mi è sembrato proprio un bravo ragazzo.»

Il tipo che andava in escandescenza e strozzava il coprotagonista?

«Non sono interessata a Justin» risposi. «Non mi interessa nessuno.»

Papà emise un grugnito. «Sai, parte del mio lavoro qui è aiutare gli imprenditori dei franchising in difficoltà. Alcuni di loro sono indietro con la licenza, ma la stazione di servizio di Charles Pearce a Calhern è la peggiore che abbia visto.»

«Papà...»

«È talmente in debito con la Wexx che nemmeno dichiarare fallimento lo aiuterebbe. I legali pensano che ci siano tutti i presupposti per intentare una causa.»

Cercai di restare calma, ma non ci riuscii. «Wow, papà. Un'azienda gigante e multimilionaria che usa il pugno di ferro con un poveraccio. Devi esserne proprio orgoglioso.»

Mi alzai per andarmene, ma mio padre mi afferrò per il braccio.

«Ehi. Prima di tutto non ti permetto di parlarmi così» mi intimò, la voce dura. «Secondo, voglio che tu rifletta sul modo in cui le decisioni sbagliate possano portare a situazioni come questa. Nessuno ha costretto Charles Pearce a bersi la propria attività – che poi è una parte della *mia* attività. In questo mondo, le persone con cui ti relazioni influenzano la tua immagine più di qualunque altra cosa. E in questa città, le persone che *tu* frequenti sono un riflesso di questa famiglia. Ricordatelo.»

Mi lasciò andare e, venti minuti più tardi, i miei genitori uscirono dalla porta.

Mia madre mi baciò sulla guancia. «Fai la brava» si raccomandò. Poi mi sussurrò all'orecchio: «Per favore».

Mio padre si voltò dalla soglia di casa. «Ti voglio ricordare, Willow, che io e tua madre ci fidiamo di te. E infrangere questa fiducia equivale a infliggere un serio danno al nostro rapporto. Capito?»

«Sì, papà» risposi, e mi sfregai il braccio. «Forte e chiaro.»

30

Isaac

«Stasera prima prova degli abiti di scena, ragazzi?» ci domandò Brenda Ford mentre serviva a me e a Martin un piatto di involtini. Adoravo la cucina dei Ford. Soprattutto il mix eclettico di quadri alle pareti: piccole province americane mischiate a maschere tribali africane provenienti dalla loro luna di miele in Congo.

«La prima di molte» commentai.

«Vi sentite nervosi?» mi chiese. «Martin, a guardarti sembra quasi che sia tu l'unico attore che reciterà per quattro ore sul palco.»

«Un'ora mi basta e avanza» precisò Martin, poi si servì il gombo fritto e mi rivolse un gesto con il cucchiaio per chiedermi se ne volessi anch'io. «Questo qui invece è calmo come al solito.»

«Sei tremendamente silenzioso, Isaac» aggiunse Brenda, con lo sguardo che saltava da me al marito. «Fa tutto parte del processo?»

Battei le palpebre e mi riscossi. «Eh? No.» La mia testa non poteva essere più lontana dallo spettacolo, in quel momento. «Sto pensando di rimanere. Ad Harmony.»

Martin abbandonò rumorosamente la forchetta sul piatto. «Ripetilo?»

«O di tornare, comunque.»

Mi stavano fissando entrambi.

«Devo andarmene per fare soldi, ma poi...» Annuii. «Sì, tornerò.»

«Qui?» chiese Martin, il dito puntato sul tavolo. «Tornerai a vivere qui?»

«Sì. Non *qui* in questa casa, ma... sì, tornerò in questa città.»

«Ma... insomma, hai sempre...» Martin eruppe in una piccola risata e si sistemò contro lo schienale della sedia. «Sai, ero terrorizzato per la prima dello spettacolo. Credevo che quegli agenti ti avrebbero portato via da qui e che non ti avrei più rivisto. Se non alla première di un tuo film.» Si raddrizzò. «A proposito, uno dei talent scout che verrà a vederti ha una parte che potrebbe assegnarti a Hollywood. Regista importante, soldi importanti.»

«Allora potrebbe essere tutto deciso» conclusi. «Se ottenessi un ruolo in questo film, guadagnerei dei soldi per aiutare papà a riprendersi. E per aiutare te con il teatro.»

Un lento sorriso si palesò sulle labbra di Martin. «E poi torni.» Batté le mani e scosse la testa con un'espressione sbalordita. «Fantastico. Non potrei essere più felice. E Isaac...» Buttò fuori l'aria tremante. «Per quanto riguarda l'aiutare me con il teatro...»

«È il minimo che io possa fare» aggiunsi. Avevo incrociato il suo sguardo e mi stavo esprimendo con le mie dannate parole. «Tu mi hai sostenuto più di chiunque altro. Tutti e due.» Mi schiarii la voce. «Non voglio più discuterne.»

«Be'» s'inserì Brenda, senza smettere di sorridere. «Magari non è saggio spendere soldi che ancora non hai. Non che non creda in te, Isaac, ma pensavo che volessi andare a Broadway. Stare sul palco, magari.»

«Anch'io, ma è a Hollywood che si guadagnano i veri soldi. Comunque si vedrà quello che riuscirò a combinare là fuori. Poi, dopo che mi sarò sistemato qui, sosterrò qualche provino qua e là.»

Pensai che il sorriso di Martin si sarebbe propagato fino alla contea vicina.

«È giusto, per Dio. Sogna in grande. Metti in pratica. E cosa farai con quello che ti avanzerà dalla fortuna ottenuta a Hollywood?» Si mise a ridere. «Marlon Brando si comprò un'intera isola...»

«Comprerò una casa a Willow, ai Cottage.»

Marty cadde di nuovo nel silenzio e Brenda nascose il sorriso dietro alla mano. «Willow?»

Annuii.

«Da quanto...?»

«Un paio di settimane.»

«È una cosa seria?»

«La cosa più seria che mi sia mai capitata nella vita. Oltre alla recitazione.» Sorrisi davanti alle loro espressioni stupite. «Non le chiederò di sposarmi durante la prima, se è questo che state pensando. Ma so che vuole uno di quei cottage, perciò glielo prenderò... Cristo, Marty, controllati.»

Marty si asciugò gli occhi con un tovagliolo che gli aveva passato Brenda.

Provai un calore nel petto. Mi aveva sempre trattato come un figlio senza chiedermi nulla in cambio, eccetto di presentarmi in orario alle prove. Il calore che sentivo era di pura gratitudine, ma anche sollievo.

Non avrei dovuto dirgli addio.

Gli agitai la forchetta davanti. «Non devi raccontare a nessuno di Willow. Nessuno deve sapere di noi. Suo padre si incazzerebbe a morte e tu ti ritroveresti senza Ofelia.»

«Lydia è una riserva passabile...»

Gli rifilai un'occhiataccia.

«D'accordo, d'accordo, Willow è straordinaria. Ma, Isaac, lei è... giovane.»

«Mi sto comportando bene, Marty» lo tranquillizzai. «Giuro. Ci tengo un sacco a lei.»

Ecco l'eufemismo del secolo.

Ora toccò a Brenda asciugarsi gli occhi. Si alzò dalla sedia, venne ad accarezzarmi le guance e mi stampò un bacio in mezzo alla fronte.

«Sono orgoglioso di te» si complimentò Marty. «E sconvolto. Tu e Willow. Non me lo sarei mai aspettato.»

«Questa è una stronzata bella e buona» ribattei con la bocca sul bicchiere d'acqua.

«Modera il linguaggio» protestò Martin, ma rideva. «E non so proprio di cosa tu stia parlando.»

«Certo, certo» ribattei. Avrei voluto rifilargli un commento saccente sul suo incessante gioco delle coppie, ma in realtà gliene ero dannatamente grato.

Martin intrecciò le dita dietro al collo e sfoggiò un'espressione estremamente orgogliosa di sé. «Tu e Willow. *I teneri amanti amano la primavera...* da *Come vi piace* di Shakespeare...» Batté la mano sul tavolo. «*Come vi piace.*» Guardò sua moglie. «Ho sempre voluto metterla in scena. Ce li vedi? Willow e Isaac nei panni di Rosalinda e Orlando?»

Alzai gli occhi al cielo e infilzai un gombo con la forchetta, ma non riuscivo a smettere di sorridere. «È troppo presto, Marty.»

«Be', dato che rimarrai nei paraggi...» Sogghignò, e mi strizzò l'occhio. «Ma prima naturalmente dovrai sostenere il provino.»

Quella sera, alla prova dei costumi, mi sentivo invincibile. I cocci rotti della mia vita si stavano rimettendo a posto. L'unica nota negativa era mio padre. Pregavo sempre qualsiasi Dio ci fosse in ascolto di tenerlo d'occhio, di assicurarsi che stesse bene finché non avessi potuto prendermi cura di lui. Lo avrei incontrato quella domenica per consegnargli i soldi della settimana, e giurai che gli avrei parlato. Gli avrei assicurato che sarebbe andato tutto bene. Il mio mutismo infantile e i suoi abusi sarebbero stati acqua passata. Perché grazie a Willow stavo imparando a fidarmi della mia voce. Perché lei non mi aveva chiesto di essere diverso da quello che ero.

Ed era per questo che la amavo.

Quel pensiero mi colpì forte. Mi misi seduto a fissare il vuoto e trasalii quando Frank, il direttore di scena, bussò alla porta dei camerini.

«Tre minuti» mi avvisò. «Tre minuti prima del riscaldamento.»

«Sentito, amici attori?» esordì Len, prima di darsi un'ultima passata di gomma arabica sulla barba finta. «Tre minuti e si comincia a recitare con gli abiti di scena.»

Mi guardai allo specchio per scurirmi la barba chiara e mi sforzai di trovare la concentrazione per lo spettacolo. Ripassai mentalmente l'evoluzione di Amleto e mappai il suo viaggio attraverso il susseguirsi degli atti dell'opera.

«Sei pronto, Amleto il danese?» mi chiese Len. Mi batté una pacca sulla spalla e si allontanò. «Scusa. Stai facendo il tuo ripasso mentale. Lo rispetto.»

Abbozzai un lieve sorriso. «Lo rispetti, Len, ma non te lo ricordi mai.»

Si mise a ridere di cuore. «Non so che pillole della felicità tu stia assumendo, mi amigo, ma continua a prenderle.»

A poco a poco, tutti uscirono dal camerino, e rimanemmo solo io e Justin Baker.

«Lo so che credi di essere un figo» cominciò mentre si sistemava la veste davanti allo specchio. «Ma sei solo il figlio dello scemo del villaggio. E non credere che non mi sia accorto di cosa stai combinando con Willow.» Arricciò le labbra. «Pillole della felicità, un cazzo.»

Erano stronzate. Se avesse saputo qualcosa di concreto, lo avrebbe già spifferato al mondo intero. Mi alzai in piedi – torreggiavo su di lui di una buona decina di centimetri – e sostenni il suo sguardo. Poi gli tesi la mano. «In bocca al lupo.»

«Fottiti, Pearce.»

Mi strinsi nelle spalle e uscii dalla stanza. Non meritava il mio tempo. Ero alle stelle per lo spettacolo, o forse era semplicemente l'euforia dei miei piani per il futuro, che per una volta non erano basati sulla disperazione e il rimpianto.

Martin ci chiamò per radunarci in cerchio sul palco, e cercai Willow con lo sguardo.

Era di fronte a me, incredibilmente bella con la sua semplice veste bianca con la scollatura squadrata che metteva in risalto la curva dei suoi seni. Aveva i capelli legati in una treccia e dei boccoli che scendevano lungo il viso contornato da un cerchietto dorato. Era Ofelia al cento per cento, io ero Amleto al cento per cento, e sul palco ci saremmo distrutti a vicenda.

Ma fuori dal palco, la nostra storia non sarebbe stata una tragedia.

Mi rivolse un piccolo sorriso, poi sviò lo sguardo, le guance rosse.

Il sangue mi ribollì nelle vene. Ora che avevo in mente il mio piano per stare insieme, volevo tutto di lei, tutto insieme. Le mie mani fremevano dalla voglia di toccarla, di stringerla, di averla sotto di me…

Accidenti, datti una calmata, mi rimproverai, grato che la stoffa dei pantaloni del mio costume fosse abbastanza spessa.

Marty, con la sua veste viola e gli orli dorati, ci recitò il suo solito discorso d'incoraggiamento, poi ci assegnò degli esercizi per scaldare la voce e di respirazione. I tecnici avevano passato il fine settimana a montare le luci e i filtri e a testare l'impianto sonoro. Il set era pronto, ma sembrava volutamente incompleto. Marty non usava mai delle scenografie elaborate per le sue rappresentazioni classiche. Sosteneva sempre che preferiva restare sul semplice e lasciare che fossero le parole a svolgere il vero lavoro. Io sapevo che le sue idee dovevano venire a patti con la mancanza di fondi. La vendita dei biglietti e le concessioni servivano a pagare l'affitto e le bollette arretrate.

Ci penserò io a sistemare tutto, Marty.

Un suo amico artista aveva pitturato uno splendido sfondo ad acquerello raffigurante il Castello di Elsinore. Un antiquario del posto ci aveva donato un paio di eleganti sedie in stile trono. Tutto il resto veniva facilmente posizionato e rimosso dal palco da un unico uomo vestito di nero, e gli oggetti di scena erano veramente ridotti al minimo.

Inclusa la lettera d'amore di Amleto per Ofelia.

Lo staff aveva riprodotto una pergamena, l'aveva arrotolata con un fiocco rosa e chiusa con un sigillo di cera. Martin voleva che il tutto fosse il più organico possibile e aveva chiesto a me di scrivere le parole:

Dubita che di fuoco sian le stelle,
e che il sole si muova,
dubita che anche il vero sia bugiardo,
ma del mio amor non dubitare.

Adesso quelle parole erano nostre. Mie e di Willow.

«Non dubitare» le sussurrai, omettendo come sempre il resto della frase. Il cuore mi sbatté contro il torace, perché c'era ancora qualcosa che avrei dovuto confessarle. Ovvero che sarei tornato a vivere con lei, sempre che lo avesse voluto.

Frank ci comunicò di prepararci. Io attesi dietro le quinte e osservai le due guardie che si posizionavano sul proscenio. Willow era da qualche parte immersa nel buio del corridoio opposto.

Chiusi gli occhi e presi un respiro profondo. Non spazzai via i pensieri su Willow, o su Justin, o mio padre, ma lasciai che mi scorressero dentro e che le mie esperienze si mescolassero alle parole di Shakespeare, per poter dare loro vita con la mia.

L'opera ebbe inizio.

Le mie scene con Willow furono esattamente come Martin le aveva concepite: intrise di dolore nascosto dietro alle battute e ai giochi di parole che Amleto usava per confondere e superare in astuzia tutti quelli intorno a lui.

L'amore c'era già prima...

Willow recitò in modo fantastico, ma fu la sua scena alla fine del quarto atto a far crollare il tetto del teatro, con Laerte tornato da Parigi che sbraitava sul vendicare la morte di Polonio, per poi scoprire che Ofelia era precipitata nella spirale della follia.

Non ero riuscito a staccarle gli occhi di dosso.

I suoi capelli, sfilati dalla treccia, erano tutti arruffati intorno alla faccia. Non portava più la veste, ma una sottoveste bianca macchiata di sporco e fango.

Come la notte al cimitero, quando mi aveva raccontato la sua storia.

Stasera, aveva raccontato la sua storia attraverso Ofelia.

Il cuore mi batteva forte, gli occhi quasi accecati dal talento che Willow irradiava. Appena scesa dal palco, mi precipitai da lei rischiando di inciampare su un groviglio di corde, e inseguii la sua ombra bianca verso il camerino delle donne.

Avevo il cuore a mille, chiudevo e allentavo i pugni perché le mie mani non la stavano stringendo. Avevo sete e fame di lei. Osservarla sul palco aveva innescato in me un desiderio completamente diverso. Che non aveva niente a che fare con i miei bisogni e con tutto quello che avrei voluto mettere in pratica per darle ciò che desiderava.

Aprii la porta del camerino qualche secondo dopo il suo ingresso. Era da sola. *Grazie a Dio…*

Willow si girò di scatto e indietreggiò contro la toletta. Mi guardò con gli occhi spalancati e le labbra schiuse mentre mi chiudevo la porta alle spalle girando la chiave. C'era soltanto un'altra donna nel cast – Lorraine – e sarebbe stata occupata per almeno altre cinque pagine del copione. Avevo otto o più pagine prima che toccasse di nuovo a me.

Un sacco di tempo.

«Posso aiutarti?» Simulò un calmo divertimento, anche se la voce affannata la tradiva.

La raggiunsi con pochi passi e la baciai una volta. Poi due. Alla fine ci buttammo l'uno sull'altro con disperazione e ci baciammo come se fossimo fonte di nutrimento l'uno per l'altra, l'aria che respiravamo.

«Non dovremmo, non qui…» gemette, anche se le sue mani mi tiravano a sé, come se non potesse avvicinare abbastanza il suo corpo al mio.

«Ti voglio» dichiarai, e la premetti contro la piccola toletta. «Dio, ti voglio da morire…»

Il desiderio era palpabile in ogni bacio e in ogni carezza, mischiato a una punta di nervosismo. Riuscivo a percepirlo nel suo respiro affannato.

«Ma non quello» mormorai. «Voglio solo che tu stia bene.» Le passai le labbra sul collo e le morsi la pelle delicata. «Voglio farti venire. Forte…»

Il suo corpo si sciolse come acqua tra le mie braccia.

«Cristo, Willow, sei stata incredibile. Non ho mai visto niente di simile.»

La sollevai e la misi seduta sulla toletta, poi mi posizionai tra le sue ginocchia per baciarla di nuovo, a lungo e con passione. Affondai le dita nel groviglio dei suoi lunghi capelli, onde disordinate che le ricadevano sulle spalle e lungo la schiena. Mi stava guardando con gli occhi spalancati e le pupille dilatate.

«E le prove?»

«Abbiamo tempo. Voglio baciarti dappertutto» le ripetei sul collo, poi sollevai la testa per guardarla. «Posso?»

Schiuse le labbra ed esalò un piccolo respiro, poi annuì. «Va bene» acconsentì. «Io... okay. Ma sbrigati.»

Fissai lo sguardo al suo, in cerca di qualche segnale che mi facesse capire che era troppo per lei, poi feci scivolare le mani sotto al suo vestito, risalii sulle cosce che erano di seta calda, e trovai le mutandine.

«Isaac» mormorò, e si protese in avanti per baciarmi con foga. «Ti prego...»

Le abbassai lentamente le mutandine e gliele sfilai. La baciai di nuovo piano per poi passare al collo. Sentii il battito del suo cuore attraverso le labbra. Poi giù, sulla curva del seno che premeva per uscire dal vestito. Sempre più giù, finché non fui in ginocchio al centro delle sue gambe. Le posai di nuovo le mani sulle cosce e le sollevai il vestito.

«Avvisami se devo fermarmi» mi raccomandai. «Okay?»

Annuì.

«Dillo, piccola.»

«Sì.» Sostenne per un momento il mio sguardo, e il liquido azzurro dei suoi occhi era pieno di fiducia. «Sì, Isaac» ripeté.

Diverse volte.

Sì, mormorò mentre ero inginocchiato davanti a lei.

Sì, ansimò mentre percorrevo con le labbra l'interno della sua coscia.

Sì, urlò mentre colpivo il centro di lei.

Solo *sì*, finché non dovette mordersi le labbra per non urlare mentre la assaporavo per la prima volta. Rantolò e inarcò il bacino sotto di me. Le infilai entrambe le braccia sotto le gambe, le mani sui fianchi. La tenni aperta per immergermi più a fondo, per assaporarla, succhiarla e leccarla e procurarle tutto il piacere che potesse provare.

Mi tirò i capelli e l'erezione premette per liberarsi dai miei pantaloni. Mi concentrai su di lei, anche se la voglia di mettere le mani su me stesso era tanta.

Stava raggiungendo il culmine.

«Oh Dio, ti prego, fammi...»

«Ora, piccola» sussurrai, appoggiato a lei, poi affondai un'ultima volta e succhiai tutta la sua dolcezza.

Ricacciò indietro un urlo e inarcò la schiena. Continuai a tenere la bocca dov'era e leccai lentamente finché Willow non collassò tremando.

«Mio Dio» ansimò. «Oh mio Dio, Isaac.»

Con le labbra, ripercorsi all'indietro il suo corpo, stavolta partendo dall'altra coscia, e le abbassai la gonna. Sopra di me, Willow era tremendamente bella, con le guance arrossate e l'estasi che piano piano si attenuava.

«Vieni qui» ansimò senza fiato.

Mi afferrò per il farsetto e mi baciò con trasporto. Abbassò le mani sulla mia erezione e ne tastò i contorni attraverso la stoffa. «Non è giusto nei tuoi confronti.»

«È più che giusto, invece» replicai, mentre mi aggiustavo velocemente. «E credo che il tempo sia scaduto.» La baciai un'ultima volta e mi spostai verso la porta. «Spiazzerai tutti alla prima. Li stenderai.»

«Isaac.»

Mi fermai sulla porta. «Sì, piccola?»

«Io...» Deglutì e notai i suoi occhi lucidi. «Niente. Dovresti andare. O arriverai tardi sul palco.»

Corsi di nuovo da lei e le presi il visto tra le mani. «Qualunque cosa tu veda in noi, Willow, la vedo anch'io.»

Trasalì leggermente. «Davvero?»

Avrei potuto mettermi a gridare per quanto sembrava felice in quel momento. La baciai in fretta, senza avere il coraggio di aggiungere altro, poi uscii di corsa dal camerino e mi imbattei in Justin Baker. Lui scosse la testa verso di me nel buio.

«Pensi davvero che un tipo come te possa tenersi una ragazza come lei? Per come è fatto suo padre?» Sbuffò. «Be', in bocca al lupo, allora.»

Mi avvicinai a lui e lo sovrastai. «A lei non piaci, Baker» ribattei con una calma distaccata. «Non importa quello che fai, o dici, lei non sceglierà mai te.»

Lui sbuffò una risata sarcastica, ma non aggiunse altro. Mi spostai dietro le quinte per prepararmi all'ingresso sul palco, ed entrai con una singola battuta da consegnare, la voce adesso alta e tonante. Non avevo paura di Justin. Né del padre di Willow. Non avevo paura di nessuno.

Finché...

31

Willow

Quando il lunedì mattina tornai a scuola, percepii una strana energia. I corridoi sembravano ronzare al mio passaggio, con gruppetti di studenti che parlottavano intensamente fra loro. Nel vedermi, qualcuno si bloccò, e le ragazze note come le Barbie mi fissarono in maniera spudorata. Un brivido di paura che Isaac e io fossimo stati scoperti mi percorse la schiena.

Datti una calmata, mi ordinai. *Tutte queste chiacchiere non possono riguardare te.*

Ma perché così tanta gente mi stava fissando? Quando arrivai a lezione d'inglese, l'intera aula si girò di scatto a guardarmi. Justin interruppe la sua conversazione con Jessica Royce, ed entrambi mi lanciarono un'occhiata strana. Quella di Justin era piena di sé. Quella di Jessica più morbida, quasi come se provasse vergogna e non riuscisse a nasconderlo bene. Individuai il volto di Angie e mi precipitai accanto a lei.

«Che cavolo sta succedendo?»

«Hai il telefono acceso? Ho provato a scriverti tipo un milione di volte stamattina.»

«È nella borsa» risposi, e vi frugai per tirarlo fuori. «Non posso guardare il cellulare mentre pedalo.»

Angie minimizzò con un gesto della mano e scosse la testa. Mi fece segno di avvicinarmi e mi prese la mano nelle sue. «L'ho saputo proprio stamattina. Tutti lo hanno saputo.»

«Saputo cosa?» Un brivido freddo mi scivolò lungo la schiena.

«Ieri c'è stata un'esplosione alla stazione di servizio della Wexx a Calhern, quella dei Pearce.»

Raggelai. Tentacoli di ghiaccio si diramarono dal mio petto verso l'esterno e respirare diventò difficile.

«Quando?»

«Nel pomeriggio. Pare che sia saltato tutto in aria. Un'enorme palla di fuoco. Charles Pearce è rimasto gravemente ferito. Ha ustioni su tutto il corpo. Dicono...»

«E Isaac?» domandai mentre le stringevo talmente forte la mano da provocarle una smorfia di dolore. «È andato a trovarlo domenica. Il giorno in cui consegna i soldi al padre... oh mio Dio. Sto per sentirmi male.»

Tirai fuori il cellulare dalla borsa e aprii l'applicazione di messaggistica. Otto messaggi di Angie. Nessuno da parte di Isaac.

«Oh Dio» mormorai.

«Ora, calmati» mi confortò, e deglutì a fatica. «Non si è parlato di una seconda persona coinvolta.»

Subito pensai al peggior scenario possibile.

Perché non era rimasto nulla di lui.

Un'enorme palla di fuoco.

Non avevano trovato il corpo.

Con mani tremanti, inviai un messaggio a Isaac.

Io: Ho appena saputo. Dove sei? Stai bene?

Nessuna risposta. Il messaggio era stato consegnato, ma non letto. Non riuscivo a starmene seduta lì, ad aspettare.

«In quale ospedale si trova?» chiesi ad Angie mentre afferravo la borsa, la voce stridula. Tutta la classe si girò a guardarmi. «Dove hanno portato il signor Pearce?»

«All'ospedale di Braxton.» Adesso anche Angie stava recuperando la propria roba. «Aspetta, ti accompagno io.»

Corremmo fuori dalla classe, il signor Paulson che ci chiamava indietro. Il che significava che i miei genitori avrebbero presto saputo che avevo marinato la scuola. Non aveva importanza. Mi importava solo di Isaac.

«Chiama l'ospedale» mi suggerì Angie mentre salivamo sulla sua Toyota. «Chiedi quanti pazienti sono stati ricoverati per l'esplosione a Calhern.» Diede un'occhiata al mio viso pallido e alle mani tremanti. «O magari no. Tesoro, cerca di non andare nel panico, okay? Le probabilità che lui fosse lì...»

«Sono molto alte» conclusi. «Sono molto alte, Angie.»

Cercai il numero di telefono dell'ospedale. Mi sembrò passare un'eternità prima che qualcuno dall'altro lato rispondesse. Mi informarono che finora era stata ricoverata una sola persona, e che era tutto quello che potevano riferirmi.

«Non sono stati di nessun aiuto» commentai dopo aver schiacciato il tasto di fine chiamata. «Dovrebbe stare bene. Giusto? O anche no.»

«Devi smetterla di pensare così» mi rimproverò Angie mentre viaggiavamo sulla deserta autostrada a due corsie in direzione di Braxton. «E il regista dello spettacolo? Isaac vive da lui, no?»

«Cavolo, sì, Martin.» Il panico mi stava bruciando i neuroni. Chiamai Martin, ma non rispose. Gli lasciai un messaggio in segreteria per chiedergli di richiamarmi e gli inviai anche un messaggio scritto.

Io: Isaac è con te? Per favore, dimmi di sì.

Strinsi il telefono nella mano e osservai il paesaggio che scorreva sotto i miei occhi. L'erba e il granturco erano tornati con l'arrivo della primavera. Tutto era nuovo e brillante e verde, mentre, dentro di me, la paura mi stava gettando nel freddo e nel torpore. Stavo correndo incontro a un terribile e ignoto futuro. Un futuro con Isaac, o un futuro senza di lui.

Non appena Angie entrò nel parcheggio, il cellulare mi notificò l'arrivo di un messaggio da parte di Martin.

Martin: Isaac è con me. Siamo all'ospedale di Braxton. Suo padre è gravemente ustionato.

Mi sfuggì un verso a metà tra un singhiozzo e un sospiro di sollievo.

Io: Isaac sta bene?
Martin: Sta bene, tesoro.

«Lui sta bene» riferii ad Angie, la voce rotta dalle lacrime. «Lo ucciderò, ma per ora sta bene.»

Entrammo di corsa dentro l'ospedale e ci dirigemmo al terzo piano, il centro ustioni. La sala d'attesa era stata allestita lontano dalle stanze per evitare le infezioni. In una fila di sedie, Isaac se ne stava seduto con i gomiti appoggiati alle ginocchia, la testa fra le mani, con Brenda e Martin Ford ai suoi lati.

Attraversai la sala e mi fermai davanti a lui, le mani sui fianchi. Desiderai di toccarlo per accertarmi che fosse reale, mentre un'ondata di emozioni che non sapevo di poter provare mi stava travolgendo.

«Isaac.»

Lui sollevò lo sguardo, gli occhi arrossati e lucidi. Sembrava che avesse già una settimana di sonno arretrato.

Sono così arrabbiata con te.

Sono così felice che tu stia bene. Ti amo così tanto.

L'ultimo pensiero mi uscì fuori dal profondo del cuore e le lacrime cominciarono a scendere. Con la coda dell'occhio annebbiato, notai Martin e Brenda alzarsi in piedi e allontanarsi insieme ad Angie.

Sprofondai nella sedia accanto a Isaac. «Lui sta...?»

«Ha ustioni sull'ottantadue per cento del corpo» rispose. «Dicono che se supererà la notte sarà già un miracolo.»

«Mi dispiace tanto» mormorai. «Come è successo?»

Isaac scosse la testa e si fissò le mani. «Ieri sono andato a lasciargli dei soldi come ogni settimana. Gli ho detto di non preoccuparsi, che mi sarei occupato io di tutto. Che avevo solo bisogno di un po' di tempo. Due ore dopo Martin ha ricevuto una chiamata da un suo amico pompiere. Sono qui da allora.»

Annuii e mi sforzai di lottare contro le lacrime, ma persi la battaglia. «Isaac, quando ho saputo quello che è successo, mi sono spaventata a morte. Non ci eravamo più sentiti e ho pensato... io... non voglio confessarti cosa ho pensato».

Sollevò mestamente la testa. «Scusa.»

«No, non preoccuparti.»

«Meritavi almeno un messaggio» commentò apatico.

«È tutto okay» ribattei. «Solo non chiuderti con me, d'accordo?»

Annuì, senza aggiungere altro. Cercai di consolarlo meglio che potei, ma ogni volta che un dottore si avvicinava al banco delle infermiere la sua testa scattava all'insù e poi sprofondava di nuovo nella sedia perché non c'erano novità.

«Papà era così abbattuto» esordì, le dita che armeggiavano con l'accendino. «Ogni volta che andavo a trovarlo, stava sempre peggio. Avrei dovuto accorgermi che sarebbe successo questo. Avrei dovuto essere lì.»

«Sei stato costretto ad andartene» lo consolai. «Ti faceva del male.»

Isaac si strinse nelle spalle. «Potevo sopportarlo. Ma lui non sopportava di stare da solo, immagino. Oppure gli è crollato tutto il mondo addosso e alla fine ha mollato.»

Sobbalzai sulla sedia. «Che intendi?»

Mi guardò miseramente. «Potrebbe non essere stato un incidente.» Sospirò e tornò al suo accendino. «I funzionari della Wexx adesso sono sul posto. Eravamo già pieni di debiti fino al collo. Ma ora...»

Scosse la testa.

Io mi morsi il labbro, non sapevo come comportarmi.

«Comunque» continuò con tono cupo mentre si raddrizzava sulla sedia. «Me ne occuperò io. Mi occuperò di restituire tutto tutto ciò che dobbiamo.»

Nonostante la sua postura, qualcosa dentro di lui mi sembrò sprofondare. Il peso del mondo che andava a collocarsi sulle sue spalle. Alcuni agenti sarebbero venuti a vederlo recitare, ma questo non gli avrebbe garantito il successo. Guadagnarsi da vivere con la recitazione, persino per un talento come lui, non era una scommessa certa.

Una fitta di rabbia nei confronti di mio padre mi agitò. Avrebbe potuto aiutare Isaac con una semplice firma per cancellare i debiti del padre, ma non si sognava minimamente di farlo. Neanche per me. Soprattutto per me. Perché Isaac non era il ragazzo giusto.

«Willow?» mi chiamò Angie quando lei e i Ford tornarono in sala d'attesa. «Io devo tornare a scuola. Tu vieni?»

Isaac sollevò la testa. «Va', piccola. Qui bisogna solo aspettare.»

«Voglio stare con te...»

«Se tuo padre scopre che hai marinato la scuola per stare qui con me, la situazione peggiorerà.» Scosse la testa. «Starò bene.»

«Staremo noi con lui» mi assicurò Martin con dolcezza.

«Okay.» Appoggiai la guancia alla sua spalla per un istante e lo baciai sull'angolo della bocca. «Torno presto. Chiamami o scrivimi se ci sono novità.»

«Sì.»

Andai via con Angie, lo stomaco annodato.

«Lui sta bene, tesoro» mi rincuorò Angie, mentre aspettavamo l'ascensore per scendere. «E a scuola ci inventeremo... qualcosa. Mamma ci aiuterà.»

«Grazie, Angie» le risposi. «Hai ragione. Isaac sta bene. Questo è tutto ciò che conta.»

L'ascensore si aprì al primo piano. Due uomini in giacca e cravatta e valigetta aspettavano di entrare. Si spostarono di lato per lasciarci uscire, e notai di sfuggita il loro fermacravatta. Una W arancione con i contorni dorati. L'avevo vista un milione di volte da quando ero piccola, sulla cancelleria di mio padre, sullo sfondo del suo computer, sulla sua carta intestata.

All'improvviso ebbi la sensazione che Isaac non fosse per nulla al sicuro.

32

Willow

Arrancai fino alla ultim'ora di scuola e tornai in bici nella mia casa vuota. I miei genitori sarebbero rientrati tra un paio di giorni. Detestai il pensiero che mio padre, una volta tornato, si sarebbe ritrovato tra le mani la notizia dell'esplosione che gli avrebbe fornito molte più munizioni d'odio da sparare contro Isaac.

Mi buttai sul divano, ordinai una pizza e accesi la tv sul notiziario. Tutti i canali locali stavano passando le immagini dell'incendio. Guardai il filmato dell'inferno di fuoco della sera prima stagliato contro il cielo nero. La scena poi passò a questo pomeriggio, con i funzionari della Wexx che gironzolavano attorno alla carcassa esplosa e annerita di quella che un tempo era una delle loro stazioni di servizio.

La giornalista, una moretta carina, stava intervistando un funzionario intento a dichiarare quanto la stazione di Pearce fosse "problematica" ormai da parecchio tempo, e che l'azienda non escludeva l'incendio doloso.

Spensi la tv, disgustata, e controllai il telefono per verificare se ci fossero messaggi da parte di Isaac. Niente. Era di nuovo caduto nel silenzio, che era un po' la sua versione delle mie X nere.

Così gli scrissi:

Io: Come sta tuo padre? E tu?

Nessuna risposta. Per quanto fissassi lo schermo, il messaggio continuava a essere consegnato, ma non letto.

Mi rannicchiai sul divano, mangiai della pizza e aspettai. Mi addormentai a intermittenza e a un certo punto mi risvegliai con un nuovo messaggio. L'orologio segnava le 23:36.

Isaac: È ancora in terapia intensiva. Sono stanco. Quelli della Wexx sono qui da ore.

Pausa, poi un nuovo messaggio.

Isaac: Si mette male.
Io: Passa da me.
Isaac: I tuoi genitori apprezzeranno senz'altro.
Io: Sono fuori città fino a domani sera.
Isaac: Non credo che sia una buona idea.
Io: Perché?
Isaac: Lo sai perché.
Io: Dormiamo e basta.
Isaac: Mi piacerebbe.
Io: Non voglio che resti da solo stanotte.

Un'altra lunga pausa, poi:

Isaac: OK.

Venti minuti dopo sentii bussare sul retro. Disattivai l'allarme e aprii la portafinestra. Isaac era lì, gobbo, le mani ficcate nelle tasche della felpa col cappuccio. Sembrava un ragazzino, e il cuore mi si strinse. Era semplice dimenticare che avesse solo diciannove anni.

«Ho parcheggiato nella strada dietro questa» mi informò. «Nessuno se ne accorgerà.»

Il cuore mi si strinse anche per questo. Un'altra sberla in faccia, per la vergogna che si portava dietro senza una colpa. Aprii ancora di più la porta per lasciarlo entrare. Sembrava un ladro in un negozio di diamanti. Si guardò in giro, sicuro che i miei sarebbero saltati fuori da un momento all'altro per acciuffarlo.

«Hai una bella casa» commentò, mentre lo guidavo attraverso la cucina nel soggiorno. Continuò a guardarsi intorno, poi i suoi occhi si posarono su di me. Un po' della tensione si allentò dalle sue spalle nello studiare i pantaloncini del mio pigiama e la maglietta da baseball, bianca con le maniche rosa.

«Non sarei dovuto venire.»

Non risposi niente, ma lo afferrai per la felpa e lo tirai a me. Lui mi abbracciò e rimanemmo così per un bel po'.

«Ne avevo bisogno» confessò alla fine. «Di te.»

«Hai fame?» gli chiesi contro il suo petto. «C'è della pizza.»

Scosse la testa. Seguii la traiettoria del suo sguardo verso la mensola sopra il camino e il premio aziendale che aveva ricevuto mio padre: una grande W di vetro.

«Dovrei andarmene» ripeté.

E io avrei dovuto permetterglielo.

«Resta» lo pregai. «Parlami. Cos'è successo con quelli della Wexx?»

Isaac esitò, poi si buttò sul divano e si sfregò gli occhi.

«Mi hanno dipinto una "panoramica" della situazione» esordì. «Mio padre non ha pagato i diritti di sfruttamento del logo ed è in debito fino al collo col fornitore di benzina. Ma questo lo sapevo già. Quello che non sapevo era a quanto ammontassero gli arretrati. C'è un'ipoteca sulla proprietà. E per quanto riguarda la natura dell'esplosione, loro sospettano che sia dolosa. Una sorta di truffa, credo, o volontaria negligenza. Chi cavolo cercherebbe di commettere frode facendo saltare in aria la propria attività con se stesso dentro?»

«Tu hai affermato che non credi sia stato un incidente.»

«Non so se il suo gesto sia stato intenzionale, ma se così fosse, di certo non era per togliersi di mezzo i debiti. Ma per togliersi di mezzo e basta.»

Mi avvicinai a Isaac e premetti le labbra sul suo mento. «Parlerò con mio padre. Lui deve aiutarti.»

«Willow...»

«Lo so, ma devo provarci. Non posso lasciare che tu ti sobbarchi da solo tutto questo. È troppo.»

«Quale sarà il prezzo da pagare per il suo aiuto? Posso risponderti fin da subito: tu. Sarai tu il prezzo da pagare.» Scosse lentamente la testa avanti e indietro. «È troppo. Non posso perdere anche te, oltre a tutto il resto.»

«Cos'hai intenzione di fare?»

«Non lo so» rispose. «Sono così stanco.»

Mi alzai in piedi e lo presi per mano. Lo guidai attraverso la grande casa, bella e fredda, fino alla mia camera al piano di sopra, dove i suoi occhi si posarono immediatamente sul mucchio di coperte sul pavimento.

«Non è lo stesso letto dove è successo,» spiegai, «ma non riesco comunque a dormirci. Stavo pensando che magari potrei provarci insieme a te.»

Isaac annuì. Si tolse i vestiti per rimanere in boxer e maglietta, mentre io recuperavo da terra le coperte. Isaac mi aiutò a sistemare le lenzuola e la trapunta, dopodiché ci infilammo sotto entrambi.

Ci sdraiammo sul fianco, uno di fronte all'altra, le dita e le gambe intrecciate.

«Dovrò stare via per un po'» cominciò. «Probabilmente più di quel che pensavo. Mi sembra così ingenuo aver creduto di poter vincere la lotteria e guadagnare milioni di dollari per sistemare tutto.»

«Tutto può succedere» lo confortai. «Tu sei fantastico, Isaac.»

«Anche tu.»

Scossi la testa contro il cuscino. «Non come te. Il tuo è un talento di un altro livello. È come se tu lanciassi un incantesimo che fa credere a chi ti guarda di essere da tutt'altra parte. È un dono. Certe volte le persone hanno bisogno di staccare dalla propria vita. E tu lo rendi possibile.»

«È il motivo per cui *io* recito» spiegò, stanco. «Per staccare dalla mia vita. Eccetto ora. Con te.»

Sorrisi e gli accarezzai la guancia, passando il retro delle dita sulla sua barbetta.

«Diventerai una star. Magari non subito, ma succederà. E io ti aspetterò. Per tutto il tempo che ci vorrà.»

Isaac chiuse gli occhi, come se stesse soffrendo. Mi baciò. «Willow» sussurrò, come se stesse enunciando una preghiera o un desiderio. Mi racchiuse nel cerchio protettivo del suo abbraccio, e ci addormentammo.

Sognai il fuoco. Una candela nel buio, una piccola fiammella aggrappata al suo stoppino. Mentre la osservavo, la luce aumentava e la fiammella si allungava – da blu ad arancione a bianca – ondeggiante, ma alta e forte.

E poi esplose in una palla infuocata, rovente e accecante.

Mi drizzai a sedere ansimante.

Era solo un brutto sogno.

Ma non un incubo. Riuscivo a respirare. Ero con Isaac.

Abbassai lo sguardo su di lui: era così bello mentre dormiva, le sopracciglia rilassate e serene. Tracciai con lo sguardo l'ombra delle sue ciglia sulle guance. Dello zigomo spigoloso, la linea squadrata della mascella sotto la barbetta. Le sue labbra carnose che avevano sfiorato punti del mio corpo che nessun altro avrebbe potuto sfiorare.

Avevo creduto di essere perduta ormai, ma lui mi aveva riportato indietro. Mi aveva permesso di ritrovare la strada verso me stessa.

«Isaac» mormorai.

«Mmm.»

«Devo confessarti una cosa.»

Aprì gli occhi lentamente. «Mmm?»

«Scusa se ti ho svegliato, ma è importante.»

«Di cosa si tratta, piccola?»

Presi un respiro e buttai fuori l'aria. «Ti amo. Sono innamorata di te.»

I suoi occhi mi misero a fuoco. «Willow…»

«Ti amo. Tantissimo. Non devi ricambiare per forza, ma…»

«Ti amo anch'io» replicò. «Te lo sto comunicando da settimane con le parole di qualcun altro.»

«Davvero?»

«Sì, piccola. È così.»

Provai un calore al centro del petto e le lacrime mi offuscarono la vista. «Ripetilo» sussurrai.

«Ti amo» mormorò. «Tanto.» La sua mano scivolò dietro al mio collo e mi avvicinò alle sue labbra. Mi baciò teneramente, poi con più passione. «Sono contento che tu mi abbia svegliato. Anch'io devo confessarti qualcosa.»

«È meglio di "ti amo"?»

«Spero di sì. Volevo… avevo *iniziato* a dirtelo l'altro giorno a teatro, ma poi sono dovuto scappare.» Mi rivolse un piccolo sorriso. «Sono stato troppo impegnato con tutto il resto.»

«*Tutto il resto* erano questioni importanti.»

«Ma ci tenevo ad assicurarti che, qualunque vita tu voglia, io mi impegnerò al massimo per offrirtela. Se vorrai vivere ad Harmony, vivremo ad Harmony. Non sarà una tortura come ho sempre pensato. Con te, percepisco il mondo in maniera diversa. Cercherò di guadagnami da vivere con la recitazione, per renderti orgogliosa. Per essere alla tua altezza.»

Sfiorai con la punta delle dita la cicatrice sulla guancia che gli aveva procurato suo padre. «Resteresti davvero qui per me?»

«Per noi» mi corresse. «Voglio dare tutto me stesso per renderti felice. E comunque detestavo l'idea di lasciare Martin e Brenda. E non esserci al diploma di Benny.»

«Magari non dovremmo restare qui per sempre» commentai. «Voglio solo un po' di tranquillità. Prima voglio guarire. Qui.»

Mi allontanò i capelli dalla faccia. «Lo voglio anch'io per te. Più di qualunque cosa. Ti amo, Willow.»

«Ti amo, Isaac.»

Ci baciammo e a un certo punto scoppiai in una risata, con le labbra appoggiate alle sue.

«Che c'è di tanto divertente?»

«Niente. Sono solo felice.»

«Anch'io.»

Lo baciai ancora, e non appena appoggiai la testa sul suo petto per rimettermi a dormire, lo sentii. Il rumore di una macchina sulla strada deserta. Isaac raggelò accanto a me, il suo cuore che mi martellava nell'orecchio. Restammo in ascolto mentre l'auto si avvicinava, rallentava, e imboccava il vialetto con uno scricchiolio di pneumatici.

«Oh Dio» trasalii, e mi tolsi di colpo le coperte di dosso. «I miei genitori.»

33

Willow

Mi precipitai alla finestra. Di sotto, scorsi i miei nel vialetto, che scendevano dalla BMW grigio scura di mio padre.

«Cazzo, sono tornati. Perché sono tornati?»

Mi girai di colpo. Isaac si stava già infilando i jeans. «La via di fuga più veloce?»

«Dio, non lo so» risposi. L'adrenalina mi scorreva nelle vene e mi rendeva difficile ragionare.

Da fuori, sentivo discutere ad alta voce. L'orologio della radiosveglia segnava le tre e mezzo del mattino, ma i miei genitori stavano litigando, la voce stridula di mia madre che riecheggiava nelle strade mute.

Isaac si era già infilato gli scarponi. «Willow?»

«Aspetta» suggerii. «Un attimo. Non vengono mai qui. Aspetteremo che se ne vadano a dormire, e poi ti farò uscire dalla porta sul retro.»

«Sei sicura?»

Annuii e dischiusi appena la porta per sentire meglio. Il sistema di sicurezza emise un bip e i miei portarono la loro discussione dentro casa. Mio padre bisbigliava, mentre mia madre urlava a squarciagola, ma entrambe le voci risuonavano nelle cavernosità della casa.

«Per te quando sarà abbastanza?» gli domandò mamma. «Quando? Quando ti trasferiranno al Polo Nord?»

Isaac mi lanciò un'occhiata. Mi strinsi nelle spalle e scossi la testa.

«Sono un vice-presidente senior» le rispose papà, con un tono stanco ed esausto. «È una situazione di emergenza, è per questo che sono richiesto qui.»

«E poi? Andremo in Canada, Daniel?»

«Ascolta, Regina, se ci tenevi tanto a restare a New York, dovevi rimanerci.»

«E questo cosa vorrebbe dire?»

Le loro voci al piano di sotto si spostarono dalla cucina alla sala. Chiusi la porta. Isaac si passò la mano tra i capelli. «Non entreranno qui?»

«Non è mai successo in passato.»

«Canada?» mi domandò.

«Non so di cosa stiano parlando.»

Si udirono dei passi salire di sopra. Riuscivo a sentire mia madre che borbottava tra sé e sé e tirava su con il naso. Trattenemmo il fiato quando superò la porta della mia stanza per poi sbattere quella della camera matrimoniale.

«Questo significa che papà dorme in salotto» mormorai.

Aspettammo quarantacinque minuti da incubo, per assicurarci che papà si fosse addormentato, poi sgattaiolai di sotto per controllare che la via fosse libera. La porta del salotto era chiusa, con la luce verde argentea del televisore acceso nella stanza buia che filtrava da sotto.

Tornai di sopra in punta di piedi per prendere Isaac per mano e accompagnarlo giù. Ci affrettammo in silenzio nella casa buia, non osavamo nemmeno respirare. Quando arrivammo alla porta sul retro in cucina, lo baciai in tutta fretta.

«Ti amo» sussurrai mentre disattivavo l'allarme.

«Ti amo» mi rispose lui. «Non dubitare.»

«Mai.»

Scivolò via nella notte, un'ombra nera che attraversava il giardino sul retro. Chiusi la porta, riattivai l'allarme e appoggiai la testa contro il vetro freddo della porta. Tirai un sospiro di sollievo.

«Che stai combinando?»

Mi sfuggì un gridolino di paura raggelante. Mi voltai di scatto e trovai mio padre, in canotta e pantaloni, l'aspetto stanco. Un bicchiere in mano, un liquido ambrato con due cubetti di ghiaccio che galleggiavano dentro. La sua espressione stanca e tesa passò prima alla confusione, poi alla consapevolezza e infine alla rabbia, coprendo tutte le sfumature possibili.

«Che stai combinando?» ripeté, ciascuna parola scandita lentamente. Si precipitò alla finestra della cucina e guardò fuori. «Chi era? Chi c'era qui?»

«Nessuno, papà» risposi. «Tu e mamma stavate urlando e mi avete svegliata. Sono scesa giù a vedere…»

Le mie scuse si disintegrarono sotto lo sguardo duro di mio padre.

«Era lui, vero? Il ragazzo dell'autodemolizioni.»

«Smettila di chiamarlo così. E non...»

«Perché stavi trafficando con l'allarme?»

Prima che potessi rispondergli, mio padre mi afferrò per il polso e mi trascinò lontano dalla finestra. Annaspai dal dolore. Non mi aveva mai stretta così forte prima d'ora.

«Papà, mi fai male.»

Mi mise seduta sul divano della sala – con la forza – e mi si parò davanti.

«Non ne *posso più*» sbottò, la faccia che diventava sempre più rossa. «Ti avevo avvisato di non frequentare quel ragazzo. E ora scopro che l'hai portato qui? *In casa mia?*» Allungò il collo all'indietro e gridò: «Regina, scendi subito.» Tornò a guardarmi. «Dammi il telefono.»

«Non ce l'ho.»

«Portamelo.»

«No» mi impuntai, e incrociai le braccia al petto. «Non è successo niente. Sei paranoico.»

Mia madre scese di sotto, si stava annodando la vestaglia di seta in vita. Aveva ancora i capelli raccolti in una crocchia e la faccia stropicciata dal sonno. «Che sta succedendo?»

«Lui era qui» le spiegò papà.

«Chi? Oh Dio, non quel ragazzo, spero.» Mia madre mi rivolse uno sguardo implorante.

Sì, pensai. *Quel ragazzo. Che è tutto per me.*

«Sì, lui era qui» risposi, la voce dura, nonostante avessi il cuore in gola. «Justin Baker. Ho invitato Justin Baker. Questo cambia la situazione? È tutto sistemato adesso? Fantastico, me ne torno a letto.»

Feci per alzarmi, ma mio padre si stagliò su di me. «Rimettiti. Seduta.»

Obbedii.

«È così, tesoro?» mi domandò mamma. «Justin? Perché mi è sembrato così carino...»

A quel punto dentro di me scattò qualcosa.

Una diga esplose; tutte le bugie e il dovermi nascondere tracimarono e la prostrazione colò fuori. Ero stanca di dover tenere nascosto Isaac, stanca di provare vergogna per lui, stanca di ascoltare i pregiudizi dei miei genitori: la speranza negli occhi di mia madre che fosse Justin, lo sguardo di mio padre mentre ponderava la possibilità che i suoi sospetti fossero sbagliati...

«Siete degli ipocriti» esplosi. «Non ve ne frega niente del fatto che mi sia scopata un ragazzo in casa vostra. Vi importa solo che mi sia scopata il ragazzo *giusto.*»

«Willow.» La voce di mio padre era una miccia accesa, pronta a esplodere.

«Isaac non è *quel* ragazzo. Lui è *il ragazzo*. L'unico. Con me è buono in modi che voi due non potete nemmeno immaginarvi...»

«Io non voglio immaginare proprio *niente*» gridò mio padre. «Ha diciannove anni. Tu diciassette. È un adulto. Tu una bambina. Potrei farlo arrestare per stupro di minore.»

Sbiancai e sentii il corpo pesante e privo di ossa.

Quella parola segreta e taciuta che non potevo affibbiare a Xavier. Adesso era uscita dalla bocca di mio padre, riferita a Isaac. Mi veniva da vomitare.

«No» risposi debolmente. «Non è vero. Lui non oserebbe mai...»

«È venuto qui mentre eravamo fuori città, è sgattaiolato fuori dalla tua camera alle quattro del mattino, ma non è successo niente?»

«Dio, Willow.» Con un grugnito, mia madre affondò nella poltrona accanto al divano.

Guardai entrambi. «Ma che problema avete voi due? Perché siete così arrabbiati?»

«Lo sai perché siamo dovuti tornare in anticipo?» mi chiese papà. «Perché il padre di quel ragazzo ha trascinato l'azienda sui notiziari. L'accaduto ha messo in guardia i nostri azionisti dai gestori degenerati delle pompe di rifornimento Wexx. Il mio lavoro – la *ragione* per cui sono stato mandato qui – è sistemare i casini come quelli creati da Charles Pearce con la propria attività. Lui si è preso il nostro logo, ci ha spalmato merda sopra e poi ha appiccato il fuoco. E ora suo figlio, uno che non ha nemmeno finito le superiori, si scopa mia figlia in casa mia?»

«Daniel» lo rimbrottò mia madre, il volto pallido. «Aspetta un secondo...»

Papà si voltò di scatto verso di lei. «No, non aspetto un bel niente. A te sta bene questa storia? Cosa combinavi tutto il giorno quando lei era alle *prove*? Hai lasciato che tutto questo accadesse.»

«No, papà, tu devi credermi» gridai. «Lui è buono con me. Lui è...»

«*Basta!*»

Mi spaventai e indietreggiai sul divano.

Non lo avevo mai visto così furioso, le vene che gli schizzavano dal collo.

«L'hai frequentato. Tutto questo tempo. Ti sei presa gioco di me e mi hai mentito guardandomi in faccia ogni volta che ne parlavamo.»

Un bagliore blu e rosso illuminò le finestre della sala. Mia madre spalancò gli occhi, poi si prese la testa fra le mani. «Gesù, la polizia. Cosa penseranno i vicini?»

Raggelai. La polizia.

Avrebbero arrestato Isaac.

Non ci sarebbe stata nessuna prima di *Amleto*. Nessun talent scout a offrirgli la possibilità di una vita migliore.

«Bene» commentò mio padre. «Gli racconteremo quello che è successo. O magari lo hanno già preso.»

«Non c'è niente da raccontare» ribadii. «Ha solo dormito nel mio letto. *Punto*. Abbiamo solo dormito.»

«Smettila di mentirmi» urlò mio padre. «O magari chiediamo ai poliziotti di cercare le prove che ti abbia profanato sotto il mio tetto?»

Mentre papà andava ad aprire la porta, io guardai mia madre, seduta immobile, il volto pallido, intenta a tamburellare sul bracciolo con la punta delle dita.

Tremante dalla testa ai piedi guardai di nuovo papà, poi passai di nuovo a mia madre, disperata. «Mamma...?»

«Devi capirlo» replicò. «È tanto sotto pressione.»

«Si comporta come un pazzo.»

«Non è colpa sua. Lo sai come diventa quando pensa di essere stato preso in giro. Abbiamo appena scoperto che...» Si premette le dita sulle labbra.

«Cosa, mamma?» Deglutii a fatica. «Cosa avete appena scoperto?»

Mio padre rientrò tutto adirato in salotto con due poliziotti al seguito. Uno alto e uno più basso, entrambi che intimorivano per la stazza e l'uniforme.

Quello più alto aveva la targhetta con scritto Murphy, mentre l'altro si chiamava Underwood. Portavano tutti e due una pistola su un fianco e un manganello sull'altro. Mi squadrarono dalla testa ai piedi e si soffermarono sui pantaloncini corti e la maglietta senza reggiseno sotto. Due uomini che mi stavano inchiodando al divano con la loro mastodontica presenza e lo sguardo piatto.

Mio padre incrociò le braccia e parlò. «La signora Chambers, qui accanto, ha visto un giovane uscire dalla nostra porta sul retro. Ha chiamato la polizia, pensando che si fosse intrufolato dentro.»

Presi coraggio. «Cosa ci faceva alla finestra a guardare casa nostra nel cuore della notte?»

«Aveva sentito discutere i tuoi genitori, signorina» spiegò Murphy. «Ti dispiacerebbe spiegarci cosa è successo qui stanotte?»

«E sarà meglio che sia la verità.»

«Non è successo niente» risposi. «Stavamo dormendo. Questa è la verità. Perché è tanto difficile da credere, papà?»

«Perché lui...»

«Perché è povero?» gridai, le lacrime che straripavano sulle guance. «Perché suo padre è un alcolizzato? E se fosse stato ricco? Se avesse frequentato una scuola privata? E se suo padre fosse stato l'amministratore delegato di un'azienda multimilionaria? Allora mi avresti creduta?»

Mamma sbiancò e mi fissò.

L'espressione di mio padre vacillò, la confusione nei suoi occhi. «Non è il momento per stupidi discorsi ipotetici» mi ammonì. «Parliamo di cosa è successo stanotte.»

«*Non è successo niente stanotte*» ripetei.

È successo tutto la scorsa estate.

Va' alla polizia, mi aveva consigliato Angie.

Adesso la polizia era qui. In piedi nel mio salotto, in tutta la sua imponenza, distaccata e annoiata, a doversi occupare di un dramma familiare alle quattro del mattino. Non percepivo nessuna cattiveria in loro, ma nemmeno compassione. Nessuna connessione. Né un senso di protezione. Se ne stavano lì a riempire la stanza con la loro indifferenza mascolina di fronte alle esperienze di una ragazzina diciassettenne. Come avrebbero reagito se avessi raccontato la verità su Xavier ai miei genitori?

Tutt'a un tratto, visualizzai perfettamente la situazione dalla loro prospettiva. Una ragazzina spaventata che era stata sorpresa in casa da sola con il fidanzato, e che raccontava a tutti che il vero crimine era stato commesso quasi un anno prima, da un altro ragazzo, in un'altra città, in una casa diversa, senza alcuna prova. Sarebbe stata la scusa peggiore e più patetica mai inventata.

Raccontare loro la verità non avrebbe intaccato in nessun modo Xavier. Avrebbe solo distrutto tutto quello che c'era intorno a me. Mi avrebbe esposto a delle indagini invadenti, a infiniti interrogatori per provare qualcosa che non poteva essere provato. Avrei finito per rispondere a una domanda dopo l'altra con *Non ricordo.*

Alzai lo sguardo su mio padre.

«Non è successo niente» mormorai. «Continuo a ripetertelo, ma tu non mi ascolti. Ti sto spiegando qualcosa con la mia voce, ed è la verità, ma *tu non mi ascolti.*»

Mio padre sospirò e si voltò verso gli agenti. «Non potete semplicemente arrestarlo, o portarlo dentro per interrogarlo? L'ha violentata sotto il mio...»

«*Smettila di ripeterlo*» urlai dal divano. «Non mi ha torto un capello. Non l'ha mai fatto.»

Underwood protese un palmo in avanti, la voce dura. «Adesso ti devi calmare.»

«Tecnicamente non si tratta di violenza sessuale, signore» intervenne Murphy.

«Ma lui ha diciannove anni. E lei solo diciassette.»

Fissai quegli uomini davanti a me, che parlavano di me come se non fossi lì. Io ero *lì.* Eppure non c'ero. Ero per metà cosciente e per metà addormentata. E stavo impazzendo perché tutto aveva perfettamente senso.

«L'età del consenso nell'Indiana è di sedici anni» lo stava informando Murphy. «Ma se vuole che lo portiamo in centrale per rispondere a un paio di domande, possiamo farlo. Stanno ancora investigando su cosa è successo alla stazione di servizio, e non sarebbe la prima volta che il suo nome finisce sotto i riflettori.»

Non riuscivo né a parlare né a respirare, mentre si dipanava davanti ai miei occhi uno scenario del tutto diverso. Isaac arrestato per essere interrogato. Portato in manette alla centrale. Violenza sessuale aggiunta a una lista di crimini che non aveva mai commesso. L'atto finale della tragedia della sua vita. Una storia che non aveva mai chiesto.

«No» mi intromisi, e schizzai in piedi. O almeno ci provai. Le ginocchia cedettero e mi accasciai sul tappeto ai piedi di papà. «Non puoi farlo. Ti prego, ascoltami. Io non... io non lo vedrò più. Te lo giuro. Se ne andrà dalla città. Dei talent scout verranno a vederlo alla prima di

Amleto. Se ne andrà da Harmony. *Ti prego*, papà. Ha bisogno di questo spettacolo. Non portarglielo via. Ti prometto che non lo vedrò più.»

Gli agenti si scambiarono un'occhiata. «Signore?»

«Papà. Ti imploro.»

Calò il silenzio. La mascella di mio padre si contraeva mentre pensava.

«Vi ringrazio, agenti» esordì alla fine, gli occhi duri su di me. «Penso che la situazione sia sotto controllo. *Tuttavia*, mi riservo il diritto di cambiare idea e farlo arrestare, se scoprissi che la situazione è peggiore di come insiste a dipingerla mia figlia. Regina?»

Mia madre fu destata dal suo sogno a occhi aperti; si alzò dalla poltrona e si strinse la cintura di seta della vestaglia. Come la padrona di casa alla peggior festa del mondo, accompagnò i poliziotti all'ingresso. «Grazie mille di essere venuti.»

Mi misi seduta sul pavimento, ai piedi di mio padre, i capelli che mi ricadevano tutto attorno, le lacrime che si asciugavano sulle guance.

«Se ne andrà da Harmony?»

«Sì» mormorai,

«Con suo padre in ospedale?»

«Proprio *perché* è in ospedale» risposi, lo sguardo fisso sul tappeto. «Isaac ha bisogno di guadagnare soldi per aiutare suo padre. Adesso più che mai.»

«Guadagnare soldi *recitando*?» Papà pronunciò quella parola come se fosse spazzatura nella sua bocca. «Lui in mezzo ad altre dieci milioni di persone? È così facile?»

«Tu potresti aiutarlo» buttai lì, e sollevai la testa.

«Perché dovrei?»

«Per me.»

«Dopo che entrambi avete mancato di rispetto a me e alla mia autorità per Dio solo sa quanto tempo? Dammi una sola ragione per cui dovrei accontentarti.»

Gli fornii la ragione peggiore.

L'unica che pensavo avrebbe ammorbidito il cuore di mio padre e che avrebbe salvato me e Isaac.

Invece, rovinai tutto in sole tre parole: «Io lo amo».

Mia madre era tornata dall'ingresso, e nel sentire le mie parole raggelò e si aggrappò allo schienale della poltrona. I suoi occhi si chiusero, e anche la bocca si serrò con un rumore di denti.

Mio padre sbiancò quando finalmente si rese conto della situazione. Non si trattava più di solo sesso. Di un'avventura occasionale con un ragazzaccio del posto. Di un flirt avventato che sarebbe terminato con la stagione. Si trattava di amore. Questo era il futuro. Isaac, una continua presenza nella mia vita, e papà avrebbe dovuto tollerare qualcuno che reputava indegno del nome Holloway.

«No invece» replicò, scandendo bene le parole. «Negli ultimi nove mesi, ti ho vista buttare via la tua vita. Gettare al vento la possibilità di frequentare un college decente proprio quando puntavi a una delle università più prestigiose d'America. Non me ne starò con le mani in mano a guardarti mentre ti rovini il resto del futuro con quel rozzo.»

«Papà, *basta*» gridai, il cuore che mi si stava spezzando nel petto.

«Questa storia senza senso finisce adesso. Non dovrai più vederlo. Mai più.» Espirò bruscamente e si passò una mano tra i capelli radi, soddisfatto. «Prima ero avvilito, Regina, ma ora sono contento del trasferimento. Date le circostanze, credo sia proprio quello che ci serve.»

«Quale trasferimento?» chiesi.

«Ci trasferiamo, il signor Wilkinson ha bisogno che io gestisca le attività in Canada. Ci spostiamo a Edmonton all'inizio di giugno.»

Sbuffai. Poi scoppiai in una risata. «Canada?» Risi di nuovo. «No.»

«Sì.»

Le risate si trasformarono in singhiozzi. «No. Non ci trasferiremo di nuovo. Non posso...»

«Invece puoi, e obbedirai.»

«No» ripetei, e mi alzai barcollando. «Io resterò qui. Posso vivere da Angie finché non divento maggiorenne. Io non vengo.»

«Sì che vieni. E sarà l'ultima volta che vedrai quell'Isaac.»

«Non puoi farmi questo. Non puoi impedirmelo. Quando avrò diciotto anni...»

Papà mi afferrò per le spalle. «Io sono tuo padre, dannazione, e decido io. Tu hai *chiuso* con lui. Prova anche solo a scrivergli un messaggio, e lo farò arrestare per stupro di minore, poi mi assicurerò che il *mondo* intero lo venga a sapere. Negli ultimi tempi Hollywood non ha nessuna tolleranza per gli stupratori. Qualunque possibilità tu creda che abbia di costruirsi una carriera verrà demolita. Sfrutterò ogni risorsa a mia disposizione, ogni contatto con la stampa, ogni filo che potrò tirare per...»

... versargli veleno nelle orecchie...

«Quando avrò finito, non sarà più in grado di trovarsi un lavoro nemmeno al McDonald di Los Angeles, figuriamoci un ingaggio per un film.»

«Perché?» gracchiai. «Perché dovresti volerlo distruggere? E distruggere me?»

Con mia grande sorpresa, gli occhi di mio padre si riempirono di lacrime e la presa sulle mie spalle si allentò. «Perché ti voglio bene» mi rispose.

Scossi la testa. «No, tu non me ne vuoi...»

«Willow, ascoltami. Conosco quel tipo di ragazzi. Ne ho già visti tanti. Ti sto solo risparmiando una vita di delusioni. L'alcolismo è genetico. È solo una questione di tempo prima che i suoi fallimenti lo trascinino a fondo, e poi lui trascinerà a fondo anche te.» Tirò su col naso e usò un tono di voce più duro. «E che io sia maledetto se me ne starò a guardare e a lasciare che succeda questo. È per il tuo bene. Io ho esperienza. Riesco a vedere la situazione per quella che è. Tu non puoi, perché sei una ragazza di diciassette anni che pensa di essere innamorata.»

Mi lasciò andare le spalle, e così liquidò me e tutto ciò che provavo o desideravo con la stessa semplicità con cui si soffiava su una candela accesa.

«E lo spettacolo?» riuscii a chiedere. «Io volevo... poter partecipare ad almeno uno spettacolo.»

Scosse la testa. «Non se lui è coinvolto.»

«Solo uno spettacolo» ripetei. «Ti prego. Poi lui... lui se ne andrà e sarà... finita così. E noi ci trasferiremo.» Fui travolta dai singhiozzi. «Papà, lo giuro, mi comporterò... bene.»

Finalmente mamma parlò, anche se con un filo di voce. «Dan, lasciala partecipare allo spettacolo. Ci ha lavorato così tanto. Per mesi.»

La mascella di mio padre si contrasse di nuovo. La rabbia lo stava abbandonando, l'intensità della nottata che cedeva il posto alla spossatezza. E, forse, alla compassione. «La prima dello spettacolo» mi concesse. «Potrai partecipare alla prima e basta. Gli altri due giorni frequenterai la scuola e tornerai a casa. Non te ne andrai da nessun'altra parte.»

«Va bene.»

«Venerdì, ti accompagneremo noi alle prove e ti verremo a riprendere. È tutto. Dopo venerdì non vedrai più Isaac Pearce. O tutto quello che ti ho spiegato accadrà».

Annuii, e sentii qualcosa dentro di me che si anneriva e accartocciava, qualcosa di cui mia nonna era stata orgogliosa.

Mi aggrappai allo stoppino, ma ne era rimasto veramente pochissimo.

34

Isaac

Per tre giorni, Willow non aveva risposto ai miei messaggi. Quando l'avevo chiamata, aveva lasciato squillare il cellulare. Il giovedì mattina, mentre camminavo avanti e indietro nel salotto dei Ford, riflettei se passare a scuola prima di andare in ospedale. Marty me lo sconsigliò.

«Se pensi che suo padre sia la ragione di questo silenzio radio,» mi suggerì, «sta' lontano dalla scuola.»

«Ma cosa dovrei fare?» gli chiesi. «Devo sapere se sta bene. Se suo padre ci ha scoperti, si starà prendendo la merda addosso da sola.»

«Aspetta che passi» mi consigliò. «Abbi fede.»

Io non avevo fede. Né pazienza. Solo una terribile sensazione che le fosse successo qualcosa di brutto. La preoccupazione divorò lo stomaco fino al venerdì sera, la prima dello spettacolo, quando Willow arrivò al teatro per il trucco. Da debita distanza, la osservai mentre scambiava qualche parola con Marty. Sospirai di sollievo e per un attimo tutto era tornato a posto.

Poi il sorriso smagliante e affabile di Marty scomparve dalla sua faccia. Lei aveva la testa bassa, l'espressione pallida e tirata. Si diresse in fretta nel camerino delle donne.

Corsi da Marty. «Che succede?»

«Reciterà solo nella prima» mi informò. «Stasera.»

«Cosa? Perché?»

«Non me l'ha spiegato.»

Serrai i pugni. «I suoi cazzo di genitori. Suo padre deve aver scoperto che ero lì. Merda.»

Gli occhi di Marty fissarono i miei. «Scoperto che eri *dove*?»

«Sono andato a casa di Willow l'altra sera. Loro dovevano essere fuori città...»

«Gesù, Isaac.»

«Non è successo niente» mi giustificai. «Abbiamo dormito insieme... dormito davvero. Un sonno pieno per la prima volta dopo mesi. Tutto qui.»

Marty si sfregò il mento. «Non lo so» commentò. «Forse dovresti starle alla larga stasera. Concederle un po' di spazio.»

«Per assicurarci che il tuo spettacolo proceda senza intoppi?» sbottai. Misi subito avanti le mani. «Scusa. Mi dispiace. Ma sono preoccupato per lei.»

«Lo so che lo sei. Hai tanti problemi al momento, ma devi rimanere concentrato. Il responsabile del casting di Los Angeles ha confermato stamattina che sarebbe venuto. Dai il meglio. Fallo per te stesso. E per Willow, dato che sarà il suo unico spettacolo.»

In preda alla confusione, andai in camerino. Non me ne importava niente del responsabile del casting né di mettere in scena un bello show.

Dio, ero proprio un coglione.

Sapevo che non sarei dovuto andare a casa di Willow. Ma la verità era che avevo avuto bisogno di lei. Mi ero sentito così esausto, stanco di raccontare a tutti che stavo bene. Invece non stavo per niente bene, così avevo compiuto una mossa del tutto stupida ed ero andato da lei.

Avevo rovinato tutto.

Prima dello spettacolo, eseguimmo gli esercizi di respirazione e riscaldamento vocale, ma Willow rimase chiusa nel camerino delle donne. Presi da parte Lorraine per chiederle se Willow stesse bene.

«Sembra molto pallida e fragile» mi informò lei, con una cadenza regale della voce. «Immagino rientri nel suo modo di concentrarsi. Sembra tranquilla ma è irrequieta.» Si portò una mano sul cuore. «Credo che assisteremo a uno spettacolo incredibile.»

Le informazioni di Lorraine non migliorarono per nulla il mio umore. Ma non c'era più tempo ormai. Gli ingranaggi della prima dello spettacolo erano stati azionati. Il riscaldamento, il discorso d'incoraggiamento di Marty, il sound check finale, i posti, il pubblico in fila dall'altra parte del sipario. Ma nessuna traccia di Willow.

Mi sforzai di concentrarmi sulle mie battute. Sulle centinaia e centinaia di parole che avrei pronunciato quella sera. Parole che mi avevano offerto rifugio. Che mi avevano fornito una voce. Eppure le uniche due parole che volevo pronunciare erano *Mi dispiace.*

O… *Ti amo.*

Non la vidi fino a che non calcò il palcoscenico durante il primo atto, quando entrò in scena insieme a Justin, suo fratello. Laerte avvertiva Ofelia di stare alla larga da Amleto, di temerlo. Amleto non poteva procurarle il futuro che prometteva. Era prigioniero del suo diritto di nascita, non poteva scegliersi il proprio destino. Qualunque cosa le avesse promesso non c'era da credergli.

Poi fu Polonio, il padre di Ofelia, a salire sul palco per scagliarsi contro di lei. Annunciò alla figlia che era troppo debole di mente per sapere cosa fosse meglio per se stessa, incapace com'era di prendere le proprie decisioni.

Tu non comprendi con molta chiarezza…

Affetto? Pfua! Tu parli come una ragazzina…

In fede mia, te lo dico subito. Fa' conto che tu, da quell'ingenua che sei…

Ofelia portava il peso di quelle accuse sulla faccia. Ogni parola si abbatteva sui suoi bei lineamenti. Il pubblico era rapito. Lei che si afflosciava sempre di più per effetto della pressione del fratello e del padre, il suo amore per Amleto schiacciato dalle loro aspettative… Willow stava raccontando la storia dell'altra notte, della sua vita, come se Shakespeare l'avesse scritta per lei.

Mi si spezzò il cuore.

Portai con me sul palco tutto quel dolore durante la scena del fantasma, quando lo spirito del padre di Amleto raccontava cosa gli era successo. Tradimento e omicidio. Veleno versato nell'orecchio per mano del fratello.

Non appena uscii di scena andai a cercarla. La trovai nei corridoi, seduta al buio su un secchio rovesciato, le mani giunte in grembo. Trasalì quando le afferrai un braccio e la trascinai via. «No. Isaac, non posso parlare con te.»

«Shh.» La portai in un angolo buio, a malapena illuminato dal segnale dell'uscita di emergenza.

«Non posso parlarti» mi ripeté, la voce più alta.

«Willow…»

«Non posso.» Si guardò intorno nel buio. Non l'avevo mai vista così fragile e nervosa. Sarebbe volata via al minimo soffio di vento.

«Puoi, invece. Spiegami cosa è successo.»

Scosse la testa, gli occhi spalancati. «Non posso. L'ho promesso.»

«Promesso a chi? A tuo padre?». L'afferrai con delicatezza per le spalle. «È a causa sua che ti comporti così. Perché? Per quale motivo?»

Aprì la bocca, ma la richiuse subito. Sembrava quasi nel panico mentre si liberava da me. «Devo andare. O mancherò l'entrata in scena.»

«Fanculo lo spettacolo» sbottai. «Parlami.»

«Non dire così» mi ammonì. «Ci sono degli agenti là fuori. Questa è la tua serata per...»

«È per i soldi che deve mio padre?» le chiesi. «Se è per quello, lascia perdere. Me ne occuperò io.»

«No, tu non capisci» replicò, e scosse mestamente la testa. «È molto più di una questione di soldi.»

«Allora *parlami.*»

«Lui ti distruggerà...»

«Che si fotta» ribattei. «Non ho paura di lui...»

«Dovresti averne.»

«Perché?»

«Perché tu non hai idea contro chi ti stai mettendo.» Adesso era più calma, stoica e rassegnata, ma era molto peggio di quando era spaventata e sconvolta. «Ho visto con i miei occhi il risultato dei privilegi quando si vuole ottenere qualcosa.»

Mi passai una mano tra i capelli. «Non credi che io sia in grado di sistemare tutto? È così?»

«Tu non puoi fare niente» mi spiegò, la voce ridotta a un sussurro. «E lui ci porterà via.»

«Via?»

«Verrà trasferito in Canada. Ce ne andremo da Harmony tra quattro settimane.»

Quelle parole mi colpirono dritto al petto. Willow non poteva andare in Canada. Aveva appena trovato una via d'uscita dal gelo che la avvolgeva. Aveva bisogno di Harmony per guarire.

«Non può farti questo» protestai, la rabbia che mi bruciava la gola.

«Invece sì. Non ho ancora diciott'anni e anche se li avessi...»

«Diventerai maggiorenne tra un paio di mesi.»

Scosse la testa. «Per lui non ha nessuna importanza.»

«Allora che stai cercando di dirmi? È… è *finita*? Abbiamo chiuso? Per sempre?»

Nella penombra, scorsi i suoi grandi occhi lucidi e dolci. «Spero di no. Ma…»

«Ma cosa? Aspettiamo? Mesi? Settimane? Quanto? Accidenti, Willow…» Le afferrai la mano, e lei trasalì. «Resta. Resta con me. O con Marty. Lui ti accoglierà.»

«No, Isaac. Anche tu devi andartene. Stasera è la tua occasione per il successo.» Si divincolò per sfuggirmi. «Mi stai facendo male» mormorò.

La lasciai andare immediatamente. Il dispiacere mi frustava la pelle. Stava rinunciando. Scegliendo *lui* invece di me.

La stavo perdendo.

«Devo andarmene?» le chiesi. «Per quale ragione? Per dimostrare chi sono? Cosa mi occorre, Willow? Quanti soldi dovrò guadagnare prima di non puzzare più di povertà? Qual è la cifra sufficiente per tuo padre? Per essere il ragazzo giusto per te?»

«Lo sai che non è così» obiettò. «Tu sei sempre stato più che giusto per me.»

«Allora perché non stai lottando?» le chiesi a denti stretti. «Ti stai arrendendo. Lo stai lasciando vincere.»

«Lui ha già vinto. Se io non…»

«Se tu cosa?» Le afferrai di nuovo la mano e cercai di strappare la risposta che non voleva darmi. «Lui cosa ci guadagna?»

«Isaac, basta.»

«Dimmelo, Willow. Dimmelo ora. Per cosa mi hai barattato?»

«Io devo *andare.*»

La tirai a me e annusai il suo odore, toccai il suo corpo un'ultima volta. «Sarei stato disposto a tutto per te.»

«Lo so» replicò, e mi bagnò il collo di lacrime. «Mi dispiace.» Indietreggiò di un passo. Poi un altro. «Addio, Isaac.»

Poi corse verso il retro del palco. Brillò come una cometa sotto le luci e infine cadde tra le braccia di suo padre.

«*Oh padre mio, ho avuto tanta paura!*»

Mentre enunciava il proprio lamento sul palco, la mia vecchia armatura del silenzio mi avvolse il corpo.

Mai più.

Non mi sarei più mostrato così a nessuno.

A Willow avevo confessato segreti che non avevo mai condiviso con qualcun altro. Le avevo donato la mia parte migliore. E per cosa? Lei non voleva combattere per noi. Adesso me ne stavo lì, da solo, impotente. Non potevo aiutarla. Non potevo combattere per noi da solo.

Una parte di me la odiò. Ma nel profondo l'amavo. La capivo. Conoscevo la verità di ciò che stava succedendo: tutte le ferite che le aveva inferto Xavier erano ancora lì. Avevano cominciato a cicatrizzarsi, ma suo padre le aveva inconsapevolmente riaperte.

Non era colpa di Willow.

Nemmeno la morte di mia madre era colpa di qualcuno. Ma il senso di perdita era lì. Il vuoto di una vita senza Willow che si spalancava davanti ai miei piedi.

L'avevo persa, e così le mie parole non significavano più niente.

35

Willow

Prima scena, terzo atto. La fine di Ofelia e Amleto.

Un costumista mi ficcò una collana di perline in mano, poi mi passò una pergamena arrotolata e legata con un nastro rosso. La lettera d'amore di Amleto, scritta da Isaac stesso.

Ma del mio amor non dubitare...

Sbirciai attraverso una fessura laterale del sipario, verso il pubblico. I miei genitori erano da qualche parte nel teatro buio, a guardarmi. Così come l'agente del casting che avrebbe potuto offrire una nuova vita a Isaac. Dovevo preservare quella opportunità. Se da questo incubo fosse potuto uscirne qualcosa di buono, alla fine Isaac avrebbe trovato il successo che il suo talento meritava.

E forse un giorno...

Solo che non riuscivo a figurarmelo. Mi sembrava tutto ormai privo di speranza. Riuscivo solo a immaginare la tundra fredda e innevata che si estendeva in ogni direzione. Io al centro, sferzata da un vento gelido e ululante. E al compimento dei diciott'anni cosa sarebbe successo? Non avevo soldi. Dipendevo dai miei genitori da tutta la vita, sotto ogni aspetto. Adesso mi tenevano in ostaggio.

Tutto ciò che mi rimaneva era donare ad Isaac questo spettacolo. Dare il mio meglio per lui.

Racconta la storia e basta.

Sul palco, Isaac era immerso nel famoso soliloquio, *essere o non essere*, e lo interpretava con una crudezza spietata che aveva inchiodato il pubblico alle poltrone. Il suo conflitto interiore ardeva in ogni parola, insieme al tentativo di andare avanti a ogni costo quando non avrebbe desiderato altro che arrendersi. Il tormento di lottare quando tutto ciò che voleva era dormire.

Alla fine del soliloquio, il pubblico trattenne il fiato finché un paio di mani non irruppe in un'ovazione spontanea che riecheggiò nell'intero teatro. Da quanto ne sapevo, non era mai accaduto prima d'ora.

Isaac rimase immobile finché non calò di nuovo il silenzio. Entrai in scena.

«*La bella Ofelia s'avvicina*» mormorò tra sé e sé. Poi aggiunse: «*Possa tu, Ninfa, nelle preghiere ricordare i miei peccati.*»

Amleto mi girò attorno, le mani dietro la schiena. Pantaloni neri, stivali neri, e un farsetto nero con un pendaglio d'oro cucito davanti. Tenebroso e pericoloso. E in disordine. I capelli scompigliati e stravolti torreggiavano sui vestiti eleganti. Le labbra tese in un sorriso triste. Gli occhi incollati ai miei, agitati d'amore, desiderio, rabbia, dolore.

«*Mio buon signore, come è stato Vostro Onore in questi lunghi giorni?*» La mia voce stava già tremando.

«*Vi ringrazio umilmente. Bene, bene, bene.*»

Con la mano tremante, mostrai la lettera e la collana. «*Mio signore, ho dei ricordi vostri che a lungo ho desiderato restituirvi. Vi prego di accettarli.*»

Amleto mi rivolse un piccolo cenno con il mento, come se fosse perplesso e divertito allo stesso tempo. «*No, non io, non v'ho mai dato niente.*»

Continuò a girarmi intorno, e io gli mostrai di nuovo la mano.

«*Lo sapete bene, mio onorato signore; e insieme con essi un soffio di dolci parole che li rendevano più preziosi.*» Ricacciai indietro le lacrime «*Svanito quel loro profumo, riprendeteli pure. Per un animo nobile, i doni ricchi si fanno poveri quando i donatori si mostrano crudeli.*» Posai la collana e la lettera nella sua mano. «*Eccoli, mio signore.*»

Amleto prese entrambi gli oggetti senza smettere di camminare. Arricciò le labbra in un orribile ghigno ed eruppe in una risata di scherno.

«*Ah, ah! Voi siete onesta?*»

«*Mio signore?*»

«*Siete bella?*»

Il suo camminarmi attorno mi faceva girare la testa e mi sforzai di sostenere il suo sguardo.

«*Che cosa vuol dire Vostro Onore?*»

Amleto alzò le spalle, come se la risposta fosse semplice. «*Che se voi siete onesta e bella, la vostra onestà non dovrebbe permettere discorsi con la vostra bellezza*».

«Ci potrebbe essere miglior rapporto di quello tra la bellezza e l'onestà?» gli domandai.

Lui rispose che per la bellezza era più semplice trasformare una vergine in sgualdrina che per l'onestà riportare una sgualdrina allo status di vergine.

Era troppo tardi, intendeva.

Ormai il danno era fatto.

«Pareva un paradosso, una volta» proseguì, la voce più calma, il suo incedere più lento. *«Ma ora i fatti lo provano»*. Smise di girarmi attorno e sostenne il mio sguardo, il dolore che affiorava in superficie sul suo viso. Poi abbassò lo sguardo sulla pergamena e notai i suoi occhi riempirsi di lacrime.

«Io vi amavo, un tempo.»

Le lacrime mi scesero involontariamente sulle guance. *«In verità, mio signore, me l'avete fatto credere.»*

Tutto il pubblico trattenne il fiato. L'aria sembrava di cristallo, pronta a sgretolarsi in mille pezzi.

«Non avreste dovuto crederlo» aggiunse calmo. E strappò la lettera e il nastro rosso che la chiudeva. I pezzettini caddero a terra come neve mista a sangue, mentre lui sollevava la testa per guardarmi.

«Io non vi amavo.»

Quelle parole andarono a sbattere sul mio petto e annegarono nel mio cuore. Drizzai la schiena, le labbra tremanti mentre il gelo tornava a intorpidirmi le membra. A rendermi apatica. E stavolta fui ben lieta di accoglierlo.

Non provare nulla, pensai, sarebbe stato meglio dell'imminente dolore.

«Fui dunque tanto più ingannata» pronunciai con tutta l'indifferenza che riuscii a tirare fuori.

Gli occhi di Amleto s'incendiarono alla mia risposta distaccata. La sua rabbia repressa e il dispiacere straripparono in un torrente di parole arcaiche. Mi si avvicinò a grandi passi e incombette su di me.

«Chiuditi in un convento: vorresti diventare un'allevatrice di peccatori?»

Mi afferrò per le spalle e mi strappò un sussulto. Avevo gli occhi incollati ai suoi, incapace di distoglierli.

«Perché gente come me deve starsene qui a strisciare fra cielo e terra? Siamo tutti dei furboni: non prestare fede a nessuno. Va', vattene in un convento!»

Serrò la presa, mentre cercava di gestire la propria rabbia. Nei suoi occhi lessi una supplica. Un'altra possibilità per noi.

«*Dov'è tuo padre?*» mi chiese Amleto con la voce incrinata che lasciava trapelare quella di Isaac.

Lo spettacolo svanì. Il palco e il teatro sparirono. Il pubblico si ridusse a un unico spettatore: mio padre. Che osservava in mezzo al buio del teatro, mentre Isaac mi chiedeva – supplicandomi di concedergli un'ultima possibilità – di scegliere lui.

Isaac credeva che fosse semplice disubbidire a mio padre e amare lui. Amare lui a prescindere da tutto. Ma non sapeva quello che mi stava chiedendo. Non sapeva quello che sapevo io. Quello che avrebbe potuto fargli mio padre. Lo fissai negli occhi e vi lessi tutto il suo amore per me, ma vi scorsi anche la distruzione di tutto quello per cui aveva lavorato. I suoi sogni infranti per le accuse che avrebbe potuto muovere mio padre. Le risorse infinite e l'influenza di un'azienda multimilionaria alle sue spalle.

Sarei voluta morire piuttosto che lasciare che tutto questo accadesse, piuttosto che lasciare che Isaac si prendesse le colpe di un crimine che non aveva commesso, mentre Xavier viveva liberamente la sua vita.

La scelta mi spezzò in due. Qualunque cosa avessi deciso, sarebbe stata la *mia* rovina. Vivere una vita senza Isaac. O stare con lui e guardarlo perdere tutto.

Non avevo scelta.

Mio padre era tra il pubblico, e ci guardava.

Presi un respiro tremante, gli occhi che supplicavano il suo perdono, mentre pronunciavo la semplice bugia che ci avrebbe separati per sempre.

«*A casa, mio signore.*»

Gli occhi di Isaac fiammeggiarono di nuovo. Allentò la stretta sulle mie spalle, ma senza lasciarmi andare. Ruotò il volto verso il pubblico. Le luci del palco non gli permettevano di individuare mio padre, ma sapevo che la successiva battuta era rivolta a lui.

«*Procura che le porte siano ben chiuse su di lui,*» mormorò, «*e non possa fare lo stupido altro che in casa sua.*»

Isaac mi lasciò andare e io caddi in ginocchio. Avevo un'altra battuta da pronunciare, ma si perse mentre mi sforzavo di riprendere fiato tra un singhiozzo e l'altro. Isaac si girò per andarsene: aveva chiuso con me. Con noi. Poi si voltò di nuovo, tremante e incapace di trattenere il dolore un secondo di più. Lo lasciò eruttare, e mi scagliò contro parole che mi colpirono come una sberla in faccia.

«*Se ti sposi, ti do in dote questa* peste*: sii pur casta come il ghiaccio, pura come la neve, non sfuggirai alla calunnia.*»

Alzò la voce, incrinata, mentre le lacrime gli riempivano gli occhi. «*O se proprio vuoi sposarti, sposa un gonzo, perché gli uomini che capiscono sanno bene,*» si indicò il cuore con un dito, «*che* mostri *voi li rendete!*»

Torreggiava sulla mia figura straziata dal pianto, il respiro affannato. Raccolse tutto il dolore e lo rinchiuse dentro di sé, poi pronunciò la battuta conclusiva svuotata di ogni emozione. Priva di dolore. Un tono di voce che prometteva il suo silenzio da quel momento in poi.

«*Addio.*»

36

Willow

Tre anni dopo...

Mi svegliai in un'umida mattinata tipica dell'Indiana, il caldo sulla mia pelle come una seconda coperta bagnata. L'impianto dell'aria condizionata era sulla lunga lista delle migliorie alla casa che avevo affittato nella zona dei Cottage. Ero tornata ad Harmony da soli tre mesi, e il cibo e l'affitto risucchiavano gran parte del mio piccolo stipendio al teatro comunale. Non mi rimaneva molto da dedicare alla ristrutturazione.

Scalciai via le coperte per far respirare la pelle. Il letto era lo stesso a baldacchino che c'era nella casa dei miei a Emerson Hills. Me lo ero portato in Canada, a Billings, nel Montana, e poi ad Austin, in Texas. Mio padre era stato trasferito tre volte in tre anni per inseguire i profitti del petrolio. Mia madre alla fine aveva rinunciato a impacchettare e a spedire la mobilia e aveva preteso delle case già arredate per ogni successivo trasloco. Era uno stupido spreco, ma era il suo modo di protestare contro il fatto di venire trascinata in lungo e in largo per il Nord-America.

Io non avevo protestato. Non avevo voce in capitolo. Né soldi. Niente. L'unico desiderio che avevo espresso era di avere il mio letto, comprese lenzuola e coperte. Se premevo il naso su di esse, mi sembrava ancora di sentire l'odore di Isaac – benzina e sigaretta, menta piperita e dopobarba.

«Isaac.»

Lasciai uscire fuori il suo nome mentre giacevo sul letto nel mio cottage, la mano premuta sul cuore. Per quanto pensassi a lui – e succedeva costantemente – il dolore che avvertivo al petto non diminuiva. La sua mancanza non si placava mai. Mi scrollai di dosso la tristezza prima che mi schiacciasse, e scesi giù dal letto. Percorsi con passo felpato il pavimento di legno e raggiunsi il salotto, decorato con un piccolo tocco personale. Maschere teatrali di legno che avevo trovato a un mercato delle pulci in Texas. Un coloratissimo tappeto Cheyenne che avevo preso in Montana, morbido sotto ai miei piedi mentre attraversavo la cucina.

Iniziai a preparare il caffè e lo sguardo cadde su una poesia incorniciata appesa accanto alla finestra della cucina. Angie l'aveva scritta per me durante il corso d'inglese del signor Paulson alle superiori. Me l'aveva spedita in Canada, prima di partire per Stanford.

Il salice
I suoi lunghi rami, i capelli
di una ragazza triste,
protesi verso terra.
"Forte come una quercia", si dice.
Ma un salice è più forte.
Si piega nella tempesta.
È sferzato dai venti rigidi,
le foglie cadono via,
trasportate chissà dove.
Si piega, ma non si rompe.
Piange,
ma non cade
mai.

Sorrisi mentre sollevavo la tazza e ingerivo gratitudine e grandi aspettative a ogni sorso. Contavo i minuti che mi separavano dal fine settimana, quando Angie sarebbe venuta a vedermi per l'ultima replica di *Casa di bambola* al teatro comunale di Harmony.

Non vedevo la mia migliore amica da tre anni.

Mi feci la doccia, raccolsi i lunghi capelli in una treccia e infilai un vestitino verde chiaro con delle margherite gialle. Dal momento che Marty non aveva imposto un particolare dress code al teatro, mi piaceva apparire professionale nonostante il mio piccolo budget. Dopo una breve colazione con toast, spremuta e caffè, presi la bicicletta dal portico e mi allacciai il caschetto sotto il mento. Greta, la mia vicina, era già in giardino con un grembiule e i guanti, intenta a estirpare le erbacce.

«Buongiorno, Greta.»

«*Guten morgen*, ragazza mia.» Si alzò in piedi e si stiracchiò la schiena. «Ho dei piselli freschi da darti» mi informò con il suo forte accento tedesco. «Quando torni dal lavoro.»

«Mi sdebiterò con una limonata» la ringraziai.

«Sì, volentieri.»

Avevo un piccolo albero di limoni in un vaso nel minuscolo giardino sul retro. Era la mia gioia e il mio orgoglio vederlo crescere bello alto e pieno di frutti; dei soli gialli e luminosi in una galassia di foglie verdi. Greta sosteneva che non avrebbe superato l'inverno, ma io lo avevo piantato in un vaso, così potevo portarlo dentro quando faceva freddo.

Non lo avrei lasciato morire al gelo e alla neve, ma mi sarei assicurata che fosse sempre al caldo.

Quel pomeriggio, sentivo il sole alto e luminoso sulla mia faccia. La gente si lagnava continuamente dell'umidità del Midwest, invece io mi ci crogiolavo. Bramavo il calore. Inclinai la testa verso i raggi e lasciai che mi penetrassero nelle ossa e scacciassero i brutti ricordi del Canada, quando mi ero sentita così persa.

Tutto ciò che amavo – Harmony, Isaac, Angie – mi era stato strappato via, calpestato. Per dei lunghi e strazianti mesi, ero diventata un passeggero del mio stesso corpo. Non provavo più niente, perché abbandonarmi ai miei sentimenti era troppo doloroso. L'apatia era più semplice; ed ero tornata in quel luogo freddo e buio che avevo conosciuto l'estate in cui avevo subito la violenza da parte di Xavier.

I miei non sapevano più come prendermi. Avevo compiuto diciott'anni, ma non avevo soldi né un lavoro o dei risparmi, e tantomeno la voglia di dedicarmi a qualsiasi attività. Ero rimasta chiusa in camera per tre mesi interi, e avevo mangiato e dormito a malapena. Mia madre continuava a implorarmi con le lacrime agli occhi. Mio padre mi ripeteva severamente di smetterla di comportarmi come se fosse "la fine del mondo" e di "riprendermi".

Non avevo nessun motivo per riprendermi. Ero distrutta, i miei pezzi disseminati sul freddo fondale dell'oceano. Più di una volta, avevo immaginato il mio corpo robotico che mi trascinava nel laghetto dietro casa nostra a Edmonton. Il ghiaccio non era ancora troppo spesso, così sentivo uno schianto sotto ai miei piedi – uno sparo che squarciava l'aria frigida e immobile. Un attimo dopo, il ghiaccio cedeva e mi lasciava sprofondare nell'acqua nera.

Bonnie McKenzie mi aveva salvato.

Mio padre mi aveva confiscato il telefono e il portatile per mesi: mi aveva tagliata fuori dal mondo. Quando finalmente mi aveva concesso un telefono nuovo, avevo chiamato Angie in una fredda serata di novembre. Era a casa per il Ringraziamento. Un'unica parola pronunciata con voce rotta e tremante l'aveva spinta a passare il cellulare alla madre.

Ci erano voluti mesi di telefonate fino a notte fonda e sessioni di Skype segrete per uscire dall'intorpidimento. Per rimettermi in sesto. A gennaio, avevo trovato lavoro in un negozio di vestiti a Edmonton, e sin dal primo stipendio fino all'ultimo in una boutique di Austin, avevo risparmiato i soldi per tornare ad Harmony.

Ora vedevo Bonnie due volte a settimana nel suo studio in centro, in Juniper Street. Era così carina da non chiedermi soldi per i nostri incontri, e io le avevo promesso che avrei rimediato in qualche modo. Con i miei soli mezzi. A costo di morire di fame, non avrei chiesto un centesimo ai miei genitori. Non avrei mai più dipeso dai loro soldi.

Pedalai fino in centro. Superai Scoop, dove turisti e gente del luogo affollavano ogni posto a sedere, e proseguii fino al teatro. Assicurai la bici a un parchimetro con la catena e osservai la facciata.

Casa di bambola di Henrik Ibsen
Ultima replica questo fine settimana!

Non appena tornata ad Harmony, tre mesi fa, uno dei miei primi pensieri era stato quello di andare a trovare Martin. Varcare la soglia del teatro era stato come essere a casa, e lui mi aveva abbracciato come un padre amorevole e buono. Stava per dare inizio ai provini per *Casa di bambola*, un'opera che parlava di una giovane donna stanca di venire trattata come una bambola preziosa dal marito più vecchio, che alla fine si opponeva alle convenzioni del XIX secolo e lo lasciava per trovare se stessa.

Martin mi aveva ritenuta perfetta per la parte. Nora era l'opposto di Ofelia. Veniva trattata come un bel giocattolo dal padre e dal marito, ma invece di soccombere a questo destino vi si oppone. Anche io stavo imparando a oppormi. Quell'opera mi aveva fornito una mappa da seguire. La terapia di Bonnie stava ricostruendo la mia autostima disintegrata. E Harmony mi procurava quella pace necessaria per completare il ciclo di guarigione.

Nell'atrio freddo e buio, salutai Frank Darian con la mano, il nostro direttore di scena.

Lui ricambiò il saluto da dietro il botteghino, dove si stava preparando per lo spettacolo di venerdì.

All'interno della sala del teatro, le luci erano basse sul palco e proiettavano delle ombre spettrali sulla scenografia. Le sedie e i tavoli di una famiglia benestante del XIX secolo sembravano appartenere a una casa infestata, in attesa che Len, Lorraine e io donassimo loro vita.

Come al solito, trovai Marty negli uffici al piano di sopra con una pila di fogli davanti.

«Ciao, tesoro» mi salutò. Quando eravamo soli mi chiamava così. A me non dispiaceva quella paterna dimostrazione di affetto. Martin era stato per me un padre decisamente migliore di quello biologico.

E anche per Isaac.

«Ciao, Marty. Ci sono novità?»

«Niente di buono, temo» spiegò. «Il consiglio comunale vuole procedere con la proposta per consolidare l'intero quartiere, incluso il teatro. Questo attrarrà investitori per la ristrutturazione.»

«Non ti riterresti fortunato se un benevolo investitore ti permettesse di mandare avanti il teatro come vorresti tu?»

«Sì, certo» replicò. «Ma in verità mi preoccupa di più la possibilità che ci capiti una qualche società del tutto indifferente, che non si cura o non capisce niente di quello che sto cercando di realizzare qui. È uno schifo, come piace dire a voi giovani. Soprattutto ora che siamo tornati in carreggiata, grazie a Isaac.» Mi lanciò un'occhiata. «Scusa. Ti dispiace se lo nomino?»

«Me lo chiedi ogni volta e la risposta è sempre la stessa» replicai. «No.»

Sentir pronunciare il suo nome era doloroso da morire, come premere su un livido che non si assorbiva mai. Allo stesso tempo, però, mi piaceva sentire di come Isaac si prendesse cura del teatro da lontano.

Come previsto, dopo *Amleto*, Isaac era stato ingaggiato dall'agente del casting e mandato subito in California. Aveva ottenuto una piccola parte in un film importante, e con lo stipendio aveva pagato le bollette arretrate del teatro e l'affitto.

Presi alcune bollette da archiviare, poi cercai di mantenere lo sguardo basso e un atteggiamento distaccato quando gli chiesi: «Come sta? Ancora niente?»

«Nemmeno una parola» mi confermò. «Credo ci convenga sfogliare una rivista sul mondo dello spettacolo. È l'unico modo in cui riesco ad avere qualche sua notizia.»

«Il suo ultimo film è andato bene. Le recensioni sono state entusiastiche.»

«Lo hai visto?»

Long Way Down era rimasto in proiezione per settimane al Guild Movie House, ma non avevo mai trovato il coraggio di comprare il biglietto.

«No» risposi. «Non sono ancora pronta. E tu?»

Abbozzò un triste sorriso. «L'ho visto sei volte.» Si allungò in avanti e mi diede una pacca sulla mano. «Non si è fatto più sentire con tutti noi, tesoro. Con te, con me, Brenda e Benny. Non ho potuto nemmeno ringraziarlo per i soldi. Una società li invia ogni mese, e tutta la corrispondenza che ho cercato di spedirgli...» Alzò le spalle. «Niente.»

«Mi dispiace» ammisi. «Sapevo che sarebbe stato... arrabbiato con me, ma non mi sarei mai aspettata che avrebbe tagliato i ponti anche con voi.»

«Non è colpa tua, tesoro» mi rassicurò. «È fatto così. È il suo modo di elaborare la perdita. Si chiude in se stesso e lascia uscire le emozioni solo sul palco. O sul set cinematografico, negli ultimi tempi.»

Osservò l'espressione di dispiacere che si dipingeva sul mio viso. «Lo so che è doloroso. Tu hai compiuto la scelta migliore per proteggerlo. E ora lui ha una brillante carriera davanti a sé, e sta accumulando un sacco di soldi grazie al mestiere per cui è nato. E tu, mia cara, hai una brillante carriera davanti a *te*. La tua Nora è pura bellezza.»

«No.»

«Non devi credere a me.» Mi poggiò una copia dell'*Harmony Tribune* sulle gambe. «Vera Redding sostiene che tu sia un tour de force, e ti assicuro che quella donna detesta tutto.»

Sorrisi e misi da parte il giornale. «Si tratta solo di un ruolo molto adatto a me. È proprio quello di cui avevo bisogno.»

Quell'opera, e il teatro e Marty Ford erano esattamente ciò di cui avevo bisogno; degli ulteriori passi in avanti verso la guarigione. La potenziale paura di perdere lui o il teatro a causa del piano di riqualificazione del consiglio comunale mi agitava fino al midollo.

«Dobbiamo sistemare questa questione del consiglio comunale, Marty.» Mi schiarii la voce. «Isaac può aiutarci?»

«Il consiglio sostiene che il progetto potrebbe costare milioni. Non so se lui ce li abbia.» Mi rivolse un altro sorriso triste e mise le mani avanti. «E comunque non saprei come chiederglielo.»

Mentre pedalavo verso casa dopo il lavoro, mi sentivo la gola dolorante di lacrime. Lo sconforto per aver perso Isaac mi squarciava il petto a ogni battito. Quel pomeriggio non avevo un appuntamento con Bonnie, ma avrei tanto voluto. Tornata a casa, io e Greta ci sedemmo nel mio piccolo portico. Ci gustammo una brocca di limonata fresca e mangiammo piselli direttamente dal baccello. Il sole stava tramontando, le lucciole brillavano e si infilavano tra i cespugli di ginepro che separavano la mia casa da quella di Greta. Le cicale erano assordanti: ondate del loro frinire andavano e venivano come la marea. I bambini giocavano nei giardini. I gatti dei vicini si muovevano furtivi qua e là sotto gli ultimi raggi di sole. Greta e io non parlavamo molto. Non ce n'era bisogno. La serata era tranquilla. Calda. Pacifica. Esattamente quello di cui avevo bisogno. O quasi. Quando scese la sera, Greta prese il suo cesto e mi diede la buonanotte. Dentro casa, il cellulare sul banco della cucina si illuminò con una notifica: una chiamata persa e un messaggio in segreteria da parte di papà. Dopo il periodo in Texas, Ross Wilkinson lo aveva trasferito di nuovo a Manhattan. I miei erano tornati al punto di partenza, stavolta senza la loro figlia.

«Ciao, Willow.» La voce di papà sembrava sempre stanca in segreteria, come se si sforzasse di superare il senso di colpa. «Io e mamma volevamo sapere come stai. Mi ha parlato del lavoro col teatro, del tentativo di rinnovarlo… eccetera. Uno sforzo meritevole.» Tossì. «Non vediamo l'ora di venirti a vedere all'ultima replica dello spettacolo. Spero che non sia troppo impertinente, ma dopo volevamo organizzare una festicciola per te, insieme ai tuoi compagni attori e al regista all'Hotel Renaissance di Braxton.» Fece una pausa. «Spero che tu voglia venire. Ti prego, fammi sapere. Bene, allora. Ciao.»

Misi giù il telefono. Non volevo una festa. Non ero nemmeno sicura di volere che i miei genitori assistessero allo spettacolo. Stavamo lentamente tentando di recuperare il nostro rapporto anche se dentro di me sapevo che non sarebbe più stato lo stesso. Bonnie mi aveva spiegato che il perdono è la pace per chi lo dona, non per chi lo riceve, ma ancora non ci riuscivo.

E sentire la voce di papà faceva solo scaturire nel mio cuore dei ricordi ancora più dolorosi e rendeva il silenzio di Isaac sempre più assordante.

Mi sedetti sul piccolo divano blu, aprii il portatile e cercai su Google il suo nome. Scorsi gli articoli su *Long Way Down*. Ciascuno elogiava la straordinaria interpretazione di Isaac Pearce, "un attore elettrizzante dall'intensità schietta" sosteneva il *Los Angeles Times*. Il testo era alternato da alcune foto. Adesso aveva ventidue anni, ed era di una bellezza sempre più rude.

Controllai gli articoli sui siti di tabloid, perché dovevo sapere.

Trovai altri scatti, catturati al bar o nei locali o agli eventi a Los Angeles. Sempre solo, la sigaretta in un angolo della bocca, un luccichio duro negli occhi. I paragoni con un James Dean dai capelli scuri abbondavano, così come le speculazioni che Isaac fosse gay. Il fatto che non avesse mai una compagna al suo fianco non era sfuggito a Hollywood.

O a me.

Era assurdo pensare che si astenesse dal godere della compagnia femminile per me. Gli avevo spezzato il cuore. Era più probabile che stesse attento alla propria privacy e la proteggesse da minacce esterne.

Chi poteva biasimarlo?

Eppure, c'era sempre quel barlume di speranza in me, piccolo e fragile. Con mani tremanti, presi di nuovo il telefono e scorsi i contatti fino al numero di Isaac. Squillò una volta prima che partisse una voce registrata: *Spiacenti, il numero da lei chiamato non è più attivo.*

Sebbene fosse sciocco e inutile, le mie dita digitarono un messaggio.

Io: A2, S2.

«*Ma del mio amor non dubitare*» mormorai, come una preghiera.

Schiacciai su invia. Spuntò subito un piccolo punto esclamativo rosso racchiuso in un cerchio.

Il messaggio non può essere spedito.

Il messaggio *era* stato spedito. Solo che non poteva essere ricevuto. Ormai da tre anni a questa parte.

Eppure c'era sempre quel barlume di speranza.

Continuai a chiamarlo e a inviare la mia supplica nel vuoto.

Ma non ricevetti mai nessuna risposta.

37

Isaac

«Affare fatto, amico mio» concluse Tyler Duncan. Mentre riattaccava il telefono nel suo ufficio di Wilshire Boulevard, il mio manager sembrava pienamente soddisfatto di sé.

«Ora sei più ricco di sette milioni e centomila dollari.» Si passò la mano tra i capelli biondi, con il Rolex d'oro scintillante sotto il sole luminoso di Los Angeles che filtrava dalle finestre. Tyler mi ricordava Matthew McConaughey: solare, energico e sempre sorridente. Esattamente il mio opposto. Al solo pensiero di stare in sua compagnia mi sentivo stanco. Poi assorbii le sue parole.

«Sette milioni...?»

Sogghignò. «Meno il mio quindici per cento, grazie.»

«Gesù.»

«Non male, non male» aggiunse. «Soprattutto per essere il tuo secondo film importante.» Premette i palmi fra loro e chinò il capo. «E non scordiamoci che ne trarrai dei benefici futuri. Il che dovrebbe portarti delle belle sorprese sul conto quando meno te l'aspetti.»

«Sette milioni e centomila» ripetei. «Ho sette milioni di dollari sul mio conto? Adesso?»

Tyler intrecciò le dita dietro la testa e poggiò le sue Ferragamo sulla scrivania. «Esatto, amico mio.»

Annuii, e pensai che fosse surreale. Avevo guadagnato dei soldi con il mio primo film, ma non a questo livello. Quando ero arrivato a Hollywood con l'agente che aveva assistito all'*Amleto*, lui mi aveva aiutato a ottenere una piccola parte in un film di alto profilo che mi aveva permesso di guadagnare un milione e mezzo di dollari. Una somma sbalorditiva per uno che non aveva mai visto un estratto conto con più di quattro cifre.

Ma sette *milioni?*

Era ancora più sorprendente, considerato quanto cazzo odiassi recitare davanti a una telecamera. Detestavo il costante ripetersi delle scene. Gli stop e i ciak. Raccontare una storia fuori sequenza a un pubblico di cameraman e microfonisti. Durante il mio primo film, mi ero convinto che il mio odio nei confronti del processo produttivo si riflettesse sulla mia espressione e venisse catturato in ogni inquadratura. Ma il pubblico mi aveva adorato e Hollywood mi aveva accolto.

«E alle donne piaci *sul serio*» aveva commentato Tyler quando ci eravamo conosciuti. «Sei un incrocio tra James Dean e Henry Cavill. Bellezza hollywoodiana ma con il fascino da cattivo ragazzo un po' pericoloso. Una vera calamita, amico mio.»

A me non importava niente del piano marketing, ma solo di ottenere i soldi necessari per poter chiudere con questo business.

Adesso ce li avevo.

Mi sentivo quasi in colpa nei confronti di Tyler. Pensava di avere fra le mani una gallina dalle uova d'oro, ma io avevo chiuso. Sette milioni e centomila erano più che sufficienti per coprire i debiti di mio padre con la Wexx. Personalmente, non ero nei guai da quel punto di vista, ma mio padre era morto trascinato a fondo da quei debiti, che erano stati per lui come le catene fantasma di Marley. E io ero determinato a liberarlo. Per la Wexx non avrebbe fatto differenza. Una goccia in un mare che si erano persino dimenticati che esistesse. Ma per me faceva la differenza eccome.

«Porca troia» mormorai. Avevo già pagato il mutuo della madre di Benny. Ora potevo mandare lui al college. Assicurarmi che Marty avesse tutto ciò che desiderava per il teatro comunale di Harmony. E Willow…

Sette milioni erano la cifra che avevo in mente quando le avevo promesso che sarei tornato.

Avvertii un dolore al petto. Tyler mi osservò mentre me lo strofinavo.

«Che c'è, fratello? Una piccola indigestione? È dura mandare giù il fatto di essere un perfetto milionario? Be', abituatici.» Picchiettò col dito sulla copia di *Variety* poggiata sulla sua scrivania di mogano e vetro. «Hai letto queste recensioni? Il mio telefono squilla in continuazione per te. Il che mi porta al vero motivo per cui ti ho convocato qui per questo tête-à-tête.» Si protese in avanti. «Sei pronto? Quentin Tarantino vuole un incontro. Quentin Tarantino, cazzo.»

Mi alzai in piedi. «Sì, grazie, Tyler» replicai distrattamente. «Devo andare.»

«Aspetta, ma...»

«Ti chiamo io.»

Tyler mi fissò. «Mi chiami tu? Ma che significa?» Scoppiò in una risata hollywoodiana – la risata da leccaculo in cui erompeva quando dicevo qualcosa di non troppo divertente. Detestavo anche quella.

«Ah, ho capito» commentò. «Vai a festeggiare? Ci sto. Recuperiamo qualche femmina e scateniamoci...»

«Magari un'altra volta.»

Mi chiamò per trattenermi, ma io non lo stetti a sentire. Dovevo andarmene da quel cavolo di ufficio e pensare. Uscii da quel palazzo di lusso e m'incamminai sul marciapiede sotto il sole rovente di Los Angeles. Niente a che vedere con l'umidità opprimente dell'Indiana, che garantiva un paesaggio rigoglioso e verdeggiante. Questo caldo desertico sembrava quasi cercare di prosciugarti la vita.

Salii sul mio Land Rover noleggiato. Tyler mi aveva convinto che fosse il modello che più si avvicinava a un pick-up. Il mio Dodge era ancora ad Harmony, lasciato a pascolare nel deposito dei rottami.

Il Rover era una bella macchina, e la mia casa con quattro camere da letto a West Hollywood era una fottuta reggia paragonata alla roulotte. Ma entrambe mi sembravano uno spreco. Non avevo bisogno di tutto questo. Mi mancava il mio pick-up. Mi mancava la vecchia casa di Marty e anche i cimiteri con le lapidi storte e i labirinti di cespugli...

Mi mancava Willow.

Oggi più che mai. In modo più opprimente che negli ultimi tre anni in cui ero stato via. Di solito quel pensiero mi colpiva dall'esterno come una martellata. Invece oggi mi salì dall'interno, dal punto in cui avevo seppellito tutte le perdite e i dolori subiti nella vita. Adesso che avevo i mezzi per tornare ad Harmony, come mi ero ripromesso, ecco che tutto tornava a galla. Il sogno e la speranza erano svaniti e la realtà era a portata di mano, se avessi voluto afferrarla.

Guidai il SUV per le strade poco trafficate – per gli standard di Los Angeles – fino alla mia enorme casa, composta da quattro mura spoglie e pavimenti in legno. Un immobile da dodicimila dollari mensili con una vista panoramica su una città che non sentivo mia. Los Angeles mi offriva un sacco di opportunità e gliene ero grato, ma non era casa mia.

Mi diressi nel mio studio, che non era altro che la stanza dove tenevo il mio portatile. Avevo più stanze che roba da metterci dentro. In realtà non lo *volevo* nemmeno un portatile, ma Tyler mi aveva convinto che mi serviva per leggere le e-mail e aveva insistito anche per un cellulare migliore. Il mio vecchio telefono – quello di cui Willow aveva il numero – l'avevo buttato in un cassonetto di Dallas, durante uno scalo del volo che mi aveva portato via da Harmony.

Niente e-mail. Niente telefono. Non c'era modo di mettersi in contatto con me, nel caso le fosse venuto in mente di provarci, e io non avevo alzato un fottuto dito per contattare lei. L'avevo completamente tagliata fuori dalla mia vita.

Mi presi la testa fra le mani.

«Ma che cazzo stai combinando?» La mia voce rimbombò tra le pareti vuote. «Che cazzo *hai* combinato?»

All'epoca mi era sembrato che la mia decisione avesse senso. Il dolore che avevo provato era così crudo e reale. Perdere Willow, vederla scivolare tra le mie dita durante la prima di *Amleto* era stato un nuovo colpo al cuore. Dopo una vita così misera, finalmente avevo trovato qualcosa di buono e perfetto, ed era andato distrutto, e io non ero stato minimamente in grado di impedirlo. Così avevo affrontato la situazione nell'unico modo che conoscevo.

Ero scappato, senza guardarmi indietro.

I primi mesi erano stati uno strazio, ma giorno dopo giorno, mattone dopo mattone, ero riuscito ad alzare il muro che mi separava dalla mia vecchia vita e da tutti quelli che ne avevano fatto parte – Marty, Brenda, Benny, Willow – finché con il passare degli anni il muro non era diventato altissimo e spesso. Ero tornato ad Harmony solo per il funerale di mio padre. Ero rimasto il tempo necessario perché venisse seppellito accanto a mia madre, ed ero ripartito per rifugiarmi di nuovo dietro il muro.

Adesso quel muro si stava sgretolando come sabbia.

Non è mai troppo tardi, sosteneva Marty. E se invece lo fosse? Se nel frattempo le fosse successo qualcosa di terribile?

Aprii il portatile e digitai Willow Holloway su Google.

Eccola. Primo link in cima alla pagina. La mia ragazza.

Mi vennero i lucciconi. Una recensione di *Casa di bambola* dell'*Harmony Tribute* – naturalmente – in scena al teatro di Harmony.

Willow Holloway (20), prodigiosa nei panni di Nora. Una delicata e fragile donna che affronta stoicamente le convenzioni patriarcali nella Danimarca del 1870 di Ibsen.

«Danimarca» mormorai scontroso, nonostante la speranza, l'orgoglio e l'amore mi gonfiassero il petto. «Non abbiamo ancora abbandonato la Danimarca, eh, piccola?»

È nell'ultimo atto della rappresentazione che l'espressività di Holloway rivela la vera natura di Nora Torvald. Non quella di una figlia, una moglie o una giovane madre, ma di una donna – un essere umano. La sua nuova consapevolezza è straordinariamente bella da guardare, e questo dimostra che il debutto della Holloway in Amleto, *tre anni fa, non è stato un caso.*

In fondo all'articolo c'era una sua foto con un abito increspato dal colletto alto che sembrava strangolarla. Il suo sorriso per Len Hostetler, nel ruolo del marito Helmer, era dolce e passivo, ma nei suoi occhi brillava il fuoco. Stava ancora lottando.

Deglutii a fatica e chiusi il portatile.

«Ecco fatto, Pearce. Ora sai dove si trova» riflettei. «È tornata a casa.»

Uscii dallo studio e mi buttai sul letto enorme e vuoto. Un articolo di lusso e all'avanguardia su cui non era mai salita una donna. Appena arrivato a Los Angeles, avevo tentato di uscire con qualcuno. Per dimenticare Willow e perdermi in un'altra donna. Ma mi ero seduto davanti a una bellissima candidata senza provare nulla. Zero desiderio. Zero interesse. Nemmeno un minimo di attrazione.

Mi mancava troppo. La amavo troppo.

Lo spettacolo di chiusura di *Casa di bambola* era sabato, tra quattro giorni. Cercai di convincermi che non fosse una buona idea saltare sul primo volo disponibile. Cercai di allontanare l'eventualità di trovarmi nello stesso posto di Willow. Mi concentrai sul desiderio di autoconservazione, ma il fatto era che non sapevo nemmeno cosa stessi conservando. La mia vita qui era vuota. Ma se fossi tornato ad Harmony, ci sarebbe stato ancora qualcosa da salvare tra di noi?

Aveva voluto lei che finisse, rammentai a me stesso. *Mi aveva tagliato fuori senza una spiegazione. Senza che potessi oppormi. Mi aveva privato di una seconda possibilità. Aveva ceduto alle stronzate del padre e aveva scelto lui.*

Avevo ripassato mentalmente la nostra ultima scena di *Amleto* almeno un milione di volte. A prescindere dalla sofferenza e dalla rabbia che mi suscitava, l'espressione tormentata e straziante di Willow non era mai cambiata. Quella sera ero stato troppo accecato dal mio dolore per notare il suo. Ma anche lei stava morendo dentro. Perché mi amava.

L'amore c'era già prima.

«Merda...» Mi sfregai la faccia con la mano, poi mi alzai in piedi e tornai nello studio.

Ora che sapevo dov'era, il bisogno di rivederla mi divorava, e la pura e semplice verità era che senza di lei mi avrebbe consumato.

Avrebbe potuto odiarmi, o peggio, ignorarmi, ma...

Se non altro, la vedrò recitare. Solo questo. Partiamo da questo e vediamo cosa succede.

Chiamai Tyler, che rispose al secondo squillo.

«Che c'è, fratello? Hai cambiato idea e vuoi uscire?»

«No, amico. Ascolta, starò via qualche giorno.»

«Va bene» ribatté lentamente lui, cauto. «Quando torni?».

Chiusi gli occhi e visualizzai Willow nel labirinto, con il sole che tramontava alle sue spalle, gli occhi pieni d'amore per me.

«Nella migliore delle ipotesi?» riflettei. «Mai.»

38

Willow

Il sabato sembrò corrermi incontro. Marty aveva aggiunto all'ultimo minuto un'altra replica per il giovedì sera, per offrire a me, Len e Lorraine – che interpretava la mia migliore amica, Christine – un'occasione in più per esibirci. Nel giro di poche ore dopo l'annuncio, lo spettacolo era già sold out. Anche il venerdì era venuta tanta gente, e dato che gli applausi ci avevano travolto, avevo cercato di assaporare e fare tesoro di tutto. Adesso mancava solo una replica.

A mezzogiorno, andai da Scoop per incontrare Angie. Il cuore mi martellava nel petto e sprizzavo felicità da tutti i pori mentre assicuravo la bicicletta fuori dal ristorante. Ci eravamo tenute in contatto per telefono e via messaggi, ma tra il suo fitto programma di studio alla Stanford e i continui trasferimenti di mio padre, non ci vedevamo di persona da ormai tre anni.

Aprii la porta del locale e la individuai seduta a un tavolino da due di fronte all'ingresso. Notai che adesso portava gli occhiali, e i suoi capelli ricci erano un po' più corti, la sua pelle un po' più pallida per le lunghe ore passate a studiare. Poi scoppiai in lacrime.

La vidi tutta sfocata mentre si alzava dal tavolo per venirmi incontro e abbracciarmi. La strinsi forte e piansi contro la sua spalla per la mancanza che avevo provato in tutto quel tempo, e riuscii a malapena a reggermi in piedi.

Mi staccai un po' per asciugarmi gli occhi e osservarla bene. Sulla sua maglietta si leggeva: *Ti sedurrò con la mia goffaggine.* Mi misi a ridere, poi crollai di nuovo in un pianto a dirotto.

Restammo a baciarci e abbracciarci al centro del locale, finché non sentimmo una bambina seduta a un tavolo vicino chiedere: «Mammina, che hanno quelle due signore?»

«Sentito, Holloway?» commentò Angie, prima di staccarsi dall'abbraccio e asciugarsi le lacrime. «Questa è la prima e l'ultima volta che qualcuno mi chiama signora.»

Risi di nuovo, ma le lacrime continuavano a minacciare di scendere. Ci sedemmo in fretta, recuperammo dei fazzoletti e continuammo a ridere e stringerci le mani sopra il tavolo, dopodiché prendemmo altri fazzoletti.

La guardai e scossi la testa. «Cavolo, Angie, quanto mi sei mancata.»

«Mi sei mancata anche tu, ragazza. È così bello rivederti. Stai alla grande.»

«Grazie» risposi. «La strada per essere appena presentabile è stata lunga.»

«Ma come stai veramente? Come va con i tuoi genitori?» mi domandò, e aspettò con ansia la risposta.

«La situazione è un po' strana» replicai. «Mio padre è in modalità leccaculo. Credo che a un certo punto, dopo qualche mese che eravamo in Canada, abbia aperto gli occhi e capito in che stato fossi. Alla fine si è reso conto del danno che aveva combinato. Pensava che piano piano la mia sofferenza sarebbe svanita. Ma non è mai successo. I miei sentimenti per Isaac non sono mai scomparsi.» Alzai le spalle e mi guardai le mani. «Ho vent'anni e sono ancora innamorata di lui.»

«Oh, tesoro.» Angie mi strinse la mano sul tavolo.

«Non che cambi qualcosa, credo.»

I suoi occhi scuri lampeggiarono di rabbia. «Isaac doveva sapere che sei stata costretta a rompere con lui, no?»

«Credo di sì. Non gli ho mai raccontato delle vere minacce di mio padre. Era stato troppo orribile e così tremendamente *sbagliato*... Avevo paura che Isaac decidesse di rimanere qui. Per combattere per noi, e finire così per perdere tutto, bruciare il suo futuro. Non potevo lasciare che accadesse, né che in seguito provasse risentimento per me.» Sospirai. «Sono contenta che sia andato via, solo che... non mi aspettavo che sparisse completamente. Penso che per lui sia stato troppo difficile. Aveva già perso molto.»

«E quello che hai perso tu, invece?» intervenne Angie. Lei aveva visto in che stato ero durante i duri mesi dopo che mio padre ci aveva obbligati a trasferirci da Harmony, e sapevo che si era sempre morsa la lingua su Isaac. «Tutto qui?» mi chiese. «Lo hai perdonato? Così?»

«Non è così semplice» replicai. «Non è né un sì né un no, è... tutto ingarbugliato. Sì, sono ferita e arrabbiata con lui. Ma siamo stati costretti entrambi a compiere scelte che non volevamo. Ora stiamo solo fronteggiando la situazione. Lui lo sta facendo nell'unico modo che conosce e lo stesso io. Alla fine sono tornata qui. Sono lontana dai miei genitori e posso ricominciare da capo.»

Angie scosse la testa. «Sono passati tre anni, Willow.»

«Lo so» risposi. «Non nego che sia doloroso. Lo è. Sto diventando sempre più forte, ma fingere di non amarlo o che non mi manchi non mi porterà da nessuna parte.»

«Sembra che qualcuno abbia parlato con mia madre.»

Scoppiai a ridere e mi guardai attorno. «Dov'è Bonnie? Pensavo che ci avrebbe raggiunte.»

«Voleva lasciarci un po' sole. Ma verrà allo spettacolo di stasera. Non se lo perderebbe mai. Ho sentito che spacchi di brutto con Ibsen.»

«Questo non lo so, ma mi sto divertendo. Anche questo mi aiuta. Ma, Cristo, basta con le mie paturnie. Come va a Stanford? E Nash?»

Ordinammo degli hamburger e dei frappè e mangiammo mentre Angie mi forniva ogni sorta di dettaglio sulla propria vita. Nash studiava in Pennsylvania. Lui e Angie mandavano avanti una relazione a distanza, mentre lei si stava specializzando in robotica e medicina alla Stanford.

«In pratica resterò al college fino a ottant'anni» commentò. «Mi resterà un solo anno per praticare la professione prima di crepare.»

«Ma sarà un anno *intenso.*»

«Oh, senz'altro. Sarà... preziosissimo.»

Mentre passavano le ore a parlare e a ridere, sentivo che un altro pezzo di me, un tempo rotto e sparpagliato in Nord-America, stava tornando al suo posto.

Fuori dal locale, ci abbracciammo di nuovo.

«A presto, tesoro,» mi salutò Angie. «Ci vediamo stasera, dopo che li avrai stesi tutti.»

Iniziò ad allontanarsi, ma l'afferrai per la mano e cercai di cacciare indietro le lacrime.

«Prima che incontrassi Isaac, prima dei provini per *Amleto*, prima che mi capitasse qualcos'altro di bello qui, c'eri tu. Sei stata la prima persona ad aprire una breccia nel muro che avevo costruito intorno a me dopo il casino con Xavier, e volevo solo ringraziarti per questo.»

«Accidenti, Holloway» esclamò lei, e si passò un dito sotto gli occhi.

«Mi hai salvato la vita, McKenzie, okay?» le confessai. «Tu mi hai salvato la vita.»

Angie mi abbracciò di nuovo. «Me lo fai un favore?» mi chiese mentre tirava su con il naso.

«Dimmi.»

«Lo riferiresti alla Stanford? Mi faresti risparmiare una tonnellata di soldi per la retta di medicina.»

Incontrai i miei nell'atrio del teatro un quarto d'ora prima delle sei. Mi sentivo a disagio a invitarli nel mio piccolo cottage.

Adesso che non dipendevo più da loro, la loro presa d'acciaio su di me era diventata scivolosa. Così come la mia per quanto riguardava il perdono.

Mi accolsero all'ingresso del teatro con un sorriso smagliante e grandi saluti a voce alta.

«Sono così contento che tu ci abbia lasciato preparare la festa per dopo lo spettacolo» esordì mio padre.

«È stato un bel pensiero da parte vostra» risposi.

«Sì, sarà piuttosto piacevole, penso» aggiunse mia madre. «L'hotel – il Renaissance – è molto carino. Non è carino?»

Ironico come tutto ad Harmony fosse *carino* adesso, rispetto a quando il Midwest la ospitava. Tutto d'un tratto, mi sentivo incredibilmente dispiaciuta per loro.

«Sarà fantastico» replicai. «Grazie di essere qui. Ora devo andare a prepararmi. Spero che lo spettacolo vi piaccia.»

Dio, sembravo il messaggio registrato che trasmettevano prima dell'inizio dello spettacolo.

«Willow» mi chiamò mio padre. Fece per prendermi la mano. «Voglio solo che tu sappia che sono orgoglioso di te» aggiunse, e si infilò il pugno in tasca. «Le recensioni sono così lusinghiere. E il lavoro che tu e il signor Ford state svolgendo per tenere in piedi questo pezzo di storia vivente che è il teatro di Harmony è encomiabile.»

Abbassò lo sguardo, ma poi si sforzò di guardarmi negli occhi. «Sento che è importante che tu sappia che riconosco i tuoi traguardi. E a tale scopo, abbiamo preparato qualcosa per te alla festa. Una piccola sorpresa.»

Mia madre aveva un'espressione strana e con una risata nervosa diede una gomitata a mio padre. «Adesso non roviniamo tutto e non facciamola innervosire.»

«Sì, giusto» concordò papà. «Ne parliamo dopo lo spettacolo. In bocca al lupo.»

Si affrettarono dentro al teatro prima che potessi chiarire che non volevo sorprese. La festa era già fin troppo. L'unica ragione per cui avevo accettato era che i miei compagni di scena meritavano di meglio di una serata di commiato a base di panini e patatine fritte da Scoop.

Andai in camerino per occuparmi di trucco, capelli e costume. Il cast si radunò sul palco per gli esercizi di riscaldamento, guidati da Martin, che interpretava Krogstad. Dall'altra parte del sipario chiuso, sentivamo il pubblico che cominciava a sistemarsi in fila.

«C'è il pienone» osservò Martin. «In bocca al lupo per stasera.»

«Farò del mio meglio.»

Fece per andarsene, ma poi ci ripensò e mi guardò da vicino. «Tutto bene?»

«Sì, certo» risposi con un sorriso forzato.

«Panico da ultima serata?»

«La festa che i miei hanno voluto organizzarmi mi preoccupa un po', credo. O... non lo so. Stasera mi sembra che ci sia un'energia strana. Hai presente l'aria calma prima della tempesta? Quel ronzio di sottofondo?» Scossi la testa. «Non devo pensarci. È stata un'esperienza magnifica, Marty. Grazie mille. Non ti deluderò.»

«Grazie a te per l'incredibile Nora, mia cara» replicò lui. «E per essere venuta a cercarmi quando sei tornata. Per essere un tassello importante di questo teatro.»

«Marty» replicai cautamente. «Cosa sono queste affermazioni sinistre? Hai avuto altri aggiornamenti dal consiglio comunale? Cattive notizie?»

Ridacchiò. «E secondo te, te lo comunicherei a venti minuti dall'apertura del sipario? No, volevo solo...»

Frank, il direttore di scena, raggiunse di corsa Marty, pallido in viso. Gli sussurrò qualcosa all'orecchio, lo sguardo puntato su di me.

Marty strabuzzò gli occhi e si voltò anche lui a guardarmi.

«Che c'è» chiesi. «Che succede?»

L'espressione di Marty si ammorbidì e con voce calma riferì a Frank: «Arrivo fra un attimo. Grazie, Frank.» Poi si girò e mi batté una pacca sulla spalla. «Il lavoro di un direttore di teatro non finisce mai, neppure nelle serate in cui si va in scena. Torno subito.»

«Marty» insistei, e gli afferrai la mano. «Spiegami che succede.»

«Niente di cui tu debba preoccuparti. Promesso.»

Gli avrei creduto. Era un attore fantastico. Ma Frank non lo era, e sembrava che avesse visto un fantasma.

39

Isaac

Frank mi accompagnò nell'ufficio di Marty, poi corse fuori per andare ad avvertilo che ero lì. Mi sedetti ad aspettarlo e mi sentii come uno studente nell'ufficio del preside: in procinto di ricevere una bella lavata di capo. In questo caso, le conseguenze potevano essere persino peggiori di una punizione. Probabilmente, Marty era arrabbiato con me. Ma chi stavo prendendo in giro? Era decisamente *ferito*.

Con i miei jeans costosi e la giacca nera, mi appoggiai alla scrivania e cercai di sembrare disinvolto. Come se avessi io il coltello dalla parte del manico. Poi Marty fece irruzione nella stanza, rosso in faccia e fumante di rabbia. Sfrigolava di collera tutto attorno; non l'avevo mai visto così incavolato in tutta la mia vita. E, anche se lo avevo immaginato, vedere Martin Ford così indignato era parecchio inquietante.

«Tre anni» esordì senza preamboli, prima di sbattersi la porta alle spalle. «Tre anni senza una parola. Neanche una. La tua apparizione al funerale di tuo padre non conta. Non mi hai neanche parlato. Non mi hai parlato più per tutto questo tempo.»

«Marty» esordii. «Mi dispiace...»

Avanzò di un passo e mi puntò il dito contro. «E lo stesso vale per Brenda, Benny e *Willow*.»

Serrai i denti. «Lo so, sono stato...»

«E ora ti presenti nel mio ufficio *quindici minuti* prima che io salga sul palco? Ma porca miseria, Isaac! Vuoi che ordini di non aprire il sipario, così possiamo prenderci un cavolo di caffè?»

Mi fissava, la mascella tesa. Per un momento, pensai che mi avrebbe fatto cacciare dal teatro. O avrebbe chiamato la polizia. O mi avrebbe semplicemente preso a calci e buttato per strada. Mentre avanzava di ancora due passi, sperai quasi che lo facesse.

Avanti, pensai. *Io non ti merito, Marty.*

Invece, mi afferrò per le spalle e mi avvolse in un abbraccio. Chiusi gli occhi sollevato e pieno di gratitudine.

«Pensavo che fosse troppo tardi. Che mi odiassi» confessai a voce bassa.

«Ti odio infatti.»

«Non ti biasimo.»

Marty si staccò e si posizionò a un braccio di distanza. «Sei davvero qui? Per parlare? E restare?»

Annuii.

«Bene, allora; quello che ti ho sempre ripetuto resta valido. Non è mai troppo tardi. Se sei davvero qui, te lo confermo. Ma, Cristo, Isaac. Cosa racconto a Willow?»

«Non voglio che lei sappia che sono qui. Non prima che lo spettacolo sia concluso.»

«Lei è la ragione per cui abbiamo venduto tutti i biglietti» spiegò Marty, le braccia incrociate e il sorriso sulle labbra. «Non so dove ti potrai sedere.»

«Resterò in fondo. Mi basta vederla e sono felice.»

Il sorriso di Marty svanì. «Perché sei tornato?»

«Per lei» risposi. «Per te e Brenda e Benny, ma soprattutto per lei. Voglio parlarle, capire quello che è successo e... Che c'è?»

Marty stava scuotendo la testa. «No, no, no. Sono diventato super protettivo con lei. *Parecchio.*»

«Non voglio ferirla, Marty» spiegai. «È l'ultimo dei miei desideri, ma lei... Merda.»

«Anche lei ti ha ferito» concluse lui. «Sei arrabbiato, ma non conosci tutta la verità. Neanche lontanamente. Ti ha spiegato in che modo la minacciò suo padre?»

«No, si rifiutò di parlarmene.»

«Hai qualche idea?» mi domandò, il tono duro.

«Non so. Sì, posso immaginare. Probabilmente mi avrebbe fatto arrestare per essere entrato in casa sua. Avrebbe perseguitato mio padre. Ritirato Willow dallo spettacolo, avremmo perduto *Amleto*, e allora? Io sarei stato disposto a perdere tutto se avesse significato ottenere lei. Ma Willow non mi ha creduto.»

«Non è solo *Amleto* che avresti perso» ribatté Marty. «Suo padre minacciò di farti arrestare per stupro di minore.»

Quelle parole aleggiarono nell'aria, in tutta le loro cattiveria e ripugnanza.

Sbiancai e deglutii. «Okay» risposi lentamente. «Avrei dovuto aspettarmi anche questo. Ma comunque...»

«Comunque niente. Le giurò che avrebbe usato tutti i suoi mezzi per distruggere la tua reputazione in modo definitivo. Etichettarti come stupratore, così a Hollywood nessuno si sarebbe sognato di ingaggiarti. Non era solo *Amleto* che Willow ha cercato di salvare, ma tutto quanto. Tu, i soldi che tuo padre doveva, il tuo futuro.»

«Ma io... non mi ero reso conto che lui mi odiasse così tanto. O che odiasse così tanto lei.»

«Da quello che mi ha raccontato Willow, la notte in cui lui ti ha sorpreso mentre uscivi da casa loro è stata un vero e proprio incubo. Una cosa che non puoi neanche immaginare. E non te lo sto riferendo per mettere il dito nella piaga...»

«Cristo, Marty. È troppo tardi.» Mi afflosciai contro la scrivania.

«Ma sarò onesto con te. Se sei venuto qui con l'idea di rivangare quello che è successo tre anni fa, dovrò cacciarti via a pedate. Quella ragazza ha già sofferto abbastanza. Tu non lo sapevi. Lei non te l'ha mai confidato, e tu hai affrontato la sua perdita come meglio hai potuto. E lo capisco. Ma ti chiedo di andarci piano con il suo cuore.»

Serrai la mandibola per impedire agli occhi di riempirsi di lacrime. «Io mi sono chiuso» spiegai. «È così che mi comporto. È solo che...»

«Lo so, figliolo. Non deve essere stato facile nemmeno per te.»

«Mi dispiace.»

«So anche questo» ribatté Marty, e mi abbracciò di nuovo. «E lo sa anche lei.»

«Non ho idea di cosa succederà» confessai dopo essermi staccato da lui e asciugato gli occhi con la manica. «Sei tu il regista, Marty. Dirigi.»

«I suoi hanno organizzato una festa per noi al Renaissance a Braxton. Guarda lo spettacolo e poi vieni.»

«I suoi?» domandai. Scossi la testa. «No. Ho bisogno di vederla da solo.»

«Io credo che sarebbe meglio incontrarvi in un posto pubblico. In caso, deciderà lei se parlare da sola con te o rimanere coi suoi amici e avere il loro sostegno. No?»

Esitai un attimo e Martin mi afferrò per le spalle.

«Non perdere un secondo di più» mi consigliò. «Ogni istante che passa è un altro chilometro che si aggiunge tra di voi. La distanza è già parecchia.»

«Ma lei vorrà vedermi?» gli domandai. Mi sentivo nudo ed esposto come mai in vita mia. Quel tipo di emozione che in passato avevo trasformato in silenzio, per seppellirmici dentro e proteggermi.

«Non lo so» confessò Marty. «Ma se dovessi tirare a indovinare...» Sollevò le mani e sfoderò il suo sorriso gentile e pieno di speranza. «Direi che non è mai troppo tardi.»

Marty mi aveva comunicato che qualcuno aveva cancellato la prenotazione in prima fila. Sedermi là davanti era assolutamente fuori questione, così si era messo a fare il gioco delle sedie e mi aveva spostato in fondo al teatro, dove Willow non avrebbe potuto vedermi.

Le luci si abbassarono. Il brusio delle cinquecento persone in sala si acquietò. Il palco si illuminò e i miei occhi si posarono su Willow per la prima volta dopo tre anni.

Trasalii. Era bellissima. Aveva quasi ventuno anni adesso, ma emanava la grazia e la dignità di una persona molto più grande. Di qualcuno che aveva passato l'inferno, ne era emerso ed era ancora in piedi.

Nelle successive due ore, accompagnò la protagonista nella sua trasformazione da giovane moglie ingenua e speranzosa a donna pronta a camminare con le proprie gambe in una società in cui essere sposati e avere dei bambini era l'obiettivo ultimo.

Era semplicemente brillante. Appassionante e delicata allo stesso tempo. Ma fu nell'ultima scena che ipnotizzò il pubblico. Si sedette su una sedia, le mani in grembo. Perfettamente dritta e immobile nell'occhio del ciclone rappresentato dal marito. Len Hostetler, nei panni di Helmer, girava attorno a lei in preda alla confusione e poi al panico.

«*Il tempo dei giochi è passato, ora comincia quello dell'educazione*» annunciò Len.

«*L'educazione di chi? La mia o quella dei bambini?*»

I due litigarono. O meglio, Len litigava. Willow esprimeva le sue battute con una placida sicurezza. E dignità.

«*Debbo esser sola*» annunciò Willow, rivolta verso il pubblico. Avrebbe potuto rivolgersi a me. O a suo padre. O a Justin Baker o a Xavier. A tutti gli uomini che avevano cercato di trasformarla in ciò che non era.

«*Per rendermi conto di me stessa e di ciò che mi circonda. Quindi non posso più rimanere con te.*»

Len rappresentava ogni uomo che aveva assistito alla propria donna che gli riferiva di non avere più bisogno di lui. Il fidanzato lasciato. Un abbordaggio in un locale andato male. Un rifiuto online dopo una proposta spregiudicata non richiesta.

«*Tu sei pazza! Non lo farai! Te lo proibisco!*»

«*Ormai i tuoi divieti non servono a nulla*» replicò Willow con calma. «*Porto via tutto ciò che è mio. Da te non voglio niente, né ora né poi.*»

«*Così tradisci i tuoi più sacri doveri nei confronti di tuo marito e dei tuoi figli?*»

«*Ho altri doveri che sono altrettanto sacri.*»

«*No, non ne hai. E quali sarebbero?*»

«*I doveri verso me stessa.*»

Sprofondai nella sedia, la mano davanti alla bocca. La sofferenza che avevo provato da quando l'avevo persa, un tempo così lancinante, si attenuò e si trasformò mentre la osservavo. Mentre la *ascoltavo*.

Era così facile incolparla di quello che era successo. Di non essersi opposta quando io ero pronto a rischiare tutto. Ma la verità era che lei si era opposta per me, e io l'avevo lasciata crollare. Aveva cercato di proteggermi e io non ero riuscito a convincerla che non avevo bisogno della sua protezione. Che avrei sofferto volentieri per tutti i colpi e le ferite che suo padre avesse voluto infliggermi.

Quello che non avevo messo in conto era che per lei non sarebbe valso altrettanto.

Non avevo fatto altro che aggiungere il mio peso a quello già tremendo che si trascinava sulle spalle. Il fatto che non fosse crollata era la dimostrazione del suo coraggio e della sua forza. Seduto lì, a osservarla recitare, provai un forte orgoglio che non meritavo. Il suo successo, il suo talento o il suo coraggio non dipendevano da me. Doveva tutto quanto a se stessa.

Tutto ciò che mi restava da fare era buttarmi ai suoi piedi e implorare perdono.

40

Willow

Gli applausi durante gli inchini finali furono scroscianti. Mi travolsero mentre stringevo forte le mani di Len e Lorraine e ringraziavo il pubblico. La strana tensione che avevo percepito prima dello spettacolo continuava ad aleggiare nell'aria, crepitante e sinistra. Mentre svestivo i panni di Nora per calarmi di nuovo nei miei, scrutai tra il pubblico, continuando a setacciare con lo sguardo quel mare di volti che applaudivano. *Chi stavo cercando?*

I miei colleghi mi tirarono di nuovo verso il basso per un inchino, e un sorriso si palesò sulle mie labbra.

Dopo, mi tolsi gli abiti di scena e indossai un vestito di raso nero per la festa a Braxton. Martin era più agitato che mai mentre recuperavamo la nostra roba e uscivamo dal teatro.

«Tu va' pure» mi esortò. «Io devo aspettare Brenda.»

«Marty, che sta succedendo? I miei ti hanno raccontato della sorpresa?»

«Quale sorpresa?»

«Non lo so. Qualcosa che volevano consegnarci alla festa. Magari riguarda il progetto per il teatro?»

Marty alzò le spalle. «Non ne so niente.» Mi baciò sulla fronte. «Va'. Io vi raggiungo presto.»

Nell'atrio, Angie, Bonnie, Yolanda e Benny parlavano tra loro. I miei erano vicino al loro gruppetto. Dopo gli abbracci, i complimenti e quattro chiacchiere confuse, fu deciso che sarei andata a Braxton in macchina insieme ad Angie e Bonnie. Yolanda e Ben sarebbero tornati a casa.

Durante il tragitto in auto, Bonnie assunse la sua Faccia da Psicologa.

«Sei sicura di voler affrontare questa serata? È un gesto carino, ma non sei obbligata ad andarci.»

«Lo so» risposi dal sedile posteriore. «Ma se voglio che i miei genitori facciano parte della mia vita, dev'essere davvero così. Altrimenti, tanto vale tagliare i ponti, no? E nemmeno questo mi sembra giusto. Potrebbe volerci un po', ma credo che cercare di ricostruire un rapporto con loro sia meglio di niente.»

«Purché non sia un rapporto tossico» s'inserì Angie, seduta davanti. Era carina con il suo vestito anni Cinquanta con la gonna scampanata. Bonnie, invece, era elegantissima col suo tailleur con pantalone color corallo.

«Credo che una festa in un luogo pubblico sia un buon inizio» commentai. «Ci sarà meno probabilità di litigare. Mia madre non lo sopporterebbe.»

Arrivammo all'Hotel Renaissance e fummo condotti nella sala da ballo, che era molto ampia per gli standard di Braxton ma piccola per quelli di Regina Holloway.

Eppure, ero commossa dallo sforzo che avevano compiuto i miei genitori. Ovviamente non avevano badato a spese, e avevano offerto agli ospiti l'open bar, una piccola pista da ballo e un pianista che suonava dal vivo le colonne sonore degli spettacoli di Broadway. A decorare il tutto c'erano degli eleganti centritavola di rose bianche accanto a candele che bruciavano dentro coppe di cristallo.

«Questa è la festa post spettacolo più carina che abbia mai visto» commentò Len Hostetler, che ci salutò di sfuggita mentre si dirigeva al bar. Mi baciò sulla guancia. «Ringrazia i tuoi genitori da parte mia.»

Angie, Bonnie e io prendemmo un tavolo nella sala che si stava riempiendo rapidamente. Aggrottai la fronte perplessa davanti a tutte quelle facce che non riconobbi – c'erano molte più persone di quelle che lavoravano al teatro. In effetti, molti erano più vecchi e vestiti di tutto punto, come se si trattasse di una serata di gala.

O di un congresso della Wexx, pensai, con una sensazione poco piacevole che mi agitava leggermente lo stomaco.

Angie esibì la sua migliore espressione sarcastica. «Chi è... questa gente?»

«Bella domanda.»

Si avvicinarono i miei genitori, entrambi con la faccia preoccupata. Mia madre era elegante, anche se un tantino troppo formale, con un lunghissimo abito argentato e luccicante. Papà indossava un completo scuro con una cravatta rosso rubino abbinata al rossetto di mia madre. Lei era pallida in volto e si guardava attorno, come se stesse cercando di evitare qualcuno.

«Mamma e papà, loro sono Angie e Bonnie McKenzie. Angie studia medicina alla Stanford e Bonnie è una psicologa.» Guardai mio padre negli occhi. «La mia psicologa, a dire il vero.»

Mia madre trasalì e mio padre premette le labbra fra loro prima di riuscire ad abbozzare un sorriso.

«Regina e Daniel Holloway» si presentò lui. «Grazie di essere venute.»

Bonnie e Angie annuirono e mormorarono qualcosa di educato, ma nessuno porse la mano all'altro.

«Ti piace la festa, tesoro?» mi chiese mamma, e mi baciò sulla guancia. «Te la meriti. Sei stata incredibile stasera.»

«Magnifica» aggiunse papà. «Sono davvero orgoglioso di te.»

«Grazie». Avrei voluto poter rispondere con qualcosa di meglio o provare più affetto per loro, ma non ci riuscii. Questa festa era esattamente come l'avevano definita tutti: un gesto carino. Gentile. Generoso. Ma non era abbastanza per colmare il vuoto che i miei genitori avevano creato nella mia vita.

Tutto a un tratto, compresi la strana tensione che avevo percepito al teatro, sia prima che dopo lo spettacolo. Era Isaac. O meglio, la sua assenza. Non era stato con me sul palco né tra il pubblico a guardarmi. Non era qui con la sua bellezza, avvolto in uno smoking. A ballare con me, a stringermi a sé e a sussurrarmi *non dubitare* all'orecchio.

Papà si schiarì la voce. Mi stavano guardando tutti.

Sfoderai subito un sorriso. «Tutto molto bello.»

«Be', la festa è solo una delle celebrazioni della serata.» Mio padre si guardò attorno senza, a quanto pare, individuare quello che stava cercando, perciò tornò a guardare me. «È ancora presto. Divertiti, tesoro.»

Appena se ne fu andato, Angie mi si avvicinò. «Di che si tratta?»

«Non ne ho idea. Mi ha accennato a una sorpresa.» Lanciai un'occhiata in giro. «Dov'è Marty? Credevo fosse dietro di noi.»

«Io vado in bagno a incipriarmi il naso» annunciò Bonnie. «Angie, mi prenderesti un bicchiere di vino bianco, per favore?»

Angie accennò un saluto militare. «Sempre che non mi chiedano un documento. Willow?»

«Per me una coca light con lime. Io tengo d'occhio il tavolo.»

«Grazie.» Angie mise la borsetta sulla sedia accanto alla mia e si allontanò. Una frazione di secondo dopo, la gola mi si contrasse quando cercai di chiamarla. Per *gridarle* di tornare indietro.

I miei si stavano di nuovo avvicinando al tavolo. Mio padre con un sorriso soddisfatto, mia madre guardandomi dritto negli occhi, l'espressione perfettamente impassibile, accanto a Ross e Melinda Wilkinson.

Al loro fianco c'era Xavier.

Di colpo la temperatura nella stanza scese di un centinaio di gradi. Mi venne la pelle d'oca, poi il sangue defluì dal mio corpo e mi lasciò debole e rigida.

Indossava un completo scuro con una cravatta grigia. I capelli neri pettinati all'indietro luccicavano sotto le luci della sala. I suoi grandi occhi scuri mi squadrarono dall'alto in basso, un flebile sorriso sulle labbra. Era bello in un modo vampiresco. Pericoloso e sexy, ma pur sempre un mostro che ti succhiava la vita e ti lasciava mezza morta.

Finché poi non torna a finirti.

Lo fissai senza fiato. Un iceberg piantato nel mio petto.

«Willow, tesoro» esordì mio padre con più sicurezza di prima, come se adesso si trovasse nel proprio territorio. «Ricordi i Wilkinson? Ross, Melinda e loro figlio, Xavier?» mi chiese tutto raggiante. «Xavier si è appena laureato ad Amherst e sta per intraprendere la carriera politica.»

«È bello rivederti, Willow» s'inserì Xavier con un tono di voce basso e calmo. Io mi limitai a fissarlo, e in quel silenzio il suo sorriso vacillò un po', infastidito.

Mia madre ci guardò entrambi, la bocca leggermente aperta.

Le gambe mi tremavano quando mi alzai in piedi senza smettere di guardare Xavier. Se avessi sbattuto le palpebre o distolto lo sguardo, mi avrebbe ghermita e dilaniata.

«Che ci fai qui?» riuscii a dire con i denti che battevano.

Papà si chiarì la voce. «Rientra nella sorpresa di stasera. Martin Ford è qui? No? Be', allora puoi riferirgli la notizia appena arriva.»

«Daniel» intervenne mia madre, la voce strozzata. «Posso parlarti un attimo?»

«Tra un momento, cara.» Papà si mise le mani dietro la schiena, come faceva quando parlava agli azionisti. «Willow, stavo parlando al signor Wilkinson del tuo impegno con il teatro comunale di Harmony. Ho fatto analizzare dalla mia segretaria tutti i particolari dell'edificio e la sua situazione finanziaria. Sono lieto di informarti che i Wilkinson – a titolo della Fondazione Wexx per le opere di beneficenza – hanno accettato di investire nel progetto. Ci assicureremo che l'intero quartiere venga preservato e mantenuto, e nomineremo Martin Ford direttore artistico in perpetuo.»

Mi si offuscò la vista.

Non credevo che una sala del genere potesse essere più fredda. Xavier sembrava arrabbiato e nervoso adesso. Armeggiava con le mani in tasca e dondolava avanti e indietro sui talloni.

I Wilkinson diventeranno comproprietari del teatro comunale di Harmony.

Mi veniva da vomitare.

«Willow?» mi chiamò mio padre. «Stai bene? Credevo che saresti stata contenta.»

«Mi sembra un po' pallida, signor Holloway» commentò Xavier, e avanzò. «Probabilmente è sopraffatta dalla contentezza. Vieni a ballare con me. Dobbiamo recuperare il tempo perso.»

«Ma che magnifica idea» esclamò la signora Wilkinson.

«No» bisbigliò mia madre.

Xavier mi strinse il braccio con una mano. Per poco non mi misi a urlare. Mi *imposi* di farlo, ma mi sentivo frastornata e paralizzata. Lo shock della sua presenza e i miei ricordi offuscati di lui mi schiacciarono e confusero come una droga nel bicchiere.

Non riuscivo a parlare.

Mi mossi a malapena mentre Xavier mi guidava verso la pista da ballo. Mi sembrò che mia madre mi stesse chiamando. La sua voce flebile si perdeva in tutto quel trambusto reboante, lontana e irraggiungibile. Al piano stavano suonando *What I Did For Love* da *A Chorus Line* e Xavier mi avvicinò a sé.

«Non toccarmi» mormorai, rigida. «Mi metto a urlare...»

«Urlare?» La sua espressione era serena e imperturbabile, ma gli occhi confusi. «Willow, che succede? Dal modo in cui mi hai guardato credo che ci sia stato un malinteso sull'ultima volta che ci siamo parlati.»

«Un malinteso?» riuscii a pronunciare. «*Parlati*? Noi... noi non abbiamo... *parlato.*»

«È per questo che sei dispiaciuta? Perché non ti ho richiamata dopo la festa?»

Trasalii. Il suo distaccamento dalla realtà era così sconcertante che lo comprendevo a malapena. Mi fece girare lentamente, e il mio corpo ne fu così disgustato che reagì con un conato di vomito.

Mi venne la pelle d'oca. Xavier in carne ossa, intorno a me, con un completo elegante, sorridente, che parlava e viveva. Che si laureava e pianificava il futuro. Senza incubi notturni. Dormendo su un letto invece che sul pavimento, senza marchi a inchiostro nero sulla pelle, a mostrarmi cosa fosse una "vita normale".

Ero disgustata fino al midollo.

Respirai e lo stupore drogato e oscuro colò fuori.

«Toglimi quelle cazzo di mani di dosso» gli intimai, furente di rabbia.

Immediatamente, serrò la presa con una mano, mentre con quella sul mio fianco mi tirò a sé.

«Credo che ci sia stato un malinteso su quella sera e credo che dovremmo parlarne» replicò Xavier, che manteneva un sorriso di facciata per tutti quelli che ci stavano guardando. «Sono disposto a parlarne. Purché tu la smetta con questa scenata.»

«Mi hai violentata.»

Raggelò e sbatté rapidamente le palpebre, poi scosse la testa. «Chiedo scusa?»

«Hai sentito bene, razza di uno stronzo sadico. Quando se ne sono andati tutti, mi hai messo qualcosa nel bicchiere e mi hai portato in camera. Non ricordo tutti i dettagli, ma ecco cosa mi ricordo. Avevi mangiato arachidi. Il tuo fiato sapeva di arachidi quando hai cercato di baciarmi. Ancora oggi l'odore del burro d'arachidi mi dà la nausea. Avevo dei lividi sul collo, dove mi avevi stretto. Con una o tutte e due le mani? Avevi bisogno anche dell'altra mano per domarmi?»

«Willow, tutto questo è assurdo...»

«Ricordo che eri steso sopra di me, e mi schiacciavi. Io non riuscivo a muovermi, non respiravo, non potevo parlare. Credevo che sarei morta. Era la mia prima volta. Lo sapevi? Lo hai visto il sangue la mattina dopo? Sei almeno rimasto così a lungo? Ne dubito, altrimenti avresti cancellato le tracce. Le prove erano dappertutto. Sul letto e sui miei vestiti. Per tua fortuna, mi sono sentita così degradata e umiliata e *violata* che mi sono sbarazzata di tutto.»

I suoi occhi si incupirono, come quelli di un serpente pronto ad attaccare. «Non ho idea di cosa tu stia parlando. Ti ho offerto qualcosa da bere perché eri nervosa da morire. Stavo cercando di farti rilassare.» Si avvicinò ancora di più. «Avevi bevuto parecchio quella sera e lo hanno visto tutti.»

«Non avevo bevuto così tanto.»

«Conta qualcosa? Mi ballavi appiccicata, mi strusciavi il culo addosso. L'hanno visto tutti. Chi potrebbe sapere che non eri così disponibile anche a letto? Magari eri nervosa per la tua prima volta e avevi bevuto per allentare la tensione.»

Impallidii e mi si chiuse la gola. «Sei disgustoso.»

Scoppiò a ridere. «Non te lo ricordi? Ho una certa foto che di sicuro ti aiuterà a ricordarti quanto mi desiderassi...»

Mi sforzai di restare calma e mi tenni a distanza da lui. «Lo so che verrò attaccata per quella foto.

La gente potrà non credermi perché ci ho messo così tanto a denunciarti, ma ti *denuncerò*. Mi dai il voltastomaco. Guardarti in questo momento mi fa stare male fisicamente.»

Xavier contrasse la mascella. «Ti suggerisco di smetterla di parlarmi in questo modo. E ti suggerisco di smetterla con questa storia disgustosa che ti sei inventata.»

«Altrimenti?»

«Distruggerò te e la tua famiglia.»

«La mia famiglia è già distrutta. Non puoi ferirmi ancora. Sono stata sull'orlo del baratro e sono risalita *due* volte per quello che mi hai fatto.»

«Sei patetica. Io non ti ho fatto niente. Stai avendo dei ripensamenti. Stai rimpiangendo di avermi scopato, e così ti inventi la balla che ti ho violentata. Ho intenzione di candidarmi. Di diventare senatore. Se pensi di macchiare la mia reputazione con questa patetica storia di vendetta, tu...»

«La tua reputazione è che sei uno stupratore» sbottai. «E io ho smesso di lasciarmi soffocare viva dalla tua X. È finita.»

Strattonai il braccio, ma lui mi girò il polso contro il suo petto e temetti che me lo spezzasse.

«Forza, avanti» sibilò. «Vediamo se ti credono. Non sperarci. Nel frattempo, io chiederò a mio padre di comprare quel maledetto teatro. E una volta comprato, lo farò radere al suolo finché non resterà solo un cumulo di macerie.»

Il mio cuore s'inceppò per un attimo, poi ripartì. «Cosa? No...»

Adesso Xavier aveva un largo sorriso sulle labbra, nonostante il sospiro di sollievo che gli era uscito dal naso. «Non ci avevi pensato, eh? Demolirò il tuo prezioso teatro e lo ridurrò in polvere. E se il comitato storico di Harmony cercherà di impedirmelo, mi comprerò anche quello. Mi comprerò tutto il fottuto quartiere e lo lascerò marcire. Chiuderò il teatro per sempre.»

«Non puoi» annaspai. «Appartiene alla storia della città...»

«Fanculo la storia della città. Questo è quello che succederà se osi minacciarmi. Ci siamo capiti?» Mi afferrò per il mento. «Salva il tuo teatro, Willow. Salvalo e tieni per te la tua storiella, perché nessuno ti crederà comunque.»

Allentò la presa e le sue dita tornarono morbide e carezzevoli.

«E lo sai bene.»

Non riuscivo a muovermi né a parlare. Il peso gelido era tornato e stavolta era pronto a schiacciare non solo me.

«Brava ragazza.» Xavier tornò allegro e sfoggiò un sorriso smagliante. «Torniamo laggiù e comportiamoci bene davanti ai nostri genitori.»

Mi trascinò fuori dalla pista. Le gambe mi tremavano.

«Sei molto bella stasera, comunque.» Mi si avvicinò mi sfiorò la guancia con le labbra. «Posso portarti qualcosa da bere?»

41

Isaac

Martin, Brenda e io ci avviammo in macchina verso l'Hotel Renaissance di Braxton, e Marty parcheggiò la sua vecchia Lexus in un posto libero sul retro. Eravamo in ritardo solo di quindici minuti, ma sembrava che metà Harmony fosse già lì.

Marty spense il motore, ma io non accennai a scendere.

«Forse non è una buona idea» ammisi. «Questa è una festa. Lei si sta divertendo. Poi mi presento io e...»

«E rendi la serata ancora migliore» concluse Marty.

«Come puoi esserne così sicuro?» gli domandai. «Ha tutto il diritto di odiarmi.»

«Ma non ti odia.»

«Le manchi» aggiunse Brenda con un sorriso, dopo essersi voltata dal sedile del passeggero.

Mi morsi il labbro. Questa situazione era peggio che sostenere un provino. In realtà, *era* un provino. Il più importante della mia vita, e se avessi rovinato tutto...

«Allora che faccio?»

«Entri» propose con tranquillità Marty.

«Entro, davanti ai suoi genitori, a Dio e a tutti?»

«Sì. E le chiedi di ballare.»

Mandai giù un groppo che mi era improvvisamente salito in gola. Finora, l'idea di toccare di nuovo Willow, di stringerla, baciarla, o anche solo guardarla da vicino mi era sembrata un sogno che svaniva a poco a poco mentre ti svegliavi. Finora ero riuscito a tagliare fuori una parte di me per poter andare avanti senza di lei. Ma ora che lei era lì...

«Non posso» risposi. «È passato troppo tempo. Non voglio che si senta pressata.»

«Magari è semplice come guardarla recitare in un teatro pieno» ribatté Brenda. «Entra dentro, lascia che ti veda, e parti da lì.»

«Sì, okay.» Annuii. «Mi pare una buona idea.»

Aprii lo sportello dell'auto. Il tempo di parlare era finito. Era ora di portare il culo là dentro e cercare la mia ragazza.

La tensione sparì non appena raggiunsi la festa e scorsi Willow. Era seduta con un gruppetto di persone: i suoi, un'altra coppia più anziana, Angie McKenzie e una donna che doveva essere sua madre. Willow se ne stava seduta, mentre tutti gli altri chiacchieravano, e sembrava pallida e rigida, praticamente immobile.

Qualcosa non va.

Il desiderio di correre da lei era forte, ma il cuore mi batteva all'impazzata nel petto, ed ero teso. Dovevo calmarmi, prendere un respiro, e agire in modo lucido.

«È circondata» informai Marty. «Vado al bagno. Voglio lavarmi la faccia con l'acqua fredda.»

O immergere la testa nel maledetto lavandino.

Percorsi la lunga e tortuosa strada per la toilette degli uomini in fondo alla sala. Il bagno era tutto grigio e cromato, e odorava di Old Spice. Un ragazzo dai capelli scuri e in completo stava facendo pipì agli orinatoi e fischiettava.

Andai a un lavandino e aprii l'acqua fredda. Il tipo si girò, si chiuse la cerniera e si avvicinò per lavarsi le mani. Aveva una faccia da schiaffi, gli occhi scuri. Mi lanciò un'occhiata, poi una seconda.

«Ehi» esordì, e mi puntò il dito contro. «Io ti conosco. Eri in quel film? *All the Way Down*?»

«*Long Way Down*» lo corressi mentre mi asciugavo il viso.

«Sì, giusto. Grande film. Hai spaccato di brutto.»

«Grazie.»

«Isaac… qualcosa, vero? Non sono bravo coi nomi.»

«Pearce» risposi mentre appallottolavo la carta. Speravo che quel tizio chiudesse la bocca e mi lasciasse un minuto in pace.

«Isaac Pearce, giusto» replicò, la fronte aggrottata. «Mi sembra di averlo già sentito. Il tuo nome mi suona familiare… Aspetta, tu sei di queste parti?»

Annuii. Il tipo sgranò gli occhi e mi sorrise con crescente consapevolezza. «Oh, merda, ora ricordo! Tu sei il ragazzo di cui mi ha parlato mio padre qualche anno fa. L'attore. La tua famiglia aveva una delle nostre pompe di benzina ad Harmony, vero? Quella che è esplosa?» Scosse la testa e rise. «Assurdo.»

Ogni muscolo del mio corpo si tese e il collo mi schioccò per guardarlo. «Una delle vostre pompe?»

«Wexx Oil & Gas. Mio padre è Ross Wilkinson, l'amministratore delegato» aggiunse e mi porse la mano. «Mi chiamo Xavier.»

Lo fissai.

Xavier. X. Lui. Lo stupratore. In piedi davanti a me. Sorridente. *Fischiettante.* A piede libero come se non fosse successo nulla, mentre Willow aveva sofferto per *anni*...

Abbassò la mano. «Ehi, senza rancore» chiarì. «Non è che perdendo una stazione di servizio siamo andati in rovina...»

Gli andai incontro, lo afferrai per i lembi della giacca e lo strattonai. «Tu...» ringhiai, il sangue che mi pulsava nelle tempie. «Sei stato tu...»

Adesso gli occhi di Xavier erano strabuzzati per la paura, a pochi centimetri dai miei. «Ma che cazzo...?»

Mi sforzai di calmarmi e di ricordare le parole di Willow. Che fargli del male non l'avrebbe aiutata a stare meglio, anche se ogni nervo del mio corpo gridava vendetta, voleva picchiarlo, fargliela pagare per quello che aveva fatto...

Lo lasciai andare con uno spintone. Andò a sbattere contro il lavandino e io mi girai, poi mi passai le mani tra i capelli e respirai affannosamente.

«Ma che problemi hai, amico?» eruppe Xavier, e si sistemò la giacca.

«Io ti conosco» spiegai con il dito puntato contro di lui. «Io ti conosco, cazzo... so quello che hai fatto. A lei.»

«A chi? Non so di cosa tu stia...»

«A Willow» abbaiai. «Quello che hai fatto a Willow Holloway.»

Xavier sgranò gli occhi e adocchiò la porta alle mie spalle. «Senti, amico» cominciò, con i palmi delle mani sollevati. «Non so cosa ti abbia raccontato lei, ma...»

«Tutto. Mi ha raccontato tutto.»

Il sorriso falso sparì dalla sua faccia, la voce un po' nervosa. «Ti ha raccontato tutto? Anche che mi aveva inviato una foto delle sue tette? Ce l'ho nel telefono. Non l'ho ancora caricata online per permettere al mondo intero di masturbarcisi sopra, ma lo farò. Lo farò, cazzo, quindi togliti dalle palle!»

Cominciò a venirmi incontro. Con calma gli piantai le mani sul petto e lo spinsi indietro. Non avevo un piano; la testa non ragionava, tanto era un groviglio di emozioni. Ma lasciarlo uscire da quel bagno per tornare nella stessa stanza in cui c'era Willow era fuori questione.

«Tu devi andare in galera.»

«Fottiti» sbottò, la voce adesso venata di paura. «È meglio che tu stia attento, amico. Ti denuncerò e ti toglierò fino all'ultimo centesimo.»

«Correrò il rischio.»

Xavier sbuffò una risata e poi mi colpì con un destro improvviso sulla mascella. Incassai il colpo, la testa fu sbalzata di lato, e il dolore era come una miccia che bruciava. Persi il controllo. Vedevo solo quel bastardo sopra di lei, che la soffocava, la bocca e il corpo premuto addosso...

Willow...

Lo colpii in faccia con un destro.

Le nocche gli atterrarono sullo zigomo, e lui vacillò. Il dolore della pelle escoriata mi salì fino al gomito.

Xavier barcollò all'indietro, si toccò la faccia ed esaminò il sangue sulle dita. «Per questo» commentò, «finirai in tribunale. È ora di andare in galera. Per te.»

«Continui a ripeterlo» ansimai. «E io ribadisco, che non me ne fotte un cazzo. Potrei ucciderti per quello che le hai fatto...»

«Oh, andiamo» replicò. «Lo sai come sono le femmine. Ti provocano fino a fartelo diventare duro e poi ti rispediscono a casa. Basta con queste stronzate. Lei lo voleva. Tutte lo vogliono. Devi solo fare il loro gioco. Prendere un po' di iniziativa.»

Iniziativa.

Mi lanciai addosso a lui, lo placcai sul linoleum duro e finimmo in un groviglio di pugni e giacche sul pavimento del bagno. Mi colpì sull'occhio destro. Io sul naso. Mi accorsi vagamente della porta che si stava aprendo. Sentii dei passi intorno a noi, qualcuno che ci gridava contro. Ero sopra Xavier. Lo tenevo giù, le mani intorno alla gola, e stringevo.

«Cosa si prova?» sbottai furioso. «Non respiri? Immagina di provare questa sensazione *per anni*, maledetto figlio di puttana.»

Un paio di mani mi staccarono da lui e mi allontanarono. Xavier si rimise in piedi barcollante, una mano alla gola, mentre con l'altra mi puntava il dito contro. Con gli occhi spalancati, si rivolse alla folla in aumento all'interno del bagno.

«Ha cercato di uccidermi. L'avete visto! Qualcuno chiami la polizia.»

Uno degli spettatori aveva già tirato fuori il telefono, un altro stava scattando delle foto.

Xavier girò la testa verso di me. «Sei finito. Hai chiuso con Hollywood. Andrai in prigione.»

Le sue minacce non significavano niente. Ne avevo abbastanza di lui. Avevo bisogno di Willow. Non contava altro.

Mi aprii la strada a spintoni tra la folla nel bagno. Xavier mi gridò dietro, ma io continuai a camminare ed entrai nella sala.

Lei era seduta su una sedia, ancora immobile e in silenzio, come una bella statua, con Angie e sua madre accanto. Adesso sembravano tutti preoccupati, incerti su come comportarsi. Le rivolgevano delle domande ma lei non rispondeva.

Quando arrivai a una decina di metri, rallentai e feci quello che mi aveva consigliato Brenda. Lasciare che lei si accorgesse di me. Lasciare decidere a lei.

Willow alzò lo sguardo lentamente e i nostri sguardi si incontrarono. Rimasi pietrificato. All'improvviso, il peso di tre anni sembrava impossibile da sostenere oltre. Era opprimente. Tutto ciò che ci circondava svanì quando si alzò in piedi e abbandonò il cerchio protettivo in cui l'avevano chiusa Angie e la madre.

Camminai verso di lei e lei verso di me, finché non ci ritrovammo faccia a faccia.

Mi scrutò, e sollevò esitante le dita sulla ferita al labbro, e su un'altra all'angolo dell'occhio.

«Isaac» mormorò.

«Ciao, piccola.»

Era così bella. Pallida, ma composta. Avrei potuto mettermi a piangere, perché i suoi occhi non erano pieni di rabbia o odio, ma d'amore. Mi amava ancora.

«Sei qui?» sussurrò.

Deglutii a fatica. «Sono qui.»

Chiuse gli occhi per un istante, aggrottò le sopracciglia e schiuse le labbra per liberare un piccolo sospiro di sollievo che solo io potei sentire. Percepivo le domande e il dolore crescente dentro di lei. Mi amava ancora, ma questo momento era solo l'inizio di qualsiasi cosa fosse rimasta tra noi.

Xavier uscì a grandi passi dal bagno nel momento in cui la polizia entrò dall'ingresso della sala. Gesticolò per attirare l'attenzione degli agenti, gridò e si strinse la gola, mentre mi indicava freneticamente. Tutti si girarono a guardare.

«Arrestate quel tizio. Mi ha assalito nel bagno. Ha cercato di uccidermi.»

Con calma, Willow si allontanò e raggiunse Xavier. Ebbi l'impulso di afferrarla, riportarla al sicuro, ma la lasciai andare. La osservai mentre si posizionava davanti a lui. Inclinò il mento, sollevò la mano e gli mollò uno schiaffo. Forte.

Il colpo risuonò come uno sparo, riverberò tra la folla e lasciò tutti a bocca aperta. Si levò un mormorio.

La testa di Xavier scattò di lato per la forza dell'impatto e sulla sua guancia comparve subito l'impronta rossa della mano di Willow.

«Maledetta puttana» esclamò lui furente di rabbia, e tutti di nuovo spalancarono la bocca. «È finita. Considera il tuo prezioso teatro sparito. Io...»

«Sì, è finita» ribatté lei, la voce incredibilmente calma. «Finalmente. È finita.»

Willow si girò dandogli la schiena e tornò da me, mi afferrò la mano e mi condusse dai suoi genitori e dagli amici. Marty e Brenda si erano uniti al tavolo. Erano tutti sconvolti.

«Isaac, questi sono i miei genitori, Dan e Regina. Mamma, papà, lui è Isaac Pearce. Tre anni fa, ha contribuito a salvarmi la vita. Mi ero ubriacata e così gli ho raccontato la mia storia. Poi l'ho raccontata ad Angie e a Bonnie. E adesso la racconterò anche a voi. Isaac non mi ha mai fatto del male. Mai. Lo avevate sorpreso in casa e mi avete minacciato di consegnarlo alla polizia. Ma ve la siete presa col ragazzo sbagliato. Il colpevole era Xavier. L'estate prima dell'ultimo anno di superiori, organizzai una festa mentre voi due non c'eravate. E a quella festa, Xavier Wilkinson mi ha violentata.»

La osservai mentre lasciava uscire la verità dalla sua bocca. Un veleno potentissimo che aveva tenuto dentro per tre anni, per paura dell'effetto che avrebbe potuto avere sulle persone che amava. L'espressione dura del padre vacillò e si contorse per l'orrore e lo shock. Il volto pallido della madre sbiancò completamente. Regina strinse gli occhi, poi si lasciò andare in un languido pianto straziato, e si precipitò ad abbracciare Willow.

«Oh, tesoro. Il mio tesoro. La mia dolce bambina, mi dispiace così tanto...»

La strinse forte, le accarezzò i capelli, poi si staccò, e continuò a piangere e scuotere la testa, la mano premuta davanti alla bocca. Anche Angie e Bonnie si avvicinarono al fianco di Willow, mentre Xavier, che si era riunito con i suoi genitori, attraversò la sala con i poliziotti al seguito.

«È lui» annunciò, e mi indicò. «Arrestatelo.»

«Sei stato tu ad aggredirlo?» mi domandò uno degli agenti, e mi mostrò i segni delle dita sul collo di Xavier.

«Sì» rispose Xavier. Poi si voltò verso il tipo che era entrato nel bagno. «Tu l'hai visto, no?»

Il tipo annuì. «Lo teneva bloccato a terra.»

L'agente osservò la mia faccia livida e sanguinante, le nocche gonfie, e fece un cenno al suo compagno. I due mi fecero girare, mi bloccarono le braccia dietro la schiena e prepararono le manette.

Si levarono una serie di urla da tutte le parti.

«Che state *facendo*?» gridò Angie. «Isaac stava solo difendendo Willow. Non è lui il...»

Marty mostrò i palmi nel tentativo di placare la situazione. «Aspettate un momento, agenti...»

La voce di Ross Wilkinson spiccò tra tutte. «Daniel, in nome di Dio, che sta succedendo qui?»

Dan Holloway non rispose, ma si voltò lentamente a fissare Xavier.

Xavier se ne stava lì, con la mano di Willow stampata su metà della faccia, a mo' di scottatura. Un marchio sulla sua pelle, rosso e nitido, in bella mostra.

Con un movimento rapido, Dan si sbloccò dalla sua immobilità e buttò a terra Xavier, trascinandosi dietro due sedie. Un tavolo traballò, e il centrotavola cadde sul pavimento.

Uno degli agenti si lanciò nella mischia e tirò via il padre di Willow da Xavier. Ross si frappose in difesa del figlio. La signora Wilkinson si mise a urlare perché qualcuno "salvasse il suo bambino". Regina piangeva. Bonnie e Angie fissavano la scena e formarono una barricata protettiva davanti a Willow. Arrivarono altri poliziotti, a separare la gente e a impartire l'ordine di smetterla con la minaccia di trascinarci tutti in centrale. Sembrava la scena di un film. Ma Willow se ne stava immobile al centro della tempesta. Alla fine il suo sguardo si posò su di me, mentre un agente mi afferrava il braccio per portarmi via.

«Va tutto bene» mormorò, e si divincolò dai suoi amici per venire al mio fianco. «Andrà tutto bene.»

E le credetti.

Una volta alla centrale, mi fu ordinato di sedermi davanti a una scrivania. Rimasi seduto per dieci minuti, ancora ammanettato, ad ascoltare il brusio della stazione di polizia. Finché non arrivarono i Wilkinson, Ross che imprecava e la moglie avvinghiata al figlio.

Xavier era pallido, nonostante l'impronta della mano di Willow. Stava sbiadendo e virando al rosa, ma era ancora ben visibile.

Notai che somigliava a una W formata dal palmo e dalle dita.

Niente più sorrisetti strafottenti, minacce da spaccone o dita puntate. Se ne stava lì, fermo e buono, mentre suo padre urlava a chiunque fosse in ascolto che questa inutile città l'avrebbe pagata per questo oltraggio.

Willow e Regina entrarono nella stazione, seguite da Angie e da sua madre. Una poliziotta le accompagnò lungo un corridoio, in una stanza per interrogarle. Willow camminava con la testa alta. I nostri sguardi si incrociarono quando mi passò accanto con un flebile sorriso sulle labbra.

Sprofondai nella sedia, le manette strette ai polsi. Xavier non era ammanettato, ma quando mi superò insieme alla sua famiglia, ci guardammo. Nei suoi occhi vidi solo la sconfitta. Sembrava un uomo che veniva condotto nella camera a gas.

Finalmente, un ufficiale si sedette alla scrivania e scartabellò dei fogli. «A quanto pare la festa si è trasformata in un inferno» esordì. «Vuole raccontarmi cos'è successo?»

«Quattro anni fa» iniziai, con una calma freddissima. «Xavier Wilkinson ha fatto del male alla donna che amo. Mi sono sentito in dovere di comunicargli che questo è inammissibile.»

L'ufficiale annuì e si strofinò gli occhi. «Sì, la signorina sta denunciando il fatto in questo momento.» Allontanò le mani dalla faccia e sogghignò. «Quattro anni fa?»

«Se lei catturasse un assassino dopo quattro anni che ha commesso il delitto, vorrebbe che venisse lasciato a piede libero?» sbottai. «Ci andrebbe piano con lui? O sarebbe fottutamente contento della sua cattura e che non possa commettere di nuovo il crimine?»

L'agente mi guardò impassibile. Ero consapevole che la situazione non si sarebbe sistemata nel giro di una notte con qualche parolina giusta. Eppure, rimasi scioccato quando, venti minuti più tardi, il poliziotto mi tolse le manette e mi informò che ero libero di andare.

«Non sporgeranno denuncia?» gli domandai.

Lui mi lanciò un'altra occhiata. «Vuole che lo facciano? No, il suo compagno di scazzottata si è rifiutato di rilasciare una dichiarazione. È rimasto muto come un pesce. È libero di andare.»

Raggiunsi l'ingresso della stazione di polizia e mi strofinai i polsi. Brenda era seduta su una sedia, mentre Marty camminava avanti e indietro, passandosi le mani tra i capelli. Si fermò quando mi vide.

«Gesù, Isaac, che è successo? Che sta succedendo?»

Prima che potessi rispondere, apparve Angie, gli occhi gonfi e arrossati, aggrappata alla madre.

«Dov'è Willow?» le domandai.

«Sta tornando a casa» m'informò. «È stanca morta e vuole rimanere da sola. La stanno accompagnando i suoi. Sono usciti dal retro.»

Avanzò di un passo verso di me. «Ha raccontato tutto. Non so a quanto possa servire. Quello stronzo e i suoi genitori hanno promesso che si difenderanno con tutte le armi a loro disposizione. Ma l'ha fatto.»

Annuii. Avrei voluto rispondere che ero contento, ma la battaglia non era ancora finita. Era praticamente appena cominciata.

«Willow mi ha chiesto di riferirti un messaggio» aggiunse Angie. «"Secondo atto, seconda scena".» Inclinò la testa. «Tu sai che significa?»

Annuii, sollevato. «Sì, so perfettamente cosa significa.»

Significava che avevamo ancora una possibilità.

42

Willow

Il viaggio da Braxton al cottage procedette in silenzio. Ero seduta sul sedile posteriore della BMW di papà, con mamma al mio fianco, tutte e dieci le mie dita intrecciate alle sue. Ormai mi sembrava che le mie mani non si staccassero dalle sue da ore. Lei non aveva interrotto il contatto fisico da quando avevamo lasciato l'Hotel Renaissance per seguire Isaac alla centrale.

Isaac...

Era apparso alla festa e all'inizio non avevo nemmeno capito cosa stessi guardando. Il mio incubo peggiore, Xavier, seguito dal desiderio più grande del mio cuore. Avevo notato il volto escoriato e sanguinante di Isaac, ma in mezzo al turbinio caotico delle mie emozioni avevo immaginato che si trattasse delle ferite di battaglia lasciate da tutto ciò che era successo fra di noi. Poi, come un colpo di scena, la polizia era arrivata lì per ammanettarlo, mentre le mani di Xavier continuavano a essere libere. Era stato in quel momento che la calma mi aveva pervaso, la tipica calma di quando sapevi esattamente come agire. Le minacce di Xavier di distruggere il teatro erano riuscite a farmi chiudere nel mutismo per qualche minuto, ma l'arrivo di Isaac mi aveva liberato. Se volevo essere felice, dovevo sputare fuori il veleno. Il prezzo da pagare per restare in silenzio era troppo alto, non solo per me, ma per ogni ragazza che Xavier poteva aver stuprato o che avrebbe potuto stuprare in futuro.

Con mamma intenta a tenermi la mano per tutto il tempo, avevo raccontato la mia storia alla polizia, con le mie parole. Senza ricevere nessuna ovazione alla fine. Nessuno scroscio di applausi. Ma mi ero sentita meglio. Più pulita. La pelle liberata da anni di inchiostro nero, lavata completamente. Il buio che si diradava, la mia fiammella alta e luminosa.

Immaginai di aver reso orgogliosa mia nonna.

Quando papà accostò vicino alla mia casetta, sentii tutta la spossatezza nelle ossa.

«Sei sicura di voler stare da sola?» mi domandò mamma, mentre mi accompagnavano alla porta. «Non so se sia una buona idea. Daniel, che ne pensi?»

«Può decidere da sola» rispose papà, la voce roca e bassa. «È libera di scegliere.»

La fioca luce nel portico li faceva sembrare stanchi. Ciò che era accaduto quella sera, più che una bomba, somigliava a un sasso lanciato in uno stagno. Le increspature si sarebbero propagate lentamente, sempre di più. Magari, un giorno, Xavier ne avrebbe subito l'impatto. Magari no. Al momento, c'erano i miei genitori nell'epicentro del danno.

«È libera di scegliere» ripeté papà.

«Mi dispiace» mormorò mamma. Il mascara sbaffato sotto gli occhi. Nere lacrime secche le rigavano una guancia. I capelli erano scompigliati.

«Dio, sono un disastro» commentò.

«A me piaci di più così.»

Mia madre mi abbracciò e mi strinse forte. «A me sembrava di saperlo. Lo sospettavo.»

Chiusi gli occhi.

«Ero talmente spaventata che non ho voluto parlarti. Non per via del lavoro di papà, quella era una scusa. Avevo paura di deluderti. E infatti così è stato. Quello che ho dentro in questo momento… è la peggior sensazione che abbia mai provato. Non ti ho protetta, e mi dispiace. Ti ho deluso e mi dispiace così tanto.»

«Va tutto bene, mamma.»

«No, invece. Non va per niente bene.»

«Vedrai che si sistemerà tutto.»

Si staccò dall'abbraccio. Papà avanzò e si schiarì la voce.

«Mi dispiace, papà» commentai. «Probabilmente perderai il lavoro.»

«Ho chiuso con loro. E tu non devi scusarti proprio di niente.» Contrasse la mascella. «Willow…»

Percepii che l'enormità di quello che era successo fra noi adesso gravava anche sulle sue spalle. Non sapeva come affrontare la situazione. Non c'erano promemoria da scrivere o ordini da inviare.

«Ne parliamo domani, va bene?» lo rassicurai. «Ora è tardi e siamo tutti stanchi. Cerchiamo di dormire un po'.»

Notai le sue spalle rilassarsi, ma si sforzò di guardarmi.

«Sono così orgoglioso di te» mi informò. «E io... io spero che non sia troppo tardi.»

Sorrisi e gli diedi un bacio sulla guancia. «Non è mai troppo tardi.»

All'interno del mio piccolo cottage, rimasi ferma immobile per qualche attimo, a respirare. Il fardello che mi ero trascinata dietro per così tanto tempo era diventato più leggero. Si era dimezzato. Riuscivo di nuovo a respirare. Eppure, avevo ancora un vuoto nel cuore che non dipendeva dal mio brutto passato, ma dal mio futuro.

Sentii bussare alla porta.

Il mio futuro.

Isaac era in piedi nel portico, le mani in tasca, le spalle curve. Si era ripulito il sangue dalla faccia, ma aveva un livido blu e viola intorno all'occhio destro e un piccolo taglio nell'angolo del labbro inferiore.

«Ehi» esordì.

«Ciao.»

«È tardi. Devi essere stanca morta. Ma volevo assicurarmi che stessi bene.» Sollevò lo sguardo. «Stai bene?»

«Sì» risposi. «Sto bene.»

Annuì. «Okay. Bene.»

«Vuoi entrare?»

«Sì.»

Aprii un po' di più la porta e lui entrò in casa. Una folata di colonia e vestiti costosi mi inebriò, al posto dell'odore di benzina e sigaretta. Provai una fitta di paura al pensiero che l'Isaac che conoscevo non esistesse più. Che i tre anni a Hollywood lo avessero trasformato in qualcuno di diverso.

Mi chiusi la porta alle spalle. «Ti va di bere qualcosa?»

«No, grazie.»

«Hai smesso di fumare?»

Annuì.

«Sono contenta. Anche se mi manca un po' l'odore di sigaretta.» Deglutii. «Mi sei mancato.»

«Mi sei mancata anche tu, Willow. Tantissimo.»

Restammo a guardarci per un momento. Adesso che il caos della serata era finito eravamo rimasti solo noi due e il nostro silenzio lungo tre anni.

«Non so cosa dire» dichiarò alla fine. «Non so da dove cominciare o come *ricominciare*... non so se è quello che vuoi.»

«Quello che voglio...» replicai, e alzai e abbassai lo sguardo mentre le lacrime cominciavano già a scendere. «Voglio raccontarti cosa è successo veramente.»

«Non sei obbligata» rispose Isaac.

«Ma ti ho ferito anch'io. E mi dispiace, Isaac, ma non lo rimpiango. Era l'unico modo che avevo a disposizione per proteggerti.»

«Lo so. Marty mi ha raccontato delle minacce di tuo padre. Mi ha pregato di non rivangare tutta quella merda. Perché ti farebbe stare troppo male. E ha ragione. L'ultima cosa che voglio al mondo è ferirti.» Gli luccicavano gli occhi, la voce roca. «Di nuovo.»

«Ti credo» commentai lentamente. «Ma...»

«Ma cosa?» mi chiese, il volto pallido.

«Ma non è questo che mi spaventa» aggiunsi, e l'incubo di quel primo inverno senza di lui si palesò di nuovo. «Il silenzio, Isaac. Il silenzio mi spaventa. Tre anni...»

Isaac si mise la mano sul cuore, come se le mie parole lo avessero pugnalato. Si afferrò la maglietta, il dolore che gli stravolgeva la faccia. «Lo so» ammise con voce strozzata. «Mi dispiace così tanto, Willow. Giuro su Dio che mi dispiace tantissimo.»

Scossi la testa, il cuore dolorante. «Lo so che è il tuo modo di reagire alle situazioni» spiegai. «Hai sofferto anche tu. Ma se mi chiedi cosa voglio, allora te lo spiego. Voglio te. La tua presenza. La tua *voce*. Sentirmi connessa a te. Non sentirmi mai più tagliata fuori. Anche se la storia tra noi non dovesse funzionare, io non posso ritrovarmi con... assolutamente niente. Non posso.»

«Non succederà» mi rassicurò, la voce ferma. «Non succederà, mai più. Lo giuro. Non smetterò mai di starti vicino, di parlarti, di raccontarti come mi sento ogni giorno. Perché l'unica certezza che ho è quanto ti amo. E quanto mi dispiace aver aggiunto altra sofferenza a quella che già ti portavi dietro.» Tossì, poi contrasse la mascella. «Tu sei così maledettamente coraggiosa, Willow. Più coraggiosa di chiunque io conosca. Più coraggiosa di me. E il tuo comportamento di stasera...» Scosse la testa. Poi si immobilizzò. Deglutì a fatica, e sollevò lo sguardo su di me per prepararsi a qualcosa. «Ti ho persa?»

La mia faccia si contrasse tutta per lo sforzo di trattenere le lacrime. Scossi la testa finché non ritrovai la voce.

«Tu non puoi perdermi, Isaac» risposi con un filo di voce. «Tu sei il mio *finché*. Quello che rimette tutto a posto.»

Isaac sostenne il mio sguardo per un momento, poi abbassò la testa. «Cristo...»

Andai verso di lui per stringerlo tra le mie braccia, con le lacrime che adesso sgorgavano libere, ma lui si mise in ginocchio. Mi circondò la vita con le braccia, affondò il viso sulla mia pancia e mi strinse forte, le spalle che tremavano.

«Mi dispiace, piccola» ripeté all'infinito. «Ti amo tantissimo, e mi dispiace molto.»

Scoppiai a piangere e mi chinai per toccarlo. All'inizio esitai, con le dita nei suoi capelli per ricordarne la morbidezza. Poi mi spostai sulla sua schiena e continuai a ricordare. Le sue spalle, e ricordai. Mi inginocchiai anch'io e spostai le mani sul suo viso per studiare ogni centimetro di lui, e ricordare.

Le lacrime erano pioggia nei suoi tempestosi occhi grigio-verdi. Una tempesta di sofferenza e rimpianti e di tre anni persi. Ma sotto tutto questo, c'era l'amore.

L'amore c'era già prima.

«Dispiace anche a me» mormorai. «Ti amo. Non smetterò mai di amarti.»

Isaac sollevò le mani per afferrarmi il viso. I palmi aperti mentre ricordava. La sua voce rotta che avvolgeva il mio nome.

E mi baciò.

Isaac...

Mi sfuggì un piccolo ansito quando un verso emerse dal profondo del suo petto.

Dio, era lui.

Chiusi gli occhi al ricordo della sensazione della sua bocca sulla mia. Una dolce estasi. Un dare e avere di lui per me, e di me per lui. Mi persi nel suo sapore, lacrime salate e un lieve retrogusto di sangue. L'abisso fra di noi alla fine si richiuse e gli permise di tornare da me con un'ondata di ricordi sensoriali.

Le serate passate nella penombra del teatro, a enunciare versi scritti centinaia di secoli prima ma intrisi di emozioni moderne. Il blocco di cemento all'anfiteatro e le sue mani che mi aiutavano a scendere e mi toccavano per la prima volta. Il profumo di piante nelle narici mentre ci baciavamo nel labirinto. Il cimitero dove gli avevo raccontato la mia storia e dove lui l'aveva assorbita senza tirarsi indietro o pensare che meritassi compassione. E il nostro ballo sulla collina, Harmony ai nostri piedi, immersa nella notte. Ci baciammo mentre le lacrime ci scendevano dagli occhi.

Ci baciammo nonostante respirassimo a fatica, stretti in un abbraccio, aggrappati l'uno all'altra perché era impossibile lasciarsi andare. Ci baciammo finché lo sfinimento della serata fu ormai troppo da sostenere. Isaac si lasciò cadere sul divano e mi trascinò con sé. Mi ritrovai seduta in braccio a lui, la testa appoggiata al suo petto, l'orecchio sul suo cuore. Mi stringeva forte e io mi tenevo al retro della sua camicia.

«Sono stanchissima» commentai.

«Lo so, piccola. Anch'io.»

«Andiamo a letto.»

Lo portai in camera. Ci separammo giusto il tempo perchè io mi togliessi il vestito e infilassi una maglietta sopra la biancheria. Quando uscii dal bagno, trovai Isaac in boxer e t-shirt. Come quella sera di tre anni prima. Solo che stavolta niente e nessuno ci avrebbe svegliato nel cuore della notte per allontanarci. Ci rannicchiammo sul fianco, uno di fronte all'altra, le dita e le gambe intrecciate. Ci baciammo, finché la stanchezza non ebbe il sopravvento su Isaac, le sue labbra ancora appoggiate alle mie.

«Ti sei addormentato addosso a me» mormorai contro la sua bocca. «Mentre mi stavi baciando.»

Lo osservai per qualche attimo, poi mi girai e premetti la schiena contro il suo petto.

«Willow» mormorò sul mio collo.

«Credevo che dormissi.»

«Stavo riposando gli occhi.»

Emisi una risata gutturale, troppo stanca per fare altro.

«Devo confessarti un segreto» aggiunse. «Molto importante.»

«Mmm?»

«Amerò solo e soltanto te.»

Quando aprii gli occhi la luce del giorno inondava la stanza. L'orologio segnava le dieci del mattino. Non avevo mai dormito così tanto in vita mia.

Ero ancora aggrovigliata a Isaac, il suo corpo premuto al mio, che mi stringeva. Mi accoccolai ancora di più e gli accarezzai le braccia, tracciando le parole del tatuaggio sull'avambraccio sinistro:

Io brucio. Languo. Muoio.

Continuai a percorrerlo con la punta delle dita e scesi fino alle nocche sbucciate. Una volta gli avevo spiegato che picchiare Xavier non sarebbe servito a niente. Adesso, mentre osservavo le sue ferite, non potei evitare di pensare che fossero la prova fisica che Isaac avrebbe fatto del male a chiunque lo avesse fatto a me, incluso se stesso.

«Basta sofferenza» sussurrai, e gli baciai le nocche.

Lui si mosse e mi sfiorò il collo con le labbra.

«Mi piace la tua casa» commentò. «Ti ci vedo bene dentro. Sembri proprio appartenere a questo posto.»

Girai la testa per guardarlo. «E tu? Tu a cosa appartieni?»

«A te. Se mi vuoi.»

«Tantissimo.» Lo baciai sulle labbra, sul taglio nell'angolo, sul mento. «Ma saresti felice qui? E che ne sarebbe della tua carriera? E di Hollywood?»

«Ho chiuso con Hollywood. Ho ottenuto quello che volevo e addio. Non ci tornerò.»

«Broadway?»

«Per me o per te?»

Mi coprii la faccia. «Oh mio dio, non per *me.*»

Mi allontanò le mani dalla faccia. «Sì, per te, invece. Sei magnifica, piccola. Il mondo deve saperlo. Ma non c'è fretta. Posso stare qui. *Voglio* stare qui. Ho visto Harmony attraverso i tuoi occhi e...» Alzò le spalle. «È la mia casa. Voglio costruirmi una vita con te, qui.»

«Davvero?»

«Giuro.» Mi sorrise. «Marty ci ha già scritturati per il prossimo dramma di Shakespeare.»

Abbassai lo sguardo. «Potrebbe non esserci più un teatro, Isaac. Xavier ha minacciato che lo avrebbe comprato e poi raso al suolo.»

Lo sguardo di Isaac si incupì. «Lo comprerò io.»

Sgranai gli occhi. «Puoi permettertelo?»

Mi strinse ancora di più. «Posso. E lo farò. Lo comprerò e lo donerò a Marty. O mi organizzerò con la città in modo che lui possa gestirlo finché vorrà.»

«Oh mio Dio, sarà felicissimo.»

«E tu? Voglio che sia felice anche tu. Sarà sempre così per il resto della mia vita.»

Feci scivolare il palmo della mano sulla sua guancia. «Sono felice. In questo momento, non credo di poter essere più felice.»

Isaac inclinò la testa e mi baciò con passione. Sentii il suo corpo che si risvegliava contro il mio.

«Scusa» si affrettò ad aggiungere, ma io scossi la testa.

«Non scusarti.» Lo baciai di nuovo, con più foga. «Isaac, non voglio fermarmi stavolta.»

Si staccò leggermente per guardarmi. «Sei sicura?»

«Non sono mai stata più sicura.»

Mi baciò ancora e mi strinse più forte. Il mio corpo abbandonò tutte le vecchie paure e lasciò spazio soltanto al desiderio intenso di sentire Isaac in ogni modo possibile. Di essere avvolta completamente da lui, pelle contro pelle. Niente strangolamenti, ma solo abbracci. Sentirlo dentro di me, perché lo volevo.

Mi diede un bacio lento e profondo per comunicarmi che ci saremmo presi il nostro tempo. Fece scivolare le mani sulla mia schiena e tra i capelli. Gemette leggermente e mi strinse le folte onde nei pugni. Adoravo il modo in cui mi toccava. Come se non ne avesse mai abbastanza, ma avrebbe aspettato in eterno, se ce ne fosse stato bisogno.

Basta attese.

Feci scivolare le mani sul suo collo, poi sul petto e tornai di nuovo su, bramosa di lui. Non volevo smettere di baciarlo, ma avevo bisogno di guardarlo.

«Togliti questa» ordinai, e gli tirai la maglietta.

Se la sfilò dalla testa, la lanciò via e tornò a sdraiarsi, poi mi invitò a salire sopra di lui. Un brivido mi corse lungo la schiena di fronte alla sua bellezza pura e mascolina. Era mio, potevo toccarlo ed esplorarlo come volevo. Sfiorai la liscia superficie del suo corpo e scesi sui contorni dell'addome. Muscoli e vigore vibravano sotto le mie dita. Un'energia che mi attirava a lui e mi spingeva ad abbassarmi e a baciarlo con passione.

Mi tirò leggermente i capelli, poi portò le mani sui miei fianchi e scese sul sedere, dopodiché mi sollevò la maglietta. La sensazione delle sue mani mi riempì del desiderio di toccarlo ed essere toccata. Di donargli di più. Le nostre bocche recuperarono tutti i baci arretrati. Le nostre mani reclamarono ogni carezza persa. I nostri corpi si bramavano, famelici e disperati e bisognosi di essere saziati.

Mi sedetti su di lui e mi sfilai la maglietta. I capelli ricaddero liberi sulle spalle e sul seno. Isaac mi guardava, la gola che gli pulsava. Aspettai tremando, non di paura ma per la voglia di sentire le sue mani su di me. O la sua bocca.

O entrambe.

Si drizzò a sedere e mi spostò la massa di capelli dal collo. Alcune ciocche si erano appiccicate alla pelle umida, a mano a mano che il calore si propagava nella casa.

«Willow» mormorò mentre mi divorava con gli occhi, la pelle che mi bruciava nei punti in cui si posarono. «Dio, sei bellissima.»

«Toccami» mormorai.

Mi sfiorò i fianchi, poi mi accarezzò i seni. Sentii la sua pelle callosa sui capezzoli sensibili. Mi morsi le labbra e inarcai la schiena.

«Vieni qui» mi esortò.

Si sdraiò di nuovo e mi trascinò delicatamente con sé, in modo che potesse lambire un capezzolo con la lingua. Gemetti, una mano appoggiata alla testiera del letto, mentre lo succhiava e lo leccava. Poi lo addentò quel tanto che bastò a farmi ansimare, dopodiché passò all'altro seno. Continuò a servirsi della lingua per provocarmi un brivido caldo lungo la schiena che mi arrivò dritto in mezzo alle gambe. Un desiderio doloroso che cresceva sempre di più a ogni istante. Ruotai le anche contro la sua erezione, a separarci solo la sottile stoffa dei boxer e delle mie mutandine.

Un capezzolo in bocca, la mano sull'altro, stuzzicato dal suo pollice. Brividi di piacere sulla schiena. Mi staccai e scesi sul suo corpo per baciargli la bocca, il mento e poi il petto. Premetti le labbra sulla sua pelle calda e inalai il suo odore. Sotto la costosa colonia avvertii un lieve sentore di sudore per la zuffa della sera prima con Xavier, di sangue, e di tutto ciò che identificava Isaac.

Lo baciai sui muscoli che si tendevano sotto le mie labbra. Un piccolo gemito uscì dal suo petto, che si intensificò quando afferrai uno dei suoi piccoli capezzoli con i denti. Un'energia che non avevo mai sentito prima sgorgò in me.

Una voglia tremenda di dare e ricevere.

Infilai la mano sotto l'elastico dei suoi boxer e avvolsi la sua erezione con le dita, su tutta la lunghezza. Lui contrasse la mascella e sibilò tra i denti.

«Dio» esclamai e affondai la faccia nel suo collo mentre lo accarezzavo. «È così duro. Per me.»

«Cazzo, sì» grugnì.

Sollevai la testa. «Voglio vederlo. Voglio te...»

Si sfilò i boxer e rimasi a fissarlo, duro come il marmo nella mia piccola mano. Mi bagnai subito e mi lasciai sfuggire un gemito. «Non mi sono mai...» Mi vergognavo. Deglutii e ci riprovai. «Non mi sono mai sentita così. Ti voglio da morire...»

Isaac mi baciò e scese con le mani lungo il mio corpo, sui seni, sullo stomaco, sui fianchi, per poi tirarmi giù le mutandine.

«Renderò tutto perfetto per te.» Poi la sua bocca seguì lo stesso percorso delle mani e vi stampò dei baci roventi. Il caldo opprimente dell'estate si era trasformato in uno strato di sudore sulla mia pelle, al quale si aggiunse il suo calore, mentre mi leccava e mi assaggiava. Poi mi tolse del tutto le mutandine. Un uomo assetato che beveva per la prima volta.

«Isaac...»

Il suo nome mutò in un grido quando posò la bocca su di me. Inarcai la schiena, il piacere che prendeva il controllo del mio corpo. Sollevai i fianchi contro la sua bocca e mi aggrappai con entrambe le mani alla testiera.

Volevo di più.

Isaac mordicchiò e leccò incessantemente. I miei talloni nudi scivolarono sul sudore della sua schiena, e lui grugnì contro di me, famelico.

Mi contrassi e mi inarcai un'ultima volta, un urlo di piacere delirante mi si bloccò nella gola quando la prima ondata si abbatté su di me. Lo liberai con un lento gemito, la schiena che tornava a schiacciarsi contro il materasso, come se finora avessi fluttuato a una considerevole altezza.

«Gesù» ansimai, e lo guardai tra le mie cosce.

Lui mi sorrise, ma percepii tutta la sua tensione quando risalì il mio corpo e mi sfiorò la pelle con le labbra, fino alla bocca, per baciarmi.

«Willow, posso...?»

«Sì.» Annuii, poi mi aggrappai alle sue spalle e vi affondai le unghie. «Sì, subito. Dio, Isaac, ora...» Spalancai gli occhi di fronte a un pensiero improvviso. «Oh, no. Oh cazzo, non ho niente.»

Lui mi guardò perplesso, gli occhi lucidi.

«Voglio dire che non prendo la pillola.»

«Oh merda. Aspetta, potrei averne uno.» Scese dal letto, afferrò i pantaloni e recuperò il portafoglio. «Dio, ti prego, fa' che ce ne sia uno...»

Mi morsi le labbra mentre i tre anni che avevamo trascorso lontani mi sussurravano all'orecchio: *Era pieno di ragazze quando era povero e stava ad Harmony. E ora che era una star di Hollywood avrebbe dovuto avere orde di donne ai suoi piedi.*

Isaac estrasse un preservativo con un sospiro di sollievo. «Grazie a Dio.»

Ci soffiò sopra, come per liberarlo dalla polvere, ma il suo sorriso svanì appena notò la mia espressione.

«Nessuna» commentò. «Non sono stato con nessuna dalla notte in cui abbiamo ballato sulla collina. No. Anzi, da prima ancora.» Le sopracciglia premevano sugli occhi mentre ripercorreva il tempo passato. «Da quando ti ho conosciuta, a dire il vero. Dal giorno in cui mi hai rubato il banco al corso d'inglese fino a stamattina... Ci sei stata soltanto tu.»

«Nessuna?» ripetei. Provavo sollievo e senso di colpa allo stesso tempo. «Voglio dire, tre anni sono tanti e la nostra storia è finita in malo modo.»

«Non era finita» specificò. «Non è mai finita, l'avevamo solo messa in pausa. Tu non hai mai smesso di essere mia, Willow, anche quando ero troppo impegnato a crogiolarmi nel mio dolore per cercarti. Non avrei mai potuto guardare un'altra donna, per quanto il mio manager abbia cercato di convincermi.»

«Hai aspettato tutto questo tempo? Per me?»

«Te l'ho spiegato. Ti ho aspettato per tutta la vita. Non c'è nessun'altra. Non potrà mai esserci nessun'altra.»

Deglutii e mi asciugai la guancia con il dorso della mano. «Lo stai facendo apposta.»

Isaac sorrise e mi baciò senza smettere di ridacchiare per manifestare gioia e amore.

«Ti amo, Isaac» sussurrai, il cuore martellante. «E adesso ti voglio. Tutto.»

Annuì e mi baciò di nuovo, poi mi prese il viso tra le mani.

«Ti amo. E voglio che per te sia perfetto.»

«L'hai già detto.»

«Perché è la verità.»

Notai dell'esitazione nei suoi occhi e desiderai scacciarla via con le mie mani. Mi fidavo ciecamente di lui. Non provavo nessuna paura nel mio letto, e avevo le terminazioni nervose incendiate dal desiderio. Lo baciai appassionatamente ed esplorai la sua bocca con la lingua, senza lasciargli il minimo dubbio su cosa volessi davvero. Infilai la mano tra di noi e lo afferrai di nuovo con forza. Lui mi grugnì nella bocca e con la mano scese su di me. Tra i miei seni, sullo stomaco, per poi scivolare sulla pelle umida fino al culmine del mio corpo. Quando mi sentì bagnata, grugnì di nuovo e ruotò le dita intorno al mio bocciolo per coccolarlo e stuzzicarlo.

Ruotai i fianchi verso di lui per scivolare sulle sue dita e premermici contro.

«Ti prego» lo supplicai. «Voglio sentirti.»

Lentamente, mi infilò due dita dentro. Lo morsi sul collo e sulle spalle mentre lo stringevo sempre più forte e lo accarezzavo più velocemente. Lui affondò le dita fino a farmi urlare.

«Dio, *ora*» implorai di nuovo. «Isaac… non posso. Ho bisogno…»

Mi zittì con un bacio e spostò il peso su un braccio. L'altra mano si avvicinò alla mia, e insieme lo guidammo verso la mia fessura.

Chiusi gli occhi e buttai lentamente fuori l'aria.

«Non farlo» mormorò. «Guardami, piccola. Apri gli occhi. Guardami.»

Lo guardai. Fissai il suo corpo così vicino al mio, ogni muscolo contratto, i nervi del suo collo tesi e gli occhi grigio-verdi adesso scuri di desiderio. Ma l'amore c'era già prima, e in quel momento ci circondava.

«Sono qui» mi rassicurò. «Con te. Solo con te.»

Sostenne il mio sguardo e si spinse dentro con lentezza, un centimetro alla volta. Continuò a guardami finché non strizzò gli occhi in un'espressione di pura estasi, come se fosse talmente bello da fare male. Aggrottò le sopracciglia e serrò i denti per trattenere un gemito.

«Oh Dio» ansimai quando lo sentii dentro di me, sempre di più.

Lo strinsi sui fianchi per spingerlo più a fondo. Le nostre bocche si unirono in un bacio fatto di gemiti, mentre lui scivolava dentro di me e il mio corpo lo accoglieva tutto. Si fermò un attimo, il respiro affannato sul mio collo.

«Gesù, Willow» mormorò. Sentii il suo petto ampio espandersi e abbassarsi contro il mio con un respiro gigante. Sollevò la testa per guardarmi. «Tutto bene?»

«Sì» risposi. «Non fermarti.»

Mi baciò mentre i suoi fianchi si allontanavano dai miei. Sussultai alla sensazione di lui che scivolava leggermente fuori e poi tornava ad affondare dentro di me. Più e più volte. I nostri corpi ormai roventi e bagnati di sudore si muovevano senza alcuna difficoltà. Alla perfezione. Con forza. Pienezza.

Era mio.

Mantenne una mano sul mio fianco per spingermi e tirarmi a ogni affondo, poi infilò il palmo sotto di me, alla base della schiena. Mi sollevò il bacino per penetrarmi più in profondità, producendo una dolce pressione all'interno. Gridai mentre sfregava il punto giusto che mi provocava un piacere sempre più intenso. Lo avvolsi con le gambe e lo schiacciai contro di me per evitare che si staccasse da lì.

«È così bello» mormorai mentre lo ghermivo con più forza e gli tiravo i capelli umidi alla base del collo. «Dio, non sapevo...»

«Nemmeno io.»

«Ti piace?»

«È perfetto, piccola. Tu sei perfetta e maledettamente bella.»

Adesso prese a muoversi più veloce, con i nostri corpi che scivolavano e collidevano, per penetrarmi più a fondo. Assaporai ogni affondo, ogni verso che emetteva. Ogni gemito, ogni grugnito e imprecazione pronunciata a denti stretti insieme al mio nome. Assaporai tutto.

«Sì» lo incitai. «Sì.» Il corpo e la mente deliranti di "sì".

«È così bello» grugnì Isaac. «Sei fantastica, cazzo...»

«Sì» ansimai.

Era così che avrebbe dovuto essere...

Avrei potuto chiudere gli occhi. Non avevo paura del buio. O del peso schiacciante di Isaac su di me. O della sua bocca che mi baciava con desiderio e rispetto in parti uguali. Mentre mi crogiolavo nella sensazione di lui sopra, contro e dentro di me, continuai a tenere gli occhi aperti. Non volevo perdermi un solo attimo della sua espressione. Volevo stampare ogni secondo di quel momento nel mio cuore e sul mio corpo. Tatuarmelo sulla pelle. Imprimerlo nella mia anima, così non mi sarei mai dimenticata cosa significasse essere apprezzata, desiderata e amata.

Il suo bacino si mosse più velocemente e mi portò di nuovo verso l'apice, più di quanto avesse fatto prima con la bocca. Cercai di tenermi a lui e affondai le unghie sulla sua pelle calda e scivolosa. Le sue cosce sbattevano contro le mie, il calore e gli umori così piacevoli e abbondanti, finché la pressione del piacere crescente che avvertivo si arrestò per un bellissimo, agonizzante istante e poi esplose.

Gridai, le gambe avvinghiate ai suoi fianchi, le braccia intorno alle sue spalle, e il piacere mi inondò. Mi aggrappai a lui mentre mi cavalcava e mi conduceva oltre il limite. Isaac prese a muoversi a scatti, mentre i nostri corpi sussultavano, la tensione che si sprigionava come uno tsunami di estasi e ci lasciava inermi, senza fiato, sudati e sfiniti.

Isaac collassò su di me, il respiro caldo e affannato sul mio collo. Cercò di sollevarsi, ma io lo tenevo stretto per percepire tutto il suo peso lungo il corpo, che non mi schiacciava ma mi avvolgeva. Mi proteggeva.

«Ti amo, Isaac» mormorai tra un respiro e l'altro. «Ti amo e ti ho sempre amato.»

Lui sollevò la testa e gli presi il viso fra le mani. Mi vidi riflessa nei suoi tempestosi occhi grigio-verdi, che lentamente si stavano trasformando in un mare calmo che non avevo mai visto prima. Mormorò il mio nome come se fosse una domanda, nella speranza che le mie parole fossero sincere e che potesse conservare quella pace per sempre.

Sorrisi. «*Del mio amor non dubitare.*»

«*Del mio amor non dubitare.*» Mi baciò con tenerezza e mi allontanò le ciocche di capelli sudati dal viso. «Prometto che non smetterò mai di ripetertelo.»

Epilogo

Isaac

Tre anni dopo

Ero seduto in un angolo del tendone allestito a mo' di camerino. Mi giravo e rigiravo una scatolina di velluto blu tra le mani. Non era certo il posto più sicuro per ispezionare un tesoro segreto – il cast di *Come vi piace* che andava e veniva di continuo, per bere un po' d'acqua e cambiarsi il costume. Voltai le spalle al brusio nella stanza e aprii la scatola.

Un diamante taglio europeo incastonato al centro di altri diamanti più piccoli e della filigrana d'oro. L'antiquario lo aveva definito "un'opera d'arte" per i suoi delicati piccoli intagli e le geometrie che circondavano il diamante stesso. «Era piuttosto popolare durante il periodo edoardiano» mi aveva informato. «La mia ipotesi è che sia stato fabbricato intorno al 1910.»

L'insieme era semplice e delicato. Perfetto per la mano piccola di Willow. Ma il diamante era un carato pieno, che brillò sotto la luce che filtrava da una fessura e proiettò un piccolo e perfetto arcobaleno sul tendone.

Era perfetto per lei.

Lo speravo. Cristo, avevo i nervi tesi e lo stomaco aggrovigliato. E il nodo si strinse ancora di più quando sentii la risata di Willow davanti all'ingresso del tendone. Chiusi in fretta e furia la scatolina e me la ficcai nella tasca della giacca del mio costume.

Dato che stavamo andando in scena con *Come vi piace* all'anfiteatro, Martin aveva voluto un'atmosfera da picnic per riflettere la leggerezza della commedia. Il cast indossava abiti rurali del diciannovesimo secolo: pantaloni eleganti, giacca e camicia dal collo alto per gli uomini, mentre le donne portavano abiti vittoriani, eccetto Willow. Poiché interpretava il ruolo di Rosalinda, passava gran parte del tempo camuffata da un uomo chiamato Ganimede che istruiva il mio Orlando su come conquistare il cuore di Rosalinda.

Io avevo già conquistato il cuore di Willow, e negli ultimi tre anni la mia felicità mi era sembrata qualcosa di surreale.

Avevo speso quasi tutti e sette i milioni che avevo in banca per far ristrutturare il teatro comunale di Harmony. Il consiglio comunale aveva accettato di buon grado la mia offerta perché l'unica condizione che avevo richiesto era che Martin Ford venisse nominato direttore artistico e manager. Il che significava che aveva l'ultima parola su tutto, finché non si fosse ritirato in pensione o si fosse dedicato ad altro.

Mi ero aspettato che la Wexx in qualche modo si opponesse, invece vi aveva rinunciato. O meglio, si erano ritirati senza però arrendersi e avevano investito ogni risorsa a disposizione nella difesa legale di Xavier, per assoldare avvocati come soldati di un esercito. Data la mancanza di prove, l'accusa di Willow non era solida, e il primo avvocato di Xavier aveva presentato una strategia che lui stesso aveva definito "la difesa della puttana".

Ma lui non poteva sapere che il singolo atto di coraggio di Willow aveva innescato una reazione a catena. Le parole di Willow si erano abbattute contro un muro di silenzio che l'aveva lasciata ferita e sanguinante, era vero. Ma avevano anche aperto una frattura che aveva aiutato altre ragazze a raccontare la propria storia.

Altre quattro donne avevano trovato il coraggio di accusare Xavier Wilkinson. Una di loro aveva prodotto persino la prova del DNA.

Xavier era stato condannato a sette anni di prigione. Era stato come se l'ultima nuvola in fondo all'orizzonte si fosse diradata. Willow era tornata ad Harmony viva. Con gli ultimi soldi rimasti sul mio conto avevamo comprato il cottage che aveva affittato. L'avevamo sistemato, rimodernato e dotato di un impianto per l'aria condizionata.

Durante i lavori di ristrutturazione, avevo tenuto un breve spettacolo sperimentale di sei settimane a Broadway, in cui avevo interpretato Tom nello *Zoo di vetro*. Willow aveva ottenuto il ruolo di Honey in *Chi ha paura di Virginia Woolf*, qualche teatro più in là, dove aveva riscosso un acclamato successo. Ma eravamo sempre tornati ad Harmony. Alla nostra vita, che per noi era la cosa più preziosa rispetto a qualunque altra cosa ci fosse a New York.

Avevo sempre pensato che trovarmi confinato in un angolo di mondo fosse soffocante. Invece, con Willow, avevo ritrovato la Harmony della mia infanzia. La città che conoscevo prima della morte di mia madre. Riadattata con Marty e Brenda come miei genitori e Benny come fratello minore. E ora, magari, con Willow nei panni di mia moglie.

Ero teso come una corda di violino. Mi ero preparato un discorso. Una dichiarazione del mio amore, perché lei si meritava tutte le parole del mio cuore.

Martin mi raggiunse, si guardò un attimo alle spalle e mi rivolse un sorrisetto. «Posso rivederlo?»

Willow era impegnata in una fitta conversazione con Lorraine. Così mostrai velocemente l'anello a Martin.

«Non è esagerato, vero? Ma nemmeno troppo piccolo. È perfetto, no?»

Esattamente come ogni altra volta in cui si erano posati sull'anello, gli occhi di Martin si riempirono di lacrime. «Lo adorerà. La rispecchia a pieno.»

Richiusi la scatola di scatto e la infilai nella giacca. «Merda.»

Martin rise. «Aspetterai la festa del cast di stasera per darglielo? Ti prego dimmi di sì. Lo spettacolo è già arrivato oltre la metà. Ci siamo quasi.»

«Sì, aspetterò. Se dovesse rifiutare, sarei l'Orlando più deprimente che tu abbia mai visto. Trasformerei la tua commedia in una tragedia.»

«Lo sai che accetterà» rispose. «Ma se glielo chiederai prima che Rosalinda e Orlando abbiano finito di innamorarsi, sembrerà una sorta di... Qual è la parola che a voi giovani piace usare? Insta-love?»

Risi. «Ci abbiamo impiegato sei anni per arrivare qui» commentai, la voce più dolce. «Avrei potuto chiederle di sposarmi il giorno in cui sono tornato ad Harmony. O in qualsiasi momento successivo. Ma volevo che prima arrivasse a fidarsi di me. Del fatto che potessi stare qui a Harmony ed essere felice.»

Marty tirò su col naso. «Devi conservare queste parole per lei.»

«Ne ho altre. Molte altre ancora.»

«*Dopo* lo spettacolo.» Si girò, poi si voltò. «Qualcuno vorrebbe salutarti, se per te non è un problema.»

Guardai alle sue spalle e sulla tenda scorsi Benny – ormai Ben. Sorrisi. «Lascialo entrare.»

Martin se ne andò e Ben prese il suo posto. Si guardò attorno con le mani ficcate nelle tasche dei jeans. Ormai diciannovenne, era alto e massiccio; il ragazzino che avevo conosciuto non c'era più.

Aveva la stessa età di quando io avevo conosciuto Willow.

«Ehilà bello» lo salutai, poi mi alzai in piedi per abbracciarlo. Risi per l'espressione dubbiosa che assunse sentendo Len Hostetler eseguire dei gorgheggi tipo opera lirica.

«La gente di teatro è la più strana» commentò.

«Puoi dirlo forte.»

Scese un breve silenzio. Ben e io avevamo parlato quando ero tornato ad Harmony tre anni prima, ma in quell'occasione si era sentita tutta la tensione del caso. Le mie scuse erano state deboli. Aveva già perso il padre e poi io l'avevo tagliato fuori dalla mia vita. Non credevo che sarebbe mai riuscito a perdonarmi per questo, e non potevo biasimarlo. La tensione tra noi non era mai sparita, e poi lui era andato via per proseguire gli studi all'università dell'Indiana del Sud. Non avrei potuto essere più fiero di lui, ma ne avevo perso il diritto e questo mi addolorava.

«Allora, senti...» Ben sollevò le spalle, le braccia rigide. «Volevo solamente ringraziarti per tutto quello che hai fatto per mamma e me. La casa per lei... l'università per me.»

«Non c'è bisogno.»

«Sì, invece, amico. È un sacco di roba.»

E non voglio essere in debito con te.

Il significato sottinteso era lì, palese nella sua espressione.

Sistemare la situazione. Confessare la verità. Era così che ci comportavamo, adesso.

Mi guardai attorno nella tenda e allargai le braccia. «Tutto questo. Questo, è un sacco di roba. Vedi la donna in piedi laggiù?» Indicai Willow che rideva con Lorraine. «Lei è un sacco di roba. La vita che ho adesso è un sacco di roba, più di quanto avrei mai immaginato di avere.»

Ben aggrottò le sopracciglia. «Questo non ha nulla a che vedere con me.»

«Ha molto a che vedere con te» risposi. «Ricordi come un tempo mi aiutavi a imparare le battute degli spettacoli? Per *Amleto*?»

«Sì.»

«Ti ricordi tutte quelle scene tra Amleto e Orazio?»

Alzò le spalle. «Non ci capivo molto.»

«Orazio è uno dei personaggi più importanti dell'opera» spiegai. «È il migliore amico di Amleto. È l'unico personaggio che resta accanto ad Amleto nonostante tutto. E alla fine dell'opera, quando Amleto sta morendo, è a Orazio che chiede di raccontare la sua storia. Perché si fida di lui. Sono amici da più tempo di chiunque altro.»

Gli occhi di Ben si illuminarono per un istante, poi si strinse di nuovo nelle spalle. «Sì? E allora?»

«Allora tu eri il mio Orazio, bello. Eri il mio amico quando tutta la città mi parlava male alle spalle o rideva di papà.»

«Ero solo un ragazzino.»

Alzai le spalle. «Lo ero anch'io.» Mi guardai di nuovo attorno. «Adesso ho questo teatro, questo spettacolo, perché ho ottenuto successo a Hollywood. Sono riuscito ad arrivare a Hollywood grazie alla mia interpretazione di Amleto. E non c'è nessun Amleto senza Orazio. Voglio solo che te ne ricordi.»

Ben ci rifletté un istante, e si ficcò le mani ancora di più nelle tasche. «Be', dovevamo prenderci cura l'uno dell'altro, giusto?»

Deglutii a fatica. «Sì, è così. E tu l'hai fatto. Grazie, Benny. Sono in debito con te.»

Spostò velocemente lo sguardo e poi tornò su di me. «Dovrei andarmene. Lasciarti tranquillo.» Si girò per uscire, ma poi ci ripensò e mi strinse in un abbraccio.

Lo abbracciai forte, la mascella stretta per non scoppiare a piangere.

«Ti voglio bene, amico» dichiarai.

«Anch'io» rispose, la voce rotta. «Va bene, stendili tutti» concluse, prima di lasciare la presa e girarsi velocemente. «Ci vediamo dopo?»

Annuii, le labbra premute tra loro. «Certo.»

Sorrise, salutò con la mano e uscì.

Un lieve brusio di risate e di chiacchiericcio si levò dal pubblico e raggiunse l'interno della tenda trasportato dalla leggera brezza della giornata estiva. Oggi avevamo registrato il tutto esaurito. Tra gli spalti c'erano anche Angie e Bonnie, Yolanda e Ben – il mio migliore amico, pensai con un sorriso – che riprese il suo posto, e tutti gli amici che Willow e io ci eravamo creati in città.

Quand'ero più giovane l'amicizia di Ben mi era bastata, ma ora avevo più di quanto avessi mai immaginato. Le nostre giornate erano piene d'incontri, di festicciole e cene a lume di candela e a base di bottiglie di vino. Quando l'ultimo ospite ebbe lasciato la tenda, Willow e io ci venimmo incontro. Avevamo trascorso il pigro tepore del mattino nel nostro letto, a parlare e baciarci, o aggrappati alle lenzuola in un'estasi senza fine.

Era la vita che un ragazzino povero vissuto in un'ambiente domestico violento non avrebbe mai potuto immaginarsi.

Il tendone si svuotò del tutto, ma Willow rimase all'ingresso e sbirciò il pubblico da una fessura. Mi portai accanto a lei.

«Vedo i miei genitori» esclamò. «Il cappello di mia madre potrebbe fare ombra a un intero paese.»

Dan e Regina vivevano ancora a New York, ma venivano a trovarci in Indiana due volte l'anno. Abbattere il muro tra di noi era un processo lento, anche se Regina mi aveva accolto con più facilità di Daniel. Suo padre era orgoglioso. Non mi aveva porto le sue scuse alla prima occasione. Ci erano volute innumerevoli visite perché si rendesse finalmente conto della felicità della figlia. E la gratitudine nei suoi occhi quando lei rideva o sorrideva a me bastava.

Allo stesso modo, il rapporto tra Willow e i genitori stava migliorando, principalmente grazie alla generosità di Willow. La mia ragazza era piena d'amore. Smisurato. Dopo essere stata sopita così a lungo, ora la sua luce era abbagliante.

La guardai, poi tornai sul pubblico. L'intervallo era quasi finito. Eravamo in piedi dietro al sipario, in attesa di tornare assieme sul palco.

Era il posto perfetto. Il momento perfetto.

Non ne esistevano altri.

Scusa, Marty, pensai. *Non posso aspettare un altro minuto.*

Mentre ripassavo mentalmente le parole che mi ero preparato, Willow si avvicinò. La sua spalla calda contro di me, la mano stretta nella mia. «Isaac?»

«Mmm.»

«Ti devo confessare un segreto. Volevo aspettare, ma non ci riesco. Neanche un secondo in più.» Mi sfiorò l'orecchio con le labbra. «Sono incinta.»

Tutti i pensieri nella mia testa evaporarono quando spostai gli occhi nei suoi. «Cosa?»

Era raggiante, sprizzava gioia da tutti i pori, gli occhi topazio scintillavano. «Sono incinta. Avrò un bambino. Il tuo bambino.»

«Il mio bambino...»

Il cuore. Il mio cavolo di cuore stava per esplodermi nel petto dalla felicità quando già pensavo che non fosse in grado di contenerne altra.

Willow si morse le labbra e osservò la mia reazione stupita. «Sei contento? O hai paura che sia troppo presto? O...?»

«Sei davvero incinta?»

Lei annuì.

«Porca puttana.» Scoppiai in una risata scioccata. «Porca puttana, davvero?»

«Davvero.»

Risi di nuovo e mi passai una mano tra i capelli. «Cazzo. Non riesco a ricordare neanche una battuta.» Presi il suo volto fra le mani e mi immersi nell'azzurro dei suoi occhi. «Stai per avere un bambino?»

Annuì, le lacrime le scendevano sulle guance. «Sì, tesoro.» Mi afferrò la mano e se la mise sulla pancia. «Noi stiamo per avere un bambino. Ho avuto il sospetto di essere incinta qualche settimana fa e ho effettuato il test stamattina.» Sorrise. «L'ho superato.»

«Oh mio Dio.» Barcollai all'indietro, poi tornai a baciarla ancora. «Questa è la mia vita?»

Lei annuì sotto il mio mento. «Sì» sussurrò, poi sollevò le spalle per rilasciare un enorme sospiro. «Sono felice che tu sia contento. Non sapevo come avresti reagito. Insomma, non siamo nemmeno sposati.»

Un'altra risata felice e incredula mi uscì dalla bocca, e mi infilai la mano in tasca. «No, non siamo sposati» risposi, e tirai fuori la scatolina con l'anello. «Infatti è una fortuna che casualmente abbia questa fra le mani.»

Le mostrai la scatolina.

Willow spalancò gli occhi e si portò le mani alla bocca. «Isaac...»

«Ho pensato ce ne sarebbe stato bisogno nel caso tu avessi voluto rendermi un uomo onesto. Immagino che quel giorno sia oggi.»

«Oh mio Dio.»

Mi inginocchiai, le mani tremanti mentre aprivo la scatolina. «Willow... volevo parlarti di tante cose. Mi ero preparato un intero discorso... Dio, non riesco a pensare.»

Lei mi accarezzò la guancia e scosse la testa. «Lo sento, Isaac. Lo sento in ogni tuo sguardo, in ogni tuo tocco. Ti leggo dentro. Leggo le parole nel tuo cuore.»

«Ma devo chiedertelo.» Deglutii a fatica. «Mi vuoi sposare?»

«Sì» sussurrò, e cadde in ginocchio. «Certo che lo voglio. Sì.»

Le infilai l'anello al dito. Ancora inginocchiati nella tenda, ci baciammo in lacrime, finché Martin non ci chiamò sul palco.

«Oh Dio» esclamò Willow. «Adesso nemmeno io riesco a ricordare le battute.»

«Improvviseremo» le risposi.

«Improvvisare Shakespeare?»

Willow si alzò in piedi e io le baciai la pancia, dove stava crescendo mio figlio. Nostro figlio. Un bambino o una bambina che avrebbe ricevuto più amore e felicità dai propri genitori di quanto ne avessimo ricevuto noi. Un figlio che non avrebbe mai e poi mai dubitato del nostro amore.

Sul palco circolare, sotto il sole cocente, Willow, nei panni di Rosalinda che fingeva di essere qualcun altro, mi sorrise timidamente.

«*Cosa mi direste ora, se io fossi la vostra vera, vera Rosalinda?*»

«*Prima di tutto vi darei un bacio*» risposi, e attraverso i nostri personaggi ci guardammo e io capii che aveva sentito le mie parole mai pronunciate.

E ti direi che ti amo.

Ringraziamenti

Penso sempre "Oh mio Dio, non ho tempo! Come farò a finire? Questa tabella di marcia è assurda!". E non sarebbe un problema, se il mio assurdo piano di lavoro riguardasse solo ME. È una mia responsabilità rispettare le scadenze, e la mia follia rimarrebbe contenuta se non fosse per il piccolo fatto che non posso correggere, rivedere e impaginare o leggere come beta reader un mio libro. Io posso scrivere un libro entro la scadenza, ma poi c'è tutta una squadra di donne straordinarie che gli permette di essere presentato al mondo. Queste donne si fanno in quattro per dedicare a me il loro tempo, le loro competenze, i loro commenti, e affrontano i miei numerosi momenti di crisi con il buonumore, il supporto e la loro infinita comprensione. *Non dubitare mai del mio amore* sarebbe diventato vittima della "mia assurda tabella di marcia" se non fosse stato per alcune delle fantastiche donne che fanno parte di questa community:

Robin Renee Hill, Suanne Laqueur, Melissa Panio-Petersen, Grey Ditto, Joy Kriebel-Sadowski, Angela Shockley, Sarah Torpey, Kennedy Ryan, e Amy Burke Mastin.

Ragazze, non potrò mai ringraziarvi abbastanza, dal profondo del mio cuore.

Un ringraziamento a mio marito, che ha dedicato maggior tempo, amore e supporto al nostro nucleo familiare per permettermi finire questo romanzo; che non si è mai lamentato delle mie nottate di lavoro o del tempo che ho trascorso cenando alla scrivania invece che con le mie figlie; che ha portato a spasso le bambine "per concedere a mammina un po' di tempo per scrivere" quando anche lui aveva il suo lavoro da sbrigare; e che non ha mai, mai dubitato che potessi farcela... Non potrei desiderare un migliore compagno di vita. Grazie, tesoro. Con tutto il mio amore.

E grazie alle lettrici e alle blogger; anche loro rientrano tutte nel novero di "donne straordinarie di questa community. La mia profonda gratitudine si estende a tutte voi. Il vostro supporto, il vostro incoraggiamento e l'amicizia sono il mio carburante (questo e il caffè. Tanto caffè). Questo libro, in parte, è una storia di donne che sostengono altre donne, di migliori amiche, di mani offerte per dire "Sono qui, se hai bisogno di me". Questa comunità è la mia ispirazione. Grazie.

NELLA COLLANA
Always romance

Sweet. Una dolce conquista, *J. Daniels*
La regola dell'amico, *Kristen Callihan*
Bandit, *B.B. Reid*
Per il mio amore, Whiskey, *Kandi Steiner*
Dammi mille baci, *Tillie Cole*
Obbligo o verità, *Penny Reid*
Knight, *B.B. Reid*
Lo schema di gioco, *Kristen Callihan*
Sweet. Una dolce ricompensa, *J. Daniels*
Idol, *Kristen Callihan*
La fattoria dei nuovi inizi, *Devney Perry*
Vicious. Senza pietà, *L.J. Shen*
Basta un sorriso, *Penny Reid*
La strada dei nostri cuori, *Kandi Steiner*
Io+Te, *Elle Kennedy e Sarina Bowen*
Infamous. Senza Vergogna, *L.J.Shen*
Stars, *Kristen Callihan*
Closer, *Corinne Michaels e Melanie Harlow*
In due sotto un tetto, *Helena Hunting*
Élite. Ossessione e potere, *Laurelin Paige*
Come far perdere la testa al capo, *Max Monroe*
Four & Ever, *B.B. Reid*
Questione di chimica, *Penny Reid*
Affari d'amore, *Melanie Moreland*
Il Re di Wall Street, *Louise Bay*
Élite. Amore e potere, *Laurelin Paige*
Ruckus. Senza regole, *L.J. Shen*
Il Tempio della Fortuna, *Devney Perry*
Insieme, *Elle Kennedy e Sarina Bowen*

Sulle note di noi due, *Tillie Cole*
Brooklyn in Love, *Sarina Bowen*
Il principe di Park Avenue, *Louise Bay*
Come la prima volta, *Devney Perry*
Un diavolo arrogante, *R.S. Grey*
Penalità d'amore, *Helena Hunting*
Un tiro dritto al cuore, *Kristen Callihan*
Un amore da principianti, *Sarina Bowen*
Scandalous. Senza inibizioni, *L.J. Shen*
Imprevedibile e perfetto, *Abbi Glines*
Noi in un istante, *Jewel E. Ann*
Indelebile e perfetto, *Abbi Glines*
Il ladro di baci, *L.J. Shen*
Come incastrare un rubacuori, *Max Monroe*
Al tuo ritorno, *Penelope Ward*
Il ragazzo ideale, *Elle Kennedy e Sarina Bowen*
Motion. Il moto dei cuori, *Penny Reid*
Space. Lo spazio che ci unisce, *Penny Reid*
Time. Il tempo tra me e te, *Penny Reid*
Cuori al tappeto, *Kristen Callihan e Samantha Young*
Iron Crowne. Sfide d'amore. *C.D. Reiss*
Now or Never, *B.B. Reid*
Light of home. Un faro nella tempesta, *Tara Sivec*
Jersey Six. La miglior vendetta è l'amore, *Jewel E. Ann*
In due sotto il sole, *Helena Hunting*
Kellan Kyle. Storia di un amore proibito, *S. C. Stephens*
Il ragazzo dei sogni, *Elle Kennedy e Sarina Bowen*
Come accalappiare un milionario, *Max Monroe*
Fall, *Kristen Callihan*
Un amico da sposare, *R. S. Grey*
The Lovepost. Un amore da prima pagina, *L.J. Shen*
Dear Ava, *Ilsa Madden Mills*
Come in ogni attimo, *Davney Perry*
Non dubitare mai del mio amore, *Emma Scott*